# HORS-PISTE

Allie Reynolds est une ancienne championne de snowboard qui a enchaîné les compétitions pendant cinq ans, notamment dans les Alpes françaises. En 2003, elle part en Australie où elle se met au surf et enseigne l'anglais pendant quinze ans. *Hors-piste* est son premier roman.

ALLIE REYNOLDS

# *Hors-piste*

TRADUIT DE L'ANGLAIS (GRANDE-BRETAGNE)
PAR MANON MALAIS

CALMANN-LÉVY

*Titre original :*

SHIVER

Publié par Headline Publishing Group, Londres, 2021.



ISBN : 978-2-253-24265-9 – 1re publication LGF

*À maman et papa,*
*passionnés de montagne*

## LEXIQUE

**Backside/frontside :** Dos/face à la pente
**Big air :** Tremplin pour le saut à skis ou en snowboard
**Boots :** Chaussures de snowboard
**Flip :** Une figure qui consiste en un salto arrière (backflip) ou avant (frontflip)
**Grab :** Une figure qui consiste à attraper son snow avec la main
**Haakon flip :** Un flip d'un tour et demi que l'on commence en marche arrière pour se réceptionner en marche avant
**Half-pipe :** Littéralement « demi-tube », rampe de snowboard en forme de U
**Indy :** Grab main arrière, carre avant
**McTwist :** Un flip agrémenté d'une rotation
**Method grab :** Grab de la carre arrière, snowboard perpendiculaire à la pente
**Nose grab :** Grab du bout avant (nose) de la planche
**Quad cork :** Enchaînement de quatre sauts périlleux avec des rotations complètes
**Quarter-pipe :** Littéralement « quart de tube », rampe de snowboard en forme de demi-U

**Rewind :** Une figure qui consiste, après au moins un tour complet en l'air, à inverser le sens de la rotation

**Rider :** Un snowboardeur/Faire du snowboard

**Run :** Une descente complète

**Shifty :** Une figure qui consiste à mettre son snowboard face à la piste avant de reprendre contact avec le sol

**Spoiler :** Élément vertical de la fixation, qui soutient l'arrière du pied

**Slam :** Une chute après perte de contrôle

**Slide :** Une glissade contrôlée sur un obstacle, comme un rail en métal

**Snow :** Un snowboard

**Stalefish grab :** Grab de la main arrière, de la carre arrière

**Tail grab :** Grab du bout arrière (tail) de la planche

**Trick :** Figure de snowboard

# Prologue

*Chaque année, c'est la même chose. Le glacier rend ses cadavres.*

*L'immense masse de glace, là-haut, est une rivière gelée qui coule si lentement que l'on ne s'en aperçoit pas. Des victimes de toutes les époques se côtoient dans ses profondeurs vitreuses. Certaines émergent à la surface, d'autres au front du glacier. Impossible de savoir qui sera la suivante à réapparaître.*

*Le processus peut prendre des années. Voire des décennies. Les journaux ont beaucoup parlé il y a peu de ce glacier, en Italie, qui avait rendu les corps momifiés de soldats de la Première Guerre mondiale, avec leurs casques et leurs fusils.*

*Tout ce qui y tombe finit un jour par en ressortir, et je consulte les nouvelles locales tous les matins.*

*J'attends un corps bien particulier.*

# 1

— Il y a quelqu'un ?

Ma voix résonne contre le béton.

La cabine rouge et blanc du téléphérique est bien au bord du quai, mais il n'y a personne dans le poste de commande. Le soleil s'est couché derrière les Alpes, le ciel rosit ; et pourtant, pas une lumière n'est allumée dans le bâtiment. Où est passé le personnel ?

Un vent glacé me mord les joues, et je resserre ma veste. C'est la morte-saison et la station n'ouvrira pas avant le mois prochain, donc je ne m'attendais pas à ce que les autres remonte-pentes fonctionnent, mais je comptais sur celui-là. Sans lui, comment pourrions-nous atteindre le glacier ? Me serais-je trompée de jour ?

Je laisse tomber mon sac de snowboard sur le quai et je ressors mon portable pour vérifier le mail.

*Je sais que ça fait longtemps, mais est-ce que tu serais partante pour un week-end de retrouvailles ? Refuge du Panorama, glacier du Diable, Le Rocher. Rendez-vous au téléphérique à 17 heures, le vendredi 7 novembre. Bises. C.*

C comme Curtis. Si n'importe qui d'autre m'avait

invitée là-haut, j'aurais supprimé le message sans répondre.

— Yo, Milla !

Et voilà Brent qui apparaît au sommet de l'escalier, qu'il a monté quatre à quatre. Il doit avoir trente et un ans, puisqu'il en a deux de moins que moi, mais il n'a rien perdu de son charme juvénile, avec ses mèches sombres et ses fossettes, même s'il semble tendu et fatigué.

Il m'étreint si fort qu'il me soulève du sol, et je le serre dans mes bras en retour. J'ai passé tant de nuits glaciales blottie au chaud dans son lit. Je m'en veux de ne pas avoir gardé le contact. Mais après ce qui s'est passé… Et puis, lui aussi a coupé les ponts avec moi.

Par-dessus son épaule, je vois les crêtes acérées des Alpes se découper en ombres chinoises sur le ciel. Ai-je vraiment envie de me lancer là-dedans ? Il n'est pas trop tard pour inventer une excuse, sauter dans ma voiture et repartir à Sheffield.

Quelqu'un se racle la gorge derrière nous, et nous nous séparons pour faire face à Curtis, toujours aussi grand et blond.

Je m'attendais, sans savoir pourquoi, à le voir tel qu'il était la dernière fois : effondré, brisé par le deuil. Mais ce n'est pas le cas, bien sûr. Il a eu dix ans pour s'en remettre. Ou tout enfouir en lui-même.

Il ne m'étreint que brièvement.

— Content de te voir, Milla.

— Moi aussi.

J'ai toujours eu du mal à le regarder dans les yeux, beau comme il était. Il l'est toujours, et croiser son regard est encore plus difficile qu'avant.

Curtis et Brent échangent une poignée de main. La peau de Curtis paraît très pâle contre celle de Brent. Ils sont venus avec leurs snows, sans surprise. Pas question d'aller sur la montagne sans eux. Comme moi, ils sont en jean, mais un col de chemise dépasse de leur veste de snowboard, ce qui me fait sourire.

— Mince, il fallait être habillé ?

— Tu feras l'affaire, répond Curtis en me détaillant de haut en bas.

J'avale ma salive. Ses yeux sont toujours aussi bleus, mais ils me rappellent quelqu'un que je préférerais oublier, et toute la chaleur que je ressentais autrefois de sa part s'est envolée. C'est pour lui que je me suis traînée jusqu'à cet endroit, alors que je m'étais juré de ne jamais revenir. Je regrette déjà.

— Qui d'autre on attend ? demande Brent.

Pourquoi est-ce moi qu'il regarde ?

— Je n'en sais rien, dis-je.

— Tu es sûre ? s'amuse Curtis.

Des bruits de pas. Voilà Heather. Avec… *Dale* ? Pas possible. Ces deux-là sont toujours ensemble ?

Les cheveux de Dale sont loin d'être aussi désordonnés qu'avant, coupés avec un certain style. Il n'a plus ses piercings et on dirait qu'il ne s'est encore jamais servi de ses chaussures de snowboard dernier cri. L'influence de Heather, sans doute. Au moins, elle l'a laissé prendre son snowboard.

Heather porte une robe – noire, à paillettes – avec des collants et de grandes bottes. Elle doit mourir de froid, même avec sa doudoune. Une bouffée de spray se dégage de ses longs cheveux sombres lorsqu'elle me serre contre elle.

— C'est super de te revoir, Milla.

Elle a probablement déjà un peu bu avant de venir, parce qu'elle semble presque sincère. Ses bottes ont cinq centimètres de talons, ce qui lui donne un centimètre de plus que moi. C'est sans doute pour ça qu'elle les porte.

Elle agite son alliance sous mon nez.

— Vous vous êtes mariés ? dis-je. Félicitations.

— Ça fait déjà trois ans.

Son accent du nord-est est plus marqué que jamais. Brent et Curtis assènent à Dale quelques claques dans le dos.

— T'as pris ton temps pour faire ta demande, hein, mon vieux ? dit Brent, dont l'accent londonien semble lui aussi plus fort qu'avant.

— C'est moi qui lui ai demandé, merci, s'agace Heather.

Les portes du téléphérique s'ouvrent en grinçant. Un employé apparaît derrière nous, sa casquette d'uniforme enfoncée sur les yeux. Il coche nos noms sur une feuille et nous fait signe d'entrer. Les autres s'exécutent en file indienne.

— On n'attend personne d'autre ? je demande pour gagner du temps.

C'est ce que semble penser l'employé. Il me rappelle un peu quelqu'un…

Tout le monde est installé. Je les rejoins à l'intérieur en traînant des pieds.

— Qui d'autre pourrait venir, de toute façon ? demande Curtis.

— Pas faux.

Quelques autres se joignaient parfois à nous, mais

de la bande d'origine, il ne reste que nous cinq. Ou plutôt, nous sommes les seuls encore debout.

Une vague de culpabilité m'envahit. *Elle ne pourra plus jamais marcher.*

L'employé ferme la porte. Je tente d'examiner son visage, mais avant que je n'y parvienne, il se détourne et longe le quai jusqu'au poste de commande.

Le téléphérique s'ébranle d'un coup. Comme moi, les autres se collent au plexiglas, fascinés par la vue, tandis que nous nous élevons au-dessus des pins, à la poursuite de la lumière qui s'éteint derrière la montagne. Bizarre de voir de la terre et de l'herbe en contrebas. Il n'y avait que de la neige, autrefois. Je tente d'apercevoir des marmottes, mais elles doivent déjà hiberner. Nous filons au-dessus d'un à-pic et le petit village du Rocher disparaît, hors de vue.

Être ainsi suspendue en l'air, avec le paysage qui défile de l'autre côté de la vitre, me semble soudain très étrange. Au lieu de monter vers les sommets, c'est comme si nous revenions dans le temps. Et je ne suis pas certaine d'être prête à faire face au passé.

Trop tard. Le téléphérique arrive déjà en gare, en se balançant sur son câble. Nous sortons en traînant nos sacs. Il fait plus froid ici, et il fera plus froid encore là où nous allons. Un drapeau français claque au vent. Le plateau est désert. Plus haut, à mi-pente, le brun et le vert se muent en blanc : la neige commence.

— Je pensais qu'il y en aurait déjà au niveau de la vallée, commente Brent.

— Ça, c'est le changement climatique, répond Curtis en secouant la tête.

En hiver, cet endroit est le centre névralgique de la station de ski, avec des télésièges et téléskis qui partent dans toutes les directions, mais aujourd'hui, seule la télécabine est en service, avec ses petites nacelles rondes qui ressemblent à des œufs.

C'est là qu'était le half-pipe, juste à côté de cette cabane. La longue tranchée creusée en U n'est en ce moment qu'un fossé boueux, mais je me souviens clairement de ses parois d'un blanc immaculé. C'était le meilleur half-pipe de toute l'Europe à l'époque, la raison qui nous a tous réunis cet hiver-là.

Tous ces souvenirs. J'en ai la chair de poule. Je nous revois, dix ans plus jeunes, à chahuter et à rire. Nous cinq.

Plus les deux qui manquent.

Un courant d'air glacé m'ébouriffe les cheveux. Je remonte la fermeture Éclair de ma veste de snowboard jusqu'au menton, et je me dépêche de rejoindre les autres.

Les œufs nous emmèneront jusqu'à presque trois mille cinq cents mètres d'altitude. Le glacier du Diable est l'une des stations de ski les plus élevées de France. Les cabines d'un orange brillant pendent au câble telles des boules de Noël. Curtis entre dans la plus proche.

— Viens, on s'en prend une tous les deux, dit Heather en tirant Dale par la main.

— Mais non, on tiendra tous, répond-il.

— Il y a largement la place, renchérit Curtis, qui l'invite d'un geste.

Heather ne semble pas convaincue, et je la comprends. En théorie, il y a six places par cabine, mais avec nos sacs, il faudra se serrer. Le fait qu'elle ait pris toute une valise n'arrange rien.

Brent se plie en deux pour entrer.

— Tu peux t'asseoir sur mes genoux, Mills. Passe-moi ton sac.

— Je laisse la place à Dale, dis-je. Moi, je me mets sur le banc.

En définitive, c'est Heather qui s'installe sur les genoux de Dale, près de Curtis ; Brent et moi nous asseyons en face d'eux, avec les sacs calés tout autour. Dale a vraiment une drôle de tête sans ses dreadlocks. Avec ses airs nordiques, il m'avait toujours fait penser à un Viking. Maintenant, il ressemble plutôt à un présentateur télé.

L'œuf file au-dessus du plateau. Tout est si vide en contrebas… J'avais oublié à quel point cet endroit est immense. L'été, c'est le domaine des randonneurs, le long des chemins qui zigzaguent sur les pentes. Ce doit être magnifique – une étendue de fleurs alpines – mais en cette saison, il n'y a rien à voir à part un peu d'herbe pelée au milieu des pierriers. Aucun signe de vie, pas même un oiseau. Tout semble stérile.

Mort.

Non. En sommeil. En attente.

Tout comme autre chose, tout là-haut. J'avale ma salive et je me force à ne plus y penser.

La cabine tremble en passant un pylône, et le genou de Curtis se presse contre le mien. Il est bien silencieux, mais je peux le comprendre. Si tout ça est dur pour moi, ce doit être cent fois pire pour lui.

Même si l'invitation n'en disait rien, la raison de

notre présence est claire. Les actualités l'ont annoncé, peu avant l'arrivée de l'e-mail :

*À la suite d'une longue bataille juridique, la snowboardeuse anglaise disparue depuis dix ans est déclarée décédée.*

Les autres n'étaient sans doute pas plus enthousiastes que moi à l'idée de venir ici, mais comment aurions-nous pu refuser ? C'est tout naturel qu'il ait voulu commémorer l'événement.

Nous survolons maintenant de grandes plaques de neige, qui semblent mauves dans le soir tombant. Loin au-dessus de nous s'élèvent les à-pics qui donnent son nom au Rocher. Le refuge du Panorama est perché tout là-haut, bas et sombre, comme ramassé sur lui-même face aux éléments.

— Alors, Mills, comment as-tu réussi un coup pareil ? demande Brent.

— Quel coup ?

— Ces entrées VIP pour le glacier. Téléphérique privé, et tout. Plutôt classe.

— Qu'est-ce que tu racontes ? dis-je en le fixant.

— On est hors saison. Ça a dû te coûter un bras.

— Mais ce n'est pas moi qui ai organisé tout ça. C'est Curtis.

Celui-ci me jette un drôle de regard.

— Pardon ?

À quoi ils jouent ? Nous sortons tous nos téléphones. La dernière fois que j'ai pris le mien sur les pistes, j'ai cassé l'écran dès mon premier run, et je me suis retrouvée avec un vilain bleu en forme de portable sur la hanche. Après ça, j'ai arrêté de l'emporter.

Je leur montre l'e-mail que j'ai reçu et Brent me montre le sien. Son invitation est la même que la mienne, mais signée *M*, et il y a un post-scriptum : *J'ai perdu mon téléphone, réponds-moi par e-mail.*

— Tiens, regarde.

Curtis me montre le message qu'il a reçu, identique à celui de Brent.

Je n'ai jamais réussi à cerner Curtis. Est-ce qu'il me fait une blague ?

La cabine trépide à nouveau en passant un autre pylône. C'est là que la montée devient raide. Nous avons entamé la longue, longue ascension jusqu'au glacier.

— Que disait votre invitation ? dis-je en me tournant vers Dale et Heather.

Dale hésite.

— Pareil que toi, répond Heather.

— Signé M ou C ? demande Brent.

— Euh… M, dit-elle avec un regard vers moi.

Pourquoi ai-je l'impression qu'elle ment ?

— Je peux la voir ? je demande.

— Désolée, dit Heather. Je l'ai supprimée. Mais c'était la même que la leur.

## 2

Je ne sais pas ce que je m'attendais à trouver là-haut. De la musique ? Des bougies ? Des serveurs avec des plateaux de flûtes de champagne ?

Il n'y a rien de tout ça. La plate-forme est déserte, faiblement éclairée. Le poste de commande est vide. Nous tirons nos sacs hors de la cabine. Une sirène se déclenche et les œufs ralentissent jusqu'à s'arrêter. Ils doivent les gérer depuis le bas de la station, afin de ne pas avoir à payer trop d'employés. Notre arrivée a sûrement été détectée par une caméra de sécurité. Mais comme nous ne savons pas qui nous a invités, l'effet est un peu inquiétant, et Heather est clairement du même avis vu ses sourcils froncés.

— On laisse nos affaires ici pour le moment ? me demande Brent.

— Ce n'est pas moi qui décide.

Il pose ses sacs. Après un moment d'hésitation, je l'imite. De toute façon, ce n'est pas comme si quelqu'un risquait de les voler.

Les marches sont en grillage métallique pour être praticables en après-skis. Le temps d'arriver au sommet, je suis essoufflée. L'air est pauvre en oxygène à cette altitude. Je pousse la double porte qui mène à l'intérieur du Panorama. Ça sent le feu de bois. L'espace d'un instant, il faut que je ferme les yeux. Parce que cette odeur, plus que toute autre chose, c'était celle de mes hivers.

Curtis appuie sur un interrupteur et le couloir lambrissé s'allume. D'ordinaire, une procession constante de skieurs et de snowboardeurs y défile à pas maladroits, en passant devant les casiers de ski pour sortir par la porte principale, qui mène au glacier. Ce soir, l'endroit baigne dans un silence inquiétant.

— Il y a quelqu'un ? appelle Curtis avec ses mains en porte-voix.

Brent me fixe à nouveau. Dale aussi. Mes pensées reviennent aux invitations. Est-ce l'un d'eux qui a organisé tout ceci ? Non, ça ne tient pas debout. Comme l'a dit Brent, nous sommes hors saison. Une location d'un week-end à cette période de l'année doit coûter des milliers d'euros. Je sais que Curtis n'est pas dans le besoin, car je l'ai espionné sur Internet. Ce doit être lui. Mais pourquoi faire des mystères ? Et est-ce que les autres sont dans le coup, ou a-t-il réussi, je ne sais comment, à leur faire croire que je les avais invités ?

— Il doit forcément y avoir quelqu'un, dit Curtis. Allons jeter un coup d'œil.

Nous filons tous dans une direction différente, comme des enfants qui s'égaillent dans un parc d'attractions. Ce bâtiment est un vrai labyrinthe. C'est le seul à des kilomètres à la ronde, un endroit multifonction qui abrite les secours de montagne, le centre de contrôle des pistes et tout ce dont les visiteurs et les employés pourraient avoir besoin. J'ai fréquenté le restaurant et les toilettes, rien d'autre. Ah si, j'ai aussi passé une nuit dans l'un de leurs minuscules dortoirs – le record d'altitude français pour une auberge de jeunesse.

Je traverse en coup de vent les corridors, en appuyant sur les interrupteurs au passage. Il y a beaucoup de portes fermées. Certaines s'ouvrent, d'autres pas. En voici une qui s'ouvre. C'est fou, ça pourrait bien être la chambre où j'ai dormi. L'humidité et l'odeur de renfermé me projettent des années en arrière. Brent, étendu sur le matelas, et moi qui le chevauche, ses grandes mains sur mes hanches. Je fixe l'étroit lit une place. Puis je ressors en fermant la porte.

La pièce suivante est une buanderie, pleine de serviettes blanches trop rêches et de draps usés jusqu'à la corde, pliés sur des étagères de pin. Ils sentent le détergent bon marché. Encore un peu plus loin, une odeur de nourriture ; sans surprise, c'est la cuisine. Deux casseroles sont posées sur une plaque immense. Je soulève les couvercles. De la viande en sauce dans l'une, de la purée dans l'autre. Encore chaud. Notre dîner, peut-être ? Mais où est le personnel ?

En repérant des toilettes, je pousse prudemment la porte, mais elles sont vides, lumière éteinte. Au-delà s'ouvre le restaurant, lui aussi noyé dans l'ombre ; l'odeur de fumée est suffisamment forte pour me faire tousser, alors que le feu n'est pas allumé. J'ai passé des heures ici, à me réchauffer les mains autour d'une tasse de café pendant une tempête de neige. Mais il n'y a rien sur les tables, et je repars le long d'un autre couloir. Les autres doivent être montés à l'étage, car je ne les entends plus.

Encore des débarras, encore des portes verrouillées. La minuterie dure si peu de temps que la lumière s'éteint parfois avant que je ne sois arrivée à l'interrupteur suivant, me plongeant dans des ténèbres absolues qui me forcent à tâtonner le long du mur. Le silence est glauque. Si quelqu'un jaillissait soudain d'une de ces pièces, je ferais sûrement une crise cardiaque.

Enfin quelque chose de familier : l'entrée principale, qui donne sur le glacier. Je hâte le pas. Il n'y aura personne dehors à cette heure de la nuit, et la porte sera sûrement verrouillée, mais si elle ne l'est pas, je veux respirer cet air chargé de givre. Ça fait si longtemps…

Elle s'ouvre. Le vent s'engouffre par l'ouverture avec un sifflement aigu qui se change en hurlement, étrangement humain. Je referme la porte d'un coup et je reste là, le souffle court. Je savais que je me heurterais à ce problème en revenant ici. Il y a trop de portes que je ferais mieux de ne plus ouvrir.

*Reprends-toi, Milla.*

Allez. Je peux le faire. Quelques verres et je me sentirai mieux.

À l'étage, il y a une salle de réception pour organiser des mariages et d'autres événements du même genre. Bien pratique pour augmenter les revenus d'une petite station comme celle-ci, surtout pendant la morte-saison. Je ne l'ai jamais vue qu'en photo, cette pièce, mais les autres doivent y être car ils ne sont nulle part en bas.

Voilà l'escalier. Une lourde porte coupe-feu m'attend en haut ; de l'autre côté, il semble faire encore plus froid. Je sens quelque chose. Un parfum léger, mais familier. D'où peut-il venir ? Heather, sans doute.

Des voix émanent de la porte sur la droite.

*Stop !* proclame une pancarte. *Le jeu est lancé. Merci de laisser vos téléphones dans le panier.*

Je relâche ma respiration. Un jeu. Peut-être un genre de quiz sur le snowboard, ou sur ce que l'on se rappelle les uns des autres. Quelque chose qui nous poussera à parler du passé. C'est bien le genre de Curtis, de nous dire quoi faire comme ça. De bannir tout ce qui pourrait nous distraire de ses plans pour la soirée. Je me prépare à déposer mon portable dans le panier. Mais…

Mes yeux reviennent à la pancarte. *Le jeu est lancé.* J'ai un jour dit ces mots à… Mais non. C'est une phrase très commune. Ça ne veut rien dire. Je laisse tomber mon téléphone parmi les quatre qui s'y trouvent déjà et je pousse la porte.

La salle de réception surplombe la montagne. Le tapis est très épais, immaculé, comme en écho à la neige au-dehors. Les meubles sont blanc et argent, sans doute ridiculement chers. Des chaises tendues de satin ; des tables de verre et de chrome. Toute cette opulence offre un sacré contraste avec l'aspect rustique du rez-de-chaussée. Même l'odeur est différente. Adieu fumée, bonjour peinture fraîche.

Le mur du fond n'est qu'une immense baie vitrée, avec des rideaux de velours blanc retenus par une cordelette. La vue doit être spectaculaire pendant la journée, mais pour le moment, l'obscurité est totale. Pas une lumière en vue. Un peu sinistre vu notre situation, mais en temps normal, c'est un endroit magnifique pour un mariage.

Si on arrive à passer outre le nombre de gens qui sont morts sur ce glacier.

Et le nombre de corps qui y sont encore prisonniers.

*Ne pense pas à ça.*

Il fait si froid ici que je peux voir mon souffle se condenser. Et très humide, aussi. La pièce n'a sans doute pas servi depuis des mois. Les autres ont tous un verre à la main. Une bière attend toute seule sur un plateau d'argent. Kronenbourg 1664. Elle est glacée contre ma paume. J'adorais ces petites bouteilles de bière française à l'époque, si sucrées et pétillantes. Je n'en ai pas bu depuis que j'ai quitté cet endroit.

Nous ne sommes toujours que tous les cinq. Le personnel doit être dans le couloir. Curtis n'arrête pas de jeter des coups d'œil vers la porte. Que nous a-t-il préparé ?

La main de Heather, aux ongles élégamment manucurés, se referme sur mon avant-bras.

— Tu as vu le jeu ?

— Quel jeu ?

Elle me fait traverser le tapis jusqu'à atteindre une grande boîte en bois posée sur une table basse. À côté se trouvent des stylos, de belles enveloppes crème et des cartons vierges. Et une feuille plastifiée. *Brise-Glace.* La police d'écriture est très élégante, comme celle qu'on utilise pour les faire-part de décès.

Ou de mariage, me dis-je très vite.

*Écrivez un secret sur vous, quelque chose que personne d'autre ne sait. Postez-le dans la boîte. Dépouillez les enveloppes une à une et devinez qui a écrit quoi.*

Je me tourne à nouveau vers Curtis, amusée de le voir déployer tant d'efforts alors que nous soûler à mort ensemble nous aurait amplement suffi. Il se dirige vers la fenêtre pour essuyer la buée et regarder dehors. Ses mouvements si fluides m'ont toujours rappelé ceux d'un gymnaste, et il n'a pas changé. Toujours cette grâce, cette puissance.

Je ne peux pas aller lui parler avec si peu d'alcool dans le sang, si bien que je me dirige plutôt vers Brent. Je suis surprise de le voir une bière à la main. Il ne buvait jamais, autrefois.

— Tu fais du snowboard, ces temps-ci ? je demande.

— Une fois par an. C'est tout ce que je peux m'offrir. Je fais encore pas mal de skate.

— Je veux bien te croire, vu l'état de tes chaussures.

Ses baskets DC sont si usées que je peux voir l'une de ses chaussettes. Il fut un temps où DC le sponsorisait, mais il a sans doute dû acheter lui-même sa dernière paire. Je suis touchée qu'il soit resté loyal à la marque, mais c'est tout Brent, ça.

Il n'avait que vingt et un ans cet hiver-là, svelte et plein d'énergie comme un adolescent. Il s'est un peu remplumé depuis. Difficile à dire avec ses vêtements amples, mais il a l'air encore assez athlétique. Et ses jeans lui descendent toujours à mi-fesse.

Sa beauté ténébreuse, héritée d'un père indien, lui

a permis de faire brièvement carrière comme mannequin avant de décoller avec le snowboard. Il m'est arrivé de le chercher en ligne, mais son Instagram ne révèle pas grand-chose. Je voudrais lui demander s'il voit quelqu'un en ce moment, voire s'il a des enfants, mais il pourrait croire que je le drague. Je veux juste m'assurer qu'il est heureux.

— Alors ce n'est vraiment pas toi qui m'as invité ici ? demande-t-il.

— Non, je te l'ai dit.

Curtis croise mon regard depuis l'autre côté de la pièce. Il semble… perturbé ? Il doit se demander où est passé le personnel.

— Tu fais toujours du snow ? dit Brent, qui s'efforce clairement de ramener la conversation en eaux moins troubles.

— Pas depuis que j'ai quitté cet endroit.

— Sérieux ? Pas même une fois ?

— J'ai eu beaucoup de travail.

Je vois bien qu'il est surpris. À l'époque, je ne pensais qu'au snowboard, et je m'étais toujours imaginé continuer tant que mon âge le permettrait.

La vérité, c'est que je suis terrifiée. Par la personne que je risque de redevenir, par les autres vies que je pourrais détruire. Dès que j'attache mes fixations, plus rien d'autre ne compte.

Brent ne sait pas ce que j'ai fait. Pas tout. Aucun d'eux ne le sait.

Et je n'ai pas l'intention que ça change.

# 3

Heather tape dans ses mains pour attirer notre attention.

— Allez, c'est l'heure de briser la glace !

— Mais j'ai faim, se plaint Brent.

— Moi aussi, dis-je. Il y a du ragoût dans la cuisine.

Heather boude.

— Ça va être marrant. On pourra manger après.

Elle était déjà aussi insupportable avant, ou est-ce le mariage qui l'a rendue despotique ? Elle descend le reste de son vin. Peut-être qu'elle est tout simplement ivre.

Brent grommelle encore mais Heather nous passe les petits cartons, stylos et enveloppes. Je regarde à nouveau Curtis, mais il quitte la pièce.

— Qu'est-ce qu'on est censés écrire ? demande Brent.

— Un truc croustillant que personne ne sait, répond Heather.

Ma gorge s'assèche. Je finis ma bière, mais ce n'est pas le genre de sécheresse que l'alcool peut faire passer. Je le sais, parce que j'ai déjà essayé quand j'ai quitté cet endroit, il y a dix ans.

Je mâchonne le bout du stylo en me creusant la tête pour trouver quelque chose de drôle à révéler. La voix de Curtis me parvient depuis le couloir. Il parle au téléphone. C'est bien lui, ça : il nous oblige à lâcher nos portables mais il se sert du sien. Est-ce qu'il discute avec sa copine ? Il me voit le regarder et ferme la porte.

Je reviens à mon carton, mais j'ai trop froid et trop faim pour structurer mes pensées, si bien que je finis par écrire : *J'ai un chat qui s'appelle Stalefish.*

Brent a disparu. Je glisse mon secret dans l'enveloppe, que je poste dans la boîte. Où Curtis l'a-t-il trouvée ? Elle a beau être blanche, elle ne va pas du tout avec le reste de la pièce. Les minces parois de contreplaqué ont été collées à la va-vite avec un coup de peinture douteux par-dessus. On dirait un truc bricolé par mon grand-père.

Il faut que j'aille aux toilettes. Celles des filles sont dans le couloir, juste en sortant. L'eau du robinet est si froide que c'est à se demander comment les tuyaux n'ont pas gelé.

De retour dans la salle de réception, je découvre que Brent a sorti un gros sac de chips, dont je prends une poignée. Du menton, j'indique sa veste de snowboard.

— Burton te donne toujours des trucs gratuits, ou il a fallu que tu l'achètes ?

— J'ai des réductions, dit-il, la bouche pleine.

— Tu en as de la chance. Il a fallu que je me rachète toute une panoplie pour venir ici.

Je lèche le sel sur mes doigts. À l'époque, j'avais donné toutes mes affaires de snowboard à une jeune

Française qui vivait de l'autre côté de la rue. Elle les méritait plus que moi.

Curtis a fini son appel et retourne se poster à la fenêtre en nous tournant le dos. Qu'est-ce qu'il contemple comme ça ? Il n'y a rien à voir.

Dale entre dans la pièce avec d'autres bières. Brent et moi en raflons une chacun.

— Prêts à jouer ? fait Heather.

— Une seconde, répond Curtis en s'éclipsant à nouveau.

Heather semble sur le point d'exploser. Je réprime un sourire. C'est à croire que Curtis n'est ressorti que pour l'énerver.

— Toujours pas d'employés ? je demande à Dale.

— Non. Je crois bien qu'on est tout seuls.

— On dirait, renchérit Brent.

— Mais il y avait des plats chauds dans la cuisine, dis-je.

— Oui, j'ai vu, réplique Dale. J'imagine qu'ils se sont dit qu'on pourrait se débrouiller. Peut-être qu'ils enverront quelqu'un demain matin pour nous faire le petit déjeuner.

— Ils vont nous laisser sans surveillance ? Bizarre que ce soit permis, fais-je remarquer.

— Ça revient moins cher.

— Ce doit être difficile pour une petite station comme ça de tenir face à de gigantesques domaines comme les Trois-Vallées, approuve Brent.

— Et le jeu ? je demande. Ce sont eux qui l'ont organisé, aussi ?

Ils n'ont pas de réponse à ça. Et vu la façon dont

ils me regardent, ils pensent toujours que j'ai quelque chose à y voir.

— À moi l'honneur, s'écrie Heather dès que Curtis revient.

Sans attendre, elle ouvre le dessous de la boîte et en sort une enveloppe, qu'elle déchire.

Nous approchons nos chaises. Vraiment, pourquoi ça l'amuse à ce point ? Qu'est-ce qu'elle s'imagine découvrir sur ces cartons ?

— Je les lis tous à voix haute, et ensuite on essaie de deviner qui a écrit quoi, d'accord ?

Elle est trop fébrile. Ça ne peut pas être que la faute de l'alcool. Elle doit avoir pris quelque chose. Cela dit, Curtis semble tout aussi nerveux. Il est trop raide et ne cesse de balayer la pièce du regard.

Je ne sens plus mes doigts. Je m'assois sur mes mains, mais les chaises en satin sont tout aussi glacées que le reste de la pièce.

Heather rougit en lisant le carton :

— « J'ai couché avec Brent. »

Elle jette un regard anxieux vers son mari, comme inquiète qu'il le prenne pour un aveu, mais c'est moi qu'il regarde, tout comme Brent et Curtis.

— Ce n'est pas moi qui ai écrit ça, dit Curtis, ce qui nous fait tous rire.

Tous sauf Heather.

— On a dit qu'on les lisait tous avant de deviner !

Elle essaie d'asseoir son autorité sur Curtis. Bonne chance, ma vieille.

— Ce n'est pas moi non plus, dis-je.

Ils rient de plus belle. Heather me fusille du regard.

— Ne me regardez pas comme ça, dit Dale en levant les deux mains.

Encore des rires. Un des garçons doit avoir écrit ça pour blaguer. Sans doute Curtis.

Heather est déjà en train d'ouvrir l'enveloppe suivante. Je m'étonne de la voir si pressée de passer à autre chose. Est-ce qu'il y aurait eu quelque chose entre elle et Brent ? Même si c'était le cas, elle ne s'en vanterait sûrement pas. Elle et Dale s'étaient mis ensemble tout de suite cet hiver-là…

Elle s'éclaircit la gorge et lit, d'une voix trop enjouée :

— « J'ai couché avec Brent. »

Curtis, Brent et moi rions encore plus fort. Dale ne décroche pas un sourire.

— Tu m'étonnes que tu ne te sois jamais qualifié pour les Jeux olympiques, dit Curtis en tapant sur l'épaule de Brent. Tu ne dormais pas assez !

Ça fait plaisir de le voir moins crispé. Son Brise-Glace fonctionne comme prévu ; bien que techniquement toujours glaciale, l'atmosphère se réchauffe, que ce soit sous l'effet de l'amusement ou de l'embarras. Voir Heather si gênée me réjouit. Si vraiment elle et Brent ont partagé quelque chose, Dale ne doit pas être au courant, vu la tête qu'il fait.

Brent et Heather échangent un regard. Le plissement de front de Brent dit : *Mais à quoi tu joues ?* Il pense que c'est elle qui l'a écrit ! Elle secoue très légèrement la tête en réponse. Qu'est-ce que ça veut dire ? *Pas maintenant ?* Ou alors, ce n'est pas elle qui l'a écrit ?

Alors là, je n'en reviens pas. Si Brent s'imagine

que Heather a écrit l'un de ces cartons, ça voudrait dire qu'ils ont bel et bien couché ensemble ?

Je me penche pour voir l'écriture sur le carton, même s'il n'y a aucune chance que je la reconnaisse – nous n'avons pas beaucoup écrit cet hiver-là. Mais le carton que tient Heather est écrit en capitales bien appliquées, du genre qui servent à déguiser une écriture. C'est une blague, ce doit forcément être une blague. Curtis et Brent se sont mis d'accord à l'avance pour pimenter les choses. Curtis et Dale se sont toujours pris la tête. Pourtant, Brent semblait sincèrement surpris…

Je pourrais répéter que je n'ai écrit aucun des deux cartons, mais je préfère attendre et voir ce que dit le suivant.

Heather ouvre la troisième enveloppe et prend une soudaine inspiration en voyant le carton.

— « J'ai couché avec Saskia. »

Cette fois, personne ne rit. La blague est allée trop loin.

Nous avons eu nos désaccords, Saskia et moi, mais je ne peux pas croire que quiconque ici aurait écrit une chose pareille. Pour ce que j'en sais, une seule personne ici a couché avec elle, et je pensais que ça avait été gardé secret. Je prends bien garde à ne pas croiser le regard de Brent – ni celui de Curtis.

Heather fixe son mari. De toute évidence, elle se demande si c'est lui qui l'a écrit. En partant du principe que Curtis et Brent ont écrit les deux premiers, Dale doit avoir écrit celui-là. Mais vraiment, pourquoi ferait-il ça ?

Elle ouvre la suivante, en se disant sûrement que

ça ne peut pas être pire. Ce doit pourtant être le cas, car elle semble choquée.

— « Je sais où est Saskia. »

Curtis lui prend le carton des mains et l'examine. Son expression est glaciale.

— C'est une blague ?

Personne ne répond.

— Est-ce que quelqu'un ici a vraiment écrit au moins un de ces cartons ?

Tout le monde se regarde, puis secoue la tête.

Je me sens de plus en plus mal à l'aise. Un regard vers la fenêtre, aux ténèbres si absolues au-dehors, me rappelle à quel point nous sommes isolés. Il n'y a que nous cinq, personne d'autre, à des kilomètres à la ronde. Il faut que je sache si c'est bien Curtis qui nous a invités ici. Parce que si ce n'est pas le cas…

Mes yeux reviennent à la porte. Je pense aux longs couloirs obscurs qui s'étirent de l'autre côté. Est-ce que quelqu'un s'y cache ?

C'est Brent qui brise le silence.

— Lisons la dernière.

Heather l'ouvre et devient pâle. Le carton lui glisse des mains et volette jusqu'au sol. C'est moi qui le ramasse.

— « J'ai tué Saskia. »

# 4

*Dix ans plus tôt*

Une fille s'envole au-dessus du half-pipe. Ses longs cheveux platine dépassent de son casque. Elle est douée. Pour son dernier trick, elle tourne une fois et demie sur elle-même – 540° – et s'arrête en dérapage juste devant moi, en me recouvrant de neige.

Je la connais. Saskia Sparks. Elle m'a battue aux championnats anglais de snowboard l'an dernier. J'étais quatrième et elle, troisième.

Et cette année, c'est moi qui vais la battre.

Mes longs cheveux blonds, un peu plus foncés que les siens, sont assez repérables. Si je peux la reconnaître, elle le peut sûrement, elle aussi ; mais, si c'est bien le cas, elle n'en montre rien. Elle se contente de libérer son pied arrière et de se propulser jusqu'au téléski.

Je laisse tomber mon sac à dos et je me dépêche de la suivre. On raconte beaucoup de choses sur elle. Tout le monde l'appelle la Demoiselle de Glace.

Mon forfait est dans ma poche. Je pousse ma hanche contre le scanner, j'attends le bip, et je franchis le tourniquet.

Le téléski consiste comme d'habitude en de vieilles perches en plastique qui pendent à un câble défraîchi. J'attrape la plus proche, je la glisse entre mes cuisses et je profite de la montée pour regarder les autres descendre.

Inhospitalier par nature avec ses à-pics, ses étroits canyons et ses pentes trop raides pour le vacancier moyen, le domaine du Rocher fait l'objet d'un véritable culte auprès des snowboardeurs et des skieurs de haut niveau. Son autre grand atout : le half-pipe du Rocher. L'équivalent d'une rampe de skateboard pour les snowboardeurs, une rigole géante qui s'étire dans la pente, construite selon les spécifications olympiques – cent cinquante mètres de long, avec des parois de neige hautes de six mètres des deux côtés. Il a fière allure.

Les riders s'y entrecroisent et jaillissent au sommet des murs verticaux en accomplissant tout un tas de tricks déments. Difficile de savoir qui se cache sous les bonnets, casques et masques de ski, mais à l'évidence, il y aura du beau monde à l'Open du Rocher demain.

J'aurais aimé arriver plus tôt. La saison a commencé il y a deux semaines déjà, le 5 décembre, mais je travaillais encore. Je voulais être sûre d'avoir assez d'argent de côté pour passer l'hiver tranquille ; comme ça, je peux me concentrer sur mon entraînement. Je ne monterai jamais sur un podium si je passe la nuit à faire la plonge dans un bar. Enfin bref. C'est l'heure de rattraper mon retard.

Saskia est déjà au sommet. Est-elle là pour toute la saison ou juste pour l'Open du Rocher ? Elle plonge dans le half-pipe et sort à nouveau un énorme 540°, puis se réceptionne avec une maîtrise impressionnante, comme toujours.

La première fois que j'ai vu un half-pipe, j'ai été terrifiée par ces murs quasiment verticaux. Mais ce n'est qu'une illusion. Ils n'ont rien d'hostile. Pour peu que l'on se réceptionne correctement, l'angle est si doux que l'on ne sent rien. Mais la glace est aussi dure que du béton ; mieux vaut ne pas se rater.

Un frisson me traverse tandis que je règle mes fixations. À l'intérieur de mes gants de ski, j'ai les paumes moites. Je suis plus nerveuse que d'habitude car j'ai un nouveau snow – un Magic Pipemaster 157, grâce à mon tout premier sponsor.

D'ordinaire, j'y vais mollo sur mon premier run, pour apprivoiser la piste, mais Saskia est l'ennemie à abattre, alors je vais tenter un 540° sur ma dernière attaque. Je me lance sur le côté jusqu'à aller suffisamment vite, puis je descends le mur jusqu'à atteindre le fond, remonter celui d'en face et m'envoler dans les airs.

Ma main de devant agrippe fermement la carre arrière de mon snow. *Backside air.* Je file au-dessus de la glace, l'esprit vide, épuré, sans rien voir ni entendre. Il n'y a que les sensations. Ces précieux moments d'apesanteur au sommet de la courbe, lorsque la gravité s'arrête – voilà pourquoi je gère trois jobs à la fois pendant l'autre moitié de l'année. Voilà pourquoi je me donne à fond à la salle de sport.

Puis je reprends contact avec le sol, pleine d'adrénaline et prête à recommencer. Je vais et je viens d'une paroi à l'autre comme un pendule. Sur ma dernière attaque, je tourne sur moi-même et je décroche le 540° – de justesse.

Mes doigts tremblent encore lorsque j'ouvre mes fixations. J'adore ce snow. Je vais le garder pour toujours. Je l'accrocherai au mur pour le montrer à mes petits-enfants.

Saskia remonte déjà vers le téléski pour se placer dans la queue, et je lui emboîte le pas en luttant dans la neige. L'étendue ensoleillée m'éblouit ; l'hiver immaculé des Alpes est si différent du gris des villes. Mes yeux ne s'y sont pas encore habitués.

Au run suivant, Saskia enchaîne deux gros 540° sur ses deux dernières attaques. La peur me noue l'estomac. Je pensais qu'après avoir trouvé un sponsor, je pourrais me détendre et profiter. C'est tout l'inverse. Je me mets dix fois plus la pression qu'avant, maintenant que j'ai une image à défendre. Je ne peux pas décevoir ceux qui misent sur moi.

Je visualise les rotations dans ma tête en remettant mes fixations. Il faut que la première soit énorme si je veux rester en l'air assez longtemps pour me donner de l'élan pour la seconde. C'est parti…

Merde. Je viens de me casser la figure en pleine vue de la terrasse du restaurant en contrebas. Je crache de la neige et je me dépêche d'essuyer mon masque avant de repartir. Mon genou me lance, et je ne veux même pas savoir si Saskia m'a vue me planter.

Il faut que j'y arrive. Une place sur le podium, c'est ce qui distingue les professionnels des semi-professionnels, et un professionnel peut s'entraîner toute l'année. Contrairement à Saskia, je ne viens pas d'une famille riche, mais je veux réussir.

Je n'ai jamais autant voulu quelque chose de toute ma vie.

J'essaie encore, et je rate encore. Ma main droite subit le plus gros de l'impact et un éclair de douleur me remonte le long du bras. En me relevant, je crois apercevoir Saskia sourire. Je finis par y arriver au bout de quatre essais… et voilà que Saskia sort un 720°. Deux rotations complètes, loin au-dessus du sol.

Le soleil tape dur sur le half-pipe. Chaque fois que je réussis quelque chose, Saskia place la barre un peu plus haut. Je repousse mes limites autant que je l'ose. Si je me casse quelque chose la veille de l'Open du Rocher, je suis foutue.

En milieu d'après-midi, ma bouteille d'eau est à nouveau vide. Je suis déjà redescendue à la station une fois pour la remplir. Je laisse mon snow en bas du half-pipe comme la dernière fois, avec tous les autres qui forment un amas multicolore, et je traverse le plateau à petites foulées.

En revenant, je croise une famille de skieurs – des parents avec un jeune enfant – en grande conversation au bord d'un à-pic. En jetant un coup d'œil en contrebas, je comprends pourquoi : un minuscule gant bleu se distingue sur la neige.

Mes yeux reviennent vers la petite famille. Un bébé est harnaché sur la poitrine du père, bien emmitouflé contre le froid. Seules ses petites joues roses ne sont pas couvertes… et l'une de ses mains. Il a sûrement perdu son gant depuis le télésiège branlant qui passe en tressautant au-dessus de leurs têtes. Le Rocher n'est pas une station familiale ; ce sont les premiers enfants que je vois ici. Ils doivent habiter dans le coin.

J'examine les deux extrémités de la barre rocheuse. J'ai déjà réussi des sauts bien plus impressionnants que ça. *Si ça fait moins de six mètres, ça ne compte même pas.* Du moins à en croire *Snowboard Magazine.* Mais ça me ferait perdre un temps précieux pour l'entraînement. Je regarde par-dessus mon épaule. Saskia doit être sur la piste, à creuser l'écart. Puis je reviens au bébé avec sa pauvre petite main. Avant même d'avoir compris ma propre décision, je coince ma bouteille d'eau dans ma brassière de sport et je cours vers le vide. La mère porte sa main à sa bouche lorsque je bondis.

Ce n'est qu'après m'être lancée que je me rends compte que je n'ai jamais sauté qu'avec un snowboard aux pieds. Ça va faire mal…

Je tombe en chute libre. La poudreuse et les rochers se ruent vers moi. Au moment où mes boots entrent en contact avec le sol, je rentre une épaule et je roule sur moi-même. Lorsque je m'arrête, je suis couverte de neige. J'enlève mon masque et je vois la petite famille qui se penche pour me regarder avec de grands yeux. Bon, où est passé ce gant ?

Mon genou se plaint lorsque je me redresse. C'est une vieille blessure qui me fait encore mal de temps en temps, et toutes mes chutes aujourd'hui n'ont rien arrangé. J'agite le gant et les parents applaudissent. Je le leur lance de toutes mes forces ; le père l'attrape, me crie un merci, et les voilà qui s'en vont. Maintenant, je n'ai plus qu'à trouver comment remonter.

Après un long chemin en biais dans la poudreuse, je finis par revenir au half-pipe, en sueur et à bout de souffle. Sérieusement, tout ça pour un gant de bébé…

Mon tee-shirt thermique me colle à la peau et j'ai déjà bu la moitié de mon eau, mais au moins mon snowboard est là où je l'avais laissé. Saskia, assise non loin, prend le soleil. Elle ne m'a toujours pas adressé la parole, mais, dès que je ramasse mon snow, elle attrape le sien et file vers le téléski. Je lui cours après en essayant de retrouver ma concentration.

Pendant la remontée, je vois une silhouette en veste vert menthe sortir une énorme rotation. Merde, c'est une fille ! En général, les snowboardeuses sont faciles à identifier, plus prudentes et moins spectaculaires, mais celle-là surfe comme un garçon, en se lançant à fond dans ses tricks. Je ne pourrai jamais la surpasser. J'espère qu'elle n'est pas anglaise.

Il faut que je me recentre. Pour l'instant, je ne dois me soucier que de Saskia. Elle s'élance dans le half-pipe tandis que je rattache mes fixations. Merde. Elle vient d'enchaîner deux 720°. Je ne sais pas si je peux faire ça.

*Allez ! Tes sponsors te laisseraient tous tomber s'ils savaient quelle poule mouillée tu fais !*

Je prends une grande inspiration et je me lance, mais mon snow répond mal et je fais n'importe quoi. Je n'arrive qu'à sortir une seule rotation complète pour mon dernier trick. Un 360° mou du genou.

Je ne contrôle plus rien dans ma descente, l'arrière de mon snowboard se prend dans la neige, et je m'effondre dans les bras d'un pauvre snowboardeur qui perd l'équilibre et tombe en arrière.

Génial. Je viens de renverser Curtis Sparks, trois fois champion de half-pipe anglais. Le frère aîné de Saskia.

— Je suis désolée !

— Pas de problème, répond-il en m'aidant à me relever. Ça va ?

— Oui, oui, et toi ? Je t'ai foncé dedans.

— Je survivrai, dit-il, l'air amusé.

Ça fait des années que je fantasme sur lui, et pas seulement parce qu'il est beau et ultra-doué. Quand on lui a demandé pourquoi il ne s'était pas qualifié pour les derniers Jeux olympiques d'hiver, il a regardé le journaliste droit dans les yeux et répondu : « Parce que je n'étais pas au niveau. » Alors qu'il avait subi une importante opération chirurgicale juste avant les épreuves de qualification. Pas d'excuses. Personne n'était plus dur avec lui que lui-même. Je l'ai adoré pour ça.

Je soulève mon masque pour comprendre ce qui cloche avec mon snow.

— Eh, je t'ai vue aux Brits l'an dernier, lance-t-il.

— Moi aussi.

La façon dont il me regarde me fait rougir. Je me concentre sur mon snowboard.

— Mes fixations se sont encore desserrées. Tu aurais un tournevis ?

— Fais-moi voir ça.

Il se penche sur mon snow et palpe la fixation de ses larges mains. Ses cheveux sont d'un blond un peu plus sombre que ceux de sa sœur, et très courts. Sa peau dorée est plus pâle autour des yeux, à cause de son masque.

— Hé, Sass ! crie-t-il.

Et la voilà non loin, qui nous regarde.

— Qu'est-ce que tu as fait de mon tournevis ?

Elle s'approche et nous tend un gros tournevis à la poignée violette.

— Merci, dis-je en le prenant.

Elle relève son masque rose fluo sur son casque mais ne répond rien. Ses yeux sont incroyables. Je les ai déjà vus en photo, mais ils sont plus bleus encore en vrai, plus bleus encore que ceux de son frère.

Je resserre ma fixation de toutes mes forces pour éviter que l'incident ne se reproduise. J'ai déjà dû emprunter un tournevis à un autre snowboardeur en haut des pentes.

— Tu veux que je m'en charge ? demande Curtis.

— Quoi, j'ai l'air d'avoir un problème aux bras ?

Je n'ai pas pu m'empêcher de lui répondre ça. Pas très gracieux, je sais, mais sérieusement, qu'est-ce que je ferais ici si je n'étais pas capable de resserrer mes propres fixations ?

Il me détaille de haut en bas en retenant un sourire.

— Je ne vois aucun problème, non.

Mes joues s'enflamment. Je lui rends le tournevis et je remarque un accroc sous son genou.

— C'est pas vrai, j'ai déchiré ton pantalon !

— Oh, ne t'en fais pas pour ça, dit-il avec un sourire plus large encore. Il ne m'a rien coûté. Tu peux me retomber dessus quand tu veux.

Il me drague, là, non ? Et devant sa sœur, en plus ! Je ne sais plus où me mettre, alors je dis n'importe quoi :

— C'est bizarre, quand même, c'est la deuxième fois que mes fixations se desserrent aujourd'hui.

Son sourire s'évanouit et il se tourne vers sa sœur.

— Vraiment ?

Pourquoi il la regarde comme ça ?

— Ça doit être à cause du beau temps, dit Saskia en rejetant ses cheveux sur ses épaules. Le métal s'est dilaté, ou quelque chose dans le genre.

— En tout cas, tu as bien fait transpirer ma sœur, aujourd'hui, reprend Curtis sans cesser de la regarder. Elle s'est mise à faire des trucs que je n'avais jamais vus.

Saskia s'assombrit. Peut-être qu'elle n'a pas tant d'avance que ça sur moi.

— Salut, je m'appelle Saskia, se présente-t-elle en me tendant soudain la main.

— Milla.

— Je sais, lâche-t-elle en souriant. Tu sors, ce soir ? On fait une soirée au Glow Bar.

— J'essaie de ne pas sortir avant une compétition, dis-je avec une hésitation.

— Pourquoi ? fait-elle en penchant la tête sur le côté. Ça te fait peur ?

Je me maudis intérieurement.

— Non, non. Je viendrai.

# 5

*Aujourd'hui*

Dans la salle de réception glacée, nous faisons circuler les « secrets ». Ils sont tous écrits en lettres capitales bien nettes.

— Qu'est-ce qui se passe, ici ? demande Curtis avec un calme menaçant.

Nos visages n'expriment que l'incompréhension. Dale serre et desserre les poings ; Brent étrangle sa bouteille de bière. Les yeux de Heather parcourent toute la pièce.

J'ignore qui a organisé ce jeu, mais je ne crois plus que ce soit Curtis. Personne ne pourrait simuler cette colère rentrée. Pas vrai ? Et il n'aurait jamais écrit ces choses-là sur sa sœur.

Il attrape la boîte et la secoue violemment. Clairement, c'est à nous qu'il voudrait faire ça. Nous secouer jusqu'à ce qu'on lui donne des réponses.

Des choses s'entrechoquent à l'intérieur. Il enfonce sa main dans l'ouverture du dessous. On l'entend taper sur le contreplaqué, puis il retourne la boîte pour coller son œil à la fente.

— Il y a un double fond. Nos enveloppes sont toujours là-dedans.

Après un silence choqué, nous nous rapprochons pour mieux voir. Je lui prends la boîte des mains. Une fine planche la sépare en deux compartiments : le dessus, où l'on peut voir nos enveloppes, et le dessous, désormais vide. La boîte n'a pas quitté la pièce. Est-ce que l'un de nous aurait pu y glisser ces faux cartons sans se faire repérer par les autres ? Ou s'y trouvaient-ils à l'avance ?

— Voyons voir ça, dit Brent.

Je lui tends la boîte et il l'écrase sous son pied.

— À quoi bon ? marmonne Curtis.

Il n'a pas tort. Je suis prête à parier que nos secrets ne sont pas de taille à rivaliser avec ceux lus par Heather. Celle-ci ramasse une enveloppe au sol pour l'ouvrir.

— « Je m'évanouis quand je vois du sang. »

Personne ne l'écoute. Curtis pose sur chacun de nous un long regard brûlant, qui nous fait tressaillir les uns après les autres.

— Quelqu'un a organisé tout ça. Qui ?

J'ai du mal à abandonner l'idée qu'il m'ait invitée ici. Par fierté, sans doute, au moins en partie. J'étais flattée. Je pensais que ça voulait dire quelque chose. Je l'espérais. Et si ce n'est pas lui qui a organisé ces retrouvailles, alors qui ?

— Et puis merde, dit Brent en se levant. J'ai besoin de quelque chose de plus fort.

La porte claque derrière lui.

Le visage de Heather est cramoisi. Il faut que je lui parle seule à seule plus tard pour lui poser des questions sur Brent, parce que je dois savoir. Si elle a couché avec lui, était-ce avant ou après qu'elle s'est mise avec Dale ? Et avant ou après mon histoire avec Brent ?

Dale l'entraîne vers la fenêtre pour discuter à voix basse. Est-ce qu'il lui pose des questions sur Brent ? Sûrement.

Je ne pense pas que Heather ait pu organiser tout ça. Les trois premiers secrets semblaient destinés à la mettre dans l'embarras. Ou alors, c'est ce qu'elle veut que je pense… J'ai bien eu l'impression qu'elle mentait, tout à l'heure, lorsqu'elle m'a parlé de son invitation.

Je sirote ma bière en souhaitant moi aussi quelque chose de plus fort – et je sursaute. Curtis est juste derrière moi. Il bouge vraiment comme un chat quand il veut, ce mec.

— Tu as quelque chose à voir là-dedans, Milla ?

— Non. Bien sûr que non.

Il n'a pas l'air convaincu.

— Parle-moi de ton invitation, dis-je. Quand est-ce que tu l'as reçue ?

— Il y a deux semaines, environ.

— Pareil.

Elle arrivait d'ailleurs un peu tard, vu la date, mais j'ai tout laissé tomber pour y aller. *Parce que je croyais qu'elle venait de toi.* Même si nous n'avons pas échangé un mot depuis une décennie, je ne pouvais pas laisser passer une chance de le revoir.

— Tu l'as reçue par texto ou par mail ? je demande.

— Mail.

— Depuis quelle adresse ?

J'aurais dû vérifier plus tôt, quand Brent et lui m'ont montré leurs messages.

Curtis fixe Heather et Dale, de l'autre côté de la pièce.

— M. Anderson, quelque chose comme ça. Sur Gmail.

— Je n'ai pas d'adresse Gmail. Mon invitation a été envoyée par C. Sparks. Sur Gmail aussi.

J'ai mis si longtemps à y répondre… Fallait-il parler de Saskia ? Présenter mes condoléances ? J'ai même songé à l'appeler. Il n'y avait pas de numéro dans l'invitation, mais plusieurs sur son site. Puis je me suis dégonflée. Les conversations gênantes sont plus faciles en personne.

*Super idée !* ai-je écrit. *Je serai là. Ça me fait tellement plaisir d'avoir de tes nouvelles. Tu en es où ces jours-ci ?*

Une notification m'avait annoncé sa réponse. *Content que tu puisses venir. À bientôt.*

J'étais déçue, mais je m'étais dit qu'il était sans doute trop occupé. Et trop mâle. Un mec, ça n'écrit jamais plus que le nécessaire.

Je termine ma bière. Contrairement à Brent, Curtis a plutôt bien vieilli. Il est rasé de près – on peut clairement voir sa fossette au menton – et il doit revenir de vacances car il est légèrement bronzé. Ses cheveux blonds sont un peu plus longs qu'avant, mais ça lui va bien. Il porte une veste Sparks bleu marine avec une fine rayure blanche le long des manches. Sur les réseaux sociaux, on peut voir que toute sa famille porte cette marque.

Du moins, ce qu'il reste de sa famille.

— Tu étais restée en contact avec les autres ? me demande Curtis.

— Non.

— Pas même Brent ?

Est-ce par simple curiosité qu'il me pose la question, ou pour une autre raison ?

— Non.

Il y a tellement de choses que j'aimerais lui demander. Combien de temps il passe sur les pistes. Où est-ce qu'il vit. S'il sort avec quelqu'un. Je sonde son expression pour tenter d'y retrouver la chaleur d'autrefois, ou au moins un signe qu'il ne me hait pas. Mais il reste factuel.

— Et quelqu'un d'autre de cet hiver-là ?

— Non.

J'ai sauté dans ma voiture et je suis partie en abandonnant le chaos derrière moi. Je les ai tous supprimés de mon compte Facebook. De mes contacts. De ma vie. Je le regrette désormais, mais je voulais faire table rase.

— Mais je suis assez facile à trouver en ligne, poursuis-je. Je suis coach privé, j'ai un blog et un site Web.

— D'accord.

S'il m'a cherchée en ligne, il le cache bien.

— Je suppose que c'est pareil pour toi ?

— Ouais.

Curtis est apparemment aussi doué en affaires qu'il l'était en snowboard, car Sparks Snowboarding, la compagnie de vêtements de ski qu'il a lancée sept ou huit ans plus tôt, marche plus que bien. Et j'adore ce qu'elle lui permet de faire. Il organise des camps de snowboard freestyle en Suisse chaque été, il entraîne des ados défavorisés aux côtés d'étoiles montantes, et il milite contre le changement climatique pour protéger les glaciers afin que les générations futures puissent elles aussi en profiter.

De l'autre côté de la pièce, Dale hausse le ton, même s'il le rebaisse vite en nous voyant le regarder. Heather secoue la tête, sur la défensive. Ça ne me plaît pas. S'il la touche, j'interviens.

Brent revient avec une bouteille de Jack Daniels et des verres. J'en prends un.

— Bonne idée. Ça va peut-être me réchauffer.

Il m'en verse un doigt. Ses mains tremblent. Je trempe les lèvres dans l'alcool et je grimace. La vache, c'est fort.

Dale et Heather se disputent toujours. Il grommelle et elle lui répond sur un ton plaintif.

— T'en veux, Curtis ? demande Brent.

— Non, merci. Qu'est-ce que tu fais comme boulot, en ce moment ?

Brent se verse une bonne quantité de whisky et se l'envoie d'un coup.

— Je travaille sur des chantiers.

Je ne sais pas à quoi je m'attendais, mais pas à ça. Il doit lire la surprise sur nos visages, car il ajoute :

— C'est une entreprise familiale.

Maintenant qu'il nous l'a dit, je le devine dans la solidité de ses épaules, les cals sur ses mains. Son dos légèrement voûté.

Je repense à ses espoirs olympiques, et quelque chose se tord en moi.

La célébrité est fugace pour la plupart des athlètes,

mais elle l'est plus encore pour ceux qui font un sport aussi dangereux que le nôtre. Au sommet vertigineux de la gloire, on est couvert de médailles, traité en héros, mais il suffit d'une erreur pour tout ruiner. Entrer en contact trop vite ou trop lentement avec la rampe ; accrocher la trace du précédent rider. Une minuscule faute de calcul. Ou tout simplement de la malchance. Les risques sont si grands que si l'on s'arrêtait pour y penser, on ne se lancerait plus jamais, à moins d'être suicidaire.

Tout le monde finit par dégringoler, mais Brent semble avoir chuté de plus haut que la normale. Il était la star de Burton, le visage de la boisson énergétique Smash. Pendant des années, j'ai gardé un œil sur les classements en espérant l'y voir apparaître. Mais il s'était évanoui, tout comme moi. Je m'étais dit qu'il s'était sans doute blessé, mais à présent je m'interroge sur la raison pour laquelle il s'est retiré de la compétition. Est-ce que cela avait quelque chose à voir avec moi ? Je ne sais pas si je pourrais le supporter, si c'était le cas.

Curtis retrouve la parole avant moi.

— Et ça te plaît ?

— C'est un travail comme un autre, réplique Brent, sur la défensive.

— Tu as un site ?

— Oui.

Curtis et moi échangeons un regard. Donc n'importe qui aurait pu trouver l'e-mail de Brent, lui aussi.

Heather quitte la pièce à la hâte, le regard baissé. Est-ce que je devrais la rejoindre ?

Non. Elle avait l'air au bord des larmes et je ne me

sens pas la force de l'écouter pleurer dans les toilettes des filles. Je ne sais jamais quoi faire, dans ces cas-là. Quand je ne me sens pas bien, je le garde pour moi. Voilà au moins une chose positive à dire sur Saskia : elle ne m'aurait jamais fait le coup des larmes dans les toilettes.

J'ai vu Camille pleurer, un jour, mais à sa place, avec ce qu'on venait de lui annoncer, j'aurais pleuré aussi.

Je ne me serais jamais arrêtée de pleurer.

*Elle ne pourra plus jamais marcher.*

Je descends le reste de mon whisky. Ne pas penser à ça. J'irai voir Heather quand elle se sera un peu calmée.

Dale se tient à la fenêtre, sa bouteille à la main. Il lance un regard à Brent puis nous tourne le dos. Qu'est-ce que Heather a bien pu lui dire ?

— Comment êtes-vous venus ici, tous les deux ? demande Curtis.

— J'ai pris l'avion ce matin, répond Brent.

— Tu as atterri à Grenoble ?

— À Lyon.

— Ah, c'est pour ça qu'on ne s'est pas croisés à l'aéroport. J'avais pris Grenoble.

J'ai vu les étiquettes sur leurs sacs de snowboard.

— Je suis venue en voiture, dis-je.

— D'aussi loin ? fait Curtis en haussant les sourcils.

— En souvenir du bon vieux temps. J'ai pu penser à tout et à rien pendant le trajet.

*Et à toi, entre autres.*

C'est alors que Heather revient dans la pièce, essoufflée.

— J'y crois pas, nos portables ont disparu !

# 6

*Dix ans plus tôt*

Saskia a passé son bras autour de mes épaules comme si j'étais sa nouvelle meilleure amie. Elle porte un parfum capiteux, exotique, mais pas de maquillage à part un trait d'eye-liner violet qui fait ressortir encore davantage le bleu de ses yeux.

Nous sommes attablées au Glow Bar, toutes les six. Je ne savais pas quoi porter ce soir. Saskia semblait du genre à se mettre sur son trente et un, mais je n'allais pas l'imiter, il fait moins dix. Je me suis contentée d'un jean slim et de deux pulls, prête à passer pour la coincée de service. Mais les autres filles à notre table, qui semblent être françaises pour la plupart, sont aussi en jeans et pulls, et nous avons toutes gardé nos vestes de snowboard. On est sur la même longueur d'onde.

Le bar est bondé. Je ne me mêle pas trop aux soirées d'après-ski, en général. Je suis là pour m'entraîner, pas pour faire la fête. J'ai toujours trouvé bizarre que certains clients des stations de ski passent plus de temps au comptoir que sur les pistes. Enfin, c'est vrai que le Glow est le seul bar du village.

Sur la scène, un groupe joue du punk rock banal. Saskia doit crier pour se faire entendre :

— Tu es là pour toute la saison, Milla, ou juste pour la compète ?

— La saison. Et toi ?

— Pareil.

La nervosité me chatouille l'estomac. Je vais m'entraîner tout l'hiver aux côtés de ma plus grande rivale. Je pourrai surveiller ses progrès, mais elle en fera autant avec moi. J'évalue ses hanches, ses épaules, assez étroites. Elle est plus petite que moi, mais ce n'est pas un désavantage sur la rampe ; un centre de gravité plus bas donne un meilleur équilibre. Il n'empêche que niveau force brute, j'ai plus de potentiel. J'aimerais bien la voir s'entraîner à la salle. Elle doit avoir une puissance incroyable dans les jambes, vu les tricks qu'elle a sortis cet après-midi.

— Tu as des sponsors ? me demande-t-elle.

— Quelques-uns.

Elle attend la suite.

— Les snowboards Magic. Les habits Bonfire. Les masques Electric.

Et une marque de barres de céréales, mais je préfère passer ça sous silence de peur qu'elle se moque de moi. Je suis venue ici avec ma petite Fiat Uno pleine à craquer d'échantillons, et j'en ai déjà marre, mais au moins je ne mourrai pas de faim. Mes sponsors ne m'envoient que des produits, pas de financements pour m'entraîner ; il faut que je me débrouille comme je peux de ce côté. Mais je ne vais pas lui dire ça non plus.

— J'avais un autre sponsor de fringues il y a

quelques années, mais ils m'ont lâchée quand je me suis flingué le genou.

— Ça m'est arrivé aussi, dit l'une des filles.

Elles parlaient toutes français quelques instants plus tôt, mais elles sont passées à l'anglais quand je suis arrivée.

— On devrait assurer nos jambes, enchaîne une autre. Comme les joueurs de football.

— Vous saviez que Mariah Carey a assuré ses jambes pour un milliard ? dit Saskia.

— Jennifer Lopez a assuré ses fesses, renchérit quelqu'un.

— Alors qu'elles ne courent aucun risque, dis-je. J'aimerais bien assurer mes fesses, moi.

Nous nous mettons toutes à discuter de quelle partie de notre corps nous voudrions assurer. Une serveuse nous apporte un autre plateau de shots. Elle en tend un à Saskia, qui me le fait passer. Je ne comptais pas boire, ce soir, mais difficile de refuser. Toutes ces filles vont prendre part à l'Open du Rocher, et elles boivent, elles. C'est Saskia qui paie. J'attends que tout le monde ait un shot en main et je m'envoie le mien. Nous lançons des acclamations qui nous attirent quelques regards en coin à la table voisine, des Allemandes ou peut-être des Suisses, qui prendront certainement part à la compétition, elles aussi, car elles ne boivent pas.

Deux garçons s'approchent de notre table. L'un a la peau sombre, l'autre des dreadlocks blondes. Je les ai déjà vus quelque part.

— C'est qui, la nouvelle ? demande le premier avec un accent londonien, les yeux posés sur moi.

— Cassez-vous, dit Saskia.

Ils s'en vont au comptoir. Une minute... C'était Brent Bakshi et Dale Hahn. Et Saskia les a envoyés bouler !

Curtis est juste derrière eux. Il me sourit, fait un signe de tête à sa sœur et fronce les sourcils en voyant nos shots. Il se dirige vers une table de garçons – j'y reconnais encore quelques visages aperçus dans des DVD de snowboard – pour leur serrer la main. Curtis et Saskia font partie de la noblesse du snowboard. Leurs parents sont des pionniers du sport, Pam Burnage et Ant Sparks. Ils ont l'air de connaître tout le monde ici.

Assise juste à côté de moi se trouve Camille Gaulin, médaillée de bronze aux X Games. C'était elle, la fille en veste vert menthe. Ses boucles brunes, coupées court, dépassent un peu de sa casquette Rossignol. J'essaie de ne pas me laisser éblouir, mais elle est vraiment sympa. J'apprends qu'elle aussi passera toute la saison ici ; les autres filles ne sont là que pour la compétition.

Je me penche vers elle :

— Est-ce que tu intimides les garçons ? Tu es si douée, ça doit forcément arriver.

— Pff, dit-elle en agitant la main.

J'aimerais bien que le groupe de rock se la ferme. Je suis en train de perdre ma voix.

— Je sortais avec un snowboardeur suisse l'an dernier, et il m'a larguée parce que je l'avais battu au bras de fer.

Les filles s'esclaffent. J'ajoute :

— Devant tous ses potes.

Camille me tape dans la main. Je dois être un peu bourrée. D'habitude, je ne parle jamais de moi, surtout pas à des gens que je viens de rencontrer, mais ça fait tellement du bien de leur raconter ça. Je ne m'étais pas rendu compte à quel point j'enrageais encore. Stefan était un pro de boardercross. Il ne ralentissait jamais pour m'attendre, et j'adorais descendre les pistes avec lui parce que je devais me donner à fond pour ne pas le perdre de vue.

— Envoie-le faire de la muscu, dit la fille qui me fait face.

— Paie-lui un coach privé ! renchérit une autre.

— Fais-lui bouffer des stéroïdes !

Leurs suggestions deviennent de plus en plus extravagantes. Intégrer un groupe de filles pareil est une première pour moi. Retrouver mes amies d'enfance est toujours douloureux. Elles ne parlent que de mode et de célébrités. Je suis bien plus à l'aise entourée des potes de rugby de mon frère et de leurs blagues grossières.

D'autres shots de vodka arrivent. On en est à combien ? J'ai perdu le compte. Je n'ai pas l'habitude de boire, trop occupée à m'entraîner, ou à travailler, ou les deux. Et surtout pas avant une compétition. Mais les autres filles enchaînent, et quelques-unes prennent des bières en prime. J'avale mon shot et j'abats le verre sur la table.

Les Allemandes murmurent en nous regardant, ce qui est probablement pile ce que voulait Saskia. Voilà ce que nous sommes en train de déclarer : on est si fortes qu'on peut boire ce soir et vous battre demain. C'est sans doute vrai si on s'appelle Camille Gaulin, mais en ce qui me concerne, pas vraiment. Malgré tout, je ne veux pas décevoir le groupe.

Curtis s'approche pour murmurer quelque chose à l'oreille de Saskia. Je n'entends rien avec la musique, mais je crois qu'il lui dit d'arrêter de boire. Elle balaie ses paroles d'une main, elle s'en fiche, et il retourne à sa table avec une grimace.

— Ce qu'il peut être fatigant, dit-elle.

— Mon frère est épuisant aussi, réponds-je. Il a combien d'années de plus que toi ?

— Deux.

— Pareil que mon frère et moi.

— J'ai deux grands frères, intervient Camille.

— Ma pauvre, réplique Saskia en nous faisant toutes rire.

— Ils font du snowboard ? je demande.

— Non, du ski alpin. J'en faisais aussi, quand j'étais petite. Je me suis mise au snowboard à quatorze ans.

— Ils sont ici, au Rocher ?

— Non, ils sont à Tignes pour l'hiver. Vous y êtes déjà allées ?

Ce qui lance toute une conversation sur les stations que nous avons visitées.

Quand Saskia retourne au comptoir, je la vois se disputer pour de bon avec Curtis. Jake n'oserait jamais me dire quoi faire. Il l'a compris depuis des années déjà.

Elle revient avec d'autres verres. Nous les descendons tandis que le groupe sur scène se lance dans « Somebody Told Me », par The Killers. Saskia saute sur ses pieds.

— J'adore cette chanson !

Nous la suivons sur la piste, et tout d'un coup le bar entier se lève pour danser. Les corps se bousculent dans l'espace restreint. J'ai du mal à tenir debout. Ça fait des années que je n'ai pas bu autant. Il faudra que je descende des litres d'eau avant d'aller au lit.

La tête me tourne, et je me dirige vers les toilettes. En revenant vers notre table, je trébuche et quelqu'un me retient. Curtis. *Oh non.* Mes jambes tremblaient déjà bien assez, et ma voix tremble aussi lorsque je le remercie.

Ses yeux pétillent.

— Comme je le disais tout à l'heure, tu peux me tomber dessus quand tu veux.

Pour me donner une contenance, je désigne son Évian.

— Tu dois bien être le seul ici à ne pas boire.

— Je ne bois pas quand je m'entraîne. Ça dérègle mon temps de récupération.

Du coin de l'œil, j'aperçois un autre plateau de shots arriver à notre table. *Merde.* Curtis suit mon regard.

— Je crois que tu as bien assez bu.

— Pardon ? Si j'ai besoin de tes conseils, je te le dirai.

Il se prend pour qui ? C'est une chose qu'il dise à sa sœur de ne pas boire, mais il ne me connaît même pas. Je titube vers le bar. Je ne peux pas laisser Saskia payer toutes ces tournées. Elle peut clairement se le permettre, mais je refuse d'en profiter à ce point. Il faut que j'en offre au moins une.

Le problème, c'est que je ne sais pas du tout quelle

marque de vodka nous sommes en train de boire, et Saskia doit être du genre à se soucier de ce genre de détail.

— La même chose ? me demande la serveuse avant que je ne puisse ouvrir la bouche.

— Oui, c'est ça, dis-je avec soulagement.

Dale et Brent sont assis plus loin au comptoir. La serveuse leur fait la conversation tout en préparant ma commande. Elle porte une petite robe noire et des bottes à talons aiguilles – ils lui reluquent les jambes ; elle est vraiment jolie, menue avec de longs cheveux sombres et beaucoup de mascara. J'entends quelques bribes de son accent, plus marqué que le mien ; on dirait bien qu'elle vient du nord-est de l'Angleterre, ce qui me donne envie de mieux la connaître. Moi aussi, je suis du Nord.

Dale lui dit quelque chose qui lui fait lever les yeux au ciel. Elle riposte et il baisse la tête en surjouant la honte. Brent rigole et lui met une claque dans le dos.

Elle m'apporte mes verres. Je la plains d'être ainsi entourée de mecs qui la draguent à toute heure du jour et de la nuit, surtout aussi intimidants que Dale avec ses dreadlocks et ses piercings. Elle doit en avoir ras le bol.

Mais tandis qu'elle dispose les shots sur mon plateau, je la vois sourire pour elle-même, et je comprends mon erreur. C'est elle qui les drague, et elle sait exactement comment s'y prendre.

— Et voilà, me dit-elle. Dix euros.

J'hésite. Les boissons coûtent une fortune dans les stations de ski, et je m'attendais à au moins cinquante euros. Elle doit s'être trompée, distraite par Dale et

Brent, mais, si je ne dis rien, on risque de prélever la différence sur son salaire.

— Ça ne peut pas être ça…

— Mais si, dit-elle avec un air agacé sur son joli visage.

Bon. J'aurai essayé. Je lui tends un billet de dix euros.

Tandis qu'elle l'encaisse, elle jette un regard en coin aux garçons et rejette ses cheveux par-dessus son épaule, l'air de dire *Je ne suis pas intéressée.* Fascinée, je regarde Dale se pencher sur le comptoir, les manches relevées pour exposer les tatouages sur ses avant-bras, et tenter d'attirer son attention. Avec un nouveau sourire caché, elle fait semblant de ne pas l'entendre.

Je n'ai jamais fait ce que je voulais d'un garçon comme ça. Je ne saurais pas comment m'y prendre.

Elle pointe l'un des shots d'un doigt à l'ongle verni de rouge et dit quelque chose que je n'arrive pas à entendre.

— Pardon ?

— C'est celui-là, la vodka.

Quoi ?

Un terrible soupçon perce les vapeurs d'alcool qui m'embrument l'esprit. Mais Saskia ne me ferait pas un coup pareil.

Pas vrai ?

## 7

*Aujourd'hui*

Nous nous précipitons dans le couloir sombre et glacé. Le panier où nous avions laissé nos portables est vide.

— Qui les a pris ? demande Curtis d'un ton menaçant.

— Il est tout neuf, ce téléphone, se lamente Heather, au bord des larmes. Et tous mes contacts de boulot sont dedans…

— Du calme, fait Dale. On va le retrouver.

Personne ne semble comprendre ce qui s'est passé. Je jette un regard des deux côtés du couloir. Est-ce l'un de ces quatre-là qui les a pris, ou y a-t-il quelqu'un d'autre avec nous dans le refuge ? Si seulement j'avais les pensées plus claires. Tout ça n'a aucun sens. Je ressens déjà les effets du whisky. L'alcool tape dur à cette altitude, et ça fait des heures que je n'ai rien mangé.

— On peut au moins savoir qui ne les a pas pris, dis-je. Qui n'a pas quitté la pièce ? De mon côté, je suis allée aux toilettes avant qu'on commence le jeu.

— Les portables étaient encore là ? demande Curtis.

Je fais un effort de réflexion.

— Je ne m'en souviens pas.

— Je suis sorti chercher à boire, poursuit Dale, et je n'ai pas fait attention non plus. Et toi, Curtis, pourquoi est-ce que tu es sorti ?

— D'abord pour un coup de téléphone. Puis pour aller aux toilettes.

— Qui est-ce que tu as appelé ? je demande.

Il lève un sourcil, l'air de dire que ça ne me regarde pas. Dale insiste :

— Alors ?

— Je ne vois pas ce que ça vient faire là-dedans, proteste Curtis.

— On ne sait jamais.

— C'était ma mère, répond enfin Curtis en me jetant un regard irrité.

— Je suis sorti deux fois, dit Brent.

— Et Heather vient de sortir aussi, je conclus. Merde. N'importe qui aurait pu les prendre.

— Pour en faire quoi ? interroge Curtis.

— Les cacher quelque part, j'imagine.

Les regards s'arrêtent sur le sac à main de Heather. Elle est la seule d'entre nous à en avoir apporté un.

J'ai trente-trois ans et je n'ai pas de sac à main. Il a fallu que je m'en achète un exprès le jour du mariage de mon amie Kate. *Tu n'as pas intérêt à venir avec ton sac à dos, Milla*, avait-elle griffonné au dos de mon invitation. Il était bleu ciel, assorti à ma robe de demoiselle d'honneur, et je me sentais ridicule avec, comme un enfant qui se déguise. J'en ai fait don à une organisation caritative du coin dans la foulée.

Celui de Heather est marron, avec un porte-clés

doré sur la fermeture Éclair. Sans doute de marque. Quand elle nous voit la regarder, elle rougit et le vide sur le tapis. À l'intérieur, une pochette argentée, des lingettes, des tampons et unc quantité absurde de maquillage. Pas de portables. Elle nous jette un regard de défi en ramassant le tout.

— Vous êtes contents, maintenant ?

— Quelqu'un d'autre les a pris, c'est la seule possibilité, dit Curtis.

— Mais qui ? demande Heather en ouvrant de grands yeux.

— Je n'en sais pas plus que toi.

Dale passe son bras autour de Heather, qui se presse contre lui. Unis à nouveau, du moins pour un temps.

— Il faut fouiller cet endroit pour les retrouver, poursuit Curtis. Ou chercher la personne qui les a volés.

— Ça marche, dit Brent en vidant le reste de son whisky.

Il se dirige vers la porte et je lui emboîte le pas.

— Attendez ! crie Heather. On ne sait pas qui se cache ici !

— Bien vu, dit Curtis. Je ne pense pas que les filles devraient se balader toutes seules.

— Je reste avec Heather, dit Dale en lui agrippant la main.

— Et moi avec Milla, dit Curtis.

— Ou moi, proteste Brent.

Je devrais sans doute leur être reconnaissante de se soucier de moi, mais je ne le suis pas. Ça me met en colère. Je ne supporte pas l'idée que parce que je suis une fille, je suis forcément une petite chose pathétique qu'il faut protéger. Je suis tout aussi musclée que je l'étais à l'époque – même si j'ai plus de forces dans les bras et moins dans les jambes. Si quelqu'un essaie de m'attaquer, il le regrettera.

J'ouvre ma bouche pour le leur dire, puis je remarque la tension dans la mâchoire de Curtis. Brent n'est pas tranquille, lui non plus. Et ces deux-là ne s'inquiètent pas facilement. Je repense à ces couloirs sombres et déserts. Mieux vaut être prudents.

— Vous n'avez qu'à rester tous les deux avec moi.

Curtis acquiesce.

— On se retrouve ici dans… je ne sais pas, vingt minutes ?

— OK, dit Dale avec un coup d'œil à sa montre.

— Partez vers la gauche. Nous, on part vers la droite. Vous faites le rez-de-chaussée, on s'occupe du premier.

— C'est toi le chef, maintenant, c'est ça ?

Curtis ne répond pas. Il a toujours été le chef, si on y réfléchit – ce qui ne m'empêchait pas de ne pas l'écouter. Dale tire Heather par la main et tous deux s'enfoncent dans le couloir.

— N'oubliez pas de vérifier les casiers ! leur crie Curtis. Et profitez-en pour essayer de trouver un téléphone fixe !

Nous partons de l'autre côté, Curtis en tête, naturellement. Explorer le bâtiment m'avait mise mal à l'aise plus tôt ; maintenant, c'est pire. Le Panorama est bien différent en pleine saison, rempli de bruits de voix et de claquements de bâtons de ski. Ce soir, il est trop vide. Trop silencieux.

Et d'abord, pourquoi en voudrait-on à nos portables ? Je ne sais pas ce qui m'effraie le plus : l'idée qu'un inconnu soit venu les prendre, ou que l'un des autres soit le coupable. Je croyais les connaître. Du moins à une époque.

Les premières portes à droite sont les toilettes.

— Je vérifie celles des filles ? dis-je.

— On y va tous, répond Curtis en poussant la porte.

Quatre cabines s'alignent contre le mur, toutes fermées. Je jette un regard sous les portes. Si je vois des pieds…

*Bang !* Mon cœur rate un battement, mais ce n'est que Curtis qui ouvre les portes d'un coup de pied, l'une après l'autre. Il n'y a personne là-dedans, évidemment. Brent cherche parmi les serviettes en papier dans la corbeille.

Nous fouillons aussi les toilettes des hommes. Un courant d'air me glace la nuque : la petite fenêtre est ouverte de quelques centimètres à peine. Je me mets sur la pointe des pieds pour jeter un coup d'œil dehors, et j'imagine une main laisser tomber nos portables, les uns après les autres, dans la nuit. Si c'est ce qui s'est produit, nous ne les retrouverons jamais, car ce côté du bâtiment donne sur le vide. Mais pourquoi ferait-on une chose pareille ?

— C'était ouvert, tout à l'heure ?

Curtis pousse un juron et la referme d'un coup.

— Je n'ai pas fait attention.

— Moi non plus, dit Brent.

La porte suivante est un placard qui pue la javel. Nous fouillons entre les paquets de serviettes en papier et les recharges de savon. Il y a une montagne de papier-toilette, et je vérifie chaque rouleau.

Je préférerais mourir que de l'admettre, mais je suis bien contente que ces deux-là soient avec moi. Surtout Brent, parce que Curtis me rend nerveuse pour une tout autre raison.

Nous tournons à l'angle du couloir. Il y a des portes de chaque côté, toutes verrouillées. Mon corps se tend chaque fois que nous en dépassons une, comme si quelqu'un pouvait en surgir.

— Qu'est-ce qu'il peut bien y avoir là-dedans ? demande Brent en échouant à ouvrir la dernière.

— Des bureaux, peut-être, lâche Curtis. Ou d'autres placards.

Le couloir s'achève là.

— Il n'y a pas grand-chose ici, dis-je tandis que nous revenons sur nos pas. Et dehors ?

— Il fait trop sombre pour le moment.

— Qu'est-ce qu'il y a dehors ? Tu t'en souviens ? Je crois qu'il y a des garages pour les dameuses…

Et ce ne sont pas de petites machines. Celles qui s'occupent des pistes sont énormes.

— Trois garages, je crois, approuve Curtis.

— Il y a une cabane au pied du téléski, ajoute Brent. Et le kiosque.

— Et la terrasse avec des chaises longues. Ils doivent bien les entreposer quelque part.

Nous regagnons la salle de réception. Heather et Dale ne sont pas encore revenus ; le rez-de-chaussée est bien plus vaste que l'étage. Curtis ferme la porte derrière nous et baisse la voix.

— Et si Heather et Dale étaient derrière tout ça ?

— Mais pourquoi ? dis-je en le fixant.

— Aucune idée.

— Je n'y crois pas trop. Heather avait l'air sincèrement effrayée.

— Peut-être qu'elle sait bien faire semblant, répond Curtis en regardant Brent.

— Je n'en sais rien, dit-il avec un haussement d'épaules.

Curtis fait mine de donner un coup de pied dans la porte.

— Quelqu'un joue avec nous, et je n'aime pas ça.

Brent se verse un autre whisky, bien tassé. Intéressant de voir comment ils gèrent la tension. Brent boit et Curtis se met en colère.

— Tu en veux un, Mills ? demande Brent.

Et moi qui m'étais imaginé des retrouvailles pleines de nostalgie. Je soupire.

— D'accord.

— Milla…, dit Curtis en me touchant le bras.

L'impression de déjà-vu me prend par surprise. Une nuit, il y a dix ans, Curtis m'a dit d'arrêter de boire, et j'aurais dû l'écouter, mais je ne l'ai pas fait.

Tout comme je ne le ferai pas ce soir.

Je tends mon verre. Brent doit être plus secoué qu'il ne le montre, car sa main tremble et il me verse du Jack Daniels sur les doigts. Je me les lèche et je descends le verre d'une traite.

Je pense que ce tremblement n'a pas échappé à Curtis, parce qu'il regarde Brent comme s'il essayait de déterminer ce dont il pourrait être capable.

Ce n'est pas Brent qu'il devrait regarder.

# 8

*Dix ans plus tôt*

Je traverse le plateau en titubant, la tête prise dans un étau, l'estomac en feu. J'espère que j'atteindrai le half-pipe sans vomir à nouveau.

D'immenses bannières ont été tendues : *Open du Rocher*. Des participants en dossard jaillissent du half-pipe, en plein échauffement. D'autres s'étirent ou ajustent leurs fixations. Les visages sont tendus, les riders concentrés sur les tricks qu'ils espèrent réaliser. Tout comme je le serais si je n'étais pas aussi occupée à retenir mon estomac.

Depuis que je suis rentrée du Glow Bar la nuit dernière, j'essaie de manger quelque chose, mais tout remonte. Je suis en rage – contre moi-même, surtout. Comment ai-je pu me faire avoir comme ça ? J'ai vingt-trois ans, je ne suis plus une ado. Pression sociale ou pas, j'aurais dû me contrôler.

D'énormes enceintes diffusent du hip-hop ; le soleil me transperce le cerveau. Je me protège les yeux. Si seulement je pouvais me rouler en boule dans un coin sombre pour cuver tranquille.

Le rider près de moi mord dans une banane trop

mûre, et mon estomac se retourne lorsque son odeur m'atteint. Il y a des caméras de tous les côtés – Eurosport, France 3, quelques autres. Je serre les lèvres. *Ne vomis pas ! Pas encore !*

On entend parler toutes les langues dans la file d'attente pour l'inscription. Je récupère mon dossard au moment où des filles de la nuit dernière passent, leurs snowboards sous le bras. Je baisse la tête ; je ne veux pas les voir se moquer de moi.

Quelqu'un me tape sur l'épaule, et Camille apparaît pour me faire la bise.

— Comment ça va ?

— À ton avis ? dis-je en haussant un sourcil.

Son sourire se change en une expression confuse.

— Quoi ?

— La vodka…

— Quelle vodka ?

— Celle que j'ai bue pendant toute la soirée !

Camille rougit d'indignation lorsque je lui explique tout. Elle cherche Saskia des yeux, incrédule. La voilà, dans sa veste Salomon immaculée, au bord du half-pipe, prête à se lancer. Camille se retourne vers moi en parlant très vite. Apparemment, Saskia avait tout arrangé avant que je n'arrive au bar, suggérant aux autres de boire des shots d'eau pour perturber leurs opposantes.

— Je suis vraiment désolée, dit Camille. Je ne savais pas.

Elle semble si mortifiée que je ne peux que la croire.

— Et les autres filles ? Elles savaient ? je demande.

— Je ne pense pas.

Je ne sais pas si je suis contente de l'entendre ou si c'est encore pire.

Saskia passe non loin, filant vers le téléski. Camille la suit du regard, comme si elle luttait pour accepter l'idée que son amie ait fait une chose pareille.

J'ai déjà gaspillé la moitié de mon temps d'échauffement. J'attrape mon snowboard.

— Finissons-en. Comment est la neige ?

Camille et moi prenons le téléski ensemble. Au sommet se trouve Curtis, qui règle ses fixations. Il me jette un regard et pousse un juron.

— Je t'avais prévenue.

— Quoi ? dis-je. Alors tu savais ?

— Je me doutais de quelque chose.

Saskia rit et plaisante au milieu d'un petit groupe de snowboardeurs. Brent est là, et Dale aussi, avec son piercing à la lèvre qui accroche le soleil. Ma colère s'enflamme. Je me dirige vers eux et je tapote sur l'épaule de Saskia.

Elle se tourne pour me faire face. Son visage me rappelle celui du chat de mes parents quand il se met en chasse.

— Pourquoi seulement moi ? je demande, consciente que Curtis et Camille se trouvent derrière moi.

Un silence s'abat sur le groupe. Je m'attendais à voir Saskia nier, mais ses yeux bleus me fixent sans détour.

— Pourquoi pas ?

— Tu avais peur que je te batte ?

Elle ne répond pas à cette question-là. Elle n'a pas besoin d'y répondre. Je ne la battrai pas aujourd'hui, elle s'en est assurée.

Je suis tellement en colère que je pourrais la gifler. J'ai toujours eu l'esprit de compétition. Je n'avais pas d'autre choix, avec mon frère – je ne connais personne de plus compétitif que lui. Mais au moins, il l'est ouvertement. Ce qu'a fait Saskia est différent. Peut-être plus féminin. Sournois. Je ne sais pas comment réagir.

— J'espère que tu te rends compte que le jeu est lancé, maintenant, dis-je en luttant pour masquer ma fureur.

— Le jeu est lancé, répond-elle en souriant.

Curtis lui fait signe de le rejoindre et tous les deux s'asseyent dans un coin. Vu la façon dont il me désigne, il lui en veut pour ce qu'elle a fait. Elle me jette un dernier regard et me tourne le dos. Il lui désigne la piste, maintenant. Il lui donne des conseils. Je vais en avoir bien besoin, aujourd'hui, de conseils, alors je tends l'oreille.

— Ce mur est en plein soleil, il va vite se ramollir. Fais attention à ne pas déraper en fin de rotation.

Saskia hoche la tête et attache ses fixations. Elle se lance et il reste assis là, à la regarder. Un snowboardeur barbu en dossard s'approche, le poing tendu pour un check. Un Américain.

Je ferme mes fixations et prends de grandes inspirations, en essayant de préparer mon estomac à ce qui va suivre. Les mots de Curtis m'atteignent, portés par le vent :

— La neige devrait rester bien dure toute la journée.

C'est bizarre. Il vient de dire le contraire à Saskia, non ? Est-ce que j'ai mal entendu ?

Une demi-heure plus tard, je n'en peux plus de trac. Mon nom va bientôt être appelé.

— *Milla Anderson !*

D'habitude, à ce moment-là, une vague de calme me saisit. Tout se met à tourner au ralenti, et mes heures d'entraînement et de visualisation prennent le dessus : je fais mon run en pilote automatique. Mais aujourd'hui, c'est comme si j'étais en accéléré. J'ai le tournis rien qu'en étant debout, donc il ne faut pas s'étonner que je rate ma première rotation en m'écrasant au fond du half-pipe. Mon deuxième run se déroule tout aussi mal, et me voilà hors course.

Je me force à m'asseoir sur la neige pour regarder le reste de la compétition. Je n'ai plus qu'à assumer et faire en sorte de ne plus jamais refaire la même erreur.

Curtis est tout aussi à l'aise et confiant sur la neige qu'il l'est ailleurs. La puissance et la maîtrise de ses tricks l'emmènent jusqu'en finale. Saskia atteint la finale femmes, enchaîne ses deux 720° sans problème et finit septième. Ce qui est vraiment impressionnant, puisqu'il s'agit d'une compétition internationale avec des riders venus du monde entier. Camille remporte la coupe.

Les participants se rassemblent en bas de la piste, en échangeant des accolades et en se tapant dans la main. On débouche le champagne, qui asperge la foule.

— On se retrouve au Glow pour l'after ! hurle quelqu'un.

On dirait bien que je suis la seule à ne pas faire la fête. Mes poings se serrent en voyant quelqu'un féliciter encore Saskia. Je ramasse mon snow et m'esquive.

Dans quatre mois, Saskia et moi nous retrouverons à nouveau en compétition aux championnats britanniques de snowboard. Et je la battrai, même si je dois en mourir.

## 9

*Aujourd'hui*

La porte de la salle de réception s'ouvre d'un coup en me faisant sursauter. Dale rentre à grands pas, suivi de Heather. Il a l'air furieux.

— Quelqu'un a pris notre ordinateur !

Curtis se rue vers la porte.

— Qu'est-ce qui t'arrive ? lui crié-je.

— J'ai apporté mon MacBook, répond-il sans s'arrêter.

Nous lui courons après dans l'escalier et le long du couloir. Un vent glacial repousse mes cheveux en arrière quand il ouvre la double porte. Il descend les marches métalliques quatre à quatre. Je suis soulagée de voir que mes sacs sont là où je les ai laissés.

— Merde, dit Curtis en examinant son sac à dos. Mon MacBook a disparu.

Mon propre sac à dos est à moitié ouvert. Je fouille dans mes affaires, soudain paniquée. Mon portefeuille et mes clés sont là. Je n'avais pas pris mon ordinateur. Je gère quasiment tout sur mon téléphone.

Les autres sont aussi en pleine vérification. Heather palpe des kilos de vêtements.

— Rien d'autre qui manque ? demande Curtis.

— Pas que je sache, répond Brent.

Je suis si perturbée que je n'arrive pas à me rappeler ce que j'ai apporté.

— Je ne suis pas sûre…

— Ça ne me fait plus rire, dit Heather. Je veux redescendre dans la vallée.

*Réfléchis, Milla.* Mon regard s'arrête sur la caméra de sécurité qui surveille l'arrivée des œufs. Je me place dessous et j'agite les bras.

— Ohé ! Il y a quelqu'un ?

— Je n'arrive pas à croire que j'aie laissé ça arriver, dit Curtis en faisant les cent pas sur le quai. J'aurais dû redescendre ici une demi-heure plus tôt.

Je continue à faire de grands signes à la caméra, en espérant qu'on nous verra, même si on ne peut pas nous entendre, et que les œufs se remettront à fonctionner.

— Je n'avais pas sauvegardé nos données depuis des semaines, dit Heather à Dale. Il faut absolument retrouver cet ordinateur.

— Ce n'est pas à moi qu'il faut le dire, marmonne Dale.

Curtis se retourne vers lui.

— Tiens, d'ailleurs, qu'est-ce que vous faisiez en bas pendant si longtemps, tous les deux ?

— Hé, proteste Dale, ne commence pas à nous accuser. Tu as quitté la pièce deux fois et tu le sais très bien.

Heather et Dale auraient sans aucun doute eu le temps de fouiller nos sacs et de cacher les ordinateurs pendant qu'ils arpentaient le rez-de-chaussée, mais n'importe lequel d'entre nous aurait tout aussi bien pu se ruer en bas pour le faire.

À moins qu'il n'y ait quelqu'un d'autre ?

Dans tous les cas, rien n'a été laissé au hasard. La personne derrière tout ça nous a fait monter à l'étage, dans la salle de réception, en supposant – avec raison – que nous ne voudrions pas trimballer nos affaires avec nous dans tout le bâtiment.

— Nous avons fouillé tout le rez-de-chaussée, nous informe Heather. C'est là que j'ai pensé à l'ordinateur.

— Qu'est-ce que vous avez trouvé ? demande Curtis.

— Un tas de portes qui ne s'ouvrent pas, répond Dale.

— Pas de personnel ? je demande. Pas de ligne téléphonique ?

— On a trouvé deux prises téléphoniques, reprend Heather. Une dans le bar, l'autre dans la cuisine. Mais rien n'était branché dedans.

Quelqu'un aurait-il enlevé les téléphones ? À en croire son expression, elle n'en doute pas.

— Qu'est-ce que c'est que toutes ces portes verrouillées ? veut-elle savoir.

— Vous n'avez pas trouvé de centre de contrôle des pistes ? demande Curtis. Ou de centre de secours en montagne ? Ou d'infirmerie ?

— Non.

— Bon…

Curtis s'approche du poste de commande des œufs et secoue la porte. Elle refuse de s'ouvrir, bien sûr. Il met ses mains en coupe autour de la vitre pour jeter un coup d'œil à l'intérieur. Je m'approche de lui.

— Tu vois un téléphone ? Ou une radio ?

— Non, répond-il avec frustration.

Brent vient voir à son tour, mais un grand bruit nous fait tous nous retourner. La caméra de sécurité est en morceaux. Dale se tient sous son emplacement, son snowboard encore levé au-dessus de sa tête. Je fixe les restes de l'appareil avec stupéfaction.

— Mais qu'est-ce que tu fous ? demande Curtis.

— Mieux vaut qu'on ne puisse pas nous surveiller, pas vrai ? répond Dale en abaissant son snowboard.

— Mais on aurait pu venir à notre secours, dis-je en m'efforçant de garder mon calme.

Curtis ramasse le plus gros des composants électroniques. Pas besoin d'électricien pour nous apprendre que la caméra ne pourra pas être réparée. Il jette le fragment de côté.

— C'était notre seul lien potentiel avec la vallée, et tu l'as détruit. Quelqu'un a vu d'autres caméras ?

— Il doit y en avoir une dans le restaurant, dis-je.

Dale s'éclaircit la gorge, et je devine soudain ce qu'il va répondre.

— Je l'ai fracassée aussi.

J'échange un regard avec Brent. Je crois que nous pensons tous la même chose. Est-ce que Dale serait derrière tout ça ? Mais pourquoi ?

— Tu n'as rien trouvé de plus stupide à faire ? s'emporte Curtis en s'avançant vers Dale.

— Lâche-moi, répond ce dernier. Si quelqu'un nous espionne depuis la vallée, ils sont forcément dans le coup.

— Bon, ça suffit, dit Curtis. Il nous faut des

réponses. On va passer en revue ce jeu de merde. Heather ! Tu as couché avec Brent ?

Je fais la grimace. Le tact n'a jamais été son fort.

— Elle n'a pas à répondre à ça, dit Dale en faisant un pas vers Curtis.

Les deux hommes sont nez à nez. Dale est un peu plus grand ; il doit approcher les deux mètres, plus que la moyenne des snowboardeurs. Mais Curtis est plus puissamment bâti.

— Et après, quoi ? poursuit Dale. Tu vas me demander si j'ai couché avec Saskia ?

— Tu l'as fait ?

— Et toi ? riposte Dale.

Curtis le saisit par les épaules en le poussant vers l'arrière. Quelques mètres plus loin, le quai s'arrête et tombe à la verticale dans le vide. Seule une mince rambarde de métal tient lieu de garde-fou.

Brent et moi leur courons après. Des stalactites de glace pendent du toit, aussi acérées que des poignards. Je prie pour qu'elles ne choisissent pas ce moment pour tomber. Brent se dirige vers Dale, alors je me place derrière Curtis. Dangereux de l'approcher lorsqu'il est remonté à ce point. En théorie, je sais quoi faire ; avec un grand frère joueur de rugby, la self-défense est une affaire de survie. En plus, j'ai été videuse pour la boîte de nuit Leadmill pendant quelques années après avoir arrêté le snowboard.

J'espère que je me souviens comment faire. Je passe mon bras droit autour du cou de Curtis, mon bras gauche derrière sa tête, et je serre. Dès que je le sens abandonner la lutte, je le relâche. Curtis se retourne vers moi, aussi furieux que choqué.

Dale se dégage de l'emprise de Brent.

— Toi aussi, fais gaffe, le prévient-il. Tu es sur ma liste noire en ce moment.

Les yeux flamboyants, il ajuste sa veste et retourne aux côtés de Heather.

— Il faut qu'on reste calmes et qu'on comprenne ce qui se passe, dis-je, un peu essoufflée.

— Et les casiers de ski ? demande Curtis. Ils étaient tous ouverts ?

— Tous sauf un, répond Dale.

— Allons voir si on arrive à l'ouvrir.

J'enfile mon petit sac à dos et attrape mon sac de snowboard. Il n'est pas lourd ; après tout, nous ne sommes là que pour deux nuits. Je préfère garder mes affaires sous les yeux. Les autres m'imitent et nous traînons nos bagages à l'étage.

Les casiers sont numérotés, une centaine au total, et peints de jolies couleurs pastel. Les clés pendent aux verrous. J'en ouvre quelques-uns pour regarder à l'intérieur ; un peu plus loin, Curtis fait pareil.

— On a déjà regardé, lâche Heather.

Je repère le casier fermé. Brent tire sur la porte.

— J'ai un tournevis, dit Curtis.

— Donne-moi une seconde, répond Brent.

Il sort un trousseau de clés de sa poche. Nous le regardons retirer les clés de l'anneau puis le tordre pour en faire un fil de fer. Il le secoue dans la serrure et le retire pour ajuster sa forme.

Les pas de Dale l'amènent vers l'entrée principale, et il semble sur le point d'ouvrir la porte. *Ne fais pas ça.* Je ne supporterai pas d'entendre à nouveau le hurlement du vent. Il va bien falloir que je rouvre cette porte, pourtant, mais je suis déjà assez nerveuse comme ça et j'ai besoin de temps pour m'y préparer.

Dale glisse et se rattrape au mur.

— Merde, c'est mouillé.

En effet, il y a des traces humides sur le plancher devant la porte.

— Des traces de pas ? je demande.

— On dirait bien, dit Curtis d'un air sombre. Est-ce que l'un de vous est sorti ?

Silence. Mais s'ils étaient sortis, leurs chaussures seraient mouillées. Je les examine aussi discrètement que possible. Est-ce que je me fais des idées, ou est-ce que le bout des DC de Brent est plus sombre qu'avant ?

— Et voilà, dit Brent en retirant le fil de fer.

Impressionnant. Mais il a toujours été doué de ses mains.

Nous nous rapprochons lorsqu'il ouvre le casier. Il n'y a rien à l'intérieur. Curtis, qui est le plus proche, se redresse comme si quelque chose venait de lui traverser l'esprit et nous regarde les uns après les autres. Est-ce qu'il ne trouverait pas que Brent a ouvert ce verrou un peu trop facilement ?

— Alors où sont passés nos portables ? demande Dale.

— À toi de me le dire, réplique Curtis.

Tout mon corps se tend. J'ai l'impression qu'ils sont à nouveau sur le point de se jeter l'un sur l'autre.

— Et si on mangeait ? propose Brent.

— Merde, Brent, lui dit Curtis. Il faut qu'on retrouve nos portables.

— Je sais, mais je meurs de faim.

— Tu ne comprends pas ce que ça veut dire, ou quoi ? poursuit Curtis en haussant la voix. Les œufs ne marchent pas et nous n'avons aucun moyen de contacter le monde extérieur. Si on ne trouve pas nos portables, on est coincés ici.

— J'ai faim, moi aussi, dis-je. On ne pourrait pas en discuter à table ?

Manger pourrait éponger un peu l'alcool et m'éclaircir les idées. Heather me regarde d'un air incrédule.

— Comment peux-tu penser à manger alors que quelqu'un joue avec nous comme ça ?

— En même temps, mourir de faim ne nous avancerait à rien, je rétorque.

Curtis attrape ses sacs et s'en va à grands pas vers le restaurant. Nous nous hâtons de le suivre. Lorsque nous entrons dans la salle, il est déjà au bar, en train d'inspecter la caméra de sécurité en morceaux sur le sol. Nous laissons tomber nos sacs en tas.

— Tu peux surveiller mon sac à main ? demande Heather à Dale avant de se diriger vers la cuisine.

Je regarde à nouveau les DC de Brent.

— On dirait que tes chaussures sont mouillées, lui dis-je à voix basse.

Il baisse les yeux.

— Ça doit être du whisky.

— Ah oui.

— Je vais voir si je peux faire du feu.

Il file vers la cheminée. Je pourrais m'en occuper, mais je veux interroger Heather au sujet de Brent, et je me dirige vers la cuisine.

L'arôme d'herbes et de tomates me fait gargouiller

l'estomac. Heather soulève les couvercles des casseroles et allume la plaque électrique.

— Qu'est-ce que je peux faire ? je demande.

Je ne suis pas très douée aux fourneaux. J'essaie de manger équilibré, mais ce sont principalement des aliments crus pour m'éviter d'avoir à cuisiner. Heather me tend une cuillère en bois et me désigne la casserole.

— Mets-toi là et remue ça.

Elle ne s'arrête pas un seul instant, tournoyant sur elle-même en ouvrant des placards au hasard. Comment peut-elle se déplacer comme ça avec des talons pareils ? La dernière fois que j'en ai porté, je devais avoir sept ou huit ans. Je jouais à m'habiller comme une grande. Je me suis tordu la cheville et j'ai manqué ma compétition de gymnastique. Après ça, j'ai juré de ne plus jamais en mettre.

Il faut que je mange quelque chose. Je regarde par-dessus son épaule, espérant repérer un truc à grignoter, mais les placards ne contiennent que quelques ingrédients de base. Le frigo industriel aussi. C'est logique. Ils referont leurs stocks le mois prochain, juste avant la saison de ski.

— Alors, qu'est-ce que tu fais comme boulot, ces temps-ci ? dis-je en m'efforçant de rester sur le ton de la conversation.

— On est agents sportifs, Dale et moi, répond-elle. J'ai décroché mon diplôme de droit et on a fondé notre propre agence après notre mariage.

— Super. C'est vraiment impressionnant.

La conversation s'arrête là. Je n'ai jamais su quoi lui dire. Elle ne faisait quasiment jamais de snowboard et j'avais bien plus de choses en commun avec Dale. Je ne suis pas à l'aise à côté d'une femme comme Heather. Ses cheveux, son maquillage, les efforts qu'elle fait pour être toujours jolie… Elle correspond parfaitement à l'idéal féminin, du moins selon les stéréotypes du genre.

Alors que moi pas. Je suis comme un garçon manqué qui n'aurait jamais grandi. Je raconte que je ne me soucie pas de mon apparence, mais au fond, ce n'est pas vrai. Je m'en inquiète beaucoup. Je me demande si je ne suis pas assez féminine pour attirer les garçons. Si c'est pour ça que je n'ai personne.

Heather fouille maintenant le frigo. Il faudrait attendre le bon moment pour lui demander si elle a trompé Dale, mais ce moment n'arrivera jamais, alors je me lance.

— Je me demande qui a bien pu écrire les trucs du Brise-Glace. Et je me posais des questions sur toi et Brent.

Heather se redresse, une salade dans une main, un concombre dans l'autre. Elle jette un coup d'œil dans le couloir, puis se retourne vers moi.

— Quel genre de questions, exactement ? dit-elle d'un ton glacial.

— Tu as vraiment couché avec lui ?

Elle me fusille du regard.

— Et toi, tu as couché avec Dale ?

— Bien sûr que non.

Mais je l'ai embrassé. J'espère que je n'aurai jamais à l'avouer, car je n'en suis pas fière.

— Alors ?

— Non, je n'ai rien fait avec lui, répond-elle sans soutenir mon regard.

— Je ne te crois pas.

Les garçons doivent avoir réussi à allumer un feu, car l'odeur de fumée devient plus forte.

— Crois ce que tu veux, dit Heather en ouvrant un placard en hauteur pour en sortir cinq assiettes.

— Laisse tomber. Je demanderai à Brent.

Elle sert la nourriture en silence. La salade et le concombre sont abandonnés sur le comptoir. C'est la deuxième fois que je la sens mentir. Qu'a-t-elle d'autre à cacher ?

La fumée m'emplit la gorge lorsque j'apporte les assiettes au restaurant. L'endroit n'a pas changé. Lambrissage de bois sombre, poutres apparentes, tapis en peau de vache, photos en noir et blanc au mur. Des flammes crépitent dans l'immense âtre de pierre surplombé d'une tête de cerf empaillée. Sur le manteau de la cheminée se trouve une pendule au tic-tac familier, jaunie par l'âge.

Quelques plafonniers, pendant au-dessus des tables, diffusent une lumière tamisée. L'ensemble se veut confortable, mais il y a un peu trop de coins d'ombre à mon goût.

Brent et Dale discutent à table près du feu. Je dépose les assiettes, heureuse de voir qu'ils ont cessé de s'agresser. Dale s'est lui aussi mis au whisky, et une seconde bouteille de Jack Daniels est apparue près de la première.

— Vous en avez déjà bu une entière ? je demande.

— C'est open bar, me répond Brent en souriant. Que demande le peuple ?

Je vais chercher des verres derrière le comptoir et je me verse à nouveau quelques doigts d'alcool, même si je sais que je ne devrais pas. Je plisse les yeux pour observer les alentours malgré la fumée. Au mur pend du vieux matériel de montagne : des lunettes de glacier à l'ancienne, des crampons, une paire de bottes usées par l'âge.

Et un piolet rouillé. Les sommets sauvages du Rocher en font une destination très prisée des alpinistes. Je presse mon doigt contre l'extrémité. Toujours très pointue.

Curtis est agenouillé près du feu et fouille dans la pile de bois.

— Qu'est-ce que tu fais ? je demande.

— Je cherche nos portables.

— J'ai déjà regardé là, lance Dale.

Curtis continue. La fumée me pique les yeux.

Heather sort de la cuisine avec le reste des assiettes.

— Il faut absolument qu'on retrouve cet ordinateur, répète-t-elle.

— Arrête avec l'ordi, merde, siffle Dale.

Heather m'a toujours fait l'impression d'une fille solide. À l'époque, c'était elle qui semblait dominer la relation, mais on dirait bien que le vent a tourné.

Je m'assois près de Brent. Les fauteuils sont recouverts de peaux de mouton. Je voudrais rabattre la mienne sur mes jambes, mais elle est fixée au siège.

— Vous avez vu le quad cork 1800 de Billy Morgan ? nous demande Brent en mangeant. Pas mal, hein ?

— Je l'ai vu sur YouTube, dis-je, heureuse qu'il tente d'alléger l'atmosphère.

— Et ce Japonais qui a réussi le premier quad cork 1980 au monde, ajoute Dale.

— C'est complètement dément, dis-je. Ça fait quoi, cinq rotations complètes ?

— Cinq et demie, corrige-t-il. Le snowboard a bien évolué.

Heather regarde la pendule comme si elle comptait les minutes en attendant de fuir la conversation, et Curtis reste aux aguets, mais avec la nourriture et l'alcool qui me réchauffent l'estomac, et les flammes qui me réchauffent le visage, je commence à me détendre.

— Vous vous rendez compte qu'on surfait sans casque, à l'époque ? dit Brent.

— Pas moi, réplique Curtis.

— Les slams qu'on se prenait ! On a de la chance de s'en être tirés.

Nous ne nous en sommes pas tous tirés, mais je ne veux pas y penser. Et de toute façon, porter un casque n'empêche pas de se briser la nuque.

— Vous avez vu ce Norvégien qui a sorti un backside 540° rewind ?

— Non, qu'est-ce que c'est que ça ? je demande.

Dale était le grand maître du style, à l'époque, et j'adorais parler de tricks avec lui. Il pose son verre.

— C'est comme un 740°, sauf que tu l'inverses à la fin. Imagine interrompre ta rotation en l'air et repartir dans l'autre sens. Vraiment pas évident. Essaie et tu verras.

Il soulève sa chaise, la pose sur une autre table et grimpe dessus.

Voilà pourquoi j'adore ces gars-là. Quand je sors le soir avec mes potes de la salle de sport, on parle de Netflix. J'ai beau ne pas avoir vu mes contacts de snowboard depuis dix ans, j'ai toujours plus de choses en commun avec eux qu'avec n'importe qui d'autre.

On ne devient pas sportif pro pour l'argent, surtout dans un sport aussi risqué que le nôtre. Un snowboardeur freestyle ne sera jamais riche à millions, sauf s'il s'appelle Shaun White. Non, c'est quelque chose que l'on fait par passion. Pour la chance d'y consacrer chaque minute de sa vie, d'y penser sans cesse, d'en rêver la nuit. Plus un seul d'entre nous n'est pro, mais nous n'avons rien perdu de cette passion.

Dale bondit en l'air, tournant d'un côté, puis de l'autre.

— Ça ne va pas, réplique Curtis. Il faut que tu aies fait un 180° complet avant d'inverser ta rotation, sinon ce n'est qu'un shifty.

Dale lui jette un regard mauvais.

— Je tente le coup, lance Brent en escaladant la chaise avant de sauter.

— À moi, dis-je en sentant l'excitation monter.

Heather lève les yeux au ciel, mais j'ai l'impression d'avoir retrouvé mes vingt ans. La chaise tremble lorsque je grimpe dessus. Je m'élance et me réceptionne lourdement. Aïe. Ça fait des années que je n'ai pas bondi en l'air, à part pour descendre d'un stepper.

— On ne reste pas assez longtemps en l'air, conclut Dale.

Son regard s'arrête sur une section de souche servant de table. Il dépose une autre table dessus, plus petite, et place une chaise sur le tout. La structure vacille dangereusement lorsqu'il l'escalade, et Brent la retient juste à temps. Dale saute très haut, se cogne dans notre table à l'atterrissage et s'étale par terre.

— Ça suffit, dit Curtis. Arrêtez de faire n'importe quoi.

— C'est quoi, ton problème ? demande Dale, qui se redresse en se frottant l'épaule.

— Quelqu'un a volé mon téléphone et mon ordinateur, voilà mon problème.

— Faut te détendre, mec.

— D'accord, à condition que tu me rendes mes affaires, répond Curtis en se laissant aller dans son siège.

Ils se fixent. Près de l'assiette de Curtis se trouve un verre à whisky vide. Je n'avais pas vu qu'il buvait.

— Tu n'as pas changé, pas vrai ? dit Dale. Toujours à faire chier. Je savais que je n'aurais pas dû venir.

— Alors qu'est-ce que tu fais là ? demande Curtis.

— C'est elle qui voulait, réplique Dale avec un signe de tête vers Heather.

Vraiment ? Je jette un coup d'œil dans sa direction. Elle m'a toujours donné l'impression de détester cet endroit.

— Et pour répondre à ton autre question, poursuit Dale, non, je n'ai pas couché avec ta connasse de sœur.

Curtis se lève d'un coup.

— Personne n'insulte ma sœur, sauf moi, dit-il. Mais je choisis de ne pas le faire, parce que, contrairement à toi, j'ai un peu de respect.

Un silence tendu s'installe. On dirait bien que l'ambiance peut changer aussi vite que la météo de montagne.

## 10

*Dix ans plus tôt*

Brent et Curtis sont assis en face de moi dans l'œuf. Le vent s'est levé et secoue notre petite cabine. Je grimace en me tenant l'estomac.

— Je t'interdis de gerber sur mon nouveau pantalon de snow, me dit Brent avec son accent londonien.

— Oui, fais gaffe à elle niveau pantalon, lance Curtis. Elle a déchiré le mien, hier.

Je regarde la jambe de Curtis. Pas d'accroc : il en porte un neuf. Maintenant que la pression de la compétition est retombée, Brent et Curtis sont souriants. Et ils ont raison de l'être. Curtis a fini troisième, Brent cinquième. Joli palmarès pour les Britanniques.

Une autre bourrasque fait tanguer la cabine, et mon estomac se soulève. L'odeur de cigarette froide n'arrange rien. J'ignore qui était là avant nous, mais ce quelqu'un n'a pas tenu compte de l'interdiction de fumer.

J'ai pris les œufs dans l'intention de faire quelques runs pour passer ma colère. J'imagine que c'est une bonne chose que Brent et Curtis se soient invités, car ils me distraient un peu du désastre qu'a été ma journée. Avec les yeux bleus de Curtis posés sur moi, j'ai du mal à penser tout court.

— Je croyais que vous seriez en bas à faire la fête, tous les deux, dis-je.

— Je fais toujours quelques runs après une compétition pour laisser retomber la pression, explique Curtis. Et Brent avait cette fille suisse de la nuit dernière qui lui courait après. Il avait besoin de filer discrètement.

Je souris, et je tourne mon regard vers les snows alignés contre la vitre. Celui de Brent est recouvert d'autocollants de sponsors, au point qu'il est difficile de voir de quel modèle il s'agit. Un Burton quelque chose. Probablement le Shaun White pro. Si Brent continue à surfer aussi bien, Burton pourrait bien sortir un modèle Brent Bakshi l'an prochain.

— Tu bois vraiment cette merde ? dis-je avec un signe vers son autocollant Smash.

— Pourquoi ? Tu en veux ?

Brent fouille dans son sac à dos et en sort une canette orange néon, qu'il ouvre et me tend.

— Non… En fait, si, tiens. Je n'y ai jamais goûté.

J'en prends une gorgée et je fais la grimace.

— On dirait du bain de bouche, dis-je en la lui rendant. J'ai entendu dire qu'il y avait autant de caféine que dans trois tasses de café, là-dedans.

— Cinq tasses de café, corrige Brent.

Il se lève ; ses cheveux sombres frôlent le plafond de la cabine. Un vent glacial souffle à l'intérieur lorsqu'il ouvre la fenêtre pour vider le contenu de la canette dehors.

— Ça ne va pas, non ? je m'écrie. Les marmottes ne vont pas pouvoir hiberner cette année.

— J'ai horreur de ce truc, répond Brent en refermant la fenêtre et en rangcant la canette vide dans son sac. Ne le dis à personne, parce que c'est la marque qui finance ma saison.

J'aime bien Brent. Il me rappelle Barnsey, l'un des potes de mon frère.

— Ils te paient mieux que Burton ? je demande.

— Ils me paient mieux que tous mes autres sponsors réunis.

— Sérieux ?

Ça ne m'étonne pas, cela dit. Brent est du genre à prendre des risques. Il est parfait comme emblème de marque.

— Quand ils m'ont dit combien ils m'offraient, je leur ai répondu que je me ferais tatouer leur nom sur les fesses.

— Arrête !

— Tu veux vérifier ? me dit-il en soulevant sa veste et en attrapant la ceinture de son pantalon de snow.

Je n'arrive pas à savoir s'il est sérieux, et je me tourne vers Curtis, qui lève les deux mains pour se défendre.

— Ne me regarde pas comme ça. Pourquoi tu penses que j'ai vu ses fesses ?

Brent rigole et se rassoit. Il a le genre de confiance en soi insolente qui va de pair avec le fait d'être exceptionnellement bon en sport – et pas n'importe lequel : un sport qui implique de fendre les airs très, très loin du sol. Et pourtant, ça le rend plus drôle qu'autre chose. Et puis, il est mignon, prompt à sourire, avec d'incroyables yeux noirs.

Je l'avais vu à la télé avant d'arriver à la station. La présentatrice – Anna Machin, une belle femme, la quarantaine – lui avait demandé quels muscles étaient sollicités par le snowboard. Plus ou moins tous, lui avait-il répondu. Elle l'avait persuadé d'enlever son tee-shirt et elle n'en pouvait plus. Son collègue avait pratiquement dû la retenir.

C'était un exemple hilarant de sexisme à l'envers. Si la situation avait été inversée – un présentateur, une athlète –, il y aurait eu un scandale national. Mais en l'état des choses, la moitié de l'audience se moquait d'elle et l'autre était tout aussi excitée. Brent, assis là, n'avait pas l'air plus perturbé que ça.

Et oui, d'accord. Son torse. Je ne suis pas aveugle. Mais Brent ne m'affecte pas comme Curtis le fait.

L'œuf est à nouveau secoué et je m'agrippe à mon siège. On ralentit de plus en plus.

— Tu sais que Dale m'a demandé un Smash ce matin ? dit Brent à Curtis.

— Ah tiens ?

— Il est rentré avec la serveuse, la nuit dernière.

— Qui ça, Heather ?

— J'en sais rien.

— Celle avec les longs cheveux noirs ?

— C'est ça.

— Elle est en coloc avec ma sœur, dit Curtis. Elle l'a épuisé, hein ? Ça a bien arrangé tes affaires.

Ils rient tous les deux.

— Dale s'est placé combien ? je demande.

— Septième, répond Curtis.

La relation de Brent et Curtis me fascine. Ils sont rivaux, mais aussi amis. Curtis est plus âgé ; il doit avoir vingt-quatre ou vingt-cinq ans, ce qui commence à compter pour un snowboardeur pro. Ces jours-ci, certaines compétitions internationales sont remportées par des gamins d'à peine quinze ans, et peu d'entre eux continuent la compétition après la vingtaine. On se fracture moins facilement les os quand on est jeune. Curtis doit forcément se sentir menacé par l'ascension rapide de Brent.

Je manque de tomber en avant lorsque l'œuf s'arrête. Merde. On n'est qu'à mi-chemin de l'à-pic.

— J'ai entendu dire qu'un skieur avait sauté ici, un jour, dit Curtis.

— Sérieux ? dis-je en fixant la paroi rocheuse. Tu le ferais, toi ?

— Pas sans parachute.

Les haut-parleurs crachotent quelque chose en français.

— Qu'est-ce qu'il a dit ? demande Brent.

— « Paré au décrochage ! » dis-je.

— Milla, quelle horreur, rigole Curtis.

— Mais en vrai ? insiste Brent.

— Je n'en sais rien. Mon français ne va pas très loin.

— Problème mécanique, dit Curtis. Ils s'excusent pour le délai.

Brent pousse un juron.

— Un de vous a quelque chose à manger ?

Je sors une barre de céréales de mon sac.

— J'ai ça.

— Super, merci.

L'œuf tangue comme une nacelle de manège. La fenêtre ne ferme pas complètement, et un vent glacé siffle à l'intérieur. Je remonte les genoux contre ma poitrine.

— On se pèle, ici.

Curtis se lève et s'assoit près de moi. Après un moment d'hésitation, Brent fait la même chose, et je me retrouve coincée entre eux. C'est assez intime, et je ne dois pas être la seule à ressentir ça, car nous sommes tous silencieux.

Le soleil descend sur l'horizon, et la neige est couleur d'or. Les traces ondulantes de multiples descentes se distinguent plus haut sur les pentes. Je devrais profiter de leur expérience, les faire parler de leurs tricks, mais je n'arrive à me concentrer sur rien d'autre que la jambe de Curtis pressée contre la mienne.

Il me jette un coup d'œil.

— C'est mieux comme ça ?

— Ouais.

Il faut que je sorte d'ici. Je ne sais pas quoi faire quand il me regarde comme ça. La dernière chose dont j'aie besoin cet hiver, c'est d'une distraction.

Les haut-parleurs crépitent avec une nouvelle annonce.

— Sans blague, leur répond Curtis. Il y a trop de vent, ça a provoqué un arrêt automatique. Ils vont nous évacuer un par un. Mieux vaut prendre nos aises, on va être là un moment.

Un hélicoptère passe en vrombissant. Nous nous tordons le cou pour le voir. Il s'arrête en vol stationnaire au-dessus de l'un des œufs, plus bas dans la pente, et un homme descend en rappel. Je souffle sur mes doigts pour les réchauffer. Ça va prendre des siècles.

— Tu veux ma veste ? demande Curtis.

— Non, ça ira.

— Tu veux la mienne ? renchérit Brent.

J'aperçois le regard que lui jette Curtis. *N'y pense même pas.*

— Non, je répète. Est-ce qu'il y en a un de vous deux qui veut la mienne ? Non ? Tant mieux, parce que je ne vous l'aurais pas donnée.

Nos rires brisent la tension. Fin de la drague, retour au snowboard. Nous parlons des endroits où nous avons surfé, des bonnes et des moins bonnes journées que nous avons connues, du record de neuf mètres quatre-vingts de Terje Haakonsen à l'Arctic Challenge. Le ciel vire au rose, puis au violet, puis au bleu sombre.

— Comment vous vous êtes rencontrés, en fait ? je leur demande.

— On s'est croisés au Burton US Open il y a quelques années, répond Curtis. On a loué un chalet ensemble la saison dernière.

— Avec sa sœur, ajoute Brent.

Ils échangent un autre regard. Qu'est-ce que ça veut dire, ça ? Mais je préfère ne pas penser à elle en cet instant. Je suis juste bien contente d'être coincée avec eux, et pas avec elle.

Une autre annonce.

— Ça ne devrait plus prendre longtemps, explique Curtis.

— Tu parles couramment français ?

— Je n'irais pas jusqu'à dire ça…

— Si, et allemand aussi, intervient Brent. Si j'avais su comment tourneraient les choses, je me serais un peu plus appliqué en langues à l'école.

— Pareil, dis-je. J'ai passé l'hiver dernier en Suisse, à Laax, et je ne savais dire que deux trucs en allemand.

— Lesquels ? demande Curtis.

— *Ich verstehe nicht*, réponds-je avec mon plus bel accent, avant de traduire pour Brent, qui me regarde d'un œil vide : Je ne comprends pas.

— Et l'autre ?

— *Wo ist der Krankenhaus ?* Où est l'hôpital.

— Bon choix, rigole Curtis. C'est *das Krankenhaus* qu'on dit.

Je fais mine de lui donner un coup dans les côtes. La cabine vibre furieusement, puis se retrouve soudain inondée de lumière.

— Voilà l'hélico, dit Brent.

Une silhouette sombre descend le long d'une corde. Nous nous reculons tandis que l'homme force la porte de notre cabine et se glisse à l'intérieur. Il dit quelque chose en français.

— Qui veut y aller en premier ? traduit Curtis.

— Moi ! dis-je en levant la main.

Il faut toujours que je fasse mes preuves. Que je me montre sans peur. C'est idiot, mais je ne peux pas m'en empêcher. C'est sans doute la faute de mon frère. Jake et ses potes faisaient tout un tas de trucs complètement dingues dans les bois autour de la maison, et la seule façon pour moi de pouvoir traîner avec eux était de me montrer plus dingue encore.

*Allez, Milla, je te parie que tu peux pas le faire !* Je me suis cassé plusieurs os en essayant de me montrer à la hauteur. Je n'ai jamais refusé un défi. J'en suis toujours incapable. C'est devenu une habitude. Milla la casse-cou. Ça n'étonne plus personne.

L'homme me sangle dans un harnais et dit dans un anglais marqué par son accent :

— Il ne faut pas s'inquiéter, d'accord ?

— Je ne suis pas inquiète, dis-je. J'ai toujours voulu faire un truc comme ça.

Il me regarde bizarrement. Curtis et Brent sont morts de rire.

— Vas-y, Milla ! crie Brent quand je commence la descente.

En vérité, je suis loin d'être sereine. Les rocs en contrebas ont l'air très pointus. *Allez, ça suffit, calme-toi.* Pas à pas, je descends en rappel le long de la paroi rocheuse. Le vent s'empare de moi et me pousse sur le côté. *Oh là.* Je m'accroche à la corde d'une main et j'amortis l'impact de l'autre, juste à temps, pile au moment où je me retrouve plaquée à la paroi. J'attends que la bourrasque soit passée et je reprends la descente.

Encore dix mètres, puis le sol redevient horizontal et mes boots s'enfoncent dans la neige.

Une dameuse est descendue en zigzags depuis le glacier, qui n'est pas très loin, pour venir éclairer notre zone d'atterrissage de ses phares. Je me protège les yeux d'une main.

Et Saskia sort de l'ombre comme un fantôme.

La voir est un tel choc que je trébuche en arrière, en manquant de chuter jusqu'aux rochers acérés en contrebas.

— D'où tu sors ? je balbutie.

Elle me désigne l'œuf précédant le nôtre. En voyant son expression triomphale, je comprends tout : elle m'a vue partir la queue entre les jambes et m'a suivie pour me narguer une dernière fois avec un run de victoire.

Je serre les poings en réprimant l'envie de la pousser dans le vide.

# 11

*Aujourd'hui*

— Tu sais quoi ? dit Dale. Je suis bien content que ta sœur soit morte.

Le poing de Curtis l'atteint à la mâchoire. Dale trébuche en arrière, une main sur le visage.

Curtis n'y est pas allé très fort ; je suis sûre qu'il pourrait faire bien pire si l'envie l'en prenait. Mais je suis quand même choquée. D'habitude, Curtis est M. Self-Control, même si je l'ai déjà vu perdre son calme, toujours en rapport avec sa sœur. La kryptonite du Superman du snowboard anglais.

Reprenant ses esprits, Dale se rue vers Curtis et le projette sur une table.

Les choses ont mal tourné entre eux la nuit précédant la disparition de Saskia, mais, de ce que j'ai pu comprendre, Heather et Saskia étaient à l'origine de la dispute ; Dale et Curtis se sont laissé entraîner. J'imagine qu'ils sont partis chacun de son côté ensuite, comme moi, et que leur amitié ne s'en est jamais remise.

Brent et moi nous interposons. Le pauvre Brent se prend un coup qui lui coupe le souffle. Je tente de refaire ma prise à Curtis, mais cette fois, il me voit venir. Heather s'est recroquevillée dans un coin, les mains sur le visage.

— Comment tu sais qu'elle est morte ? dit Curtis. C'est toi qui l'as tuée ?

Vu le regard qu'il jette à Dale, je vois bien qu'il est sur le point d'y croire. Un poids familier s'abat sur mes épaules.

*Ce n'était pas Dale. C'était moi. Je l'ai tuée.*

Je voulais tant gagner que j'aurais fait n'importe quoi. J'y ai repensé encore et encore ces dernières années, en arrivant toujours à la même conclusion : sans moi, elle serait encore en vie.

Ce que j'ai fait me rend malade, mais si je pouvais revenir en arrière, est-ce que j'agirais différemment ? Je n'en suis pas certaine.

Dale me rentre dedans en me ramenant brutalement au présent. Je trébuche de côté et nous nous écroulons sur une table ; je me retrouve écrasée sous son poids. Le whisky a engourdi mes réflexes. Brent me débarrasse de lui en le tirant par la capuche. On entend quelque chose se déchirer.

Dale pousse un juron et plaque Brent contre le manteau de la cheminée.

— D'accord, je vais carrément te poser la question. T'as couché avec ma femme ?

Dale se comporte toujours comme un Viking, même s'il n'en a plus l'allure. Je retiens ma respiration. *Dis-lui non, Brent, même si tu dois mentir, ou il te mettra en morceaux.*

— Non, dit Brent.

Dale plisse les yeux et se retourne vers Curtis.

— Et toi, mec, ta sœur était partie en live. Je suis sûr que c'est toi qui l'as tuée, au bout du compte. Avoue ! Tu n'en pouvais plus d'elle, comme nous tous.

Curtis lui balance un autre coup de poing, mais Dale l'esquive. Curtis est rouge ; je ne l'ai jamais vu se lâcher à ce point.

Sa colère me fait réfléchir. Peut-être que la mort de Saskia n'était finalement pas ma faute. Aurait-il pu la frapper ? Est-ce qu'elle serait morte comme ça ? C'est difficile à imaginer. Il était si protecteur avec elle. Mais peut-être qu'elle est allée trop loin. Tout le monde peut se faire pousser dans ses retranchements, même Curtis.

Curtis et Dale continuent à se battre ; des chaises et des verres se fracassent au sol.

— Arrêtez ! crie Heather, la tête dans les mains.

— Allez, calme-toi, maintenant, dit Brent en agrippant Dale par l'épaule.

Et Dale le frappe à l'estomac. On n'est pas loin d'une bagarre générale, et je ne peux m'empêcher de penser à ce qui s'est produit la dernière fois que c'est arrivé.

Il faut que j'y mette un terme avant que quelqu'un ne soit blessé, mais comment ? Ce n'est pas comme si je pouvais appeler la police.

Curtis s'avance vers Dale. Je m'interpose en espérant qu'il ne m'attaquera pas, moi, à la place.

— Arrête !

Son corps lutte contre le mien.

— Rappelle-toi le jeu du Brise-Glace, dis-je. C'est comme si quelqu'un cherchait à provoquer une bagarre ! Ne lui donne pas ce qu'il veut !

Curtis serre la mâchoire, les yeux pleins de rage. Nous nous opposons encore quelques secondes, puis il hoche la tête à contrecœur. Il darde vers Dale un regard qui en dit long, puis retourne à son siège. Dale s'assoit aussi, en marmonnant encore dans sa barbe. Brent et moi regagnons également nos places. Nous réajustons nos vêtements et reprenons notre souffle.

— Il faut essayer de comprendre qui a écrit ces secrets, dis-je. Parce que c'est quelqu'un qui nous connaît vraiment très bien.

— Attends un peu, commence Brent.

— Je ne dis pas que tout est vrai. Mais…

— Elle a raison, coupe Curtis. Si on me posait la question, je dirais que ces papiers n'ont pu être écrits que par sept personnes. L'une d'elles a perdu l'usage de ses membres ; une autre a disparu depuis dix ans, déclarée morte. Ça ne laisse que nous cinq.

Ses mots restent en suspens. Nous échangeons des regards nerveux.

— Quelqu'un a eu des nouvelles de Camille ? demande Dale.

Sous la table, je me rentre les ongles dans la cuisse aussi fort que possible. C'est moi qu'il regarde, alors je secoue la tête. Je ne l'ai jamais cherchée sur Google, et ce n'est pas par hasard. Comme ça, je peux me dire qu'elle s'est peut-être miraculeusement remise. Ou qu'elle a au moins retrouvé un peu de liberté de mouvement. Parce que si ce n'est pas le cas…

— Je l'ai skypée la semaine dernière, déclare Curtis.

— Vous êtes restés en contact ? dis-je en me tournant brusquement vers lui.

— Pas vraiment. Je ne lui ai parlé qu'une ou deux fois depuis cet hiver-là.

— Elle m'a dit de partir… Elle m'a dit qu'elle ne voulait plus jamais me voir…

— Ne le prends pas personnellement. Elle me l'a dit à moi aussi, à l'époque. Je lui ai laissé le temps avant de la rappeler.

— Alors… comment va-t-elle ? je demande, en me préparant au pire.

La tristesse dans son regard répond déjà à ma question.

— Toujours en fauteuil roulant. Elle peut bouger les bras, mais rien qu'un peu. Je pensais passer la voir avant ou après nos retrouvailles, en fonction de l'endroit où elle habite ces jours-ci. Mais elle ne voulait pas.

Heather se lève.

— Pourquoi est-ce qu'on reste là ? Je veux partir d'ici.

Elle fixe Dale comme s'il pouvait la transporter par magie quinze kilomètres plus bas, dans l'obscurité totale, par-dessus la glace et le roc.

— On n'ira nulle part ce soir, tranche-t-il. Il faut attendre le matin.

Elle nous regarde comme pour voir ce que nous en pensons.

— Fais-moi confiance là-dessus, lui dit Curtis. S'il y avait un moyen, je ne serais déjà plus là.

— C'est beaucoup trop dangereux de sortir la nuit, renchéris-je. Il y a des crevasses partout.

Heather se rassoit à contrecœur. Un nouveau silence. Brent vide le reste du whisky dans son verre et l'avale d'une traite. Je redresse une bouteille renversée. Il y a de la bière partout, mais je m'en inquiéterai plus tard.

La main de Heather broie celle de Dale ; ses phalanges sont blanches.

— Pourquoi nous faire une chose pareille ?

On dirait bien que personne ne souhaite enfoncer cette porte ouverte.

— C'est à cause de Saskia, pas vrai ? dis-je en luttant pour ne pas laisser trembler ma voix. Quelqu'un pense que l'un d'entre nous l'a tuée. Peut-être qu'il n'en est pas sûr, ou il serait allé trouver la police. Mais il a des soupçons, alors il nous a amenés ici pour pousser le tueur à se démasquer.

J'espère qu'ils ne peuvent pas lire la culpabilité sur mon visage.

*Tout va bien. Personne n'est au courant de ce que tu as fait.*

Je ne sais pas ce qui m'effraie le plus : que quelqu'un finisse par me percer à jour ? Ou l'idée que Saskia ne soit pas morte de la façon que j'imaginais, mais des mains de l'un des quatre autres ?

Vu les regards que nous échangeons, nous sommes tous en train de nous demander la même chose.

*Avez-vous tué Saskia ?*

À moins, bien sûr, que l'un d'entre eux ne l'ait bel et bien tuée et n'ait donc pas à se poser la question.

— Écoutez, dit Curtis après s'être éclairci la gorge. Nous ne sommes même pas certains qu'elle soit morte.

Dale marmonne quelque chose et Curtis bondit.

— Qu'est-ce que tu as dit, là ?

Et merde. Nous voilà repartis pour un tour.

— Et si on allait se coucher ? dis-je alors que Curtis fait le tour de la table pour atteindre Dale. Il est tard, et nous sommes tous à cran. On reparlera de tout ça demain matin.

— Allez, c'est l'heure de se mettre au pieu, mec, dit Brent en interceptant Curtis.

Curtis fusille Dale du regard. Puis il tourne les talons, attrape ses sacs et sort en trombe du restaurant. La manière dont il courbe les épaules m'atteint au cœur. Il semble à nouveau brisé. Je jette un coup d'œil vers Brent : je n'aime pas l'idée de le laisser seul avec Dale. Puis je sors à la suite de Curtis, en prenant mes sacs au passage.

— Combien y avait-il de chambres ouvertes ? je demande alors que Curtis franchit encore une double porte.

— Je ne m'en souviens plus.

Je m'attends à ce que les lumières s'éteignent, mais il écrase chaque interrupteur en passant.

— Je ne veux pas avoir à partager avec Heather, dis-je.

Il ouvre d'un grand coup chaque porte qu'il dépasse. Je compte les chambres.

— Une, deux…

Une buanderie.

— Trois, quatre. Super. Dale et Heather n'ont qu'à partager.

Curtis bloque la dernière porte du pied.

— Tu veux celle-là ?

— Merci.

Je traîne mon sac de snow à l'intérieur. Il reste là, sur le seuil. Un hématome s'étale sur sa tempe.

— Tu devrais mettre de la glace là-dessus, dis-je.

Il fait claquer sa langue et inspecte ses phalanges. Elles aussi sont rouges.

— Tu t'es blessé la main aussi ?

— Ça va.

Il laisse aller sa tête en arrière contre la porte.

— Tu vas bien ? je demande.

— Ouais.

Je le regarde prendre de profondes respirations.

— C'est moi, ou Dale n'est plus comme avant ? dit-il.

— Il a l'air très tendu.

*Comme toi*, pourrais-je ajouter, mais j'évite et je change de sujet.

— Où est-ce que tu vis, en ce moment ?

— À Londres, mais je voyage beaucoup. Et toi ?

— Toujours à Sheffield.

Il se redresse.

— Bonne nuit, Milla. Si tu as besoin de moi, je suis juste à côté. Comme au bon vieux temps.

Quelque chose me serre la poitrine. Pas vraiment du regret. Plutôt l'idée de ce qui aurait pu se passer.

Je le suis le long du couloir. Ce n'est pas le bon moment pour lui poser la question, mais il faut que je sache.

— Tu vois quelqu'un en ce moment ?

J'essaie de paraître naturelle, mais à m'entendre moi-même, c'est complètement raté. Est-ce qu'il s'en rend compte ? Il se retourne lentement et je le dévisage, mais ses yeux bleus sont plus insondables que jamais. Je pense que c'est l'une des choses qui m'attiraient chez lui, en plus des remparts qu'il a dressés après que je me suis mise avec Brent. Il me fascinait. Il me fascine toujours.

— J'ai rompu avec quelqu'un il y a quelques mois. Silvi Asplund ?

Il semble s'attendre à ce que je reconnaisse ce nom.

— Je ne me tiens plus à jour sur les classements.

Il s'adosse au mur.

— Une Norvégienne. Elle faisait du big air. On est restés ensemble quelques années, mais pas en continu. Difficile de vivre avec les ex-athlètes.

— Ne m'en parle pas, dis-je. Surtout les athlètes ratés.

Son visage s'adoucit.

— Tu n'as rien raté.

Je lève les sourcils. Il insiste :

— Tu as repoussé tes limites plus que n'importe lequel d'entre nous cet hiver-là, Milla.

— Ce n'est pas vrai.

— Je ne parle pas de ce que tu pouvais faire. Je te parle des risques que tu as pris.

— On prend tous des risques.

— Oui, mais la plupart des tricks que je faisais, je les maîtrisais depuis des années. Pareil pour Saskia et Brent. On s'était entraînés sur des trampolines, sur des coussins gonflables pendant l'été. Toi, tu les as tentés pour la première fois au-dessus d'un mur de glace.

Je n'avais pas vu les choses comme ça. Tout ce que je voyais, c'est que j'étais la plus faible du groupe et que j'étais constamment à la traîne.

— Pourquoi tu as arrêté ? me demande-t-il.

Il y a une réponse très simple à cette question.

*À cause de ta sœur.* Et de Camille, bien sûr. Mais surtout sa sœur.

— J'ai fait des choses que je n'aurais pas dû faire, dis-je en avalant ma salive. J'ai pris de mauvaises décisions.

J'en ai pris beaucoup.

Curtis me dévisage et je me rappelle soudain une décision bien particulière, prise dans ce même couloir il y a dix ans. Choisir entre réaliser mon rêve de passer pro en snowboard, ou répondre à une attirance qui promettait d'être une puissante distraction.

Je me demande s'il devine mes pensées. Il ouvre la bouche, mais la double porte s'ouvre d'un coup et les autres font leur apparition, traînant leurs sacs avec eux. Brent nous jette un regard curieux et disparaît dans l'un des dortoirs. Heather et Dale prennent celui d'à côté. Les portes se referment derrière eux.

Je suis sur le point de disparaître dans ma chambre quand Curtis murmure :

— Tu sais, ils n'ont jamais trouvé le corps de ma sœur.

Je me retourne pour le regarder. Il semble hésitant.

— Tu peux me dire que je suis en train de devenir fou, mais j'ai senti le parfum de Saskia quand on a ouvert ce casier de ski. Dans le couloir, aussi.

La chair de poule me hérisse les bras quand je me souviens de cette odeur d'épices et de vanille.

— Moi aussi, je l'ai senti, dis-je faiblement. Je croyais que c'était celui de Heather.

Il jette un coup d'œil dans le couloir et baisse la voix.

— J'ai toujours eu des doutes sur ce qui lui était arrivé. Il y a eu plein de transactions sur sa carte bleue après sa disparition.

— Qu'est-ce que tu veux dire ? je demande en le fixant.

— Je ne sais pas, répond-il, un air troublé dans son regard bleu.

— Est-ce que tu penses vraiment que…

Il regarde à nouveau le couloir, comme s'il s'attendait à l'y voir.

L'idée que sa sœur soit encore en vie ne semble pas le réjouir. Loin de là.

Ça a l'air de l'inquiéter.

# 12

*Dix ans plus tôt*

Le vent fait voler les cheveux de Saskia dans tous les sens. Avec les phares de la dameuse derrière elle, on dirait Méduse.

À quelques pas de là, Brent et Curtis atteignent le sol. Est-ce que c'est mon imagination, ou est-ce qu'ils ne sont pas plus heureux de la voir que moi ?

Elle fait les cent pas, avide d'attention comme un chat qu'on a laissé enfermé toute la journée.

— Je ne me suis jamais autant ennuyée de ma vie, pas vous ?

*Non, à vrai dire, je ne m'ennuyais pas du tout. Je passais un très bon moment, jusqu'à ce que tu te pointes.*

— Et j'avais tellement froid. Tiens, regarde !

Elle ôte son gant et glisse ses doigts dans le col de ma veste pour me toucher le cou. Lorsque je me recule brusquement, elle se tourne vers Brent.

— T'as pas intérêt, lui dit-il.

La dameuse klaxonne et nous la rejoignons en faisant attention aux rochers. Le chauffeur déverse sur nous un torrent de français.

— Nous sommes les derniers à avoir été secourus, traduit Curtis. Il y a une famille un peu plus bas qu'il doit reconduire au village. Il n'y a de la place que pour quatre personnes. Est-ce que ça nous dérange de dormir au glacier, dans les dortoirs, pour qu'il n'ait pas à faire un autre aller-retour ? Il nous emmènera là-haut.

— Nickel ! s'écrie Brent. On sera les premiers sur les pistes demain matin.

— J'espère qu'ils ont assez de chambres libres, dis-je.

Le chauffeur ouvre la porte arrière et nous nous tassons sur la banquette, sacs et snowboards empilés sur les genoux. Saskia est écrasée contre moi. Dans la cabine surchauffée, son parfum est plus épais et entêtant que jamais. Il n'y a vraiment qu'elle pour mettre du parfum pour aller faire du snow.

Nous nous retrouvons penchés vers l'arrière lorsque la machine entame sa remontée en pente raide. Les vapeurs de diesel se mélangent à l'odeur de parfum, et mon estomac se soulève à nouveau.

— Vous avez vu mon dernier 720° ? lance Saskia. J'ai failli tomber.

Sa présence a suffi à ramener toute la tension d'avant. Je ne suis pas la seule à la ressentir ; les garçons sont silencieux. Mais peut-être qu'ils sont simplement fatigués. Elle essaie de discuter de la compétition avec eux, mais ils ne mordent pas à l'hameçon. Il s'est mis à neiger. Les flocons qui volent vers le pare-brise semblent orange dans la lueur des phares.

Quand nous arrivons au sommet, le Panorama est

tout éclairé. Curtis fait un geste vers la portière, mais le chauffeur agite le doigt et lui fait un long discours où je ne comprends que le mot « crevasses » avant de nous conduire jusqu'à l'entrée.

— C'est la première fois que je viens ici la nuit, annonce Curtis tandis que nous tapons du pied sur le paillasson.

— Pareil, dis-je.

Une femme en tablier nous invite à emprunter le couloir. En suivant les autres jusque dans le restaurant, je suis frappée par leurs différentes façons de se mouvoir. Curtis est très droit, chaque geste empreint de décision. Brent semble détendu, presque endormi, avec son pantalon qui lui descend au milieu des fesses. Saskia est légère comme une danseuse.

Même si la fumée me pique les yeux, je suis heureuse de voir qu'une belle flambée nous attend. Il n'y a qu'un autre groupe dans le restaurant ; il est déjà tard. J'enlève mes bottes et je vais me tenir près du feu en espérant que personne ne puisse sentir mes chaussettes.

Des photos en noir et blanc s'alignent au-dessus de la cheminée. Des alpinistes en matériel d'époque prennent la pose devant des pics aux contours familiers. L'une des légendes indique *Mont Blanc, 1951*. Déjà suffisamment dangereux en temps normal, alors en crampons attachés avec de la ficelle...

Curtis se penche pour examiner une autre photo.

— La Grande Casse, dit-il. C'est l'un des endroits préférés de mon père. Il a été le premier à descendre la face nord en snowboard, juste après la naissance de Saskia. Maman ne voulait pas qu'il le fasse.

— Je croyais qu'elle aussi faisait ce genre de trucs.
— Elle s'est calmée après notre naissance.

Évidemment. Ma mère était pareille. Elle adorait son job de gérante de maison de retraite, mais elle l'a quitté pour s'occuper de mon frère et moi. Lorsque nous avons atteint l'âge adulte, elle a repris le travail à temps partiel, mais elle n'a jamais retrouvé son poste d'autrefois. Pourquoi est-ce que ce sont toujours les femmes qui doivent abandonner leurs rêves ? Hors de question que j'abandonne quelque chose pour qui que ce soit.

Saskia nous rejoint, décroche d'antiques lunettes de glacier de leur clou et les plaque sur son visage.

— De quoi j'ai l'air ?
— Fais attention, dit Curtis. C'est très ancien.

Elle les raccroche d'un air boudeur, caresse le nez du cerf empaillé et va s'asseoir avec Brent à notre table.

Je me suis enfin assez réchauffée pour ouvrir ma veste, mais mes cheveux se prennent dans la glissière.

— Zut…
— Attends, je t'aide.

Les doigts tièdes de Curtis se referment sur les miens. Il est si près que je ne peux plus respirer. Je sens quelque chose de sucré, un peu musqué. Son déodorant, sans doute, ou tout simplement l'odeur de sa peau. Il bataille avec la fermeture Éclair, et je me prépare à ce qu'il m'arrache des cheveux – c'est toujours ce que je fais dans ces cas-là – mais il fait très attention. Ma gorge se serre.

— Et voilà, dit Curtis en ouvrant complètement ma veste.

Mes joues s'enflamment. Brent et sa sœur nous fixent, mais Curtis ne semble pas pressé de s'éloigner. Il replace mes cheveux avec soin derrière mon épaule.

Il me fait de l'effet. Ce n'est pas juste parce qu'il est beau, ça va plus loin que ça. Sa confiance, son détachement me donnent envie de l'ouvrir en deux pour voir ce qui se cache sous les apparences. Au fond de moi, je sais qu'il n'est pas si froid que ça. Peut-être même brûlant.

*Ça suffit.* Je ne peux pas me laisser aller. Cette saison décidera de mon avenir. Si je n'arrive pas sur le podium, je devrai tout abandonner et chercher un vrai travail.

Saskia me jette un regard curieux lorsque je m'assois près de Brent. Chaque fois que je la vois, ma colère revient. Je vais l'ignorer.

Brent étend ses longues jambes, une bouteille à la main.

— Je te paie à boire, Milla ?

— Je ne veux plus jamais boire, dis-je en faisant la grimace.

Il me montre la bouteille. C'est un Coca.

— Oh ! Non, juste de l'eau, ça m'ira.

Je prends la carafe et me sers un verre.

— Et moi, tu ne me proposes rien ? dit Saskia.

Brent boit une gorgée comme s'il n'avait rien entendu.

Intéressant. Il vient de lui mettre un vent. Ouvertement. Pourquoi ? Est-ce qu'il se serait passé quelque chose ?

Saskia semble surprise. On voit bien qu'elle n'a pas l'habitude d'être ignorée. Elle se lève d'un coup, en faisant crisser les pieds de sa chaise sur le plancher.

— J'ai compris, j'y vais moi-même.

Je dissimule un sourire en la voyant partir à grands pas vers le bar. Brent sourit aussi.

Ça ne me ressemble pas d'être aussi détendue face à un mec aussi beau, mais il me rappelle tellement Barnsey. Les mêmes manières, le même accent. J'ai l'impression de le connaître depuis des années.

Tout le contraire de ce que je ressens pour Curtis.

Qui me tape justement sur l'épaule.

— Au fait, Saskia…

— Tu m'as appelée comment, là ? dis-je en me retournant vers lui.

— Désolé, fait-il avec un sourire d'excuse. C'est les cheveux. Tu veux du vin rouge ?

— Non, merci, je reste à l'eau. Et demain, je me teins les cheveux en rose. Je ne plaisante pas.

— Mal joué, mec, rigole Brent.

Saskia revient avec un verre à vin vide. Sans dire un mot, elle prend la bouteille de la main de Curtis, se sert et se rassoit.

La femme en tablier nous apporte des assiettes de tartiflette. Du fromage fondant, un peu acide, des pommes de terre moelleuses comme du beurre. Maintenant que mon estomac s'est enfin calmé, je meurs de faim. Je tends les mains vers le feu en mâchant.

— Tu avais quel âge quand tu as commencé le snowboard, Milla ? demande Curtis.

— Onze ans. Sur la piste artificielle de Sheffield. Je n'ai fait du snow sur de la vraie neige qu'à partir de seize ans. Et toi ?

— J'avais cinq ans.

— Et moi trois, dit Saskia alors que je ne lui ai rien demandé.

Petite peste privilégiée. Pas étonnant qu'elle soit si douée.

— Nos parents nous ont fait faire le tour du monde, dit Curtis. Ou plutôt le tour des montagnes du monde. Maman vient de Californie et on a toujours de la famille là-bas, donc on a passé quelques hivers à Mammoth.

Je sais déjà tout ça, mais je ne veux pas qu'il apprenne que je me suis renseignée sur lui.

— J'ai déjà vu tes parents dans de vieilles vidéos commerciales de Burton, sur les pentes raides de l'Alaska.

— Ah bon ? répond Curtis en souriant.

— Tu as vraiment eu une enfance fantastique.

— Parfois, j'en avais marre de ne jamais me poser.

Saskia bâille. Je me tourne vers Brent :

— Et toi ?

— Dix ans, dit-il. Mais j'ai commencé le skateboard quand j'en avais six. Mon père est dans le bâtiment et il avait construit une rampe dans le jardin pour mon frère et moi. On a décroché des sponsors… Mon frère était vraiment doué.

— Mais tu préfères le snowboard ?

— On peut voir plus grand sur un snow, répond-il avec un grand sourire.

— C'était la première fois que tu participais aux Brits l'an dernier, Milla ? demande Curtis.

— Oui. Je m'étais déjà inscrite l'année précédente, mais je m'étais défoncé le genou juste avant.

— Défoncé comment ? fait Saskia avec intérêt.

— Mon ligament latéral externe, dis-je même si j'ai l'impression d'admettre une faiblesse. Mais tout va bien maintenant.

Ce n'est pas comme si j'allais lui confier qu'il m'a fallu enchaîner des semaines de quatre-vingt-quatre heures cet été-là pour financer ma rééducation en plus d'économiser pour la saison de snow.

— Pour Saskia, c'était son ligament croisé antérieur, dit Curtis.

Elle se retourne brusquement vers lui.

C'est plutôt grave, comme blessure. J'attends la suite, en espérant qu'il en dira plus. Mais il doit remarquer la façon dont elle le regarde, car il se laisse aller contre le dossier.

— Je vois ça comme un jeu de serpents et d'échelles. Tout ce qu'on peut espérer, c'est grimper plus haut qu'on ne dégringole.

Les autres clients ont disparu, et la femme qui nous a servis patiente dans le fond. La pauvre semble épuisée. Je connais ça, après ces étés passés à travailler au bar jusqu'à quatre heures du matin et à grappiller quelques heures de sommeil avant de repartir au travail.

— Je crois qu'elle veut qu'on se dépêche pour pouvoir finir sa journée, dis-je en baissant la voix.

Nous finissons nos assiettes et elle les débarrasse à la vitesse de la lumière avant de nous indiquer nos dortoirs le long du couloir. Nous avons chacun une chambre.

— Milla, murmure Curtis alors que je suis sur le point d'entrer dans la mienne. Si tu as froid pendant la nuit, tu sais où me trouver.

Saskia lui jette un regard indéchiffrable.

— Moi, je crois que tu trouverais mon lit plus chaud que le sien, lance Brent par sa porte ouverte.

Je plonge dans ma chambre avant que mes joues ne prennent feu pour de bon.

Les athlètes sont des gens très physiques. Toute cette énergie… Parfois, il nous en reste en fin de journée. Donc je ne suis pas surprise que les garçons m'aient dit ça. Et j'aime bien la façon dont ils l'ont dit. Rien de grossier, pas de pression. Une offre à prendre ou à laisser, tout simplement.

J'ai les jambes qui tremblent dans la douche. Pour eux, ça n'a rien d'extraordinaire, ils doivent se faire draguer tout le temps. Mais moi, c'est bien la première fois que je reçois une invitation si explicite de la part de deux mecs si attirants.

En plus, n'importe qui d'aussi doué qu'eux en snowboard sera forcément tout aussi bon au lit.

L'eau me coule sur la tête. Ils sont si différents. Brent est comme une vieille paire de baskets, confortable et familier. Curtis, lui, est comme une paire de boots de snowboard dernier cri. Je n'ai jamais rien testé de pareil, ça ne m'aurait même jamais traversé l'esprit, mais je sens que, si je les essaie, je ne voudrai plus jamais les enlever.

Je ferme les yeux et lève le visage face au jet de la douche. Mes deux dernières ruptures m'ont fragilisée. Cet hiver, je ne peux pas m'engager dans quelque chose de sérieux ; une relation légère et fun, voilà un risque acceptable. Et il n'y a rien de léger dans ce que je ressens pour Curtis.

Mais je n'arrive vraiment pas à me le sortir de la tête.

Il n'y a que peu de pression, et la douche ne me réchauffe pas beaucoup. En remettant mes habits thermiques, j'ai les dents qui claquent. Mes pieds me portent jusque dans le couloir. Je lève le poing en me sentant sur le point de commettre une terrible erreur.

Et il y a une complication de plus. Sa sœur est ma plus grande rivale. Je ne peux en aucun cas me permettre d'entamer quelque chose avec Curtis.

Je fais quelques pas dans le couloir et je frappe à la porte de Brent.

## 13

*Aujourd'hui*

Debout dans le couloir devant la porte de Brent, les souvenirs me submergent. Elle s'ouvre, et le voilà, avec son boxer thermique Burton, les cheveux encore mouillés après la douche. Exactement comme il y a dix ans, sauf qu'il a beaucoup perdu de son assurance. Je sens monter en moi une autre vague d'affection.

— Je peux entrer ?

— Bien sûr, dit-il en faisant un pas en arrière, avec un peu d'inquiétude dans ses yeux noirs.

J'ai envie de le serrer dans mes bras, mais il ne faudrait pas lui envoyer un mauvais signal. Je voudrais lui demander s'il s'en sort dans la vie, mais la question semble trop personnelle.

Nous restons là à nous regarder. Mon estomac est toujours noué après avoir entendu ce qu'a dit Curtis dans le couloir. Nous avons tous les deux reconnu le parfum de Saskia. Ici, dans ce bâtiment.

N'était-ce qu'un effet de notre imagination ? J'espère vraiment que c'est le cas.

Le plancher me glace les pieds. J'aurais dû mettre des chaussettes.

— Il fait aussi froid dans ta chambre que dans la mienne, dis-je. Regarde, je peux voir mon souffle.

Brent repousse la couette qui couvre le lit du bas.

— Assieds-toi.

Je m'assois au bord du matelas, qui n'est pas très épais. Brent vient se mettre à côté de moi, en faisant attention à ne pas me toucher, et nous dépose la couette sur les épaules. Nous nous penchons en arrière jusqu'à nous adosser au mur.

J'étais venue lui demander son avis sur tout ce qui s'est produit, mais, maintenant que je suis là, je ne sais pas par où commencer. Cette distance entre nous est horrible. Je ne sais plus comment lui parler.

Tout était autrefois si facile entre nous. Je me rappelle encore le sourire qui a lentement éclairé son visage, il y a dix ans, lorsqu'il m'a trouvée là en ouvrant sa porte. Je n'ai même pas eu besoin de dire quoi que ce soit. Il m'a tout simplement prise par la main pour me mener vers son lit étroit, m'y a rejointe et, puisqu'il avait promis de me réchauffer, a entrepris de tenir parole.

Son tatouage dépasse de sa manche, un peu décoloré depuis le temps. Je manque de l'effleurer mais je me reprends juste à temps. Sa montre, une G-Shock vert fluo, m'attire l'œil.

— Tu as cassé ton Omega ?

— Je l'ai vendue sur eBay pour me payer deux semaines dans les Rocheuses.

Je meurs d'envie de lui demander pourquoi il a arrêté la compétition, mais j'ai peur de ne pas aimer la réponse, alors je tente de faire la conversation en essayant de retrouver notre lien d'avant.

— Ça doit être pénible de payer toi-même pour faire du snowboard, maintenant, hein ? Ce n'est pas donné, en plus…

— Oui, parfois je me dis que je devrais déménager en France, dit-il avec un sourire qui semble forcé. Peut-être que je le ferais si je parlais plus de cinq mots de français.

Son accent, lui aussi, est confortable, familier. Mais pas sa façon de me regarder. Il est sur ses gardes comme jamais. Il se penche et sort une bouteille de whisky de sous le lit. Sans doute piquée dans le restaurant.

— Tu en veux ?

— Non, merci.

Il en prend une gorgée, directement au goulot. Le voir boire comme ça est tellement bizarre.

— Tu es toujours mannequin ? je demande.

— Non. Trop vieux.

Bon, ça suffit de parler de tout et de rien. Je lui demanderais bien s'il a couché avec Heather – c'est mon côté puéril – mais ça augmenterait encore la tension entre nous, alors je vais remettre ça à plus tard. Ou reposer la question à Heather demain. Je prends une grande inspiration.

— Alors… à ton avis, qui nous a invités ici ?

— En supposant que ce ne soit ni toi ni moi ? dit-il en me regardant du coin de l'œil.

— Est-ce que c'est toi qui m'as fait venir ?

— Non.

— Bon. Ce n'est pas moi non plus qui t'ai invité.

Ses yeux sombres se posent brièvement sur mon visage. Merde. Il pensait vraiment que je voulais le revoir. Quelqu'un s'est servi de moi pour l'attirer ici, tout comme on s'est servi de Curtis pour me décider à venir.

— Alors qui ? dis-je en resserrant la couette autour de mes épaules.

— Je parierais sur Curtis.

— Vraiment ?

— Réfléchis. Il a les moyens.

— D'accord, mais sérieusement… Il était tellement en colère après le Brise-Glace. Ne me dis pas qu'il jouait la comédie. Et puis, pourquoi aurait-il attendu dix ans pour faire une chose pareille ? Ça n'a aucun sens.

Brent hausse les épaules.

Même si j'ai l'impression de me montrer déloyale en lui confiant le reste, j'ai besoin qu'il sache que Curtis n'est pas derrière tout ça.

— Il n'est même pas sûr que Saskia soit vraiment morte. Il m'a fait flipper dans le couloir tout à l'heure. Il a dit qu'il avait senti son parfum.

— Quoi, il pense qu'elle est encore vivante ? dit Brent en secouant la tête. Il se fait des films. Revenir ici, ça doit lui rappeler des souvenirs, le pauvre. Tu sais bien qu'ils étaient super proches, même s'il ne la supportait pas par moments. C'est pour ça que je pense que c'est lui qui a organisé tout ça.

— Oui, mais il y a autre chose… Moi aussi, j'ai reconnu son parfum.

Brent ne semble pas convaincu. Je change de sujet.

— Est-ce que vous êtes tous arrivés dans la salle de réception en même temps ?

— Non, j'étais le premier. J'ai jeté un coup d'œil

dans le restaurant et j'ai vu qu'il était vide. Ça m'a semblé logique d'aller voir ensuite dans la salle de réception.

Intéressant qu'il soit arrivé à cette conclusion plus vite que n'importe lequel d'entre nous. Est-ce que ce serait lui qui se cache derrière tout ça, finalement ? Je le dévisage tout en me détestant de le soupçonner.

— En tout cas, c'était bien joué de nous séparer de nos sacs en nous faisant explorer tout le bâtiment. Si on avait su dès le début qu'il fallait aller dans la salle de réception, on aurait pris nos bagages avec nous.

— Je sais, dit-il sans que son expression révèle quoi que ce soit.

— Continue. Qui est arrivé ensuite ?

— Dale et Heather. Elle était en train de se disputer avec quelqu'un au téléphone et ça ne lui a pas plu de devoir le laisser à l'entrée. Curtis ne voulait pas se séparer du sien mais Heather ne l'a pas laissé s'en tirer comme ça. *Si tu gardes le tien, alors je garde le mien…*

Quelqu'un frappe à la porte.

— Entrez, dit Brent.

Curtis apparaît dans l'encadrement. J'espère qu'il ne nous a pas entendus parler de lui.

— Tu n'aurais pas vu Milla ? Oh, dit-il en m'apercevant.

Merde. Maintenant, il va s'imaginer qu'il y a quelque chose entre Brent et moi. Un autre souvenir me frappe : il avait fait exactement la même chose dix ans auparavant, passé la tête dans la chambre de Brent pour lui demander s'il savait où j'étais.

Comme à l'époque, il me fixe sans rien laisser

paraître. Je voudrais lui dire que cette fois, ce n'est pas ce qu'il croit.

— J'ai oublié de te dire tout à l'heure, reprend-il. Ferme ta porte à clé ce soir, d'accord ?

— D'accord.

— Bonne nuit, lance Brent.

Curtis referme la porte. Merde. Il doit penser que je compte passer la nuit ici.

Je me force à revenir au sujet principal.

— Et si ce n'était pas l'un de nous cinq ? Qui d'autre serait suspect ?

— Tu te rappelles ce mec, là ? demande Brent d'un air pensif. Julien ?

— Julien Marre.

Ça fait des années que je n'ai pas entendu ce nom. Julien était le principal suspect dans la disparition de Saskia, désigné comme coupable par ses propres graffitis. Il avait été interrogé, puis relâché. Apparemment, il avait pu prouver qu'il était dans une autre station ce jour-là.

— Mais pourquoi ferait-il ça ? je demande.

— Il était obsédé par elle, non ?

Je le regarde avec attention.

— Tu veux dire qu'il pense que l'un d'entre nous l'a tuée, alors il nous a fait venir ici pour… quoi, venger sa mort ? Bizarre qu'il ait attendu une décennie pour ça.

— Mais il était bizarre, justement. D'ailleurs, tu ne lui avais pas mis une droite ?

— Qui t'a raconté ça ?

— Je ne sais plus, dit Brent en passant les doigts dans ses cheveux mouillés. Dale, je crois.

— Comment aurait-il pu le savoir ? Il n'y avait que Saskia avec nous ce jour-là.

Brent hausse les épaules.

— En tout cas, oui, je l'ai frappé. Ce petit con.

Misère, je parle comme Saskia.

— Il t'a rendu la pareille ?

— Non. Il était par terre. Je l'ai cogné assez fort.

Ça le fait rire un peu. Mais je ne peux plus m'arrêter de penser à ce qu'il a avancé. Julien pourrait-il être derrièrc tout ça ? C'est possible. Il s'est pris la tête avec la plupart d'entre nous à tour de rôle cet hiver-là. Il détestait Curtis et Dale, je suis au moins sûre de ça.

Je repousse cette pensée pour le moment.

— Question suivante. Si l'un de nous l'a tuée, qui ?

— On aurait tous eu nos raisons, dit Brent, dont le visage se ferme.

— C'est vrai.

Son regard croise le mien.

— Tu penses que c'est moi ? demande-t-il.

Quelque chose dans sa façon de poser la question me fait frissonner.

— Bien sûr que non.

Mais, en plongeant mes yeux dans les siens, je n'en suis pas si sûre.

# 14

*Dix ans plus tôt*

Je fends les airs. La visibilité est nulle : la neige et le brouillard se fondent dans le paysage immaculé pour ne faire qu'un. Je n'y vois rien, mais j'attrape la carre arrière de mon snow avec ma main droite, tout en tendant ma jambe le plus possible comme me l'a conseillé Dale. *Stalefish.*

Ils ont pulvérisé les bords du half-pipe avec de la peinture rouge pour nous aider à nous repérer par ce temps, et je vise la ligne rouge pour revenir sur terre. Comme un A380 avec un guidage nocturne, sauf que je vais atterrir sur de la glace et à la verticale. Je reprends contact avec le sol et je file jusqu'au fond plat, que je traverse pour remonter de l'autre côté et m'élancer à nouveau.

Par une journée comme celle-là, tout repose sur une confiance aveugle en soi. Dès que l'on se démonte, c'est le slam, comme beaucoup de gens l'ont déjà découvert rien que dans la dernière demi-heure. Sans soleil pour la ramollir, la glace est quasiment à l'épreuve des balles.

Je n'ose pas tenter une rotation sans rien y voir,

alors je travaille mes autres tricks. Depuis mes résultats désastreux à l'Open du Rocher, je m'entraîne encore plus dur. C'était l'occasion de prouver à mes sponsors qu'ils ne s'étaient pas trompés sur moi, et je l'ai ruinée. Maintenant, tout repose sur les championnats britanniques de snowboard – les Brits. Ils vont se dérouler ici cette année, ce qui est l'une des raisons pour laquelle j'ai choisi cette station pour m'entraîner.

Arrivée au bas de la piste, j'expire profondément. *J'ai survécu.* En tout cas pour cette fois. L'adrénaline se répand dans tout mon corps. Pourquoi se sent-on si vivant quand on joue avec la mort ?

La brume est si épaisse que je peux la goûter, humide et froide, à chaque inspiration. Avec un crissement de métal sur la glace, Dale s'arrête en dérapage à côté de moi. Je ne m'étais pas rendu compte qu'il était juste derrière.

— Super stalefish, me complimente-t-il en levant le pouce.

— Merci. Je me demande bien comment tu as fait pour le voir.

J'ai pris le téléski avec lui tout à l'heure, et j'en ai profité pour lui demander comment améliorer ce trick-là.

— Il faut que je boive, dit-il.

— Moi aussi.

Nous sortons nos bouteilles d'eau et prenons de longues gorgées. Il n'y a vraiment que Dale pour avoir l'air cool en combi de ski orange vif. Des flocons s'accrochent à ses dreadlocks.

— Tu travailles sur quoi aujourd'hui ? je demande.

— Mes indy.

— C'est tout ?

Un indy est un trick consistant à attraper la carre avant de son snowboard avec la main arrière. C'est le premier grab que j'ai appris. Probablement comme tout le monde.

— Tout est dans le style, sourit Dale.

Un skieur exécute une rotation pour son dernier saut et atterrit en arrière, ce qui est impressionnant par une visibilité pareille. Saskia sort de la brume et file le long de la piste, suivie de près par un garçon d'assez petite taille, en veste de camouflage vert et gris. Il a l'air très doué.

— C'est qui ?

— Julien Marre, répond Dale.

Le numéro 1 français. Pas étonnant.

Saskia et lui s'évanouissent dans le brouillard. Je n'ai plus adressé la parole à Saskia depuis la compétition, mais la station n'est pas assez grande pour l'éviter complètement. Elle s'est retrouvée derrière moi à plusieurs reprises dans la queue du téléski, et j'attendais de voir ce qu'elle me dirait, mais elle n'a jamais ouvert la bouche. Est-ce qu'elle regrette ce qu'elle m'a fait ? Elle n'en montre rien.

Quelqu'un tente un flip, se reçoit sur les mains et lance un cri de douleur.

— Putain, ils tombent comme des mouches, aujourd'hui, remarque Dale.

Il remonte la pente en courant dans le blizzard pour aller prévenir les surfeurs qui attendent de s'y lancer.

Curtis est assis non loin et discute avec une photographe. La pauvre a mal choisi sa journée. Elle est si bien emmitouflée contre le froid qu'on ne voit que ses yeux.

Dale revient, et j'ouvre la bouche pour lui poser une question sur mes indy à moi lorsque Heather s'approche.

— Salut, lui dis-je.

Elle me lance un regard mauvais. Nous venons peut-être toutes les deux de la même région, mais c'est bien la seule chose que nous avons en commun. J'ai l'impression qu'elle ne m'aime pas beaucoup.

— On y va ? demande-t-elle à Dale.

— Encore quelques descentes.

— Je me gèle !

Pas étonnant, avec sa microscopique veste en cuir. Elle est ici pour regarder Dale, sans doute. Je ne l'ai encore jamais vue sur un snowboard ou avec des skis. Si elle n'est pas venue pour les sports d'hiver, je me demande bien ce qu'elle fait là.

— À plus tard, dis-je en ramassant mon snow.

Brent est assis dans la neige et discute avec la jolie Japonaise qui est arrivée troisième à l'Open du Rocher. Je les salue de la tête et j'attache ma fixation avant.

— C'était une super nuit, ai-je dit à Brent en me réveillant à ses côtés au refuge du glacier deux jours plus tôt. On peut garder ça pour nous ?

— Pas de problème.

— Est-ce que Curtis…

— Je lui dirai de n'en parler à personne.

Nous avons donc fait semblant de rien devant Saskia au petit déjeuner, et personne n'aurait pu deviner ce que nous étions en train de faire à peine quelques heures plus tôt. Je m'attendais tout de même à ce que tous les détails de notre nuit fassent le tour de la station dans les jours à suivre. Je sais comment sont les garçons, surtout ceux de l'âge de Brent. Mais le seul signe de ces moments passés ensemble reste le sourire qu'il me lance de temps à autre, quand personne ne nous regarde. Sa discrétion m'impressionne, et on dirait bien que Curtis n'a rien dit non plus.

Je descends vers le téléski. Apparemment, Heather a gagné la partie, car Dale a repris son sac à dos. Le pauvre. Voilà ce qui arrive quand on sort avec quelqu'un, ici. Je ne veux pas m'inquiéter de ce genre de choses cet hiver. Je ne veux penser qu'au snowboard. Manger, dormir, m'entraîner : c'est tout ce que je compte faire pendant les quatre mois à venir.

Tandis que je fais la queue, des tourbillons de neige tentent de me pousser sur le côté et des flocons se glissent dans mon cou. Je resserre de mon mieux le Velcro de mon col.

Au moment où le téléski m'emporte vers le haut, Brent sort de nulle part et s'accroche avec moi. En dépit des conditions météo, il est tout sourires, comme d'habitude, avec ses éternelles fossettes.

Ce n'est pas la première fois que nous prenons le téléski ensemble depuis notre nuit. Nous ne parlons que de snowboard, sans trace de la gêne qui m'a parfois envahie après un coup d'un soir. Il est aussi chaleureux et amical que d'habitude.

Sa main gantée couvre la mienne sur la barre.

— Tu veux dormir chez moi ce soir ?

Je lui jette un regard surpris. Je pensais que notre nuit au refuge du glacier ne se reproduirait pas. Mais j'ai bien envie d'accepter son invitation. Je me suis entraînée si dur aujourd'hui que j'ai mal partout, et la chaleur de ses mains et de sa bouche serait la bienvenue.

J'espère juste qu'il ne s'imagine pas qu'on se lance dans quelque chose de sérieux.

Deux heures plus tard, je sonne à la porte du petit chalet que Brent m'a indiqué pendant la descente. Et c'est Saskia qui ouvre la porte.

Elle reste là, dans l'encadrement, avec son jean skinny et ses pieds nus, comme si elle se demandait si elle a vraiment envie de me laisser entrer. Avec son pull blanc, elle semble délicate, presque fragile, une illusion qui m'étonnera toujours. Sa façon de surfer, tout comme sa personnalité, n'ont rien de fragile.

— Super timing, dit Curtis en apparaissant derrière elle. J'étais sur le point de servir à manger.

J'enlève mes Nike couvertes de neige et je les suis à l'intérieur.

Les autres sont tous là, répartis entre la kitchenette et le salon. Heather et Dale, Camille et Julien. Je ne m'attendais pas du tout à ça. Brent et Julien sont penchés ensemble sur un ordinateur portable. Brent me fait un sourire d'excuse, et je comprends que lui aussi a été pris par surprise mais qu'il s'en accommode. Je n'ai plus qu'à faire la même chose.

Une odeur d'oignon et d'ail se mêle à la fumée qui épaissit l'air. Ils ne peuvent pas vivre tous ensemble ici… Des chaussettes, des gants et des masques de snow se disputent l'espace disponible sur le radiateur, et des vêtements humides pendent partout où il est possible de suspendre quelque chose. Il y a suffisamment de snowboards entassés un peu partout dans la pièce pour ouvrir une boutique de location, mais il n'y a que trois paires de boots près du feu. Celles de Curtis, de Brent et de Dale, je crois. J'étais très gênée face à Curtis, au petit déjeuner ce matin, sur le glacier. L'idée de remettre ça ne me réjouit pas vraiment.

— Tu veux une bière ? appelle Curtis depuis la cuisine.

— Non, juste de l'eau, dis-je en entrant dans la pièce. Mais je peux me servir, t'inquiète.

Il marmonne des insultes aux plaques chauffantes. Tandis que je fouille les placards en quête d'un verre à remplir d'eau, il réclame une cuillère en bois et s'énerve lorsque je lui passe la mauvaise. Dale est mort de rire quand je ressors.

— Mieux vaut ne pas entrer là-dedans quand il cuisine ! Moi, je n'y mets pas les pieds.

— Très drôle, Dale, je te rappelle que c'est toi qui fais la vaisselle, crie Curtis.

Heather fronce le nez et soulève une chaussette retournée, abandonnée sur le dossier d'un fauteuil.

— Ça sent la mort, ici. C'est à toi, Dale ?

— Ouais, dit-il avec un large sourire.

— C'est dégoûtant !

Elle lui lance la chaussette, qu'il attrape sans effort et envoie dans un coin. J'aime bien le fait que Heather ne soit pas intimidée par lui. C'est un mec imposant, solidement bâti, mais elle n'hésite pas à le remettre à sa place.

— Mills, viens voir ça, appelle Brent. Un Espagnol

vient de faire soixante-sept mètres en slide sur un rail. Nouveau record du monde.

Je m'approche. Sur l'écran de son ordinateur portable, une silhouette en veste de ski bondit sur un rail en métal ancré dans la neige et glisse dessus apparemment sans effort.

— Ça a l'air si facile quand il le fait, dit Brent.

— C'est ça le problème avec les slides sur rail. Ça a l'air tellement facile jusqu'à ce qu'on essaie soi-même. J'ai toujours une douleur dans le tibia depuis la dernière fois.

Saskia nous rejoint, et je me raidis. Je lui en veux encore à mort pour l'Open du Rocher, mais, maintenant que le temps a passé, j'éprouve aussi un respect étrange pour ce qu'elle a fait. Voilà enfin une fille capable d'aller aussi loin que moi. Vu la façon dont elle me regarde parfois, ce respect pourrait bien être réciproque.

Nous nous mettons à enchaîner les vidéos de snowboardeurs malheureux qui se cassent la figure sur toutes sortes de rails, en grimaçant d'empathie à chaque échec. Curtis sort de la cuisine, les bras chargés d'assiettes.

— Curtis a passé une journée entière à tenter des slides, déclare Saskia. J'étais là pour lui dire quelle distance il avait parcourue. Il n'a jamais fait plus de vingt mètres.

C'est très impressionnant, mais Curtis lance à sa sœur un regard d'avertissement. Elle se glisse près de lui et lui passe un bras autour de la taille.

— Quoi ? Tu ne veux pas que je raconte tes secrets ?

En les voyant ainsi côte à côte, difficile de décider lequel est le plus beau. Curtis la repousse d'un coup de coude, mais il ne peut s'empêcher de sourire.

— Tiens, Milla, dit-il en me tendant une assiette de pâtes. Assieds-toi quelque part avant qu'il n'y ait plus de place.

S'il m'en veut d'avoir choisi Brent plutôt que lui, il n'en montre rien, mais les sous-entendus dans sa façon de me parler ont disparu d'un coup, comme s'il avait actionné un interrupteur. Secrètement, ils me manquent.

Je m'assois sur le canapé avec mon assiette sur les genoux, et tout mon corps se tend à nouveau lorsque Saskia prend place juste à côté. Elle se serre contre moi pour faire de la place aux autres, qui nous rejoignent un à un. Elle a les pieds nus, et le vernis à ongles qui brille sur ses orteils est du même bleu que ses yeux.

Dale nous regarde toutes les deux.

— On dirait des jumelles !

Cette fois, c'est décidé, je me teins les cheveux.

Saskia penche la tête vers moi, l'air de calculer quelque chose. Puis elle dit d'un ton léger :

— Ça te dirait qu'on aille surfer ensemble un de ces jours ?

Les fourchettes s'arrêtent à mi-chemin des bouches. Le silence s'abat sur la pièce. Le culot qu'elle a ! Me demander ça devant tout le monde. C'est le moment de refuser pour l'humilier autant que possible.

Mais quelque chose dans son regard m'en empêche. J'ai l'impression qu'elle a vraiment envie de passer du temps avec moi.

— Oui, d'accord, réponds-je avec lenteur. Quand tu veux.

— Tu me files ton numéro ? dit-elle en sortant son portable.

Lorsque Brent m'a demandé la même chose, ça ne m'avait pas semblé aussi décisif. J'ai l'impression que je ne vais pas du tout m'ennuyer cet hiver.

# 15

*Aujourd'hui*

Ma chambre sent la poussière et l'humidité, mais pas de trace du parfum de Saskia, à mon grand soulagement. Brent doit avoir raison : nous nous sommes fait des idées. Pourtant, ce n'est pas l'espoir qui aurait pu me faire tourner la tête. Ma mauvaise conscience, plutôt.

Je tourne le verrou et teste la poignée pour m'assurer que la porte est bien fermée. Quiconque nous a ouvert ces chambres n'a pas laissé les clés derrière lui. On ne peut les verrouiller que de l'intérieur, et ça ne me plaît pas du tout. N'importe qui aurait pu se glisser dans la pièce pendant que je parlais à Brent. Même si je me sens un peu ridicule, je jette un coup d'œil dans le placard et dans la petite salle de bains, en allant jusqu'à vérifier derrière le rideau de douche, pour m'assurer que personne ne s'y cache.

Une fois rassurée, je m'assois sur le lit étroit. Je ne sais pas ce qui me terrifie le plus : l'idée que Saskia puisse être vivante, en pleine possession de ses moyens, quelque part dans le bâtiment… ou l'idée que Brent, ou l'un des autres, l'ait tuée. J'ai vraiment pris peur en voyant le regard de Brent, à l'instant. Il y avait quelque chose de si sombre dans ses yeux…

Maintenant que je peux réfléchir tranquille, je reviens aux secrets tirés du Brise-Glace. Faut-il les croire ? Au moins une personne y croit : celle qui a pris la peine d'organiser tout ça.

Je cherche un stylo des yeux, mais c'est un dortoir, pas une chambre d'hôtel. Pas de trace d'un bureau, ni même d'une chaise. Alors, un stylo… Sans mon portable, je suis perdue. Je n'arrive pas à me rappeler la dernière fois qu'il m'a fallu écrire quoi que ce soit à la main. Quand j'ai besoin de noter quelque chose, je me contente de le prendre en photo. Je l'aurai vraiment mauvaise si je ne récupère jamais mon téléphone.

Je fouille dans mon sac à dos, sans rien trouver. Puis la petite fenêtre attire mon attention. Je souffle dessus jusqu'à ce qu'elle soit complètement embuée. Parfait.

Le verre est très froid sous mon doigt. J'écris nos noms : *Milla, Curtis, Brent, Heather, Dale*. Pour cette fois, on va dire que la mort de Saskia n'était pas ma faute. Partons du principe que tous les secrets sont vrais, et que chacun de nous n'a fait qu'une seule chose.

Ce qui implique que l'un de mes amis est un meurtrier. Je regarde à nouveau la porte pour être sûre de l'avoir bien fermée.

Bon. Il faut que je reste objective. Les deux premiers secrets sont faciles. En supposant que Brent soit hétéro, et j'ai de bonnes raisons de le croire, les deux personnes qui ont couché avec lui ne peuvent être que

Heather et moi. J'écris *Couché avec Brent* sous nos deux noms. Mieux vaut que Dale ne le voie jamais.

Curieux qu'il se soit mis en colère à ce point à l'idée que sa femme ait pu le tromper, comme si ça s'était produit hier plutôt que dix ans auparavant, avant même qu'ils ne se soient mariés. Mais quelque part, je le comprends. J'ai l'impression, en me retrouvant ici avec eux, que pas une seconde ne s'est écoulée depuis cette époque.

Bref. Les trois garçons demeurent les seuls candidats pour les trois secrets restants. L'un d'eux a couché avec Saskia, un autre sait où elle est, et le troisième l'a tuée. J'ai l'impression de jouer au sudoku, et je n'ai jamais été douée pour ce jeu, encore moins après avoir bu. Notre repas a épongé le whisky, mais pas suffisamment.

En supposant que Curtis n'ait pas couché avec sa propre sœur, il reste Dale et Brent. Dale et Heather se sont mis ensemble deux semaines après le début de la saison. Peut-être Brent ?

Mais je lui ai un jour demandé s'il avait couché avec elle, et il a nié avec véhémence. De toute façon, je déteste cette idée. D'accord, elle était incroyablement belle, mais c'était ma plus grande rivale et j'étais convaincue qu'il la détestait. Alors… Dale ? Saskia pourrait bien avoir couché avec lui juste pour voir si elle pouvait le voler à Heather. Je me mords la lèvre, puis j'écris *Couché avec Saskia* sous le nom de Dale.

À en croire les cartons restants, cela veut dire que soit Brent, soit Curtis l'a tuée, et que celui qui n'est pas coupable sait où elle se trouve.

Je repense à la façon dont Brent s'est toujours comporté au lit. Je lui ai dit plusieurs fois qu'il n'avait pas besoin d'y aller si doucement. Que je n'allais pas me casser en deux.

Mais il n'a tout simplement aucune violence en lui. Il n'est un danger que pour lui-même.

Je me mords la lèvre de plus belle en repensant au matin des Brits. Curtis n'est arrivé que quelques minutes à peine avant son tour. Apparemment, il arrivait du glacier, où il cherchait Saskia avec l'aide de Brent et Heather. Mais ce qu'il a dit n'avait aucun sens.

Mon doigt se pose sur son nom. J'écris *Tué Saskia.* Je vais vite effacer ça, parce que je ne voudrais vraiment pas qu'il le voie. D'ailleurs, ça ne colle pas avec ce qu'il m'a dit dans le couloir. Mais peut-être que c'était un mensonge, calculé pour détourner les soupçons.

Ça laisse Brent qui *Sait où est Saskia.* Mais pourquoi le saurait-il ? Est-ce qu'il aurait vu Curtis la tuer ? Est-ce qu'il l'a aidé à cacher le corps ? Où donc ? Ils n'avaient pas de voiture, à l'époque, alors je ne vois pas comment ils auraient pu lui faire quitter la station. Ce qui veut dire qu'elle est toujours là. Quelque part sur la montagne.

J'ai la chair de poule, une fois de plus. Beaucoup d'éléments semblent manquer au sujet des dernières heures de Saskia. Moi-même, je n'ai pas dit tout ce que je savais, et j'ai bien l'impression que je ne suis pas la seule.

Je fixe ce que j'ai écrit. Les lettres se déforment. L'eau coule le long du verre comme des larmes.

J'ai lancé beaucoup d'hypothèses sans preuves. Est-ce que je suis tombée juste ? Il ne faut pas que je me fie à nos personnalités d'aujourd'hui. Il faut que je me rappelle comment nous étions à l'époque. Je ferme les yeux et j'essaie de m'en souvenir.

## 16

*Dix ans plus tôt*

Je me réveille au lit avec Brent, qui m'entoure de son corps fin mais musclé, pressé contre mon dos. Je porte l'un de ses tee-shirts Burton, imprégné de son odeur.

Je roule sur le dos. Il fait toujours si agréablement chaud chez lui. Le radiateur près du lit a fonctionné toute la nuit, et Brent ne porte qu'un boxer Calvin Klein. Les marques pour lesquelles il était autrefois mannequin se sont battues pour le sponsoriser en snowboard, et je me demande s'il lui faut encore payer pour quoi que ce soit, ces jours-ci.

Mon doigt glisse le long de son torse sculpté. Il a vraiment un corps incroyable. Un athlète au sommet de sa forme.

Ses yeux noirs s'ouvrent, et il me fait un lent sourire.

— Salut.

Je continue mon exploration, en descendant vers son ventre plat. Mes doigts ont l'air si pâles par contraste.

— Tu as une peau magnifique.

Il tend le bras pour attraper sa montre sur la table

de nuit, une grosse Omega aux maillons d'acier. Dans le supplément illustré du *Sunday Times*, une page publicitaire le montre en plein saut, cette même montre au poignet. Elle coûte probablement plus que ma saison tout entière.

— Quelle heure il est ? je demande.

— Huit heures.

Les remonte-pentes ouvrent à huit heures trente, et je devrais déjà être en train de me préparer. Mais nous ne nous sommes couchés qu'après minuit, en nous glissant discrètement à l'étage une fois la plupart des autres partis. Je tends l'oreille, guettant des sons montant de la cuisine. Curtis s'est-il déjà levé ?

Brent attache sa montre, et mes yeux se posent sur son tatouage à l'avant-bras. *Go big or go home.* J'effleure les lettres du bout des doigts.

— J'adore celui-là.

— C'est pour me rappeler qui je suis. Je ne veux jamais devenir vieux et chiant.

— Je ne pourrais pas t'imaginer vieux et chiant. Tu feras encore du snow à quatre-vingts ans. Avec ton déambulateur.

Il rit et m'attire dans ses bras. Il faudrait que je me lève, mais je suis si bien ici. Je me presse contre lui.

— Tu as déjà sorti des flips ? me demande-t-il en me caressant les cheveux.

— Pas exprès, non.

— Tu voudrais en faire ?

— Je dois en faire.

J'ai compris depuis un petit moment déjà que je ne peux pas m'en tenir aux tricks simples et aux rotations. Pour continuer à m'élever dans le classement, il faut que j'ajoute des flips à mon programme. Saskia sait faire des McTwists.

— Je t'apprendrai, dit Brent.

— Super.

— Je peux t'assister sur le trampoline plus tard, si tu veux.

— Attends, il y a un trampoline, ici ?

— Oui, à la salle.

— Sérieux ? Pourquoi je ne le savais pas ? Merde, je suis sûre que Saskia s'en sert tout le temps.

— Ah ça, oui.

J'étouffe un grognement contre sa poitrine.

— Ça fait des années que je ne me suis pas retrouvée sur un trampoline. J'ai fait de la gymnastique jusqu'à mes onze ans. Avant, je savais faire des sauts périlleux arrière.

— Tu aurais dû continuer.

— Ne m'en parle pas. Mes parents ne pouvaient plus me l'offrir.

Ils ont tout misé sur la carrière de rugby de mon frère. Leurs efforts ont porté leurs fruits – Jake est dans l'équipe des Sheffield Eagles, maintenant – mais je me sens toujours blessée.

Quand j'avais quatorze ans, j'ai trouvé un petit boulot, tous les samedis, à la piste artificielle de Sheffield. C'est là que je me suis mise au snowboard, puisque je pouvais en faire gratuitement. Je me suis faite toute seule, sans l'aide de personne. C'est en partie ce qui me pousse à continuer. Ma façon de dire à mon père que je n'ai pas besoin de lui.

La main de Brent se glisse sous mon tee-shirt et vient reposer sur ma hanche.

— On ferait mieux d'y aller. Sauf si…

— Il te restera assez d'énergie pour la glisse ? dis-je, mais mon corps lui répond déjà.

— Rappelle-toi à qui tu parles, rigole-t-il. Je suis la star de Smash.

J'entends l'arrivée d'un texto.

— Attends, il faut que je regarde ça, dis-je. Mon frère se fait opérer le genou cette semaine.

Je fouille dans mon sac à dos pour en sortir mon portable, mais ce n'est pas un message de mon frère. Ça vient de Saskia.

*Je t'ai pris un café. On se retrouve au téléphérique pour le premier départ ?*

Faire du snow avec Saskia, ou coucher avec Brent ? Le choix est vite fait. Je bondis hors du lit.

— Désolée, j'ai oublié, je suis censée retrouver Saskia.

— Saskia ? dit-il avec raideur.

— Tu as un problème avec elle, pas vrai ? je demande en m'habillant. C'est ton ex, ou un truc dans le genre ?

Il secoue la tête.

— Mais tu as couché avec elle ? j'insiste.

— Non !

La véhémence de sa réponse me surprend. Elle provoque clairement une vive réaction chez lui, mais je n'arrive pas à comprendre pourquoi. Il se lève et enfile également ses habits.

— Je ne vais pas avoir le temps de prendre un petit déj, dis-je. Tu aurais un Smash sous la main ?

— Sers-toi, dit-il en m'indiquant un carton.

— Merci. On se voit là-haut !

— Ouais.

J'avale le contenu de la canette avec une grimace tout en me dépêchant de sortir. Il a neigé pendant la nuit, et quinze centimètres de poudreuse recouvrent le sol. Des voitures passent au ralenti, avec leurs chaînes qui tintent comme des clochettes. C'est lorsque je remarque les vitrines décorées et les guirlandes lumineuses au-dessus de la rue que je comprends soudain que nous sommes la veille de Noël. Je perds toujours la notion du temps pendant l'hiver. M'entraîner est tout ce qui importe.

En arrivant à mon minuscule appartement, j'enfile mon équipement à la va-vite, je fourre quelques barres de céréales dans mes poches et ressors en courant. Une pensée me traverse l'esprit : Saskia aura peut-être mis de l'alcool dans mon café. Mais je le sentirais, et elle doit tout de même se rendre compte que je ne suis pas stupide à ce point.

La nervosité me serre l'estomac tandis que je descends la rue en petites foulées, mon snowboard sous le bras, en direction du téléphérique. J'ai une impression bizarre, comme si on s'apprêtait à sortir ensemble. Est-ce qu'on ne sera que toutes les deux ?

Le soleil point au-dessus des sommets en peignant les pentes d'orange. Saskia est là, perchée sur la rambarde, agitant les pieds dans le vide, avec un gobelet dans chaque main. Je reste plantée devant elle. Qu'est-ce que je fais, je lui fais la bise ? Je la prends dans mes bras ? Pourquoi est-ce que je suis nerveuse comme ça ?

Elle saute sur ses pieds et me fait une bise unique.

Il fait si froid que je sens nettement la tiédeur de ses lèvres sur ma joue. Son parfum m'emplit les narines, sucré et entêtant.

— Tiens, dit-elle en me tendant un gobelet.

— Il y a de la vodka dedans ?

Elle rit et prend son snowboard.

— Allez, on y va.

La cabine de téléphérique s'élève contre le flanc de la montagne. Saskia et moi nous penchons sur la vitre en buvant notre café à petites gorgées. Nos coudes sont pressés l'un contre l'autre.

— Qu'est-ce que c'est, ton parfum, au fait ? je demande.

— *Black Orchid*, de Tom Ford. Ça te plaît ?

Je ne sais pas quoi répondre. C'est une fragrance puissante, exotique, le genre qu'on adore ou qu'on déteste. Un peu comme Saskia.

— Je ne suis pas sûre.

Sur la pente en contrebas se distinguent les traces d'un petit animal : un lièvre, ou peut-être une hermine. Les branches des sapins ploient sous la neige fraîche. Elle est de plus en plus épaisse à mesure que nous continuons notre ascension.

— Tu veux qu'on aille jusqu'au glacier ? propose Saskia. Pour être les premières sur les pistes ?

Nous enchaînons donc par les œufs. Je ne sais pas si c'est parce que j'ai bu un Smash et un café, ou si c'est juste l'idée d'être amie avec elle, mais je vibre sur place.

La vue depuis les œufs me rappelle la mer de nuages que l'on voit par le hublot d'un avion. Et lorsque nous nous lançons dans la pente en snow, les sensations collent parfaitement à cette vision : j'ai l'impression de flotter sur du coton blanc.

De retour au pied des œufs, Saskia fait un signe de tête vers mon snowboard, dont le logo Magic est à demi masqué par la neige.

— Alors, il est vraiment magique ?

— Oui. Franchement, oui. C'est le meilleur snow que j'aie jamais eu.

— Tu veux échanger pour la prochaine descente ?

L'idée de mon snow entre ses mains me fait frissonner. Ce serait comme lui confier mon enfant. Mais je ne trouve pas de bonne raison de refuser, alors on échange et j'essuie la neige qui couvre le sien pour lire la marque. Un Domina Spin 154, trois centimètres plus court que ce à quoi je suis habituée. Logique, elle pèse moins que moi. Il faudra que je mette mon poids plus en arrière dans la poudreuse.

Côte à côte, nous nous lançons dans la descente, avec d'énormes virages très appuyés qui projettent des vagues de poudreuse dans l'air. Dans ce genre de neige, un snowboard passe comme un couteau brûlant dans du beurre, mais la voir avec ma planche aux pieds me gâche le plaisir.

Nous nous tapons dans la main une fois arrivées en bas, ce qui me projette des flocons dans les yeux. Je suis soulagée de récupérer mon snow. Nous prenons à nouveau les œufs.

— Suis-moi ! crie-t-elle une fois au sommet.

Je me lance à sa suite sur l'autre versant de la montagne, celui où je ne suis pas encore allée. La poudreuse s'envole à chacun de ses virages, se déposant sur mes lèvres et mes joues. Nous filons jusqu'en bas en profitant de congères formées par le vent pour enchaîner les sauts et les rotations. Je fais quelques mauvaises chutes, mais ça fait bien moins mal que de tomber sur la glace du half-pipe, et je me sens invincible.

À flanc de montagne, en contrebas du half-pipe, je repère une barre rocheuse et je saute. Saskia s'élance juste après moi et atterrit plus loin que moi. Merde.

— On recommence, dis-je.

Au lieu de redescendre jusqu'au remonte-pente, j'enlève mon snow et je remonte à pied. Saskia me suit avec effort. Je suis à bout de souffle lorsque je remets mon snowboard. Cette fois, je reste en ligne droite pour être certaine d'atterrir plus loin qu'elle ne l'a fait. Elle se lance à ma suite et va plus loin encore. J'enlève mon snow pour une nouvelle tentative.

Nous partons de plus en plus haut. Ça devient dangereux. J'ai déjà largement dépassé mon précédent record.

Après un autre impact qui me traverse les os, Saskia atterrit à mes côtés – juste un peu plus bas.

— Hé ! crie une voix.

Curtis nous fait des signes depuis le plateau.

— Qu'est-ce que vous faites là, en bas ? Le half-pipe est super aujourd'hui !

Saskia et moi échangeons un regard, en sueur et hors d'haleine.

— On y va ? dit-elle.

Je suis frustrée, mais aussi soulagée par l'intervention de Curtis. Sans lui, je ne sais pas jusqu'où nous serions allées. Peut-être que nous ne nous serions jamais arrêtées.

## 17

*Aujourd'hui*

Je tremble de froid sur mon étroit matelas. Les draps me semblent glacés. J'ai deux couvertures, mais ça ne suffit pas. Il m'en faudrait une autre. Il y en avait tout un tas dans la buanderie, mais je ne veux pas sortir dans le couloir pour aller en chercher une.

Des questions me tournent encore dans la tête. Qui nous a fait venir ici, et pourquoi ? L'un de mes amis a-t-il tué Saskia ? Ou est-ce Curtis qui a raison ? Pourrait-elle être vivante, quelque part dans ce bâtiment ?

Je suis déjà sortie du lit une douzaine de fois pour vérifier que la porte était bien fermée à clé. Sans mon portable, je ne sais pas quelle heure il est, mais j'ai l'impression que ça fait des heures que j'essaie de dormir. Ma montre a rendu l'âme la dernière fois que je suis allée à la salle de sport, quand je suis entrée dans le Jacuzzi, et je ne l'ai jamais remplacée comme il y a des pendules sur tous les murs, là-bas. Et partout ailleurs, il me suffit de regarder mon téléphone.

Je ne peux pas dormir. J'ai trop froid. Je pose l'oreiller sur ma poitrine en guise de couche supplémentaire, mais ça ne marche pas. Il va falloir que j'affronte le couloir pour me procurer une autre couverture. Ma chambre est si sombre que je suis obligée de tâtonner jusqu'à trouver l'interrupteur. Le voilà. Puis je sors dans le corridor obscur, où j'allume également la lumière.

Il n'y a personne. Je relâche ma respiration. Je ne sais pas ce que je m'attendais à voir. On est au beau milieu de la nuit. Bon, je vais faire aussi vite que possible. Je passe devant la porte de Curtis, j'arrive à la porte de la buanderie et je tends la main vers la poignée – et je me fige. Il y a quelqu'un là-dedans. Une voix de femme. Heather. Et une voix d'homme. Qui ?

Je presse l'oreille contre la porte, prête à filer si je les entends sortir. La voix d'homme est trop basse pour que je l'identifie. Ça ne peut pas être Dale. Ils se parleraient au lit, tout simplement. Alors, Brent ou Curtis ? Brent, peut-être ? J'ai l'impression qu'ils parlent du Brise-Glace…

Mais ce pourrait être quelqu'un d'autre. Julien. Ou un psychopathe qui nous a fait venir ici pour des raisons que je n'imagine même pas. Mon cœur s'emballe, et je voudrais rentrer dans ma chambre pour être plus en sécurité, mais j'entends Heather hausser la voix, comme contrariée. Est-ce que cet homme – qui qu'il soit – la menace ? Ma paume se presse instinctivement contre la porte. J'ai mon opinion sur Heather, mais c'est une femme comme moi.

J'essaie de mieux entendre… et la lumière s'éteint. *Merde.*

Je cligne des yeux dans l'ombre et une main s'abat sur ma bouche. Des bras m'agrippent, me soulèvent du sol et m'emportent en arrière dans le couloir. Je réagis d'instinct, en ramenant mon bras droit vers ma poitrine pour envoyer un coup de poing sous mon bras gauche.

J'entends un grognement, encore une voix d'homme, et les bras me relâchent, mais je n'ai pas retrouvé mon équilibre et je titube en arrière jusqu'à trébucher sur lui et m'écrouler sur le sol, complètement désorientée. Une porte se ferme derrière nous. Je m'arrache d'un bond à lui, qui que ça puisse être, et je cherche frénétiquement un interrupteur. Trouvé !

La lumière illumine la pièce et Curtis, assis sur le sol, qui se tient la poitrine. Nous sommes dans sa chambre.

— Mais qu'est-ce que tu fous ? je siffle.

Il ne peut pas me répondre, trop occupé à essayer de retrouver son souffle. Mon cœur me pilonne toujours les côtes. J'ai eu tellement peur.

Curtis me fixe comme s'il n'arrivait pas à intégrer la violence avec laquelle je l'ai frappé.

— Je croyais que… tu allais ouvrir la porte, croasse-t-il. Et je ne voulais pas… qu'ils sachent… qu'on les avait vus.

— Je n'allais pas ouvrir la porte, merde ! J'essayais d'entendre si c'était toi. Ou Brent. Ou quelqu'un d'autre.

— C'est Brent.

— Tu en es sûr ?

— Je les ai vus entrer là-dedans.

*D'accord. On arrête de paniquer. Ce n'était pas un psychopathe, juste Brent.* J'essaie de réguler ma respiration.

— Qu'est-ce qu'ils font là-dedans ?
— Je me le demande.
— Ils sont amants, ou quoi ?
— Aucune idée, répond-il en souriant.

Je suis sur le point de ressortir pour essayer à nouveau de les entendre, mais quelqu'un actionne un interrupteur et de la lumière filtre sous le battant. Curtis presse un doigt sur ses lèvres. Des portes se ferment.

— Ils sont partis, dis-je.

Curtis se relève péniblement. Il porte ses vêtements thermiques : un haut noir à manches longues, taillé dans un tissu élastique qui moule ses larges épaules, et un pantalon du même acabit. Ils font ressortir l'hématome qui rougit sur sa tempe.

Moi aussi, je ne porte que des vêtements thermiques à manches longues, et maintenant que le choc est passé, je tremble à nouveau de froid. Je serre mes bras autour de ma poitrine.

Il prend une couverture sur son lit et me la passe.

— Merci, dis-je en m'en couvrant comme d'une cape.
— Je n'arrivais pas à dormir.

Il se tient très près de moi. Ses yeux semblent plus sombres que d'ordinaire.

— Moi non plus, réponds-je.

Sa chambre sent la lessive fraîche. Ou peut-être que ce sont ses vêtements.

Il se frotte la nuque. C'est ma bouche qu'il regarde comme ça. Quand il s'en rend compte, il écarte sa main et va chercher une autre couverture sur son lit pour l'enrouler autour de ses propres épaules.

— Au fait, qu'est-ce qu'il y a entre toi et Brent, finalement ?

— Rien, dis-je en sentant l'espoir monter. On ne s'est pas vus depuis dix ans.

Il s'assied sur le matelas. Je viens le rejoindre, à prudente distance.

Comme souvent, je songe à ce qui aurait pu se produire si c'était lui que j'avais choisi cette nuit-là. La Milla de l'époque relevait tous les défis, au sommet de sa concentration et de sa forme. Elle était aussi seule que je le suis aujourd'hui, mais ça la dérangeait beaucoup moins. D'ailleurs, elle ne s'en rendait pas compte, ou presque. Elle vivait dans l'espoir, enthousiasmée par son avenir fait de compétitions et de podiums.

Curtis, quant à lui, n'était pas le Don Juan pour lequel je l'avais pris au premier abord. Il est resté célibataire tout l'hiver ou presque, en se concentrant sur le snow. Je ne l'ai vu sortir qu'avec une seule fille, une rideuse de half-pipe australienne appelée Jacinta Lee, et ça n'a pas duré.

Comment les choses se seraient-elles passées entre nous ? La saison se serait sans doute terminée de façon bien différente. Mais ce n'était pas ce que je recherchais à l'époque. Curtis est du genre tout ou rien – j'ai bien vu comment il se comportait avec Jacinta – et je n'aurais pas pu combiner une relation sérieuse avec mon entraînement.

De toute façon, ce qui est fait est fait. Mais… et maintenant ? Le passé nous a-t-il marqués au point de nous interdire un avenir ?

Puis je me reprends. Qu'est-ce que je vais

m'imaginer ? Dix ans se sont écoulés. Je ne sais plus qui est Curtis.

— Tu es redevenue blonde, dit-il en regardant mes cheveux.

— Hein ? Ah. Oui.

J'imagine que je lui rappelle sa sœur. Comme lui-même me la rappelle.

Je me suis toujours demandé à quel point sa perte l'avait affecté. Vu son comportement un peu plus tôt, ses émotions sont encore vives, mais est-ce qu'elle lui manque ? Est-ce qu'il se sent atteint au cœur chaque fois qu'il entend son nom ? Ou était-ce secrètement un soulagement, un lourd fardeau qu'il n'avait plus à porter ? Sa vie doit être tellement plus simple maintenant que Saskia n'est plus là.

— Je peux te poser une question ? dis-je. Pourquoi avoir arrêté la compétition ?

— Si j'avais continué, j'aurais fini par avoir besoin d'une chirurgie des tendons à l'épaule.

Puis il détourne les yeux.

— Mais en fait, j'ai surtout arrêté pour ma mère. Je voulais être près d'elle un peu plus souvent. Et puis, tu sais, tout peut arriver en montagne. Elle n'aurait pas supporté de me perdre aussi.

J'avale ma salive en regrettant d'avoir posé la question.

— Ça a dû être vraiment dur pour tes parents…

— Notre famille ne s'en est pas vraiment relevée, dit-il à voix basse. Ma mère ne pense qu'à ça, ne parle que de ça. Mon père s'est battu pendant des années pour que Saskia soit déclarée morte. Il pensait que ça aiderait ma mère à passer à autre chose. Normalement, il ne faut que sept ans pour être légalement présumé mort, mais ma mère ne voulait pas en entendre parler. Elle s'y est opposée au tribunal en disant que Saskia était encore vivante. Elle se raccrochait aux achats qui avaient été faits sur sa carte bancaire. Les choses ont traîné en longueur jusqu'au mois dernier.

Sa voix se brise.

— Maman ne l'a pas très bien pris.

— Je suis désolée…

— Elle ne croit pas à un accident. On n'est même pas certains que Saskia était sur la montagne ce jour-là.

— Mais Brent et Heather l'ont vue là-haut.

— C'est ce qu'ils disent, oui, réplique Curtis.

Ses yeux reviennent vers moi.

— Il y a dix ans, je t'ai demandé quelque chose et j'ai eu l'impression que tu n'étais pas entièrement honnête avec moi.

Je me raidis. Son regard me brûle, et j'essaie de ne pas le montrer.

— Je vais te le redemander. Est-ce que tu sais où est ma sœur ?

Tout va bien. Il ne me pose pas la bonne question.

— Non.

— Est-ce que tu penses qu'elle est encore vivante ?

— Je suis désolée, mais non.

Je le regarde attentivement pour voir s'il semble déçu, mais il reste complètement indéchiffrable.

— Alors, à ton avis, qu'est-ce qui lui est arrivé ? demande-t-il.

C'est bon signe qu'il me pose ces questions, non ? Ça veut dire que je me suis trompée tout à l'heure, et que ce n'est pas lui qui l'a tuée.

À moins qu'il ne continue à faire semblant pour détourner mes soupçons.

— Je ne vois que trois possibilités, dis-je prudemment. Un accident, un meurtre ou un suicide.

Une douloureuse grimace lui plisse le front.

— Pourquoi est-ce qu'elle se serait suicidée ?

— Je ne sais pas, dis-je, mal à l'aise. En tout cas, je pense qu'elle est toujours là-haut, sous la glace.

Curtis me dévisage longuement.

— J'ai toujours eu l'impression que j'arrivais à lire dans tes pensées, Milla.

— Saskia y arrivait, en tout cas.

— Ah oui ? fait-il en souriant.

— Mais moi, je n'ai jamais réussi à savoir ce qu'il y avait dans sa tête. Ni dans la tienne.

Il sourit plus franchement.

— J'ai dit que je pouvais lire tes pensées, pas que j'y comprenais quelque chose.

J'ai l'impression qu'il fait référence au fait que j'aie choisi Brent et pas lui. À mon grand soulagement, il ne m'a jamais demandé pourquoi, et je ne me suis jamais expliquée, parce qu'il m'aurait fallu avouer ce que je ressentais pour lui.

Je le ressens toujours. Ce sourire me chatouille l'estomac. Il me donne envie de me débarrasser des couvertures et de grimper sur ses genoux. Mais je ne sais pas où nous en sommes, lui et moi.

Surtout avec les secrets du Brise-Glace qui pèsent sur nous.

Il semble bien plus calme qu'il ne l'était plus tôt dans la soirée. C'est le bon moment pour l'interroger là-dessus. Il doit y avoir réfléchi, lui aussi. Sauf si c'est lui qui les a écrits, bien sûr.

— Est-ce que tu prends le Brise-Glace au sérieux ?

Son regard se durcit.

— On ne peut pas nier que quelqu'un y a mis beaucoup d'efforts.

— Mais qui ?

— Il n'est vraiment pas confortable, ce matelas, marmonne-t-il en fourrant son oreiller dans son dos. Je ne sais pas. Mais je sais une chose : si quelqu'un a tué Saskia, ce n'est pas lui qui a écrit ces secrets.

C'est logique. Un meurtrier ne chercherait pas à se faire connaître.

Curtis pianote nerveusement sur le matelas.

— Mais pourquoi faire une chose pareille ? Nous faire venir ici, nous isoler, nous forcer à revivre cet hiver-là… C'est ce que j'essaie de comprendre.

— Pour faire arrêter le tueur, non ?

Comme l'a dit Brent, on ne peut que supposer que tout ceci est l'œuvre de Curtis. Sa famille veut plus que tout savoir ce qui est arrivé à Saskia, et ils ont les moyens.

— Peut-être pour du chantage ? dit-il en replaçant l'oreiller dans son dos. Quelqu'un suspecte que l'un d'entre nous l'a tuée et veut lui soutirer de l'argent ?

— Pourquoi pas… Je n'y avais pas pensé.

J'ai les pieds gelés, et c'est lorsque je remonte les genoux pour les glisser sous la couette que je me rends compte que Curtis surveille le moindre de mes mouvements.

— Tu penses que c'est moi qui suis responsable de tout ça, dis-je.

— Ou Brent, répond-il en souriant comme pour adoucir l'accusation.

Me voilà au lit avec lui, exactement ce dont j'avais rêvé en acceptant l'invitation, mais le Brise-Glace est une entrave à tout développement romantique.

— Au moins, tu n'as pas l'air de penser que je l'ai tuée, dis-je.

Son regard bleu se durcit.

— Si quelqu'un l'a tuée, c'est sans doute Dale ou Heather. Ou alors les deux ensemble.

Je lui donne un gentil coup de coude avant de lui renvoyer l'ascenseur, pour qu'il ne le prenne pas mal :

— Et moi qui pensais que c'était toi qui l'avais tuée.

Si je lui dis ça, ça veut dire que je lui fais confiance, non ? J'espère qu'il ne va pas s'offusquer. Mais il se contente de laisser échapper un rire sans joie.

— Je n'ai jamais passé une soirée aussi bizarre.

Est-ce que je lui fais vraiment confiance ? Je n'en suis pas si sûre.

Son rire s'éteint. Ses yeux se posent sur sa main gauche, appuyée sur le matelas, et il la retire d'un coup comme s'il s'était brûlé.

— Milla, dit-il d'une voix étranglée. Est-ce que tu es venue ici tout à l'heure ?

— Quoi ? Non. Enfin, peut-être, pendant qu'on explorait le bâtiment…

Il fixe toujours l'endroit où il s'était appuyé. En suivant son regard, je comprends ce qu'il a vu. Perplexe, je tends la main.

— Non ! N'y touche pas !

Je retire mes doigts. Là, vers le haut du matelas,

à l'emplacement de l'oreiller, se trouve une longue mèche de cheveux, comme coupée d'un coup de ciseaux. D'un blond presque blanc.

Soudain, je suis glacée. Curtis se baisse pour l'examiner, aussi près que possible sans la toucher. Puis il relève des yeux pleins d'effroi vers moi.

— Ce ne sont pas mes cheveux, dis-je d'une voix tremblante. Ils ne sont pas aussi blonds.

Est-ce que quelqu'un essaie encore de m'embrouiller ? Ou est-ce que Curtis aurait raison ? Est-ce que Saskia est vraiment là, quelque part ? Mais pourquoi ne pas tout simplement se montrer au grand jour, surtout au frère qu'elle n'a pas revu depuis si longtemps ? Mon cœur bat trop fort. J'ai si peur à l'idée d'ouvrir une porte et de la trouver derrière.

J'essaie de me remettre à réfléchir.

— Personne n'aurait pu savoir à l'avance que tu allais choisir cette chambre.

Ou alors il y a une mèche sous chacun de nos oreillers ? J'avale ma salive. Il faudra que je vérifie en revenant dans ma chambre. Curtis fixe toujours la mèche de cheveux avec une fascination horrifiée.

— Est-ce que tu es sorti ?

— Euh… Oui. Juste une fois. Non, deux, balbutie-t-il. Je suis descendu aux œufs. Oui. Pour voir s'il y avait quelqu'un. Et je suis sorti quand j'ai entendu des voix. Brent.

Il ne sait plus ce qu'il dit. Il est sorti une troisième fois, lorsqu'il a frappé à la porte de Brent et qu'il m'a trouvée là. Mais on dirait bien qu'il a oublié.

Si quelqu'un essaie de le rendre fou, on dirait que c'est en bonne voie.

# 18

*Dix ans plus tôt*

Brent et moi sommes assis côte à côte sur le tapis, dans son petit appartement. Nous sommes sept tassés devant la télé pour regarder le dernier DVD de la marque Burton. Le feu crépite, si près qu'il me brûle le front. C'est le Nouvel An, mais les conditions de glisse sont parfaites et on annonce encore plus de neige à venir, donc nous avons décidé de passer une soirée tranquille.

Le nom de Brent apparaît à l'écran et nous l'acclamons. On entend le début de « Young Forever » de Jay-Z, et voilà Brent lui-même, qui se lance dans l'un des sauts les plus énormes que j'aie jamais vus. Il fend l'air dans un superbe 720° qu'il replaque parfaitement.

Je lui souris, et il presse discrètement son genou contre le mien. Nous gardons toujours secrètes les nuits qu'il m'arrive de passer dans son lit. Personne n'est au courant à part Curtis, même si Saskia se doute de quelque chose. Elle m'a posé une question sur lui l'autre jour ; elle m'a demandé s'il y avait quelque chose entre nous. Je lui ai dit que non. Je ne veux pas qu'elle soit au courant que nous couchons ensemble, sans trop savoir pourquoi. Ce n'est pas comme si nous sortions ensemble, de toute façon.

Lorsque je jette un regard vers Saskia, je vois qu'elle nous surveille. J'éloigne mon genou de Brent.

Sur le canapé, Curtis et Camille sont côte à côte et rient ensemble. Ils semblent très bien s'entendre. Camille a fait une mauvaise chute la veille : il y a un pack de glace sur son poignet.

On sonne à la porte et Dale saute sur ses pieds.

— J'y vais !

Il porte un jean tout déchiré, et d'un violet si vif qu'il attire plus l'attention que mes cheveux, pourtant devenus roses depuis l'autre soir, à la suite d'une teinture faite à la va-vite dans mon lavabo. Ma serviette a fini plus colorée qu'eux, mais au moins, maintenant, plus personne ne peut me confondre avec Saskia. Ça faisait déjà trois fois et j'en avais plus qu'assez.

Dale revient, suivi de Heather, qui fronce le nez en voyant son jean. Elle porte sa petite robe noire et ses bottes en cuir. Elle doit venir directement du travail. Le regard de Brent la suit, tout comme celui de Julien. Curtis, lui, semble immunisé : il ne lâche pas la télé des yeux. Je me rapproche du feu pour faire de la place à Heather et Dale sur le tapis. À l'écran, Brent enchaîne les sauts.

— Ils ont tourné ça où ? je demande.

— En Nouvelle-Zélande, au snowpark en août dernier. C'était un truc de fou. Burton a payé pour mon billet et celui de Curtis.

— Bande de veinards, dis-je. Il y en a qui bossaient, à l'époque. Et d'abord, pourquoi tu fais du half-pipe ? Avec ce genre de sauts, tu pourrais faire du big air.

Brent ne répond pas.

— Il veut faire les Jeux olympiques, dit Curtis en se levant pour remuer le feu.

Brent rougit, ce qui veut dire que c'est vrai. Tout le monde rit, sauf moi. Le big air n'est pas aux JO. Pas encore, en tout cas. Même le half-pipe n'y figure que depuis quelques années.

— Pourquoi vous riez ? dis-je. C'est normal, non ? Tout le monde rêve de faire les Jeux.

— Pas moi, réplique Dale.

— Pourquoi pas ?

— C'est corrompu jusqu'à l'os, leur truc, dit-il en reniflant. Pas question que je prenne part à ça.

— Et toi, tu voudrais y aller ? dis-je en regardant Curtis.

— J'aimerais bien, oui.

— On y a déjà été, intervient Saskia.

— Quoi ? je bafouille.

— Comme spectateurs, clarifie Curtis. À Nagano en 1998. Nos parents nous y ont emmenés.

— Sérieux ? C'était la toute première fois qu'il y avait du half-pipe aux Jeux ! Ça devait être génial.

— C'était pas mal, j'avoue, dit Curtis en rajoutant une bûche dans le feu, qui siffle et crépite de plus belle.

Parfois, je soutiens son regard en espérant qu'il se mette à me fixer comme avant, mais il ne le fait plus.

— J'ai suivi ça à la télé, dit Brent. J'étais à fond dans le skateboard à l'époque, et j'ai dit : « Vous savez quoi ? Dans dix ans, c'est ça que je ferai. » Je ne savais pas que les Jeux olympiques avaient lieu tous les quatre ans.

Dale renâcle encore.

— Tu vises les prochains ? je demande.

Il me répond par un sourire un peu gêné. Les prochaines années seront donc aussi déterminantes pour lui que pour moi. J'ai des ambitions olympiques, moi aussi, mais avant d'oser les formuler, il faut que je grimpe un peu plus haut dans le classement anglais.

— D'ailleurs, comment on se qualifie pour les Jeux ?

— Il faut participer à la coupe du monde de la FIS, répond Curtis. Pour avoir assez de points.

— Putain de FIS, lâche Dale. Entre les JO et les X Games, le choix serait vite fait pour moi.

On n'accède aux X Games que sur invitation ; ça, je le sais. Curtis y a pris part l'an dernier, mais pas Dale. Il a dû mal le vivre.

— Chut ! intervient Julien en indiquant la télé, où son nom vient d'apparaître.

Mais Dale continue à se plaindre de la FIS – la Fédération internationale de ski. Julien cherche la télécommande des yeux avec un air exaspéré. Je me mords la lèvre pour ne pas rire, et je vois Saskia faire pareil. Lorsque nos regards se croisent, je me bâillonne d'une main.

— Allez, regarde, dit Julien en poussant Curtis du coude.

Un gloussement m'échappe. Je baisse la tête et je me lève pour sortir en courant ; Saskia me suit et nous nous retrouvons dans la cuisine, incapables de nous arrêter de rire.

— Pauvre Julien, dis-je.

— Quel loser, réplique-t-elle.

Nous rions de plus belle. Je ne peux pas m'empêcher de l'apprécier. Et c'est comme ça que je la préfère.

Elle repère le cubi sur le comptoir et vide son verre de vin dans le basilic de Curtis.

— C'était donc ça, le goût. Pas étonnant, s'il achète cette merde. Tu veux une Kro ? me demande-t-elle en se prenant une bouteille dans le frigo.

— Je préfère la vodka, dis-je, ironique. Mais allez, d'accord. Pour le Nouvel An.

Nous nous asseyons sur le comptoir, nos bouteilles à la main. Elle est si près que je peux sentir son parfum. C'est la première fois que je bois depuis l'Open du Rocher.

L'évier est plein de casseroles à laver. Brent était censé faire la vaisselle, mais si mes soupçons sont fondés, il n'a aucune intention de s'y mettre. Les garçons se sont offert une vraie scène de ménage à Noël, après que Curtis a cuisiné un chapon, et Heather refuse de dormir dans l'appartement tant qu'il sera dans un état pareil, si bien que Dale passe toutes ses nuits chez elle.

— J'adore cette couleur, dit Saskia en me touchant les cheveux.

— Merci. Ça me fait toujours drôle quand je me vois dans le miroir.

Elle enroule une longue mèche de cheveux roses autour de son doigt.

— Je devrais peut-être me les teindre aussi.

Je lui lance un regard d'avertissement, mais elle rit et je comprends qu'elle plaisantait.

— Tu veux venir chez moi mardi ? dit-elle. On se fera une soirée entre filles.

— D'accord, si tu veux.

— Je t'enverrai l'adresse.

Julien fait son entrée dans la cuisine, la télécommande à la main.

— Vous avez raté la partie où j'étais.

— Oh, zut, dit Saskia innocemment.

De si près, je me rends compte qu'il a un bronzage de panda à faire peur. Son nez et ses joues sont brunis par le soleil, mais autour des yeux il est pâle et couvert de taches de rousseur. Il est moins grand que Saskia, ce qui le rend bien plus petit que moi. On dirait qu'il a quatorze ans même si Brent dit qu'il en a vingt-deux.

— Je vais remettre en arrière pour toi, d'accord ? dit-il dans un mauvais anglais.

Il la prend par la main, la fait descendre du comptoir et l'entraîne vers le salon. Elle me jette un regard par-dessus son épaule, ses yeux bleus pétillants de malice, et articule : *Loser !*

Brent les croise en se glissant dans la cuisine.

— Tu passes la nuit ici ? me demande-t-il.

— J'espère bien. J'ai bu trois canettes de Smash aujourd'hui, je n'arriverai pas à dormir avant des heures.

— Ça me va très bien, dit-il avec un regard intense.

Le Smash a vraiment un goût atroce mais j'ai eu l'impression d'être meilleure en snow après en avoir bu la dernière fois, si bien que j'en ai échangé tout un carton à Brent contre l'équivalent en barres de céréales. J'en ai déjà vidé la moitié.

Il se penche vers moi pour m'embrasser, mais un bruit en arrière-plan nous fait lever les yeux.

Saskia, le regard curieux, récupère sa bière sur le comptoir.

— J'avais oublié ça.

Je ne sais toujours pas s'il s'est passé quelque chose entre elle et Brent. Dès que la porte se referme derrière elle, j'ouvre la bouche pour lui poser la question, mais Heather entre d'un pas léger. Elle prend une bouteille dans le congélateur – du champagne – et fait les yeux doux à Brent.

— Mon manager me l'a donnée. Tu peux m'aider à l'ouvrir ?

J'ai envie de rire. Elle doit ouvrir toutes sortes de bouteilles au travail, et pourtant elle demande l'aide de Brent comme pour lui faire plaisir, pour l'aider à se sentir plus viril ou je ne sais quoi.

Je tends la main vers la bouteille. Je vais l'ouvrir moi-même pour ruiner son petit jeu. Mais Brent est trop rapide : il la saisit et l'ouvre avec maîtrise au-dessus de l'évier. Lorsqu'il la rend à Heather, je jurerais qu'il se tient plus droit. Il la regarde chercher des verres dans les placards, et je l'observe. Ce n'est pas de la jalousie, plutôt un genre de curiosité. Heather fait ressortir un aspect de lui que quelqu'un comme moi ne pourrait jamais révéler. Je préférerais mourir plutôt que de demander de l'aide, surtout de la part d'un homme – c'est un signe de faiblesse –, mais c'est justement sur cette faiblesse que joue Heather, ce qui lui permet d'ensorceler Brent au passage.

Puis Dale entre dans la pièce et le moment s'achève.

Brent et moi retrouvons notre place sur le tapis.

Saskia et Julien se sont tassés sur le sofa près de Curtis et Camille, qui sont en grande conversation. Est-ce que Curtis s'intéresserait à elle ? Je n'ai pas l'impression qu'il la drague, mais après avoir croisé Heather, je mesure plus que jamais à quel point je ne comprends rien aux hommes.

— Tu as déjà tenté un haakon flip ? lui demande Camille.

— Non, et toi ?

— Un haakon flip ? C'est trop facile, intervient Julien, dont l'accent empire.

Camille lève les yeux au ciel, sans commentaire.

— J'en fais tout le temps, poursuit-il.

Saskia prend la couverture sur le dos du canapé et la drape sur leurs jambes. Julien, Dieu merci, semble perdre le fil de ce qu'il disait. Dale fait circuler des verres de champagne.

— Quelqu'un sait ce qu'annonce la météo ?

— Il va neiger à fond ce soir, dit Curtis.

— Génial ! dit Dale.

— Et encore, intervient Julien, c'est rien du tout. Si vous aviez vu l'hiver dernier…

Cette fois, tout le monde lève les yeux au ciel. Que quelqu'un le fasse taire, par pitié.

Julien ouvre encore la bouche, puis la referme. Saskia est tout contre lui, sa main droite sous la couverture. Est-ce qu'elle serait en train de… Je dois me tromper.

Puis je vois son bras bouger.

Je ne me trompe pas.

En plein milieu de la pièce. Ce culot qu'elle a. Les autres sont scotchés à l'écran et personne à part moi n'a rien remarqué. Je ne sais pas si je suis choquée ou impressionnée. Elle n'a vraiment aucune honte.

Son regard parcourt la pièce et rencontre le mien. Un petit sourire étire ses lèvres. Je sens quelque chose se nouer en moi, sans comprendre pourquoi.

## 19

*Aujourd'hui*

Quand je me réveille dans ma chambre aussi glaciale qu'humide, mon premier réflexe est de regarder la porte, pour m'assurer qu'elle est toujours fermée. Puis mes yeux font le tour de la pièce afin de vérifier que personne ne s'y trouve. Juste au cas où, je me lève en hâte pour aller jeter un coup d'œil dans la salle de bains. Le froid m'a raidi les membres.

Heureuse de ne pas avoir à passer une nuit de plus dans cet endroit, j'enfile tous mes pulls les uns sur les autres, plus ma veste de snowboard, et je m'approche de la fenêtre.

Le ciel est bleu, la poudreuse immaculée. Une excitation familière s'élève en moi malgré le manque de sommeil. De jour, les choses semblent moins graves. Que je trouve mon téléphone ou non, je partirai aujourd'hui. Si le téléphérique ne marche toujours pas, ce n'est pas grave – il suffit de descendre en snowboard. Dans tous les cas, j'espère bien avoir une chance de tracer quelques zigzags sur les pistes avant notre départ.

Curtis est dans la cuisine, accroupi devant

l'imposante machine à café. Il porte le même jean noir que la veille et une polaire Sparks violette haut de gamme, avec des fermetures Éclair partout. L'hématome sur sa tempe a viré au violet, lui aussi. Ça a l'air douloureux et je lui dirais bien d'y mettre de la glace, mais il préfère sans doute qu'on évite le sujet.

— Quelle heure est-il ? je demande.

— Sept heures trente, dit-il en regardant sa montre.

— C'est tellement bizarre de ne pas savoir l'heure.

La machine à café bipe, et Curtis pousse un juron.

— Un problème ?

— C'est bon, je maîtrise.

— Toujours pas de personnel ?

— Non, dit Curtis en appuyant sur quelques boutons.

Un autre bip, auquel il répond par un autre juron.

— Je vois que tu t'es levé du bon pied, j'ironise. Tu as réussi à dormir ?

— Pas beaucoup.

— Il n'y a plus de café dedans, fais-je remarquer en observant la machine par-dessus son épaule.

— Comment tu le sais ?

— Tout est dans les neurones.

C'est surtout dû au fait que j'ai travaillé dans la moitié des cafés de Sheffield. Il se retourne, furieux. Si je m'étais aperçue qu'il était tendu à ce point, je ne l'aurais pas taquiné comme ça. Je me mets à chercher du café pour avoir l'air occupée. J'ai l'habitude de gérer des mecs baraqués et furax, et je sais reconnaître les moments où il vaut mieux ne rien dire.

Il faut toujours que Curtis contrôle tout ; pas

étonnant qu'il ait du mal à garder son calme vu la situation. Le parfum et la mèche de cheveux sous l'oreiller l'ont vraiment perturbé.

Mais peut-être que sa colère est due à une raison plus sinistre. Il a tué sa sœur et il a peur qu'on le découvre. Ou alors c'est lui qui a tout manigancé en nous faisant venir ici pour résoudre le mystère de sa disparition ; l'affection qu'il avait autrefois pour moi s'est changée en haine, et je viens d'en avoir un aperçu…

J'ouvre le placard au-dessus de l'évier.

— Désolé, marmonne-t-il. J'ai juste vraiment besoin d'un café.

— Trouvé, dis-je en soulevant un énorme bocal de café en grains. Un cappuccino, ça te va ?

— Je vais le faire, répond-il en tentant de me prendre le bocal.

— Je me suis déjà servie de ce genre de machine.

— Je m'en sortais très bien.

Il faudrait sans doute que je lâche l'affaire, mais je déteste lâcher l'affaire.

— Tu ne vas pas savoir comment faire.

Il lève un sourcil et je retiens mon souffle ; j'ai bien conscience que je pourrais être en train de le pousser à bout. C'est à qui cédera le premier. C'est lui qui finit par me laisser le passage, à contrecœur. J'ouvre le dessus de la machine, en prenant soin de ne pas croiser son regard, mais je n'arrive pas à dévisser le couvercle de cette saleté de bocal.

Curtis me le prend et s'en charge à ma place.

— Tout est dans les muscles, dit-il en retenant un sourire.

Vraiment… Je me détourne pour qu'il ne me voie pas sourire aussi. La machine ronronne et un arôme de café fraîchement moulu emplit la cuisine.

— Tu en avais déjà fait tout à l'heure ? demande-t-il.

— Non, pourquoi ?

— J'avais cru reconnaître l'odeur en arrivant.

Je sais à quoi il pense. Sa sœur était accro au café. Je lui tends son cappuccino en disant :

— Sûrement l'un des autres. Aucun signe de nos portables ?

— Non. Écoute, ne leur parle pas des cheveux que…

Il se tait quand Brent entre d'un pas traînant, les cheveux en bataille et la joue marquée du pli de l'oreiller. Il nous salue d'une voix endormie. Est-ce que je le serre dans mes bras ou non ? Brent semble hésiter aussi. Nous finissons par le faire, tout en gêne et raideur.

— Tu veux du café ? demande Curtis.

— Merci, mec.

Je me retourne vers la machine avant que la guerre du café ne reprenne.

Nous nous asseyons tous les trois sur le comptoir pour boire en silence. La tension est palpable. Même Brent y semble sensible. Ses yeux noirs sont hantés. Je ne l'ai jamais vu comme ça. Pas étonnant, j'imagine, après les événements de la veille.

À moins que Curtis n'ait raison et que Brent ne soit tendu parce qu'il fait chanter Dale et Heather. Mais si c'est bien le cas, pourquoi Curtis et moi sommes-nous ici ? Pour donner le change ou parce que Brent compte nous faire chanter aussi ?

Je change de position, mal à l'aise. Il y a bien une chose qui me vient à l'esprit, une chose dont Brent est au courant et dont je ne suis pas fière, mais il ne me ferait pas un coup pareil, si ?

Je termine mon café d'une traite et je saute sur le sol.

— Je vais voir si les œufs fonctionnent.

— J'ai déjà regardé, dit Curtis.

Mais je veux les inspecter moi-même, et de toute façon, j'ai besoin d'air. Je franchis la double porte et descends les marches métalliques sous un ciel glacial.

La vue est à couper le souffle. Les Alpes se perdent à l'horizon, pics blancs et vallées vertes. Les petites cabines orange se détachent, immobiles, sur le ciel ; on les perd brièvement de vue derrière l'à-pic, puis on les distingue à nouveau en contrebas, au-dessus du plateau. Le village du Rocher est invisible, niché au fond de la vallée.

Je pars examiner le poste de commande et je tente d'ouvrir la porte. Rien à faire, ce qui ne me surprend pas. Je mets mes mains en coupe contre la vitre pour regarder à l'intérieur. J'y vois un tableau de bord complexe et plusieurs écrans. Même si nous arrivions à entrer là-dedans, il nous serait sans doute impossible de nous en servir. Il faut sûrement avoir un genre de clé.

Pas grave. Nous descendrons par nos propres moyens. En snowboard jusqu'à ce qu'il n'y ait plus de neige, puis à pied. Ça va nous faire une trotte, vu l'altitude où commençait la neige, mais on devrait y arriver en une demi-journée.

J'entends des pas sur l'escalier derrière moi. C'est

Dale. Dale-le-présentateur-télé, qui sent l'après-rasage hors de prix et qui lirait sans doute plus volontiers *GQ* que *Snowboard Magazine*, ces jours-ci. Il porte un jean bien coupé et un pull gris sombre, probablement en cachemire. Mais la capuche de sa veste de snowboard s'est déchirée durant l'affrontement d'hier, et il commence à avoir un œil au beurre noir.

— Toujours fermé à clé ? demande-t-il en jetant un regard alentour.

— Oui.

Je le contourne pour remonter l'escalier, mais il m'attrape le bras.

— Est-ce que c'est toi qui nous as invités ici, Milla ?

— Non.

J'essaie de me dégager, mais il a de la poigne.

— Alors pourquoi est-ce que ma femme jure le contraire ?

Cet endroit nous joue des tours. Comme si la sauvagerie des montagnes s'immisçait en nous. Ou alors tout simplement parce que nous sommes loin de la civilisation, sans rien pour nous policer.

— Je ne sais pas. Lâche-moi.

— Réponds-moi d'abord, réplique-t-il en resserrant sa prise.

Mon cœur bat très fort, mais il ne faut pas montrer sa peur dans ce genre de situation.

— Je pourrais te faire mal, dis-je.

La meilleure défense, c'est l'attaque, du moins à en croire mon père et mon frère.

— Je pourrais te faire encore plus mal, réplique-t-il sans ciller.

Nous nous fixons, et je cherche une trace du Dale de mes souvenirs – l'extrémité d'un tatouage, les trous des piercings qu'il avait autrefois aux oreilles et à la lèvre. Mais il ne reste rien. C'est comme s'il n'avait jamais existé.

# 20

*Dix ans plus tôt*

Saskia n'a pas enlevé son pantalon de snowboard, qui crisse quand elle marche. Elle est en train de préparer un jus ; Camille et moi, accoudées au comptoir, la regardons faire. Aucune de nous ne voulait boire d'alcool. On dirait bien que notre soirée filles restera très sage. Ça me convient tout à fait.

— Qu'est-ce que tu mets là-dedans ? je demande.

Saskia se retourne vers moi, un rire dans les yeux.

— De la betterave, des carottes, des épinards, du citron…

Est-ce qu'elle sent ma nervosité chaque fois qu'elle me donne quelque chose à boire ? Sans doute, oui. Sur les pistes, elle m'a déjà payé un café à plusieurs reprises. Je ne lui ai pas rendu la pareille, car je n'ai pas le budget pour m'acheter des boissons chaudes, mais elle n'a pas l'air de s'en soucier. Peut-être que c'est sa façon de s'excuser pour l'Open du Rocher.

— … et de la maca, conclut-elle en versant une cuillerée de poudre beige dans le mixeur.

J'étudie la boîte.

— Normalement, c'est bon pour les muscles. C'est Curtis qui me l'a fait découvrir.

— Et le goût ? dis-je en reniflant.

Camille y trempe un doigt. Elle porte une attelle au poignet à cause de sa chute quelques jours plus tôt.

— Ce n'est pas si mal. Essaie, pour voir.

— Beurk, dis-je après avoir goûté.

— Tu ne le sentiras pas dans le mélange, assure Saskia en actionnant le mixeur.

Camille attrape une autre boîte : du complément alimentaire en poudre Super Greens.

— Ajoute un peu de ça.

— Non, non, je veux que ça lui plaise.

Saskia verse le liquide marron dans trois verres que nous emportons avec nous sur le canapé. Son appartement est petit, mais bien plus sympathique que le mien, avec un parquet de bois blanc et des tapis colorés.

— Tu vis là, toi aussi ? je demande à Camille, dont la peau pâle a rougi sous le soleil aujourd'hui.

— Non, j'ai un appartement au-dessus du magasin de ski.

— Ici, il n'y a que Heather et moi, dit Saskia.

— Elle travaille, ce soir ?

— Oui, heureusement.

Saskia se penche pour poser son verre vide sur la table basse. Son pull remonte, révélant son dos mince. Elle me fascine. Si frêle et pourtant si forte.

Je jette un coup d'œil aux magazines éparpillés sur la table basse, en espérant y découvrir un indice sur sa personnalité. Des journaux de mode français côtoient des tabloïds britanniques. Ça ne m'apprend pas grand-chose, et de toute façon, certains pourraient être à Heather.

— Ils sont tous à toi ? je demande en indiquant les snowboards appuyés au mur.

— Tous, sauf celui-là, répond Saskia, qui en pointe un du doigt. C'est celui de Heather.

— Sérieux ? Ça t'en fait quoi, cinq ?

Impossible qu'elle les ait tous reçus de la part de son sponsor. De toute façon, deux d'entre eux ne sont même pas des Salomon. Ça ne coûte pas rien, ces trucs-là – cinq cents livres pièce, au moins. Je me retourne vers Camille :

— Et toi, tu en as combien ?

— Trois.

— Et toi ? me demande Saskia.

— Un seul, dis-je en regrettant d'avoir posé la question. Mais c'est tout ce qu'il me faut puisqu'il est magique.

Ça les fait rire. En finissant mon jus, je me rends compte que Saskia me fixe. Peut-être que c'est une fascination à double sens.

Elle pose ses pieds nus sur la table basse. Ses ongles sont argentés, ce soir.

— J'ai une question pour toi, Milla. Qu'est-ce qui est mieux : le snowboard ou le sexe ?

Je m'attendais à un truc dans le genre. Après tout, c'est une soirée entre filles. J'ai beau adorer parler snowboard avec Camille, je préfère ne pas discuter de mes progrès en présence de Saskia, donc le fait qu'elle ait changé de sujet me convient parfaitement.

— Ça dépend avec qui, réponds-je.

— Brent, lance Saskia avec une étincelle joueuse dans l'œil.

— Je te l'ai dit, on ne sort pas ensemble.

Curtis et lui sont partis en Italie aujourd'hui pour une compétition. Je me note de lui passer un coup de téléphone plus tard pour savoir comment ils s'en sont sortis.

Saskia hausse un sourcil.

— De toute façon, j'aime les deux, dis-je.

— Oui, lance Camille en souriant. Une activité pour la journée, l'autre pour la nuit.

— Tu es obligée d'être si ennuyeuse ? lâche Saskia.

Elle n'a pas cessé de se montrer sèche avec Camille ce soir, comme si elle aurait voulu m'avoir pour elle seule. Mais c'est peut-être présomptueux de ma part. Trois n'est pas un nombre confortable. De notre petit trio, Camille est la plus sérieuse et Saskia la plus fun. Je me retrouve souvent tiraillée entre les deux. Ce soir, je penche plus pour Saskia.

— Et pourquoi pas les deux en même temps ? reprend celle-ci. Il suffit de trouver un coin tranquille sur la montagne…

— Dans les œufs, peut-être ? je propose.

— Tu parles d'expérience ? ricane Saskia.

— Mais non ! dis-je en riant. Allez, à ton tour. Qu'est-ce qui est le mieux ?

J'ai très envie d'entendre sa réponse. Tous les hommes se retournent sur son passage, et pourtant, aucun ne semble l'intéresser, sauf peut être Julien, mais je la soupçonne de ne le supporter que pour ses conseils de snowboard. J'imagine que, comme moi, elle préfère se concentrer sur son entraînement.

— D'accord, dit-elle, vous avez raison. Il me faut les deux.

— Avec Julien ? j'insiste.

Elle rit, puis détourne les yeux. Je suis sur le point de poser la question à Camille lorsque quelqu'un sonne à l'interphone. Qui est-ce ? Mais Julien, bien sûr !

Je regarde Saskia l'accueillir – une bise sur chaque joue.

— C'est une soirée filles, dit Camille en fronçant les sourcils.

— Oh, allez, on s'en fiche, répond Saskia.

Comme Julien est français aussi, on pourrait s'attendre à ce que Camille et lui s'entendent bien, mais c'est toujours Saskia qui vient lui parler. Camille, ce soir-là, ne lui fait même pas la bise et se contente d'un signe de tête.

Julien dit quelque chose en français.

— On parle anglais, ce soir, lui dit Saskia.

— Tu as vu mon 720° inversé aujourd'hui ? dit-il en trébuchant sur les mots, comme d'habitude.

Nous l'écoutons parler pendant quelques minutes, ce qui pourrait être intéressant si son anglais n'était pas si mauvais. J'ai du mal à le suivre. Saskia lui coupe la parole pour interroger Camille sur une compétition à venir en Suisse. Julien ne semble pas se préoccuper du manque d'intérêt de Saskia à son égard. Il ne peut pas arrêter de la regarder, comme si elle était sa muse.

— Je t'ai vu sortir des 900° de ouf aujourd'hui, dis-je à Camille.

— Pas si ouf que ça, répond-elle en agitant la main. Je t'ai vue, toi aussi, faire des grabs sur des 720°.

— Je les ai presque tous ratés.

Nous voilà en train de faire ce que font toujours les femmes : nous rabaisser. Saskia bâille. Elle n'est pas arrogante comme Julien, mais elle ne se rabaisse pas non plus. Elle n'en ressent sans doute pas le besoin. Elle se frotte la nuque en l'étirant d'un côté, puis de l'autre.

— Tu t'es fait mal ? dit Julien, qui bondit et contourne le canapé.

Une fois derrière elle, il écarte les cheveux de Saskia et se met à lui masser les épaules. Son regard concentré me rappelle le chat de mes parents lorsqu'il pétrit les genoux de quelqu'un.

J'étouffe un rire, avec un coup d'œil vers Camille pour voir si elle a remarqué. Elle les fixe d'un air bizarre, jusqu'à ce qu'elle me voie la regarder. Son visage s'éclaircit. Est-ce que c'était mon imagination ?

L'espace d'un instant, j'ai cru y voir de la haine.

# 21

*Aujourd'hui*

Dale resserre sa prise autour de mon bras. Certains hommes ne pourraient pas frapper une femme ; Brent, par exemple. Curtis doit s'imaginer qu'il en serait capable s'il le fallait, mais je n'en suis pas si sûre. L'expression que je lis dans les yeux gris-vert de Dale, glaciale, me convainc que lui n'aurait aucun problème avec ça.

Je me rappelle soudain la façon dont il s'était jeté sur Saskia il y a dix ans, au Glow Bar. Mes pensées s'emballent. Est-ce qu'il l'aurait attaquée une fois de plus après ça, et tuée ? Est-ce que c'est ce qui lui est arrivé ? Si je ne me trompe pas, je suis vraiment en danger. Il pense que je l'ai invité ici pour le coincer : il réagit comme un animal pris au piège.

En plus, je ne peux plus compter sur l'effet de surprise. Que faire ? Dale-le-présentateur-télé me fait peur. Je voudrais que Dale-le-Viking revienne.

Je regarde sa main. Ses ongles sont soigneusement manucurés et son poignet couvert d'épais poils blonds.

*Les meilleurs au combat sont ceux qui font tout ce*

*qu'ils peuvent pour éviter de se battre, Milla. Mais si tu ne peux pas l'éviter, frappe la première et frappe fort.*

Mon père m'a appris à me battre. C'est un dur, mon père. Un malin, aussi. Je pourrais frapper Dale de la main gauche, ou mieux encore, lui donner un coup de genou dans les parties intimes – et j'en ai très envie – mais il me frapperait en retour et nous finirions blessés tous les deux. Je vais tenter autre chose d'abord.

— Si tu ne me lâches pas, je dis à ta femme que tu m'as embrassée.

Ce n'est pas très glorieux de ma part, de me servir de ça contre lui. C'est moi qui l'ai embrassé la première. Mais je suis tellement en colère que je m'en fiche. Si ça ne fonctionne pas, je lui balance un coup de genou et je pars en courant.

Il me lâche.

Il fut un temps où j'avais beaucoup de respect pour lui. C'était un mec fun et facile à vivre, avec un sens du style unique – tant sur les pistes que dans ce qu'il portait. Il avait tout un style de vie, en fait. Peut-être que je devrais lui parler de Heather dans la buanderie avec Brent la nuit dernière ?

Non. Il faut d'abord que je demande sa version de l'histoire à Brent. Ou mieux encore, que je me concentre sur comment quitter cet endroit. Je remonte l'escalier en luttant pour contrôler ma respiration.

— Attends ! appelle Dale.

Je me retourne.

— Désolé.

*Sérieusement ? Tu me traites comme ça et tu penses*

*qu'il suffit de t'excuser pour que j'oublie tout?* Je ne suis même pas certaine qu'il soit vraiment désolé, mais je hoche la tête et je continue mon chemin en retenant mon souffle jusqu'à réintégrer la sécurité toute relative de la cuisine.

Heather est là, aussi apprêtée que d'habitude : elle porte un jean skinny blanc et les bottes à talons de la veille. Elle plisse les yeux lorsque Dale entre à ma suite.

*Non, Heather, je ne l'ai pas embrassé. Pas cette fois.*

Dale va droit vers elle et la prend dans ses bras – pour la rassurer, pour marquer son territoire, ou peut-être les deux, je ne sais pas. Je sens le regard de Curtis se poser sur moi. Je suis encore très agitée et j'espère que ça ne se voit pas trop.

— Alors, les œufs fonctionnent ? demande Heather.

— Non, dit Dale.

— Et j'ai comme l'impression que ça ne va pas s'arranger, ajoute Curtis.

Les têtes se tournent vers lui.

— On s'est donné beaucoup de mal pour nous faire venir : on ne nous laissera pas partir si facilement.

— Si seulement on avait nos putains de portables, dit Heather.

— C'est bien pour ça qu'on nous les a pris. Pour nous coincer ici.

Un frisson me parcourt. Que nous réserve-t-on d'autre ?

— Notre vol est demain soir, se lamente Heather. On bosse lundi. Qu'est-ce qu'on va faire ?

— Prendre notre petit déjeuner ? suggère Curtis.

Heather lance un juron.

— Puis on redescendra par nos propres moyens, continue-t-il. Heureusement, celui qui a manigancé tout ça était trop bête pour prendre nos snowboards en plus de nos portables.

— Heather n'a pas de snowboard, dit Dale en s'éclaircissant la gorge.

Merde. Je n'avais pas pensé à ça.

Curtis nous regarde, Brent et moi, plein d'espoir.

— Vous en avez un autre ?

Nous secouons la tête. Curtis baisse les yeux sur les bottes de Heather.

— Dis-moi au moins que tu as autre chose à te mettre aux pieds.

— Oui.

— Bon, tant mieux.

— J'ai amené mes sandales à talons, dit-elle avec un regard embarrassé vers son mari.

Curtis se prend la tête entre les mains. Et il a raison. Nous avons un problème.

— Je te l'avais dit, gronde Dale.

— Si j'avais su qu'on ferait de l'alpinisme pour redescendre, je ne serais pas venue ! dit-elle d'un air rebelle.

On ne peut pas vraiment appeler ça de l'alpinisme. Je suis sur le point de l'en informer quand je me rappelle en quoi consistera la première partie de la descente. L'une des nombreuses pistes noires de la station, extrêmement difficile, réservée aux experts, très pentue et pleine de rochers. En snowboard, nous n'aurions à nous soucier que de protéger nos planches, surtout à cause des plaques de terre. Mais à pied, Heather se retrouverait bel et bien à faire de l'alpinisme par endroits.

On est mal.

— Tu chausses du combien, Heather ? je demande.

— Du 38.

— Et moi du 40. Tu peux toujours mettre mes Converse avec plusieurs paires de chaussettes.

Elle hoche la tête, et je lance un regard noir à Dale. *J'espère que tu regrettes de m'avoir menacée, maintenant.*

— Mais et toi, Milla ? demande Curtis.

— Je garderai mes boots de snowboard.

Elles sont neuves ; je ne les ai encore jamais portées. Je grimace en songeant aux ampoules qui m'attendent.

Nous nous tournons tous – même Dale – vers Curtis pour écouter son verdict. Il a passé pratiquement toute sa vie dans la montagne ; c'est de très loin celui d'entre nous qui a le plus d'expérience. Il secoue la tête.

— Ce n'est pas une très bonne idée. Après avoir pris le soleil tout l'été, la montagne sera complètement gelée. Même en Converse, Heather risque de glisser tous les trois pas jusqu'à ce qu'on sorte de la neige.

— On pourrait l'encorder, dis-je.

— Il y a de la corde dans le placard près de l'entrée principale, renchérit Dale.

Les choses doivent être encore douloureuses entre Curtis et lui – littéralement – après la nuit dernière, mais ils arrivent à mettre ça de côté. Nous sommes tous dans le même bateau, tous impatients de quitter cet endroit.

— Tu as déjà fait de l'escalade ? demande Curtis à Heather. Ou au moins de la randonnée ?

Pâle, elle secoue la tête. Curtis se retourne vers Dale.

— Il y a des barres rocheuses partout. Si elle glisse, elle pourrait entraîner l'un d'entre nous dans le vide. Mieux vaut ne s'encorder qu'en dernier recours. D'ici là, il faut passer en revue toutes les autres options.

— Comme quoi ? je demande.

— Comme entrer par effraction dans le poste de commande. Si on arrive à lancer les œufs, ça nous fera la moitié du trajet. Sinon, peut-être qu'on trouvera une radio ou une sorte de signal d'urgence. Il faut qu'on explore les lieux, qu'on sache ce dont on dispose. Il pourrait y avoir une radio dans la cabane du téléski.

— Je ne sais pas qui a organisé tout ça, mais c'est sûrement un psychopathe, dit Heather d'une voix tremblante.

Curtis marque une pause.

— Est-ce que l'un de vous a vu ou entendu quoi que ce soit qui prouverait qu'il y a quelqu'un d'autre ici, en plus de nous cinq ?

Ses yeux font le tour de la pièce et il croise brièvement mon regard. Je ne peux pas m'empêcher de remarquer la façon dont il a formulé sa question. Il n'a rien dit sur le parfum ou les cheveux, mais je pense qu'il compte y venir.

Les autres secouent la tête.

Curtis n'a pas proposé qu'on se sépare. Pourquoi

pas ? Il pourrait descendre en snow avec Brent et moi, en laissant Heather ici avec Dale jusqu'à ce que la station relance les téléphériques. Est-ce la présence potentielle de sa sœur qui l'en empêche ?

— OK. Mangeons et mettons-nous au travail. À moins que quelqu'un n'ait une meilleure idée, dit Curtis avec un regard délibéré vers Dale.

Celui-ci lui fait un salut plein d'ironie, et Curtis quitte la cuisine à grands pas. Heather jette un regard à Brent. Une fois de plus, je me demande ce qu'ils faisaient dans la buanderie.

Lorsque Dale murmure quelque chose à l'oreille de sa femme, elle hoche la tête et l'embrasse dans le cou. Leur couple n'est peut-être pas parfait, mais il la soutient quand même. Je me demande ce que ça fait d'avoir ce genre de relation avec quelqu'un. Quelqu'un qui serait toujours de mon côté. Je ne peux pas le savoir car je n'ai jamais connu ça. C'est mon choix, mais tout de même. Parfois, je me demande si je ne suis pas en train de passer à côté de quelque chose.

Je pars me verser un bol de Chocapic. Je n'en ai pas mangé depuis cet hiver-là. Nous emportons nos bols dans le restaurant, où les chaises sont retournées et le sol parsemé de verre brisé après la bagarre de la nuit précédente.

Nous mangeons dans un silence inconfortable. Heather n'arrête pas d'essayer de croiser le regard de Brent.

*Arrête ça, Heather, ou Dale va s'en rendre compte.*

Par la fenêtre, le soleil se réfléchit sur le glacier si puissamment que je dois mettre une main en visière pour le regarder. Plusieurs centaines de mètres plus haut se distinguent les restes de quelques tremplins, datant sûrement du camp d'été organisé par la marque Burton tous les ans en août.

La tristesse m'envahit. Dans une autre vie, nous serions là-haut en train de nous amuser, au lieu d'être enfermés ici, plein de terribles soupçons les uns envers les autres.

Il faut que je me le rentre dans la tête : ce ne sont pas les retrouvailles nostalgiques que j'avais imaginées.

Et ces gens-là ne sont plus mes amis.

# 22

*Dix ans plus tôt*

L'adrénaline m'électrise les veines. Aujourd'hui, je vais tenter un backflip. Il a neigé pendant la nuit et ils n'ont pas encore damé le half-pipe, si bien que nous sommes allés sur le glacier pour construire un tremplin.

*Vous entrez dans une zone de haute montagne. Danger : crevasses, avalanches ! N'avancez qu'à vos risques et périls !* L'avertissement était répété en six langues, mais nous sommes passés sous les barrières pour monter dans la poudreuse.

La neige fraîche scintille sous le soleil. Super timing pour moi : c'est l'occasion d'essayer de nouveaux tricks avec un atterrissage moins rude. Si j'arrive à sortir un flip après décollage à l'horizontale, je pourrai tenter un McTwist dans le half-pipe.

Nous sommes sept aujourd'hui. Dale et Curtis sont à l'ouvrage avec les pelles pliables qu'ils avaient attachées à leurs sacs à dos. Nous autres nous servons de nos mains et de nos snowboards pour façonner le tremplin. Je suis à genoux dans la neige et le froid transperce mon pantalon tandis que j'attrape mon snowboard par les fixations pour le faire glisser en va-et-vient sur la rampe.

Curtis se redresse, rouge d'effort.

— Ça me semble pas mal. Tout le monde est d'accord ?

Lui et moi remontons la pente en nous enfonçant jusqu'aux genoux à chaque pas. L'oxygène est plus rare à cette altitude, et je halète comme si j'étais en train d'accoucher. Lui aussi, ce qui me console un peu.

— Tu devrais aller plus souvent à la salle de sport, dis-je.

— C'est ça, oui. Tu n'y étais pas hier soir.

— J'étais chez le kiné.

Mon genou me lance depuis que j'ai bondi d'une barre rocheuse pour aller chercher ce gant de bébé.

Je jette un regard par-dessus mon épaule pour vérifier que Saskia ne peut pas nous entendre. Elle est en contrebas, avec Camille et Julien.

— Saskia sait faire les McTwists, pas vrai ? Elle en a sorti un en finale aux Brits.

— Oui, dit Curtis.

— Je ne l'ai pas encore vue en tenter ici.

— Elle a fait une mauvaise chute au camp d'été de Hintertux. Elle s'est carrément assommée. C'est là qu'elle a commencé à porter un casque.

— Elle n'a pas retenté le coup depuis ?

— Pas que je sache.

— Intéressant.

Si j'arrive à sortir quelques flips aujourd'hui, ça ne va pas lui plaire.

La neige cède sous ma boot et Curtis me tire en

arrière. Une crevasse bleue et vitreuse bâille pile là où j'ai posé le pied.

Nous y jetons un coup d'œil prudent. Elle est si profonde qu'on n'en voit pas le fond.

— Il y a une grosse crevasse ici, les gars ! crie Curtis aux autres plus bas.

Je vérifie qu'il n'y en a pas d'autres alentour. Le problème, c'est que la plupart sont cachées sous une fine couche de neige – un pont de glace – si bien qu'on ne les repère qu'au moment de marcher dessus.

— Vas-y, dis-je à Curtis, tu peux passer devant.

Il rigole et teste la neige devant lui avec l'extrémité de son snowboard. Nous continuons lentement notre ascension. Au sommet, nous enfilons nos planches, à bout de souffle.

Curtis met son casque. Dans notre petit groupe, seuls Saskia et lui en portent. Je devrais sans doute faire pareil, mais ce n'est pas donné et je n'ai pas encore trouvé le temps d'en acheter un.

J'entends Saskia poser des questions à Julien en français pendant qu'ils grimpent. Camille les suit, le visage fermé.

— Qui sera notre cobaye ? demande Curtis.

— Moi ! je m'écrie immédiatement.

Je suis la moins avancée du groupe ; je dois leur prouver que je suis à la hauteur.

*Tout schuss. Parce qu'ils te regardent tous.*

Je m'élance sur la pente, en prenant de la vitesse dans le creux, puis je m'engage sur la rampe qui me projette en l'air – plus haut que prévu, mais je garde mon calme et effectue un grab sur ma carre arrière, en faisant pivoter l'arrière de mon snow jusqu'à ce qu'il se retrouve perpendiculaire à ma trajectoire. *Method grab.* On sait quand c'est réussi parce qu'on peut le sentir. Et je le sens.

La gravité m'attire. Je relâche ma prise. La chute est longue et je vais sentir passer l'impact. Tout le poids de mon corps s'abat sur mes cuisses et je l'absorbe sans dommage, heureuse d'avoir tant travaillé mes jambes à la salle.

On m'acclame depuis le sommet. Tandis que j'enlève mon snow, Curtis fend les airs, suivi de près par Camille, avec des method qui me permettent de voir comment je pourrais améliorer le mien. Je regarde où ils atterrissent : à peine plus loin que moi, ha, ha !

Saskia est la suivante, puis Julien et Brent, et je souris parce qu'ils font des method aussi. Dale en fait un, maintient sa prise sur un 180° puis change de grab pour faire un indy avant d'atterrir. Je ne suis pas surprise qu'il soit sponsorisé par Oakley : il a son style bien à lui.

— Pff, un double grab, dit Julien sans s'adresser à personne en particulier. Je déteste les double grabs.

Je remonte avec Camille. J'étais chez elle la nuit précédente et nous nous sommes couchées tard, après avoir regardé des DVD de snowboard français. Camille est différente quand Saskia n'est pas là – plus sereine. Moi aussi, j'imagine. Elle ne m'a pas dit où était Saskia et, comme je sentais qu'elles s'étaient disputées, je ne lui ai pas posé la question. Nous avons parlé de nos objectifs pour l'hiver : les compétitions auxquelles nous comptons prendre part, les tricks que nous voulons apprendre. Si elle était anglaise, jamais je ne discuterais avec elle de ces choses-là, mais son niveau est si supérieur au mien que cela ne semble pas avoir d'importance.

Julien et Saskia sont juste derrière nous. Le français de Saskia doit être meilleur que l'anglais de Julien, parce qu'ils parlent français à nouveau. Vu les gestes qu'il fait vers le tremplin, il est en train de lui donner des conseils.

— Il est aussi con en français qu'en anglais ? je demande à Camille en baissant la voix.

Je pensais la faire rire, mais elle ne sourit même pas.

— Oui.

On dirait qu'elle ne l'aime vraiment pas, mais ça n'a rien de surprenant. Ils sont tous les deux extrêmement doués sur les pistes, mais Julien s'en vante à qui veut l'entendre tandis que Camille se contente de s'entraîner sans chercher à attirer l'attention. Si Curtis ne l'avait pas mentionné en passant, je n'aurais jamais su qu'elle était arrivée deuxième de la coupe du monde de la FIS à Vars cette semaine.

— Qu'est-ce que tu comptes travailler, aujourd'hui ? demande-t-elle.

— Un backflip. Enfin, j'espère, dis-je après un moment d'hésitation.

Voilà, maintenant, je ne peux plus reculer.

— C'est ta première fois ?

— Oui. Je suis vraiment nerveuse.

— Ne t'en fais pas, dit-elle en m'agrippant le bras de sa main gantée. Tu y arriveras !

Au sommet de la pente, Brent attache ses fixations.

— C'est parti pour le backflip, lui dis-je à voix basse. Un conseil de dernière minute ?

— Essaie de ne pas atterrir sur la tête, fait-il en souriant. Mais sérieusement, tu t'en es très bien tirée sur le trampoline. Vas-y à fond, en revanche. Faudrait pas décider en milieu de saut que tu n'en as plus envie.

Vu sa démarche, les épaules détendues, le pas relax, avec son pantalon qui lui descend aux fesses, difficile d'imaginer que Brent est un athlète de haut niveau. On croirait plutôt qu'il carbure à l'herbe, ou juste que c'est un paresseux de première. Mais il suffit de le voir sur un snowboard…

Il s'envole de la rampe avec un énorme 720°. On dirait qu'il ignore la peur. Je l'envie. J'ai les paumes qui transpirent sous mes gants. Saskia pose à nouveau des questions à Julien tandis qu'ils règlent leurs fixations. J'ai vraiment hâte de voir sa tête si je réussis.

— Tu y vas ? me demande Curtis en se redressant.

— Non, passe devant.

Je ne suis pas encore tout à fait prête.

Il file dans la pente et décroche un backflip apparemment sans effort. Tout le monde l'acclame.

Bon, maintenant, il faut vraiment que j'en fasse un. Je me lance. La vitesse est capitale – je dois passer suffisamment de temps en l'air pour un tour complet. Dès que le nez de ma planche quitte le sol, je me propulse en arrière.

C'est un peu comme faire des montagnes russes, mais au lieu d'être assise et bien attachée, je ne sais pas du tout comment ça va se terminer. Mon champ de vision devient bleu, puis blanc. Si je reprenais contact avec le sol là tout de suite, je me briserais le cou. Puis je vois à nouveau du ciel bleu et voilà que j'atterris sur mon snowboard.

On m'acclame encore plus fort que Curtis. Celui-ci hoche la tête en signe de respect lorsque je le rejoins.

— La classe.

Je hausse les épaules comme si ça n'avait rien de spécial, mais en moi, tout s'illumine. Je ne sais pas trop pourquoi, mais un compliment de Curtis a plus d'importance que de la part de n'importe lequel des autres. C'est comme s'il était mon père et mon frère tout à la fois. En l'impressionnant, j'accomplis l'impossible : je les impressionne, eux. C'est idiot, je sais, d'autant plus que ce que je ressens pour lui n'a rien de fraternel, mais je chérirai longtemps ce moment.

Saskia s'élance, et je ne peux pas dissimuler mon sourire lorsqu'elle sort une rotation. J'ai mis la barre si haut qu'elle ne peut plus l'atteindre.

— Fais attention avec ma sœur, dit Curtis en voyant mon expression.

— Qu'est-ce que tu veux dire ? réponds-je, surprise.

— Juste… fais attention.

— Est-ce que tu es en train de me demander de ne pas lui mettre la pression ?

Il n'y a pas intérêt.

— Non. Mais elle n'aime pas perdre.

— Personne n'aime ça, dis-je en riant.

Curtis ouvre la bouche, comme sur le point de dire quelque chose, puis se ravise.

Du coup, je me demande ce qu'elle a bien pu faire d'autre. Mais elle et moi nous comprenons, maintenant. Elle ne me poignardera plus dans le dos.

— Ne t'en fais pas. Je ne vais pas me laisser faire.

Julien s'envole à ce moment-là en sortant un drôle

de trick en forme de tire-bouchon. C'est ce que j'aime le plus dans le snowboard freestyle. Ce n'est pas comme à vélo ou au cent mètres, où les courses se gagnent au centième de seconde près sur preuve photographique. Notre sport est si jeune que de nouvelles figures sont inventées chaque jour – des tricks que personne ne pensait possibles, voire que personne n'avait imaginés. Quand je pense à ce qui se fera dans dix ans…

Brent me tape dans le dos lorsque je le rattrape.

— Bien joué, Mills.

Cinq flips plus tard, je ne suis pas peu fière. Chaque fois que j'en réussis un, je me dis que je ferais mieux de ne pas pousser mon avantage. Puis je vois l'expression de Saskia et je repars en faire un autre.

Voilà comment je vais la battre. Pas avec un sale coup, mais en travaillant dur, en apprenant à maîtriser de nouveaux tricks un par un. J'ai tout un groupe d'experts qui me conseillent et trois mois de plus pour m'entraîner avant les Brits à la mi-avril. Je peux le faire.

Brent et Dale sont assis au sommet et mangent des barres de céréales – les miennes. Heureusement que quelqu'un les apprécie. J'en ai encore vingt cartons. Je pose mon snow et m'assieds sur la neige près de Brent pour grignoter avec eux.

Je me retourne lorsqu'une voix de fille pousse une exclamation derrière moi.

Saskia se tient non loin, la main sur la bouche.

— Je suis tellement désolée, Milla !

Un mauvais pressentiment m'envahit. Mon snowboard n'est plus là où je l'avais posé.

Je me redresse à la hâte. Il doit être derrière moi, ou peut-être même dans la pente, en train de descendre tout seul. Si c'est le cas, il s'arrêtera dès qu'il rencontrera de la poudreuse…

Mais non.

— C'était un accident, dit Saskia en désignant un trou dans la neige. Je l'ai cogné du bout de ma chaussure.

Je me précipite. Mon précieux snowboard est là, à peine visible trente mètres plus bas dans une étroite crevasse.

Quand je relève les yeux vers elle, je vois un sourire qu'elle s'empresse de dissimuler.

Finalement, nous ne nous sommes pas comprises. Elle ne s'en rend peut-être pas compte, mais c'est une déclaration de guerre.

# 23

*Aujourd'hui*

Brent tape à la fenêtre du poste de commande.

— C'est du verre trempé.

Curtis et lui ont enfilé leurs gants et masques de ski. Ils discutent de la meilleure façon de rentrer de force dans le poste.

Nous autres restons en retrait. Dès que j'aurai un moment à moi, je m'éclipserai pour fouiller les dortoirs – à la recherche de nos portables ou d'un indice sur l'identité de celui qui a manigancé tout ça.

Le vent s'est levé. Les petites cabines orange tanguent en grinçant sur leur câble. Je n'espère pas grand-chose de la tentative des garçons de relancer les œufs. Les téléphériques doivent être bien protégés ces jours-ci, et quiconque nous a attirés ici doit s'être douté que nous essaierions d'accéder au poste de commande.

Brent ramasse son snowboard.

— Essayons d'abord ça.

Dale et Heather sont plus loin sur la plate-forme ; ils discutent à voix basse. On dirait bien une autre dispute. Lorsqu'il me voit les regarder, il lui fait signe de se taire.

— Je reviens dans une minute, dis-je. Il faut que j'aille aux toilettes.

Je monte l'escalier quatre à quatre et je cours le long du couloir jusqu'à leur chambre.

Dale a pris bien moins de bagages que Heather ; je vais commencer par lui. Je fouille son sac. Un pantalon de snow, des gants, un masque, des pulls aux tons discrets et un pantalon cargo. La plupart sont de la marque de ses sponsors d'autrefois, et tous plus ou moins neufs. Des sous-vêtements – je vois que monsieur se fournit chez Calvin Klein, ces jours-ci. Le Dale d'avant n'aurait jamais gaspillé son argent pour un slip de marque. Il aurait économisé pour le snowboard. Un sac isothermique plein de vis, quelques outils de snowboard. Rien de personnel. Et pas de téléphones.

Je retourne les oreillers, regarde sous les matelas et tapote les couettes des quatre lits jumeaux. Il faut que je me dépêche. Le placard est vide. La valise de Heather est sur le sol, grande ouverte. Une tonne de vêtements, la plupart dans les tons noirs et assez chers, semble-t-il, tous soigneusement pliés. Je les palpe pour détecter les contours rigides d'un téléphone portable. Rien.

L'un des coins de la valise est occupé par un fouillis de culottes en dentelle. C'est bizarre de voir les sous-vêtements d'une autre fille, et je ne résiste pas à la curiosité d'en examiner quelques-uns. Un mini-string en gaze noire transparente et le soutien-gorge qui va avec, rien de plus qu'une paire de cache-tétons à bretelles.

Je remets tout à sa place et me dirige ensuite vers

la salle de bains. Parmi les produits de beauté de Heather, je trouve une plaquette de pilules bleues. J'ai bien envie d'examiner ça de plus près, mais je n'ai pas le temps, alors je passe à la trousse de toilette de Dale. Merde – quelqu'un vient !

Je plonge dans la cabine de douche et referme le rideau au moment où la porte s'ouvre en grinçant.

— Maintenant, va te laver le visage, dit la voix de Dale. Et reprends-toi.

Heather est en train de pleurer.

— On ne repartira jamais d'ici. Tout ça, c'est ta faute. Tu n'aurais jamais dû prendre sa carte bleue.

Quelle carte bleue ? La mienne ? Est-ce qu'ils auraient fouillé ma chambre ?

— Baisse la voix, merde ! dit Dale. Elle n'en avait pas besoin, pas vrai ? Quelques milliers de livres de plus ou de moins, ça ne fait aucune différence pour ses parents. Ils sont pleins aux as.

Oh, mon Dieu. Je crois qu'ils parlent de Saskia. Ça serait donc Dale qui a continué à se servir de sa carte, pas elle ?

— Elle nous devait bien ça, dit Dale. Et je ne t'ai pas entendue te plaindre pendant qu'on dépensait son fric.

— Si ça se sait, je pourrais perdre ma licence de droit, continue Heather avec des sanglots étouffés. On pourrait tout perdre.

— Ce n'est pas le moment de paniquer ! siffle Dale. Personne n'est au courant. On a réussi notre coup, alors pourquoi tu n'arrêtes pas d'en parler ?

— On a réussi, vraiment ? À moins que ce ne soit pour ça qu'on est ici. Parce que quelqu'un s'en doute, dit Heather en reniflant.

— Quoi, tu veux dire Milla ?

— Ou quelqu'un qui se fait passer pour elle. Tu n'aurais pas dû la voler.

— On sera partis d'ici la fin de la journée. Tout ce que tu as à faire d'ici là, c'est la fermer.

Heather recommence à pleurer. Je n'aime pas du tout la façon dont lui parle Dale. Aucune trace d'affection. Rien que de la colère et de l'amertume. Curtis a raison. Dale a bien changé.

— Je vais chercher tes cachets, dit-il.

Un courant d'air passe lorsque quelqu'un entre dans la salle de bains. Le rideau de douche s'agite. Je retiens mon souffle. Mon avant-bras se souvient encore de la poigne de Dale. S'il a osé me faire ça là-dehors, qui sait ce qu'il ferait s'il m'attrapait ici ?

J'entends l'eau couler. Le rideau s'agite à nouveau. Est-ce qu'il est parti ?

— Merci, dit Heather en reniflant encore.

— Il faut qu'on y retourne, dit Dale.

J'entends la porte se refermer, puis c'est le silence. Je me détends d'un coup sous l'effet du soulagement. J'ai eu chaud.

Je n'arrive pas à croire ce que j'ai entendu. Est-ce que ça veut dire qu'ils ne l'ont pas tuée ? Si c'était eux, ils paniqueraient pour ça plutôt qu'à cause de sa carte bleue, non ? Mais je ne peux pas les éliminer d'office. L'un d'eux pourrait l'avoir tuée sans que l'autre le sache.

Mieux vaut poursuivre ma fouille. J'ai tout regardé dans leur chambre. Le calme règne dans le couloir, et je ressors sur la pointe des pieds. À qui le tour, Curtis ou Brent ?

Je passe trois portes pour atteindre celle de Curtis. Sa chambre est bien plus rangée que la mienne – il est du genre à faire son lit, j'aurais dû m'en douter. Une odeur légèrement musquée flotte dans l'air, peut-être son déodorant. Il faut que je fasse aussi vite que possible ; je n'aimerais vraiment pas qu'il me surprenne ici.

Son sac Sparks Snowboarding, blanc et bleu marine, est posé sur le lit du bas, à moitié fermé. J'ouvre complètement la fermeture Éclair et je rabats le dessus. Le plancher semble se dérober sous moi ; je me raccroche au lit pour ne pas tomber.

Là, sur le dessus de ses vêtements pliés, se trouve le forfait de ski de Saskia.

Je le ramasse d'une main tremblante.

*Il n'a rien à faire là.*

Pour prendre le téléphérique, il faut scanner son forfait à l'entrée, et le refaire pour prendre les œufs. Saskia n'aurait jamais pu échapper à l'œil d'aigle du personnel. Pourtant, Heather et Brent disent qu'ils l'ont repérée sur le glacier, et Curtis affirme avoir vu son matériel de snowboard là-haut. Est-ce bien vrai, ou est-ce qu'ils sont tous les trois de mèche ?

Toutes ces accusations lancées par Curtis. Le parfum, la mèche de cheveux, ses questions sur la possibilité qu'elle soit encore en vie. Cherchait-il à couvrir son meurtre ? Je ne veux pas le croire, mais je ne vois pas d'autre explication.

Saskia est aussi belle que dans mon souvenir sur la photo. Ses magnifiques yeux bleus me fixent comme s'ils essayaient de me dire quelque chose.

*Où es-tu, Saskia, et pourquoi Curtis a-t-il ton forfait de ski ?*

## 24

*Dix ans plus tôt*

— Je la hais, je murmure à l'oreille de Brent.

Sous son masque rose fluo, impossible de voir les yeux de Saskia, mais sa bouche frémit comme si elle savait que je parle d'elle. Sa longue queue-de-cheval platine est enroulée autour de son cou tel un serpent.

— Du calme, dit Brent.

— Mais j'adorais ce snowboard.

Moi qui croyais qu'elle m'aimait bien. C'est ça qui me blesse le plus. Que j'aie pu être assez stupide pour y croire. Elle n'est devenue amie avec moi que pour me faire baisser ma garde.

— Laisse tomber. Tu fais des progrès de malade en ce moment et ça n'a rien à voir avec ton snowboard. Elle ne peut pas t'enlever ton talent.

Nous sommes assis en bas du half-pipe, en plein déjeuner. Mon nouveau snowboard est identique à celui que j'ai perdu, mais je suis toujours en deuil. Et chaque fois que je regarde Saskia, je revis le moment où j'ai compris qu'il était perdu à jamais.

Encore une journée magnifique. Brent porte une

casquette Burton à l'envers ; il passe un bras autour de mes épaules et me serre contre lui.

Je me raidis. Brent est super mignon avec cette casquette, mais jusqu'à maintenant, lui et moi avons réservé les gestes intimes aux moments privés. Personne n'est au courant pour nous, à part Curtis.

Et tout le monde est là, aujourd'hui. Camille et Saskia sont assises non loin ; on dirait bien qu'elles se sont réconciliées après leur dispute des jours précédents. Curtis discute avec une Australienne qui a sorti des sauts impressionnants plus tôt dans la journée. Julien est entouré par un trio de skieurs freestyle français qui font plusieurs têtes de plus que lui. Même Heather nous a fait l'honneur de sa présence. Elle a passé toute la matinée à faire la tête en bas du half-pipe, avec un appareil photo. L'un des sponsors de Dale, une marque de vêtements, vient de le laisser tomber – problèmes de budget – et il lui faut quelques bonnes photos pour en démarcher d'autres.

Je mâche mon sandwich, gênée.

Saskia est la première à le remarquer. Elle remonte ses lunettes sur son front et plisse les yeux en nous regardant.

De sa main libre, Brent enlève sa casquette et m'en coiffe, à l'endroit, cette fois.

— Tu me plais, Milla. D'habitude, les filles sont super collantes avec moi, mais pas toi. C'est moi qui en deviens collant, et ça, c'est vraiment bizarre.

Il m'examine de ses yeux noirs comme s'il essayait d'élucider ce mystère. Saskia donne un coup de coude à Camille et toutes les deux nous regardent. Pourquoi suis-je si mal à l'aise ? J'aime bien Brent.

J'adore le regarder dans le half-pipe, le voir s'élancer dans les airs et sortir des grabs vraiment élaborés. J'adore savoir que je pourrai me délecter de son corps incroyable plus tard.

Et il est tellement gentil. Il est venu me voir ce matin avec un de ses snowboards pour me le prêter. Il a fallu que je lui dise que la nuit dernière, on avait sonné chez moi et qu'en ouvrant la porte, j'avais trouvé un Magic Pipemaster 157 appuyé au mur. Je pensais que c'était de sa part, mais maintenant, c'est Curtis que je soupçonne, bien qu'il ait nié.

Mais Brent a beau être un mec super, je n'ai pas envie d'une relation sérieuse. Je me force à sourire et je me dégage de sous son bras. Il va falloir que j'aie une discussion avec lui, mais pas devant tout le monde.

— J'y retourne, dis-je.

— Vas-y, répond-il avec son sourire à fossettes.

Heureusement, il n'a pas l'air de se rendre compte que quelque chose cloche. Je lui rends sa casquette, fourre le reste de mon sandwich dans mon sac et prends quelques gorgées d'eau. J'ai envie d'un autre Smash, mais j'en bois beaucoup trop. Ça me donne un boost d'énergie, sauf qu'il ne dure pas et que les effets sont très longs à se dissiper. J'ai du mal à dormir, ces jours-ci.

En abaissant ma bouteille d'eau, ce que je vois me stupéfie. Saskia est dans les bras de Curtis, le visage pressé contre sa poitrine. Est-ce qu'elle pleure ? Il a perdu patience avec elle sur le glacier la veille, et les choses n'étaient pas rentrées dans l'ordre depuis, mais maintenant, il la serre fort contre lui en murmurant quelque chose. C'est la première fois que je les vois aussi proches. Qu'est-ce qu'il peut bien lui dire ?

Saskia hoche la tête et se dégage. Lorsqu'elle se dirige vers moi, j'étudie son expression. Était-elle vraiment bouleversée ? Je n'en suis pas certaine. Elle le manipulait.

— Je remonte avec toi, Milla, dit-elle en ramassant son snowboard.

J'essaie de rester calme tandis que nous remontons la pente côte à côte, le long du half-pipe. Il faut que je l'ignore et que je sublime ma colère en énergie. J'aurai ma revanche en la battant aux Brits.

— Ne me dis pas que tu m'en veux encore pour ton snowboard. Je te l'ai dit, c'était un accident.

C'est ça, oui. Mais je ne peux pas le prouver.

— Alors, toi et Brent, hein ? poursuit-elle avec un coup de coude. C'est bien ce que je pensais.

— Et toi et Julien ? je réplique sèchement.

— Quoi, moi et Julien ?

— Vous êtes ensemble ?

— Non, dit-elle en riant. Je me sers de lui comme tu te sers de Brent.

Le vent me souffle sa queue-de-cheval au visage. Elle arrive toujours à dire des choses qui me prennent complètement au dépourvu.

— Quoi ? Je ne me sers pas de Brent.

Mais voilà que maintenant, à cause de ce qu'elle a dit, je me pose la question. Est-ce que je me sers de lui ?

Non. On s'amuse ensemble, voilà tout. C'est simple et pas prise de tête. Il n'y a rien de mal à ça. Saskia essaie juste de trouver une autre façon de m'atteindre. Ses lèvres s'étirent en un sourire.

— J'ai vu les regards que tu jettes à mon frère.

— Pardon ? dis-je en observant les alentours pour m'assurer que personne ne nous entend.

Son sourire s'élargit. Le fait qu'elle arrive à lire en moi comme ça me terrifie. Comment puis-je espérer la battre si elle connaît la moindre de mes pensées ?

# 25

*Aujourd'hui*

Sur le forfait de ski, Saskia me sourit.

Quelque chose – un courant d'air, ou un son si faible que je ne le perçois qu'inconsciemment – me fait lever les yeux. Curtis est là, dans l'encadrement de la porte.

Il s'approche, et la peur m'aiguillonne. Que va-t-il faire ? Je me déteste d'avoir aussi peur, mais lorsque Dale m'a attrapé le bras tout à l'heure, j'ai compris deux choses :

Je les connais tous si peu.

Les règles habituelles n'ont pas cours, ici.

Curtis s'arrête à quelques pas de moi. Il doit se sentir blessé que j'aie fouillé ses affaires, coupable maintenant que j'ai découvert le forfait de ski, paniqué que je l'aie percé à jour – mais aucune de ces émotions ne se distingue dans son expression, aussi hermétique que d'habitude. Sans un mot, il me prend le forfait. Il le fixe, le retourne. Ses yeux reviennent vers moi.

La stupéfaction. C'est ce que je lis sur son visage. Et le soupçon.

— Où as-tu trouvé ça ?

— Dans ton sac de snowboard.

— C'est toi qui l'y as mis ? dit-il avec surprise.

— Hein ?

Je m'attendais à tout, sauf à ça. Il m'accuse de front, direct, et si rapidement qu'il ne peut pas l'avoir préparé.

— Bien sûr que non, je proteste.

Curtis revient au forfait, le plie, le tient à la lumière sous un certain angle. Il va même jusqu'à le renifler. La photo est imprimée à même le plastique. Il passe un doigt sur le visage de Saskia.

— On dirait un vieux forfait. Comme si c'était vraiment le sien de cet hiver-là.

S'il joue la comédie, il a un talent extraordinaire. Impossible de ne pas le trouver convaincant.

Je lui reprends le forfait. Là, dans mes mains, se trouve un autre des indices sur la disparition de Saskia, mais je ne vois pas du tout ce qu'il m'indique. Selon l'ordinateur de la station, Saskia n'a pris aucun des remonte-pentes le jour où elle a disparu. Alors pourquoi Brent et Heather l'ont-ils vue sur le glacier ? Un bug dans le système, a décrété la police. Mais ce forfait prouve maintenant que c'était faux.

— Si elle était allée sur la montagne ce jour-là, elle aurait eu ce forfait sur elle, dis-je.

Curtis serre la mâchoire.

— C'est pile ce que j'étais en train de me dire. Alors où était-il passé pendant tout ce temps ?

— Tu veux dire que ce n'était pas toi qui l'avais ?

— Oui, c'est ce que je veux dire. Où est-ce que tu l'as trouvé, exactement ?

— Sur une pile de vêtements.

— Il n'était pas là ce matin, dit-il en croisant les bras. Quelqu'un est venu le placer ici. Entre le moment où j'ai quitté ma chambre et maintenant.

Vu la façon dont il a formulé cette déclaration, je ne suis pas encore au-delà de ses soupçons.

— Il aurait suffi de cinq secondes à peine, poursuit-il.

— Mais pour quoi faire ?

— Du chantage, comme je le disais la nuit dernière.

J'ai envie de le croire, mais rien n'est sûr. Son regard d'acier devient pensif.

— Ou alors, c'est un indice. Quelqu'un m'indique qu'il me reste des choses à éclaircir.

Je grimace intérieurement. Il y a au moins une chose que je voudrais qu'on n'éclaircisse jamais.

— Je peux l'avoir ? demande Curtis.

J'hésite, puis je glisse le forfait dans la poche de ma veste.

— Désolée, mais ça a une telle importance… Il faut que j'en parle aux autres.

Il hoche la tête, le visage fermé, vexé que je ne lui fasse pas confiance.

— J'ai aussi fouillé la chambre de Dale et Heather, dis-je pour lui montrer que je n'ai rien contre lui en particulier.

— Ah oui ? dit Curtis en levant les sourcils. Moi aussi. Tu as fait ça quand ?

— Il y a cinq minutes. Et toi ?

Mieux vaut ne pas mentionner la carte bleue de Saskia pour le moment. Je veux que Brent soit là quand je le ferai, parce que Curtis va très certainement sortir de ses gonds.

— Pendant que vous preniez le petit déjeuner, répond-il.

— Plutôt risqué. Tu as trouvé quelque chose ?

— Juste une tonne de laque pour les cheveux.

— Tu crois que Dale en met aussi, ces jours-ci ?

Il rit, et l'atmosphère se détend. Jusqu'à ce qu'il ajoute :

— J'ai aussi fouillé ta chambre.

Une pointe de douleur me transperce. Maintenant, je sais ce qu'il ressent.

— C'est de bonne guerre, dis-je.

Il sort un bracelet bleu et argent de sa poche et me regarde.

— Eh bien, quoi ? dis-je en rougissant.

— Il était à Saskia.

— Je sais. C'est elle qui me l'a donné.

— Quand ça ? dit-il en plissant les yeux.

Je me force à ne pas détourner le regard.

— Quand nous étions amies.

Il hausse les épaules et me le rend. Je n'en veux pas ; je n'en ai jamais voulu. Mais je le mets dans ma poche, avec le forfait. Je le jetterai dans la première crevasse venue. Je ne l'avais pris avec moi que pour le lui montrer, en me disant qu'il aimerait avoir un souvenir de sa sœur, mais l'occasion est perdue.

Nous traversons le couloir.

— Vous êtes arrivés à quelque chose, au poste de commande ? je demande.

— On a réussi à entrer, mais pas à lancer les œufs. Aucun des boutons ne fonctionne sur le tableau de bord. Soit il n'y a pas de courant, soit quelqu'un l'a saboté.

— Pas de radio ?

— Non, mais on voit clairement son emplacement. Quelqu'un l'a emportée.

Nous retrouvons les autres dans le restaurant.

— Allons explorer l'extérieur, dit Dale avant que je ne puisse mentionner le forfait.

— Quelqu'un va devoir rester là avec ta femme, dit Curtis avec un signe de tête vers les bottes à talons de Heather.

Rester avec elle pour la protéger, ou pour nous protéger de ce qu'elle pourrait manigancer si on la laissait seule ? Je penche pour la deuxième option. Curtis ne semble pas beaucoup aimer Heather, ce que j'avais déjà remarqué il y a dix ans. Du temps où elle vivait avec sa sœur, elles se disputaient sans cesse et Curtis avait dû intervenir plus d'une fois.

— Ça ne me dérange pas de rester avec elle, dit Brent.

— Plutôt crever, réplique Dale en faisant un pas en avant.

Je vois Curtis dissimuler un sourire.

— Toi et tes foutues chaussures ! dit Dale à Heather, qui tressaille.

Je n'aime pas voir Curtis et Dale se liguer contre elle. Dale a clairement envie d'explorer les environs, mais il ne laissera jamais sa femme seule avec Brent.

— Je peux rester aussi, si tu veux, dis-je. Curtis et Dale n'ont qu'à y aller.

Si nos portables sont cachés quelque part, je fais confiance à Curtis pour les trouver. Et de toute façon, je ne suis pas contre une nouvelle occasion de dire deux mots à Heather.

Dale acquiesce à contrecœur.

— Très bien, dit Curtis. On ferait mieux de s'équiper. Tu as apporté ta balise d'avalanche et un harnais ?

— La balise oui, le harnais non, dit Dale.

— Il y en a dans le placard.

— On en a vraiment besoin ?

— J'espère que tu plaisantes, dit Curtis en haussant la voix. Les pisteurs-secouristes n'ont pas déclenché d'avalanche depuis des mois. Toutes ces couches de poudreuse... Elles ne demandent qu'à s'effondrer. Sans parler des crevasses.

C'est vrai que les glaciers sont particulièrement dangereux à cette période de l'année : une myriade de crevasses sous une couche de neige pas encore assez épaisse pour les recouvrir. Pendant l'hiver, le personnel de montagne recouvre les plus minces de neige et barre l'accès aux autres.

— Ça va, du calme, dit Dale.

— Pendant notre absence, j'ai un travail pour vous, continue Curtis en se tournant vers nous.

Il plonge la main dans la poche de sa veste et en sort toute une série de clés, en les posant une par une sur la table comme un magicien. Dale en saisit une :

— C'est la clé de chez moi ! Mec, ça se fait carrément pas.

— Désolé, dit Curtis sans s'émouvoir. J'ai pris toutes celles que j'ai trouvées. Il faut qu'on vérifie si elles permettent d'ouvrir une de ces portes verrouillées.

— Quand est-ce que tu les as rassemblées ? demande Dale.

— Pendant que vous mangiez. Je ne pouvais pas courir le risque que quelqu'un les cache.

Dale abat la clé sur la table et s'en va à grands pas.

Sur cette même table, je repère la clé de chez moi, ma clé de voiture, et même la petite clé, sur son propre anneau, qui ouvre mon casier à vélo. Pour la trouver, Curtis a dû fouiller la poche intérieure de mon sac à dos, au milieu de mes tampons de secours et des préservatifs que j'avais emportés, juste au cas où, en pensant à lui.

C'est comme un autre coup de poing au ventre.

Après avoir passé une demi-heure à essayer des clés dans des serrures, je baisse les bras.

— Qui veut un autre café ?

Brent et Heather sont assis côte à côte dans le restaurant lorsque je reviens avec les tasses. Ils se taisent à mon approche, ce qui m'indique clairement de quoi ils parlaient. Je tire une chaise pour m'asseoir. Brent se passe les mains dans les cheveux ; Heather pianote sur la table de ses ongles parfaitement manucurés. Nous sommes en tout point opposées. J'espère qu'elle aura suffisamment de bon sens pour ne pas raconter à Dale que je les ai laissés seuls ; Brent pourrait avoir de gros ennuis.

Nous buvons notre café en silence. Les cheveux de Brent sont tout en désordre, maintenant. Je voudrais le repeigner de mes doigts, mais ce n'est plus à moi de le faire. Brent n'est plus à moi. Ce n'est pas le Brent dont je me souviens. Il n'y a plus d'étincelle dans ses yeux.

Je me remémore les longs et sombres mois qui ont suivi ma décision d'arrêter le snowboard. Il y avait un trou béant dans ma vie. Je me sentais perdue, sans but. Je ne savais plus qui j'étais. Tout ce que je savais, c'était qu'il me fallait combler ce trou avant de perdre toute envie de vivre. Je me suis d'abord tournée vers l'alcool, mais je me sentais encore pire au réveil.

Mon frère m'a traînée à la salle de sport, un soir, et j'ai fini par remonter la pente, péniblement. Parfois, quand je m'exerce si dur que j'arrive au bord de l'évanouissement, je suis presque satisfaite. Comme s'il suffisait de forcer un peu plus – de courir un peu plus vite, de soulever cinq kilos de plus – pour me sentir à nouveau heureuse.

Enfin, bref. Je comprends pourquoi Brent s'est noyé dans l'alcool et je ne lui en tiens pas rigueur. Mais vraiment, il me manque. L'ancien Brent me manque.

Je reviens à notre situation présente.

— Je peux te demander quelque chose, Heather ?

Elle me regarde par-dessus sa tasse.

— Le jour où Saskia a disparu, qu'est-ce que tu faisais sur la montagne ?

J'ai toujours trouvé ça bizarre, sa présence ce jour-là. Elle me répond, comme si c'était évident :

— Je voulais regarder la compétition.

— Alors que Dale n'y participait pas ?

— Oui. Pourquoi pas ? J'avais perdu mon boulot, je n'avais rien de mieux à faire.

Brent boit son café sans rien dire.

— Mais la compétition avait lieu au half-pipe, j'insiste. Pourquoi être montée jusqu'au glacier ?

— Je me suis retrouvée avec Brent dans le téléphérique. On s'est mis à discuter, dit-elle en lui jetant un coup d'œil.

— Discuter de quoi ?

— Comment veux-tu que je m'en souvienne ? Saskia était là aussi, mais je ne voulais pas lui parler. En arrivant au plateau, Brent a dit qu'il voulait prendre les œufs pour aller s'échauffer sur le glacier et j'ai décidé de l'accompagner.

Quelque chose ne me semble pas très convaincant dans son histoire. Il arrivait parfois à Heather de venir au plateau quand elle avait un après-midi de libre, en équilibre instable sur ses chaussures complètement inadaptées, pour prendre le soleil sur la terrasse. Mais je ne l'ai jamais vue sur le glacier. D'ailleurs, elle n'avait pas la tenue pour ça. Une veste en cuir ne sert pas à grand-chose par moins vingt.

Brent termine son café et se lève pour aller vers le bar.

— Saskia était dans l'œuf devant le nôtre, et on s'est disputées au sommet.

— À propos de quoi ?

— De la bagarre au Glow. Elle est partie en coup de vent. Puis j'ai croisé Curtis qui la cherchait. Il se plaignait de s'être ruiné l'épaule par sa faute.

Elle jette un regard vif vers la porte, comme si elle craignait qu'il ne l'entende raconter ça.

— Et laisse-moi te dire qu'il était furieux. Je ne l'avais jamais vu comme ça.

— Ah oui ?

Cette version de l'histoire ne concorde pas avec celle que m'avait servie Curtis dix ans plus tôt. Et elle ne lui donne pas vraiment le beau rôle. Heather regarde à nouveau la porte, puis baisse la voix jusqu'à ce qu'elle ne soit plus qu'un murmure.

— Tu sais ce qu'il disait ? « Quand je la trouve, je la tue. »

## 26

*Dix ans plus tôt*

La salle de gym sent la transpiration et le déodorant. Elle est pleine à craquer, ce soir. Je repère l'Australienne à qui parlait Curtis près du half-pipe et je m'installe sur la presse à cuisses à côté d'elle.

Elle doit être sponsorisée par Roxy, parce que tous ses vêtements sont frappés de leur logo en forme de cœur. Je regarde ce qu'elle a comme charge – cent kilos. Je démarre sur cent vingt. Elle me fait un sourire lorsque je m'assois.

Curtis, en face de nous, fait des tractions. Son tee-shirt remonte en révélant des abdominaux en béton. Il se laisse retomber et s'installe sur une machine vide, près de l'Australienne.

— Tu connais Jacinta, Milla ?

— Non, dis-je. Salut.

— Tu as été géniale dans le half-pipe tout à l'heure, dit-elle.

— Toi aussi.

Elle est bien meilleure que moi. Il faudra que je la cherche en ligne pour savoir où elle se place dans le classement.

— J'adore tes cheveux, ajoute-t-elle.

Curtis reste assis là pendant qu'elle travaille ses cuisses. Vu son attitude, il l'aime bien. Et je le comprends – elle est du genre pâle et tout en jambes, comme Nicole Kidman jeune, et bien qu'il m'en coûte de l'admettre, elle a l'air très sympa.

Lorsqu'elle ajoute vingt kilos de plus, je me lève pour en ajouter cinquante. Je vais avoir très mal aux cuisses demain matin ; je suis en train de soulever près de trois fois mon propre poids. Cinq… six… Curtis lève un sourcil. Je crois qu'il sait très bien à quoi je joue. Sept… Huit… Neuf… J'ai les jambes qui tremblent, mais j'arrive à dix et je m'éponge le front.

Saskia fait des squats sur un ballon de gym. Elle nous surveille dans le miroir, et je ne peux m'empêcher de remarquer que Julien la surveille, elle. Il est sur un banc de muscu, près de l'un de ces skieurs freestyle bien bâtis avec qui je l'avais vu parler dans l'après-midi.

— Je t'ai filmée tout à l'heure, dit Curtis à Jacinta lorsqu'elle finit sa série.

Il lui arrive d'apporter sa caméra au half-pipe, et nous nous filmons chacun son tour.

— On va regarder ça ce soir, si tu veux te joindre à nous. En fait, tu peux même venir dîner.

— Super, dit-elle en s'illuminant.

— Tu viens aussi, Milla ? demande Curtis.

Je ne supporterai pas longtemps de le voir la regarder comme ça, mais il faut que je parle à Brent et, en plus, j'ai bien envie de voir ce qu'il a filmé.

— Oui, pas de problème.

Brent appelle Curtis pour qu'il vienne l'assurer et Curtis se lève. Il est en short, si proche que je peux voir les poils sur la peau claire de ses jambes. Je me relance dans une série de presse à cuisses. Je regrette d'avoir chargé autant – je vais avoir du mal à marcher demain –, mais Jacinta est toujours en action et je refuse de m'arrêter avant elle.

Une fois sortie de la douche, je m'étire sur le lit de Brent. J'adore cette sensation – la brûlure des muscles qui ont dépassé leurs limites. Mon corps n'est qu'une grande courbature, essoré de toute énergie.

La porte s'ouvre et Brent fait son apparition, une serviette autour de la taille, le visage encore rouge après l'effort. Je reste étendue là et je le regarde se sécher en profitant du spectacle. Maintenant, il faut que je trouve un moyen de lui parler de notre relation.

— Dale n'était pas à la salle ce soir, comment ça se fait ? je demande. Il n'y était pas hier non plus.

— Il s'est disputé avec Heather, hier.

— À propos de quoi ?

Ma curiosité me perdra. Brent rigole.

— J'en sais rien, moi.

— Est-ce qu'elle sait à quel point elle perturbe son entraînement ? Et d'abord, qu'est-ce qu'elle fait ici ? Je ne l'ai vue faire du snowboard que, genre, une seule fois.

— Elle passait un an à Lyon pour ses études. De droit et de français. Elle a décroché un job au Glow Bar pendant ses vacances et c'est là qu'elle a rencontré Dale.

Ça m'intrigue qu'il en sache autant. Je crois qu'il a un faible pour Heather.

— Et ses cours, alors ? je demande.

— Elle doit avoir reporté son diplôme.

— Ils sont en train de ruiner leur avenir, tous les deux.

Brent hausse les épaules.

— Enfin, bref, elle ne travaillait pas ce soir, alors il l'a emmenée dîner. Ils seront là tout à l'heure.

C'est l'ouverture que j'attendais.

— C'est exactement pour ça que j'ai décidé de rester célibataire cet hiver.

Brent me jette un regard curieux.

— Je me suis juré que je me concentrerais sur le snowboard et rien d'autre.

Il encaisse mes paroles en se séchant les cheveux.

— Ça ne te dérange pas ?

C'est un peu tard pour lui poser la question, j'imagine. J'aurais dû lui en parler plus tôt. Mais bon, la plupart des mecs rêvent de ce genre de plan. Je n'ai pas à me sentir coupable.

— C'est comme tu veux, finit-il par dire en jetant sa serviette dans un coin.

Il enfile un caleçon et se laisse tomber sur le lit près de moi.

Je lui jette un regard de côté. Ses cheveux encore humides se hérissent en pointes sombres. Il donne l'impression que tout ça ne le dérange pas. Est-ce vrai ? Je crois bien que oui.

Sur sa table de nuit se trouvent une bouteille d'eau et une plaquette de cachets – des antidouleurs pour sa périostite tibiale. Il en sort deux et les avale avec une gorgée d'eau, puis se rallonge.

Je laisse traîner mes doigts sur sa poitrine. Il sent bon le savon, et sa peau est encore chaude après tant d'efforts à la salle – la mienne aussi ; je ne porte qu'une serviette.

— Tu as un bronzage panda, murmure-t-il en me touchant la joue.

— Je sais, j'ai l'air ridicule, je rétorque en souriant.

— Au fait, Curtis m'a dit qu'il faudrait que je garde un œil sur Saskia.

— Comment ça ?

— Vous êtes au coude à coude en ce moment. Apparemment, elle a juré ta perte.

Je me souviens de ce que m'a confié Curtis sur le glacier : « Elle n'aime pas perdre. » Un frisson me parcourt.

— Je suis censée avoir peur ?

— Je te répète juste ce qu'il m'a dit.

Je voudrais pouvoir en rire, mais je ne crois pas que Curtis soit du genre à se faire du souci pour rien. Lorsque j'examine l'expression de Brent, mon malaise s'accroît. Il prend l'avertissement au sérieux.

— Dis-moi pourquoi tu ne l'aimes pas.

Brent se frotte la mâchoire.

— Tu vois comment elle est avec Julien ? C'est comme ça qu'elle était avec moi l'hiver dernier. Tu sais, on avait fait une coloc à trois avec Curtis.

— Tu veux dire qu'elle te draguait ?

— Elle jouait avec moi, plutôt. Des fois elle était sympa, des fois c'était une vraie garce. Je l'aimais bien, au début.

Au moins, je ne suis pas la seule à m'être fait avoir.

— Elle n'arrêtait pas de nous monter l'un contre l'autre, Curtis et moi, poursuit Brent.

— Pourquoi elle ferait un truc pareil ?

— Qui sait ? Peut-être que ça la branche. Curtis sait bien comment elle est, mais vu que c'est sa sœur, il la soutiendra quoi qu'il arrive. Ce n'est qu'en milieu de saison que j'ai vraiment compris qui elle était. Pauvre Julien, il n'a pas encore saisi. Elle se sert des gens.

Je ressens une pointe de honte en me remémorant l'accusation de Saskia. Et moi, est-ce que je me sers de Brent ?

— Il ne faut pas lui faire confiance, Milla.

— Qu'est-ce qu'elle pourrait bien me faire d'autre ?

— Je ne sais pas. Mais tout est dangereux en montagne. Fais gaffe.

D'accord, mais maintenant, je vois clair dans son jeu. Je ne vois pas ce qu'elle pourrait tenter de plus.

— C'est noté. Alors, comment je la bats ?

— Jamais tu ne te reposes, toi, dit Brent en secouant la tête.

— Sérieusement, dis-moi.

— Soit tu la surpasses en puissance, soit en technique dans tes tricks. Ou les deux, ce serait encore mieux. Tu pourrais tenter un crippler…, dit-il d'un air pensif. Non. Peut-être pas.

Un crippler est un flip, c'est tout ce que je sais. Vu que son nom signifie littéralement « estropieur », je ne m'y suis jamais intéressée.

— Ça consiste en quoi, exactement ?

— C'est un genre d'hybride entre un flip et un 540° inversé. Je t'en montrerai un dans le half-pipe demain. Mais je ne sais pas… Si tu te rates là-dessus, tu atterris sur la tête.

— Cool. J'irai voir en ligne si je peux trouver une vidéo sur YouTube. Comment je fais pour gagner en puissance ?

Brent remonte ma serviette et, du bout du doigt, trace un zigzag sur ma cuisse nue.

— Ça, c'est ta trajectoire dans le half-pipe. Et ça, c'est la mienne, dit-il en traçant un autre zigzag aux angles bien moins aigus. J'attaque le mur à quelque chose comme quarante-cinq degrés.

— D'accord…

Je l'avais déjà remarqué, sans jamais vraiment y réfléchir.

— Du coup, je m'envole moins souvent, mais je reste plus longtemps en l'air parce que je vais beaucoup plus vite que toi.

— Je vois.

C'est donc ma trajectoire qui me ralentit. Je visualise celle de Saskia pour la comparer à la mienne. Comment sont ses angles ? Il faudra que je l'observe demain.

La main de Brent est toujours sur ma cuisse, ce qui n'est pas désagréable. Nos yeux se rencontrent et je me force à arrêter de penser à Saskia.

— Ça te dirait de zigzaguer un peu plus haut ?

Je me recoiffe d'une main lorsque Brent et moi faisons notre entrée dans le salon. Les autres sont tous là, tassés devant le feu. Mon estomac se tord en voyant Jacinta assise près de Curtis sur le canapé.

— On vous attendait, dit Curtis.

Le rouge me monte aux joues. Brent sourit.

— Tu veux une bière, Mills ?

— Oui, avec plaisir.

— Après un entraînement pareil ? intervient Curtis. Non, fais-lui un Super Mag.

— Un quoi ?

— Un cocktail au magnésium, explique-t-il. C'est bon pour les muscles.

D'ordinaire, je refuserais tout net. C'est une question de principe ; j'ai horreur qu'on me dise quoi faire. Mais je crois que c'est ce que boit Jacinta, et après tous ces efforts, un peu d'aide ne sera pas de trop pour mes pauvres cuisses. J'acquiesce donc à contrecœur et Brent se dirige vers la cuisine.

— Tu ferais bien de t'en faire un aussi ! lui crie Curtis.

— Oui, papa, réplique Brent.

Je crapahute au-dessus de Julien pour m'installer sur un bout de tapis. Le feu craque et crépite. J'étouffe un bâillement. J'ai mis des heures à m'endormir la nuit dernière, toujours vibrante d'excès de caféine. J'ai juré de ne plus boire de Smash, mais j'étais si fatiguée dans l'après-midi que je n'ai pas pu faire autrement. Peut-être que des somnifères pourraient m'aider. Comme ça, j'aurais le beurre et l'argent du beurre. De l'énergie le jour, du sommeil la nuit.

Brent revient avec un verre dans chaque main et s'assoit derrière moi en me tirant contre lui. Moi qui pensais qu'il avait compris le message. Dale et Heather sont assis non loin dans la même position. Heather, qui semble profondément s'ennuyer, consulte son portable. J'ai un peu de peine pour elle, à vrai dire. Si elle fait des études de droit, elle doit être vraiment intelligente, et la voilà coincée dans une petite pièce pleine de snowboardeurs qui sentent la transpiration.

— Tout le monde est prêt ? demande Curtis.

Il a connecté son ordinateur à la télé. Tout en pointant la télécommande vers l'écran, il pose son autre bras sur le dos du canapé. Sans toucher Jacinta. Du moins, pas encore.

Je bois mon Super Mag. Brent marmonne d'un air mécontent, mais le goût ne me déplaît pas. Un peu comme de la limonade sans bulles.

Brent apparaît le premier à l'écran, avec sa marque de fabrique, un backside air. Il s'envole si haut que la personne derrière la caméra, sans doute prise de court, ne filme pas jusqu'à sa tête. Je regarde sa trajectoire de près lorsqu'il traverse le fond du half-pipe. Un peu plus bas, il tente une rotation et se prend un slam. Tout le monde grimace.

— Aïe, ça a dû faire mal, dit Dale.

— J'ai été trop loin dans ma rotation, dit Brent en souriant malgré le bleu que j'ai repéré sur sa hanche tout à l'heure.

La vidéo se poursuit. Camille se lance, suivie par Curtis. C'est moi qui apparais ensuite, et comme toujours, je suis dévastée de voir le peu de temps que je passe dans les airs comparée aux autres. Je regarde ma trajectoire. Voilà le problème. Voilà ce que je vais travailler demain.

Saskia apparaît au sommet du half-pipe… et un doigt ganté couvre l'écran. C'est mon doigt. La première fois que Saskia m'a filmée, elle a fait la même chose.

Perchée sur le canapé, Saskia me regarde.

— Le jeu continue, lui dis-je à voix basse.

Curtis fronce les sourcils et je me replonge dans ma boisson.

Mon doigt disparaît de l'écran lorsque Jacinta, avec sa veste Roxy rose, se jette dans le half-pipe. Je déteste qu'elle soit meilleure que moi.

Curtis se penche vers Jacinta sur le canapé et lui dit quelque chose à l'oreille. Elle hoche la tête et répond dans un murmure. Quelque chose se tord et lutte en moi. Il lui donne des conseils.

Il lui plaît ; ça se voit à la façon dont elle se penche vers lui, à son regard sur sa bouche quand il parle. Je ne veux pas voir ça. Mais je ne veux pas non plus détourner le regard.

Curtis baisse la main. La main de Jacinta est juste à côté, et il noue leurs petits doigts ensemble. Je me détourne.

Sur l'écran, un skieur débutant apparaît dans le half-pipe. On dirait bien qu'il s'est perdu. Dale fait une énorme rotation, retombe à l'aveugle et manque de l'écraser.

— Mais dégage ! crie-t-il dans la vidéo, et nous explosons de rire.

Seigneur. Curtis et Jacinta s'embrassent. Elle se recule avec un léger rire, puis en redemande. Je la comprends. Curtis sourit en l'embrassant et pose ses doigts sur sa joue. Il lui murmure quelque chose à l'oreille. Elle hoche la tête ; ils se lèvent et se dirigent vers l'escalier.

Je me rends compte que Saskia les suit du regard. Il faut croire que je ne suis pas la seule à être jalouse.

## 27

*Aujourd'hui*

Derrière le bar, Brent examine les bouteilles une par une.

*S'il te plaît, ne te mets pas à boire, Brent. J'ai besoin que tu sois sobre et prêt à faire face à ce qui pourrait se produire. Il n'est même pas midi et je sens que la journée va être longue.*

Je me retourne vers Heather. Est-ce qu'elle me ment ? Ça ne serait pas la première fois. Mais son histoire sonne horriblement vrai. Curtis a toujours eu des réactions disproportionnées au sujet de sa sœur. Rien que ce week-end, je l'ai déjà vu perdre le contrôle de lui-même plusieurs fois à cause d'elle.

— Et qu'est-ce qui s'est passé ensuite ? je demande.

— On n'arrivait pas à trouver Saskia, alors on s'est dit qu'elle avait dû redescendre en snow jusqu'au half-pipe.

J'étudie son attitude en me demandant si je la crois. Elle a l'air très nerveuse ; ses yeux font des va-et-vient entre moi, la porte et Brent, mais ça ne veut pas forcément dire qu'elle ment. Elle pourrait tout simplement avoir peur.

Peur que Curtis soit au courant de ce qu'elle a fait.

Peur de connaître le même sort que Saskia.

De l'autre côté du restaurant, Brent se verse un grand verre de quelque chose. *Brent, non !* Il l'avale cul sec et traverse la pièce pour se poster à la fenêtre.

Heather tripote sa cuillère.

— Je ne les ai plus revus après ça. La compétition allait commencer, alors je suis redescendue au plateau avec les œufs pour y assister.

— Je ne me rappelle pas t'y avoir vue.

— Je suis restée un peu, mais je commençais à avoir trop froid, alors je suis rentrée.

Elle sursaute violemment lorsque Curtis et Dale rentrent en tapant des pieds, les joues roses de froid, laissant des empreintes neigeuses derrière eux.

— Vous avez trouvé quelque chose ? je demande.

— Perte de temps, répond Dale en secouant la tête.

— On n'a même pas essayé de forcer la porte de la cabane du téléski, ajoute Curtis. On voyait clairement par la fenêtre que la radio n'était pas à sa place.

— Quelqu'un l'a prise, dit Dale, qui serre les poings en regardant Curtis. Comme celle des œufs.

À l'évidence, leur petit tour dehors n'a pas amélioré leur humeur.

— Merde, murmure Brent en pressant son front contre la vitre.

Il faut que je parle de la carte bleue à Curtis, mais je le vois déjà tabasser Dale, et ce n'est pas comme si on pouvait appeler une ambulance s'ils se blessent pour de bon. Nous sommes au bord du gouffre, et il suffirait d'un mot pour nous y précipiter.

— Alors je suis bonne pour une séance d'alpinisme, c'est ça ? dit Heather d'une voix tremblante.

Elle tressaille lorsque Dale renverse une chaise d'un coup de pied.

— On doit pouvoir faire quelque chose, dit-il. J'ai fait démarrer une voiture en croisant les fils de contact, un jour. On pourrait tenter la même chose avec une dameuse.

— Vas-y, on te regarde, ironise Curtis. Même si tu y arrives, tu penses sérieusement pouvoir conduire ça sur une piste noire ?

Je vois Heather se raidir à cette idée. Brent fait les cent pas devant la fenêtre, comme mon chat quand il veut à tout prix sortir.

Curtis me jette un regard et je comprends soudain qu'il guette le moment où je vais parler du forfait de ski aux autres. Merde. Ils vont se retourner contre lui. Ce sera l'étincelle qui met le feu aux poudres.

Je touche les coins acérés du forfait dans ma poche. Si je leur en parle, Dale y verra la preuve que Curtis a tué sa sœur, et Heather prendra le parti de son mari. Brent a essayé de rester neutre jusqu'à maintenant, mais je le sens prêt à basculer. Je serai la seule à être encore tiraillée.

Je repense à ce que m'a raconté Curtis sur le forfait. Et si quelqu'un l'avait placé là pour le faire accuser, comme il l'a dit ? Pour que nous nous retournions les uns contre les autres ? Exactement comme pour le Brise-Glace…

— C'est lui que tu regardes comme ça ? s'écrie soudain Dale.

— Quoi ? Non, bafouille Heather.

Dale l'attrape par les bras. Je m'approche d'eux, tout comme Brent. Dale lève le menton vers lui.

— N'y pense même pas.

— Je ne regardais personne, se défend Heather d'une petite voix.

— Ça suffit, dis-je à Dale.

Il est devenu possessif à un point… Je ne l'avais jamais connu aussi tendu. Curtis et Brent non plus. Une énergie dangereuse sature la pièce. C'est vraiment comme si la sauvagerie de l'extérieur nous infectait peu à peu.

Je sors la main de ma poche. Je ne dirai rien du forfait de Saskia pour le moment, parce que je ne peux pas risquer une autre bagarre. On doit rester calmes et unis pour quitter cet endroit en toute sécurité.

— Si on veut arriver en bas avant la nuit, on doit partir maintenant, dit Curtis en regardant sa montre.

— Et la cabane au sommet du téléski ? propose Dale. Il y a peut-être une radio là-haut.

— J'en doute, vu que toutes celles d'en bas ont disparu.

— Oui, mais peut-être qu'ils ne se sont pas donné la peine de voler celle-là. Ça ne nous prendrait que quelques minutes de vérifier.

— Quelques minutes de trop ! tranche Curtis. On ne sait pas combien de temps il va nous falloir pour aider ta femme à descendre la piste noire.

Dale jette un regard venimeux à Heather, qui baisse les yeux. Difficile de dire de qui elle a le plus peur à cet instant – Curtis ou son propre mari.

— Écoute, dis-je. Si ça te semble plus facile,

Heather, je te prêterai mon snowboard et je descendrai à pied.

Elle n'a pas idée de ce que ça représente pour moi. C'est la première fois en dix ans que j'ai l'occasion de faire du snowboard, et voilà que je passe mon tour. Mais la pauvre semble sur le point de vomir sur ses chaussures.

— Merci, Milla, marmonne Dale.

*Je ne le fais pas pour toi, connard. Je le fais pour elle.*

Mais Heather serre ses bras autour de sa poitrine.

— Je ne sais plus en faire. Ça fait dix ans que je ne suis pas montée sur une planche, et même à l'époque, je n'étais pas très douée.

Nous échangeons des regards. La perspective de guider une débutante paniquée sur une piste noire pleine de rochers n'a rien d'attrayant. Curtis soupire.

— Bon, qui veut monter jusqu'en haut du téléski ?

J'inspire l'air gelé du glacier, si pauvre en oxygène. Les Alpes s'étirent à l'horizon tels des crocs immaculés. À l'est, l'Italie. À cent kilomètres au nord, le mont Blanc. J'ai l'impression d'être sur le toit du monde.

Mon Dieu, ce que ça m'a manqué. Cette blancheur lumineuse. Le poids familier de mon snowboard sous le bras, comme d'autres femmes portent un sac à main.

— On revient vite, dit Dale à Heather.

Elle hoche la tête et ajuste son écharpe. Dale était censé rester en bas avec elle, mais elle a dû voir à quel point il avait envie de monter avec nous – ou alors elle était bien contente d'être débarrassée de lui. Je penche pour la deuxième option.

— Vas-y, dit-elle. Je vous regarderai d'en bas.

J'étais étonnée de la voir proposer une chose pareille, mais je ne m'en plains pas. Équipé de pied en cap avec son snowboard et son masque, Dale ressemble de nouveau à un Viking.

Brent, lui aussi, semble plus proche de celui qu'il était. Il fait un signe de tête vers les tremplins à moitié fondus, avec son sourire à fossettes :

— Vous pensez à ce que je pense ?

— Carrément, dit Dale.

Pendant quelques minutes, je vais faire comme si rien n'avait changé, comme si nous étions toujours amis.

Curtis a clairement ses doutes sur le fait de laisser Heather toute seule, mais il ne s'y oppose pas. J'imagine qu'il préfère que Dale reste près de lui plutôt qu'en bas avec Heather, sans que l'on sache ce qu'il pourrait manigancer.

— Faites attention où vous mettez les pieds, nous avertit Curtis. On suit le câble du téléski en file indienne.

— Compris, dit Dale.

Nous remontons la pente. Le kiosque est claquemuré, la terrasse couverte de congères. Les perches du téléski pendent au câble, en grinçant dans le vent.

— Dommage qu'on ne puisse pas lancer le téléski, dit Dale. Ça nous éviterait de marcher.

La poudreuse nous arrive aux genoux par endroits.

Je lutte pour avancer derrière Brent, plus essoufflée que je ne veux l'admettre. Dale est juste devant. Il jette un coup d'œil derrière lui, et je me retourne aussi. Heather est toujours là, assise sur une congère près de l'entrée principale.

D'immenses pics nous entourent. Je réprime un frisson en imaginant toute cette neige s'effondrant sur nous. Nous sommes tous harnachés avec nos balises d'avalanche. J'avais donné la mienne avec le reste de mes affaires de snowboard, mais mon frère va toujours skier chaque année et, par chance, il en avait une à me prêter. Je suis bien contente d'avoir pensé à la prendre avec moi.

J'ouvre le col de ma veste pour vérifier l'écran du boîtier bleu attaché à ma poitrine. Mieux vaut ne pas attendre d'être ensevelie pour se demander s'il est bien allumé.

— Celui-là fait franchement envie, non ? dit Brent lorsque nous arrivons à la hauteur du plus grand des tremplins.

Il fait quelques pas, et Curtis crie :

— Non ! C'est dangereux ! On suit le câble sans dévier !

Brent se détourne en râlant.

— Parfait pour un backflip, dis-je quand il revient à ma hauteur. On se le fera dans la descente.

Je m'attends à ce qu'il rigole, mais non.

— Tu es sûre de pouvoir y arriver ? dit-il. Si tu n'as pas fait de snowboard depuis…

— Ah, ne commence pas.

C'était justement parce qu'il me surprotégeait que j'ai rompu avec lui. Je plaisantais bel et bien au sujet du backflip, mais maintenant, il va falloir que je tente le coup pour de vrai.

— Tu as toujours aimé le danger, pas vrai, Milla ? dit Dale en se tournant vers moi.

Quelque chose ne me plaît pas dans le ton qu'il prend. Je fixe son masque réfléchissant ; j'aimerais pouvoir voir ses yeux. Est-ce que c'était une marque de respect, une tentative de réparer notre amitié ?

Ou bien une menace ?

Maintenant que j'y pense, c'est étrange qu'il ait bien voulu laisser Heather toute seule. Comme s'il savait très bien que rien ne pouvait lui arriver. Parce que Heather et lui sont ceux qui ont tout organisé.

Si je ne me trompe pas… que compte-t-il faire de nous ?

## 28

*Dix ans plus tôt*

Je regarde Saskia qui se lance dans le half-pipe.

— Est-ce qu'elle a toujours plus de puissance que moi sur la première attaque ?

— Difficile à dire, répond Brent.

— Je prends ça pour un oui, dis-je en soupirant.

Nous sommes assis en bas de la piste pour casser la croûte. La nuit dernière a été très froide et sans nuages, et le half-pipe est toujours dur comme de la pierre. Brent s'est cogné le genou, je me suis tordu le poignet, et nous pressons des paquets de neige sur nos zones douloureuses.

J'entends quelqu'un faire une mauvaise chute, avec un cri. Mince, c'était Curtis. Il balaie la neige collée à sa veste et se redresse.

— Il tente des haakon flips, dit Brent. Il s'entraînait sur le trampoline hier.

Jacinta attend en bas du téléski. Curtis ajuste son casque, puis ils remontent ensemble. Ça fait une semaine qu'ils ne se quittent quasiment plus. Je me détourne. Enfin, s'il doit sortir avec quelqu'un, je suis contente que ce soit Jacinta. Elle est adorable.

Saskia les regarde aussi, mécontente. Elle voudrait que son frère ne prête attention qu'à elle.

Camille se jette dans le half-pipe et s'envole très haut de l'autre côté. Un McTwist – et un grand. Je soupire à nouveau.

— Qu'est-ce que je peux faire face à ça ?

— Elle ne participe pas aux Brits, si ? demande Brent.

— Non, heureusement.

— Alors ne t'inquiète pas pour ça. Pas pour le moment.

— Même si je m'entraînais douze mois par an, je ne pourrais toujours pas faire ce qu'elle fait. Mon instinct de survie est trop fort.

— Du calme, Mills, dit Brent en passant son bras autour de mes épaules.

Je le repousse.

— Tu ne peux pas comprendre. Tu n'en as pas, toi, d'instinct de survie.

Brent se contente de rire, et j'ai envie de lui en mettre une.

Je regarde Camille finir sa descente. Quelques rares femmes, comme elle, parviennent à passer outre leur peur. Moi, j'ai beau me forcer, je n'y arrive pas. J'arrive à sortir des petits McTwists maintenant, lorsque toutes les conditions sont réunies, mais la peur ne me lâche pas. Elle m'empêche de progresser. C'est tellement frustrant.

Ma seule consolation, c'est que Saskia n'arrive pas non plus à l'ignorer. Elle est repartie sur des McTwists – mes tentatives l'ont poussée à se lancer aussi – mais je vois bien qu'ils la terrifient autant que moi.

J'enfourne une poignée de noix. Je m'entraîne si dur que j'ai du mal à réapprovisionner mon énergie, alors je me suis mise à manger des fruits secs toute la journée, même sur le téléski. Les somnifères m'aident à dormir la nuit, mais à cause d'eux, il me faut un Smash le matin pour me réveiller.

Curtis est déjà revenu au sommet. Je le regarde nerveusement ; il va sans doute encore tenter un haakon flip. J'ai déjà du mal à le regarder en temps normal – Brent aussi. Certaines des positions dans lesquelles ils se retrouvent… À l'envers avec leur tête dangereusement proche de la glace. En une rotation qui ne s'achève que juste à temps pour leur permettre de reprendre contact avec le sol.

Brent tombe beaucoup, parce qu'il est toujours en train de forcer comme un fou pour dépasser ses limites. Curtis ne tombe que rarement, mais quand ça lui arrive, il se relève comme Terminator et essaie encore et encore jusqu'à la maîtrise totale.

Le voilà qui plonge dans le half-pipe. Il ressort avec une rotation latérale et rate encore son atterrissage.

— Celle-là a dû faire mal, grimace Brent.

Curtis reste étendu au sol, agrippant son épaule.

— Peut-être qu'on devrait aller voir s'il va bien ? dis-je.

— Attends, répond Brent en mordant dans une barre de céréales.

Sans surprise, Curtis se relève et se laisse glisser jusqu'en bas du half-pipe, en testant son épaule. Il se dirige vers le téléski sans cesser de bouger et de tourner le bras.

— Tu vas voir qu'il va retenter le coup, dit Brent.

— Il faudrait qu'on l'arrête. Il va se casser quelque chose.

— Laisse-moi te donner un conseil, rigole-t-il. Quand il se plante, ne t'approche pas de lui. Ne le regarde même pas. Il le prendrait très mal.

Comme mon frère quand il perd au rugby.

Julien plonge dans le half-pipe et sort deux flips l'un après l'autre.

— J'ai cru que Dale allait mettre une droite à Julien tout à l'heure, lâche Brent.

— Sérieux ? Pourquoi ?

— Il a critiqué les nose grabs de Dale. Et sa veste. Dans la même phrase. Ce mec ne sait jamais quand la fermer.

Mon rire se tarit lorsque Curtis se lance à nouveau. C'est tout juste si je ne détourne pas les yeux. Il fait un flip latéral au-dessus de la glace, replaque mal sa carre à l'atterrissage et tombe avec un horrible craquement.

Au bout d'un moment, Brent et moi comprenons qu'il ne se relèvera pas, cette fois-ci, et nous courons vers lui. Il se tient l'épaule, le visage déformé par la douleur.

Brent lui enlève son snowboard, le prend par la taille et l'aide à se relever.

— Allez viens, mec. On va au téléphérique.

Je reste en retrait ; je sens que Curtis n'aimerait pas que je le voie comme ça. Et puis Brent semble avoir les choses en main.

Jacinta s'approche en courant.

— Mince, tu es encore tombé ?

— Ça va très bien, gronde Curtis entre ses dents serrées. On se voit après l'entraînement.

Saskia nous regarde depuis le sommet du half-pipe, sans paraître s'émouvoir.

— Je reviens, dit Brent.

Ils s'éloignent ensemble. Dix minutes plus tard, Brent est de retour, tout seul.

— Il va bien ? je demande.

— Il s'est déboîté l'épaule deux, trois fois l'hiver dernier. Il dit qu'il pense l'avoir sentie se déboîter et se remboîter quand il est tombé.

Pauvre Curtis. Je me demande combien de temps il va devoir rester sur la touche.

Saskia file vers le téléski en nous passant devant. Je m'attendais à ce qu'elle s'arrête pour demander des nouvelles de Curtis, mais non. J'imagine qu'elle a déjà vécu cette situation un bon million de fois.

Brent et moi prenons le téléski ensemble. Mon masque s'embue ; je suis tombée tant de fois que la mousse protectrice est tout humide. Je fouille mes poches sans rien trouver.

— Tu n'aurais pas un chiffon à lunettes ?

— Tiens, dit Brent en m'en tendant un frappé du logo Oakley.

Il porte encore sa casquette à l'envers. Lorsque nous atteignons le sommet, il baisse son masque par-dessus.

— Je vais te montrer un crippler.

— Tu n'es pas obligé, dis-je.

Il fronce les sourcils face au half-pipe. J'insiste :

— Sérieusement, j'irai voir sur YouTube.

Je ne supporterais pas de le voir tomber, lui aussi.

— Non, j'essaie juste de me rappeler comment on fait. Ça fait un moment.

Il prend de la vitesse sur le côté du half-pipe, puis plonge. Il ressort, replonge – je retiens mon souffle lorsqu'il réémerge avec un flip. Il y a quelques heures encore, il était en moi, et me regardait avec plus de tendresse que je n'aurais voulu. Et maintenant, le voilà tête en bas, tordant son corps en une affolante diagonale loin au-dessus du sol gelé.

Mes émotions se succèdent : fierté, jalousie, culpabilité – c'est pour moi qu'il fait ça – et terreur. Surtout de la terreur. S'il ne complète pas sa rotation à temps…

Il y arrive – de justesse – et je me remets à respirer.

Camille, qui ajuste ses fixations non loin de là, émet un rire léger.

— C'est flippant, les cripplers.

— Oh… Salut, Camille.

Je ne m'étais pas rendu compte qu'elle me regardait. Voilà que je rougis.

— Alors, toi et Brent, ça marche ? demande-t-elle.

— Rien de sérieux, réponds-je après une hésitation.

— Il est très doué. Est-ce qu'il te bat au bras de fer ?

— On n'a jamais essayé, dis-je en parvenant à sourire. Mais oui, je pense qu'il gagnerait.

J'essaie de recouvrer mes moyens et j'ajoute :

— Super McTwist tout à l'heure, au fait.

— Merci.

Il faudrait que je lui demande si elle a déjà tenté un crippler, mais je n'ai pas encore tout à fait retrouvé mon souffle. Je ne voulais pas avoir à me soucier autant de quelqu'un ici. Des *sex friends*, c'est tout ce que Brent et moi devrions être l'un pour l'autre.

Quelques descentes plus tard, je remonte à pied le long du half-pipe derrière Saskia lorsque Jacinta s'y lance et sort l'un de ses énormes 720°. Heureusement que je n'aurai pas à me mesurer à elle cet hiver. Saskia l'aura pour adversaire à une coupe du monde de la FIS la semaine prochaine. J'aurais pu m'y inscrire, mais après ma piètre performance à l'Open du Rocher, je laisse tomber la compétition internationale pour cette année. Je veux me concentrer sur les championnats britanniques.

Jacinta zigzague dans le half-pipe et remonte le mur au sommet duquel je me tiens. Vu sa position, elle se prépare à une autre gigantesque rotation. Un petit objet noir dégringole soudain dans le half-pipe ; elle fait un écart pour l'éviter, mais la seconde d'après, elle se retrouve dans les airs. Sa rotation n'est pas dans l'axe. Lorsqu'elle retombe, ses jambes et son snowboard dépassent encore sur le dessus. Sa cuisse s'abat contre le rebord avec un craquement terrible.

Elle hurle de douleur et dévale jusqu'au fond du half-pipe. Merde. Je me laisse glisser sur les fesses pour aller voir si elle va bien. Saskia me rejoint et nous nous penchons sur Jacinta, qui a trop mal pour parler. Je fais de grands gestes aux gens en bas pour qu'ils envoient de l'aide.

En moi-même, je n'ai pas encore absorbé ce que j'ai vu. Cette chose noire. Qu'est-ce que c'était ? Je regarde autour de moi sans la repérer. En tout cas, c'est tombé de la main de Saskia.

# 29

*Aujourd'hui*

Je remonte la pente qui mène à la cabane du téléski, sans quitter des yeux le dos de Dale. J'espère me tromper sur lui. De toute façon, il est seul contre nous trois. Qu'est-ce qu'il pourrait bien tenter ?

L'ascension prend plus longtemps que je ne le croyais. J'avais oublié à quel point il est difficile de progresser dans la poudreuse. Curtis est devant, à marche forcée. Il a déjà pratiquement atteint la cabane. Je me retourne vers le Panorama. Heather est toujours là.

— Tu es allé où pour le snow l'hiver dernier ? demande Brent à Dale.

— Nulle part, répond Dale. On était trop occupés à monter notre entreprise, avec Heather.

— Et les affaires vont bien ?

Dale hésite un instant.

— Pas vraiment, en fait. C'est à peine si on couvre nos frais généraux.

À l'évidence, Dale a besoin d'argent. Curtis avait évoqué la possibilité d'un chantage. Serait-ce le but de ce week-end ? Ces retrouvailles ne seraient donc qu'un stratagème désespéré de la part de Dale pour soutirer de l'argent à l'un d'entre nous ? Et si la victime refuse de payer, ou s'en révèle incapable ? Que fera Dale, dans ce cas ?

Curtis atteint la cabane et disparaît à l'intérieur. Au moins, la porte n'est pas fermée à clé. Je me souviens avec un sursaut que c'est Dale qui a eu l'idée de monter ici. Je le surveille avec nervosité en espérant qu'il ne tentera rien.

Au moment où nous atteignons la cabane, Curtis en ressort avec un air assassin. Quelque chose s'agite au vent dans sa main – une feuille de papier. Trois mots y sont écrits en capitales bien nettes, comme les secrets du Brise-Glace.

*LE JEU CONTINUE.*

Un frisson me parcourt.

— C'est ce qu'on…

— Je sais, dit Curtis.

— Quoi ? demande Brent.

— C'est ce qu'on se disait l'une à l'autre, Saskia et moi.

— Non mais vous êtes sérieux, là ? dit Dale. Franchement ! Ça ne peut pas être elle qui fait tout ça.

— Et comment tu en es si sûr ? demande Curtis avec un pas vers lui.

— C'est juste que ce n'est pas logique ! réplique Dale en levant les deux mains. Je sais que c'est ta sœur, mec, mais réfléchis deux secondes. Genre, où est-ce qu'elle se serait cachée tout ce temps ? Et pourquoi est-ce qu'elle voudrait nous rendre fous comme ça ?

Il jette un regard à Brent pour chercher son soutien.

Curtis nous dépasse et remonte son masque sur son front, en parcourant les pentes du regard comme s'il cherchait Saskia.

— Du coup, pas de radio ? demande Dale.

Curtis ne répond pas. Il plisse les yeux en fixant l'horizon et remonte la pente pour mieux y voir. Avec un sifflement d'exaspération, Dale se dirige vers la cabane.

— Qu'est-ce que tu en penses ? dis-je en me tournant vers Brent. Est-ce que tu crois qu'il y aurait une chance que…

— Non. Ce n'est pas elle.

La réponse de Brent est instantanée, comme la dernière fois que j'ai évoqué cette possibilité. Et ça me dérange. Pourquoi un ton si définitif ? Il ne peut pas en être certain. À moins que…

— Alors qui ? je demande en observant son expression – du moins ce que je peux en voir sous son masque.

— Je te l'ai dit, répond-il sans intonation. Ce doit être Julien.

— Tu y crois vraiment ?

— Qui d'autre ? Il n'arrêtait pas de coller Saskia cet hiver-là. Il doit s'imaginer que l'un de nous l'a tuée, et il veut nous punir.

— Mais pourquoi attendre dix ans ?

Brent n'a pas de réponse.

Du mouvement en contrebas attire mon attention. Qu'est-ce que… ? Je mets une main en visière. Rien ne bouge autour du Panorama ; tout est silencieux. Le plus grand des tremplins me cache l'entrée principale, et donc l'endroit où Heather est assise. Je croyais avoir vu une silhouette bouger, mais il n'y a plus rien maintenant. Ce devait être Heather. Ou alors l'ombre de ce nuage, me dis-je en regardant le ciel.

Dale ressort de la cabane les mains vides.

— On ferait mieux de redescendre.

Il fixe le Panorama en contrebas. Peut-être s'est-il enfin rendu compte qu'il était risqué de laisser Heather toute seule.

Brent lorgne les tremplins ; à l'évidence, il prévoit déjà sa trajectoire.

Curtis revient vers nous. Il jette un dernier regard à la feuille de papier, puis la fourre dans sa poche.

— Allez, on y va.

L'air immobile s'emplit du cliquètement des fixations de snowboard. Ce bruit réveille un million de souvenirs en moi, et je sens l'excitation monter. Je resserre les miennes et, pour la première fois en dix ans, je me sens vivante. Je veux oublier tout ce qui s'est passé, juste pour une minute.

Curtis se lance droit vers le premier tremplin et décolle. Brent le siffle et l'acclame.

Je suis pleine d'appréhension – mais une appréhension positive. Certains se droguent pour connaître ce genre de sensations, mais j'ai toujours préféré les trouver dans le sport. Allez, c'est à moi. Mon snow siffle sur la glace en prenant de la vitesse. Le vent me gifle le visage et fait battre les pans de mon pantalon. Il m'arrive de planer après beaucoup de musculation, mais ce n'est rien comparé à ça.

J'arrive au sommet du tremplin et je m'envole. Une sensation merveilleusement familière m'envahit – mon estomac qui se retourne, en apesanteur.

J'attrape la carre avant de mon snow et je tends la jambe. Indy ! Puis je relâche mon grab pour atterrir sans dommage.

— Vas-y doucement, Milla, me prévient Curtis lorsque je m'arrête à sa hauteur.

— J'étais heureuse, là. Pourquoi est-ce que tu te sens obligé de tout gâcher ?

— On est tout seuls, ici. Si quelque chose t'arrive, tu es fichue.

— Et toi, tu y vas doucement, peut-être ? dis-je, pleine d'adrénaline.

— Non, mais j'ai continué à faire du snow. Tu as dit que ce n'était pas ton cas.

— C'est comme le vélo, ça ne s'oublie pas.

— C'est quand même fou à quel point tu peux te comporter comme ma sœur… Enfin, pas tout le temps, ajoute-t-il en voyant mon expression. Bref, ne t'imagine pas qu'on pourra venir t'hélitreuiller si tu te casses quelque chose.

— J'en ai bien conscience.

Curtis lève les yeux vers Brent et Dale, qui sont penchés sur le snowboard de ce dernier pour régler quelque chose au niveau de ses fixations. Il baisse la voix :

— Pourquoi tu ne leur as pas parlé du forfait de ski ?

— Je ne sais pas.

Il me regarde d'un air pensif.

— Est-ce que tu…

Puis sa mâchoire se décroche. Je me retourne juste à temps pour voir Brent, en plein flip, faire un grab la tête en bas. Il plaque l'atterrissage et freine en dérapant, nous aspergeant de neige au passage. Il nous fait un large sourire et je lui tape dans la main. Enfin, voilà le Brent de mes souvenirs.

— Reste prudent, lui lance Curtis.

— Tu me donnes des leçons de glisse, maintenant, mec ?

— Je suis le seul à ne pas avoir perdu tout sens des réalités, ou quoi ?

Il semble avoir atteint les limites de sa patience.

— Si l'un d'entre nous se blesse, tous les autres seront affectés !

C'est le moment que choisit Dale pour fendre l'air avec une espèce de rotation en tire-bouchon.

— Non mais vous vous foutez de moi ? crie Curtis en levant les mains au ciel.

Je vois ce qu'il veut dire – oui, les environs sont dangereux. Mais nous étions tout autant en danger à l'intérieur du Panorama, vu la façon dont ils ne pouvaient s'empêcher de s'en prendre les uns aux autres. Mieux vaut saisir notre chance de nous défouler un peu ici avant de nous lancer dans la longue descente.

Curtis, qui marmonne toujours dans sa barbe, s'élance jusqu'au tremplin suivant. Et nous sort un backflip.

Bon. Voilà ma chance d'être la fille sans peur d'autrefois. Et ce pourrait bien être ma dernière chance de faire un backflip, car qui sait si je reviendrai un jour dans une station de ski ? Brent ajuste son masque derrière moi. Je ne lui dis pas ce que je vais tenter, parce que je sais qu'il ne va pas aimer ça.

— Où est Heather ? crie soudain Dale.

Je mets ma main en visière pour mieux y voir. Elle n'est plus là.

— Peut-être qu'elle a eu froid et qu'elle est rentrée, dis-je.

— *Heather !* appelle Dale.

Son cri résonne dans la vallée. Il file jusqu'en bas sans prendre le reste des tremplins. Brent soupire.

— Il vaudrait mieux y aller.

Curtis et lui glissent à la suite de Dale.

Je regarde le tremplin. Dale est déjà en bas et enlève son snowboard. Je sais que je devrais renoncer à mon backflip, mais ça ne me prendra que quelques secondes de plus. Bientôt, je serai de retour chez moi, dans ma petite routine. Je ne peux pas laisser passer cette occasion.

Je descends la pente en me fiant à mon corps pour se remémorer les bons gestes. Lorsque j'atteins le haut du tremplin, je me jette en arrière en me recroquevillant pour former une boule. Quand je reviens vers le sol, je me rends soudain compte que j'ai été trop loin. Je vais atterrir sur l'arrière de mon snow. Dans une tentative désespérée pour corriger le tir, je me penche en avant. Le bout avant de mon snow se plante dans la neige et s'arrête abruptement. Le haut de mon corps poursuit sa trajectoire, mais pas mes jambes, coincées sur place.

Je sens une douleur terrible me déchirer l'arrière du genou. Pendant quelques instants, c'est tout ce dont je suis consciente. Je me tiens le genou, et lorsque je suis à nouveau capable d'ouvrir les yeux, je vois Brent et Curtis, essoufflés, qui se penchent sur moi.

— C'est grave ? demande Curtis.

— Je crois que c'est mon ligament latéral externe, dis-je en un souffle.

La dernière fois que je me le suis déchiré, c'était après le même genre de chute.

Curtis jette un regard vers le bâtiment. Dale n'est pas là. Il doit déjà être à l'intérieur.

— Allez-y, dis-je. Je vous rattraperai.

— Un coup de main ? propose Curtis.

Je secoue la tête et lutte pour me redresser. Une fois debout, je fais tout pour ne pas trop porter mon poids sur ma jambe blessée. Une vague de douleur me submerge. Je me mords la lèvre pour rester silencieuse. Tous les deux tendent la main vers moi.

— Ça ira. Allez-y, je vous dis.

— Pourquoi tu ne laisses jamais personne t'aider ? explose Curtis.

Puis Brent et lui repartent vers le bâtiment en hâtant le pas. C'est bien ce dont j'avais besoin, tiens, qu'il me crie dessus.

— Parce que toi, tu laisses les gens t'aider ? je lui crie après.

En me servant de mon snow comme d'une béquille, je boite à leur suite. La pulsation brûlante dans mon genou se fait mordante chaque fois que je m'appuie dessus. *Ignore-la. Tu as déjà su le faire.*

Le temps que j'arrive à leur hauteur, Curtis et Brent ont enlevé la plupart de leur équipement et remplacé leurs boots pleines de neige par des tennis. J'appuie mon snowboard contre le mur, près des autres. Dale ressort en courant du bâtiment.

— Je ne la trouve pas.

— Tu as regardé dans les dortoirs ?

— Elle n'y est pas ! dit-il, frénétique. Vous l'avez vue rentrer ? Elle pourrait être tombée dans une crevasse…

Nous échangeons des regards. La règle d'or sur un glacier ? Ne jamais enlever son snowboard. Une planche répartit le poids du corps sur une large surface. Sans elle, le risque de tomber dans une crevasse est bien plus grand. En montant à la cabane, nous avons longé le câble du téléski, sachant au moins que quelques mois plus tôt, le personnel prenait soin de remblayer les crevasses dans cette zone. Mais Heather n'aurait pas pu savoir tout ça. Et contrairement au reste d'entre nous, elle ne portait pas de balise ni de harnais.

— Je vais regarder autour du bâtiment, dit Dale en partant vers les garages.

— Nous, on jette un coup d'œil à l'intérieur ! lance Curtis.

— Tu t'en sors, Mills ? demande Brent.

— Ouais.

Curtis me regarde enlever péniblement mes bottes, sans dire un mot. Je vois bien que ça l'insupporte.

— Vous n'avez pas besoin de m'attendre, lui dis-je.

— Bon. Vérifie l'étage, Brent, et je m'occupe du rez-de-chaussée. Je suis sûr qu'elle est quelque part dans le bâtiment.

— Si vous me cherchez, je serai dans ma chambre, dis-je lorsqu'ils filent à l'intérieur.

Je ramasse une poignée de neige pour l'appliquer sur mon genou. Il y a une tonne de matériel près de la porte. Je fouille le tas de harnais, de gants et de masques pour y trouver mes chaussures. Les voilà. Mes chaussettes sont trempées, maintenant, mais je serre les dents et je boite à l'intérieur. Il faut que je surélève ma jambe.

Je m'engage dans le couloir qui mène aux dortoirs. Curtis vient sans doute d'y passer, car les lumières sont allumées. Mon estomac se tord lorsque j'inspire le parfum qui flotte dans l'air. Je crois encore reconnaître celui de Saskia.

Je le sens soudain. Il y a quelqu'un derrière moi.

Je me retourne aussi vite que possible avec mon genou blessé. Personne. Effrayée, je continue ma route. J'y suis presque. J'ai hâte de pouvoir verrouiller une porte derrière moi. Un bruit me pousse à me retourner une fois de plus. Merde, ça fait mal ! Je me tiens le genou. Mais le couloir est vide.

— Il y a quelqu'un ?

J'entends des pas à l'étage. Ce doit être ce qui a attiré mon attention. Brent est juste au-dessus de moi. Ce bâtiment me joue des tours. Je poursuis mon chemin en dépassant la porte de Brent, puis celle de la buanderie.

Les lumières s'éteignent. Obscurité totale. Saleté de minuterie. Et où est ce putain d'interrupteur ? Sans lâcher mon paquet de neige, je tâtonne de l'autre main. La glace est en train de fondre et coule sur le plancher, qui devient glissant. Il ne manquerait plus que je tombe à nouveau. J'avance en me guidant le long du mur. Je vais bien finir par trouver un bouton.

Un courant d'air derrière moi. Comme une porte qui s'ouvre. Je me retourne en essayant d'y voir dans le noir, et j'appelle à nouveau. Est-ce qu'il y aurait quelqu'un dans le couloir avec moi ? Je tente à nouveau de trouver un interrupteur – oui ! Là !

La lumière s'allume et quelque chose disparaît à l'angle du couloir. J'étouffe une exclamation.

Je dois me tromper. Mes yeux me jouent sûrement des tours.

On aurait dit des cheveux blonds, presque blancs.

## 30

*Dix ans plus tôt*

J'envoie un texto à Curtis. *Comment va Jacinta ?*

*Fracture du fémur. Ils l'ont emmenée à Grenoble.*

*Je suis désolée.*

Pauvre Jacinta. C'est la fin de la saison pour elle.

Je reste éveillée une bonne moitié de la nuit à me demander si je devrais parler à Curtis du rôle qu'a joué sa sœur dans l'accident. Je suis quasiment certaine que cet objet noir – mais qu'est-ce que c'était ? – est tombé de la main de Saskia. Mais je ne pourrais pas le jurer ; tout s'est passé si vite. Peut-être que c'est le vent qui l'a poussé devant elle. Et même si ça venait bel et bien d'elle, elle aurait tout aussi bien pu le laisser tomber accidentellement. Mon instinct me dit que c'était délibéré, mais même alors, elle ne cherchait certainement qu'à distraire Jacinta pour qu'elle décroche de sa rotation.

De toute façon, raconter cela à Curtis ne servirait à rien. Le mal est fait, et Saskia se contenterait de dire que c'était un accident. J'espère que ça lui a servi de leçon.

Dans le half-pipe, le lendemain, je n'arrête pas d'y

penser. Chaque fois que je suis sur le point de sauter, je jette un coup d'œil instinctif aux alentours pour localiser Saskia et m'assurer qu'elle ne peut pas laisser tomber quelque chose vers moi.

*Bon, tout va bien, elle est sur le téléski donc il n'y a aucun danger. Respire à fond. Allez, concentre-toi !*

Il ne reste plus que dix semaines avant les Brits, et j'ai mis de côté l'idée d'un crippler pour le moment. Le simple fait de regarder Brent en faire un la veille m'a terrifiée. À la place, j'essaie de gagner en puissance, en partant de plus en plus haut sur le mur du half-pipe. Naturellement, Saskia s'en est rendu compte et fait maintenant la même chose.

Cette fois, je pars de vingt mètres de hauteur sur le mur et je manque de décrocher en glissant vers le fond du half-pipe. Mon premier bond m'envoie plus haut que ce à quoi je m'attendais ; je bats des bras comme une folle pour ne pas perdre l'équilibre et j'arrive tant bien que mal à atterrir sans dommage. Encore quelques pointes de vitesse mal maîtrisées et une rotation douteuse en fin de parcours. Je m'arrête en dérapage, stupéfaite de n'être pas tombée.

Brent s'élance dans le half-pipe, plus haut. Son angle d'attaque est si agressif ; pas étonnant qu'il ressorte si haut. Je compte ses rotations sur son dernier saut. Une, deux, trois. Je crois. Il va si vite que c'est dur à dire.

— C'était un 1080°, ça ? je demande lorsqu'il s'arrête près de moi.

— Yep, sourit-il. Je voulais tenter un 1260°, mais tant pis.

— Tu montes tellement haut. Ça ne te fait pas peur ?

— Je n'ai peur que quand je te regarde.

— Arrête.

— Non, sérieux, Mills. Tu maîtrisais à peine dans ta dernière descente. Ralentis un peu, OK ?

— Quoi ? Et c'est toi qui me dis ça ?

— Désolé. Je vais… je vais aller manger un bout, si tu veux…

— Non.

Il part trouver son sac à dos. Camille s'arrête près de moi.

— Ça va ?

— Brent vient de me dire de ralentir le rythme, dis-je en soufflant. Quel hypocrite, je te jure !

— C'est difficile de surfer avec quelqu'un qu'on aime bien. Il faut arriver à dissocier la glisse des sentiments. Sinon ils vont t'ancrer au sol.

Elle a parfaitement raison. Et comment aller plus haut avec une ancre aux pieds ?

— On remonte ? demande Camille.

— Non. Toi, vas-y. Il faut que je me donne du courage.

Il faut surtout que je regarde Saskia pour voir de quelle hauteur elle part.

— D'accord, dit Camille. Croise les doigts, je vais tenter la rotation inversée.

Elle et moi nous sommes assurées l'une l'autre sur le trampoline la veille.

— Bonne chance, je lui lance tandis qu'elle s'éloigne.

Dale, assis sur une congère, descend un Smash

d'une traite. J'aurais voulu ne jamais toucher à ce truc. Je me restreins maintenant à une canette par jour et j'espère bientôt être complètement sevrée. Difficile de se débarrasser de l'habitude de ne pas dormir. Je crois qu'il me faut des somnifères plus puissants.

Voilà Saskia. Je plisse les yeux pour mieux voir. Merde – elle part toujours de plus haut que moi. Je détourne le regard lorsqu'elle me passe devant, direction le téléski. Curtis est juste derrière elle. Je ne sais pas exactement ce qu'il s'est fait à l'épaule, mais il refuse que ça le ralentisse.

— Tu devrais tenter un tail grab sur cette dernière rotation, crie-t-il à Brent au passage. Tu pourrais le tenir plus longtemps.

L'an dernier, au classement britannique, Curtis est arrivé premier et Brent deuxième ; mais vu ce que Brent sort cette année, il pourrait bien inverser la donne. Pourquoi Curtis continue-t-il à l'aider ? Si Brent trouve ça bizarre, il n'en montre rien. Il se contente de hocher la tête avec un air pensif, comme s'il visualisait la chose, et mord dans sa pomme.

Je me lance à la suite de Curtis et m'accroche à la même perche que lui. Je veux savoir à quoi il joue.

— Je pensais que tu serais encore à l'hôpital, dis-je.

— Jacinta ne voulait pas que je rate mon entraînement.

— Elle va bien ?

— Pas tellement, non. Elle rentrera en avion quand son état le permettra. C'est une mauvaise fracture.

— C'est vraiment horrible. Et ton épaule ?

— Pendant que j'y étais, j'ai demandé qu'on l'examine. Pratique, dit-il avec ironie.

— Et alors ?

— Ça peut aller.

Ce qui veut dire qu'il souffre le martyre, mais pas assez pour l'empêcher de surfer.

— Je peux te demander un truc ? dis-je avec un signe de tête vers Brent. Pourquoi tu fais ça ?

— Ça quoi ?

— Aider Brent.

Silence.

— Il a de l'audace, finit par dire Curtis.

— D'accord, mais tu es en compétition avec lui.

— C'est comme ça que je choisis de jouer ce jeu-là, dit-il en haussant les épaules.

— Et Brent, il t'aide ?

— On discute de tricks, parfois, oui.

— Tu ne joues vraiment pas de la même façon que ta sœur, donc.

*Ou que moi*, je songe sans l'énoncer à voix haute.

— J'espère bien, dit-il en crispant la mâchoire.

Mon masque s'est à nouveau embué. Je serre la perche entre mes cuisses pour enlever mon gant et je fouille mes poches à la recherche d'un chiffon à lunettes.

— Tu aurais un…

— Tiens.

Quelqu'un a laissé tomber ses lunettes de soleil au milieu de la trajectoire des perches. Je les évite sur un pied et sans les mains ; mon snowboard dérape sous mon poids.

— Je te tiens, dit Curtis en m'attrapant par la taille.

J'ai beau me dire qu'il ne m'intéresse plus, ce n'est pas vrai. Il m'attire plus que jamais.

— Merci.

Je n'aurais pas dû m'accrocher à la même perche que lui. Il faut que je me concentre. Nous sommes presque au sommet. Je prends de lentes, profondes respirations en essayant de me vider l'esprit.

— Ça va ? demande Curtis.

— Oui, dis-je en souriant. J'essaie d'aller plus loin que ta sœur.

— J'ai vu, oui, réplique-t-il sans me rendre mon sourire.

— Laisse-moi deviner. Toi aussi, tu vas me dire de ralentir.

— Qui t'a dit de ralentir ?

— Brent.

— Non. Vas-y à fond. Mais… surveille tes arrières quand elle est là, d'accord ?

— Qu'est-ce que tu entends par là ?

Il plisse les lèvres comme s'il regrettait ses mots.

Je voudrais qu'il m'explique tout. Je repense à ses précédents avertissements. Au fait qu'il ait dit à Brent de garder un œil sur elle. Saskia a-t-elle déjà fait pire que jouer des mauvais tours aux gens par le passé ? A-t-elle déjà blessé quelqu'un d'autre ?

Bon, ça suffit comme ça. Je vais lui en parler face à face.

Elle est en train d'attacher ses fixations au sommet du half-pipe, et je m'approche d'elle.

— Il faut qu'on parle.

Elle semble surprise mais acquiesce. Nous n'avons quasiment pas échangé un mot depuis qu'elle a envoyé mon snowboard dans cette crevasse. Curtis nous jette un regard en réglant ses fixations. Je cherche un coin tranquille des yeux.

— Tu veux descendre jusqu'au télésiège ? propose-t-elle.

— Oui, super.

— Vous allez où ? crie Curtis lorsque nous partons.

— Au télésiège ! je hurle en retour.

Saskia et moi descendons en flèche la piste rouge déserte. Je l'ai déjà faite avec elle un mois plus tôt, au temps où je nous croyais amies. Ça me chagrine de l'admettre après tout ce qu'elle a fait, mais glisser avec elle m'a manqué.

Elle sort un 180° sur une bosse ; je file à sa suite avec un 360°. Elle repère un talus enneigé sur le bord de la piste et part y faire un 360°. Je tente un 540° et me ramasse, ce qui la fait rire.

Les gens disent que les femmes ne devraient pas avoir l'esprit de compétition, et je me rends compte que j'essaie souvent de cacher cet aspect de moi-même aux yeux de mes amies, même de Camille. Mais avec Saskia, je peux me lâcher. Elle est si authentiquement compétitrice elle-même qu'elle me pousse à l'être aussi. En sa compagnie, même si elle me met parfois en rage, j'ai l'impression d'être plus fidèle à moi-même que jamais.

Si seulement nous avions pu être amies. Peut-être que nous l'aurions été si nous avions fait un sport collectif plutôt qu'individuel. Ou peut-être que nous nous serions malgré tout mesurées l'une à l'autre, parce que c'est dans notre nature.

Nous arrivons hors d'haleine au télésiège. Il n'y a

pas de queue, si bien que nous passons directement dans le tourniquet. Cette descente était si fun que j'ai bien envie de remettre ça. Mais il faut que je lui parle de l'accident de Jacinta.

Un télésiège à trois places arrive en brinquebalant vers nous. Il a neigé un peu plus tôt et les dossiers en plastique noir semblent saupoudrés de sucre glace.

— Hé !

Une voix dans notre dos. Je me retourne. Curtis descend la piste en trombe.

— Attendez !

— Allez, viens, dit Saskia en me prenant le bras.

J'hésite, mais Saskia me tire vers l'avant et le télésiège nous emporte.

— On se retrouve au sommet ! je crie à Curtis.

Saskia n'a pas baissé la barre de sécurité. Je lève le bras pour le faire.

— Attends, dit-elle, laisse-moi enlever ma veste, je suis en sueur.

Je laisse donc la barre relevée et me recule dans mon siège. C'est vrai qu'il fait chaud pour un début février. On se croirait déjà au printemps. Saskia noue sa veste autour de ses hanches et se rassoit près de moi.

Curtis, assis sur le siège derrière nous, émet un sifflement strident. Je me retourne.

— Qu'est-ce qu'il y a ?

— La barre de sécurité !

— Il plaisante, là ? marmonne Saskia.

J'abaisse la barre, qui se met en place avec un claquement. Puis je me retourne vers Saskia. Autant en finir.

— Qu'est-ce que tu as laissé tomber vers Jacinta hier ?

À ma grande surprise, elle éclate de rire.

— C'est de *ça* que tu voulais me parler ?

Je la dévisage en espérant que son amusement n'est dû qu'à sa surprise, plutôt qu'au fait d'avoir ruiné la saison de Jacinta.

— Tu veux dire ce truc ? poursuit-elle en sortant un bout de tissu noir de sa poche.

Je remarque le symbole dans le coin : l'éclair blanc d'Électric Eyewear.

— Mais c'est mon chiffon à lunettes !

— Je l'ai trouvé dans le half-pipe, là où la pauvre Jacinta s'est blessée. Tu l'as laissé tomber pile devant elle.

— C'est *toi* qui l'as laissé tomber !

— Pourquoi est-ce que *moi*, j'aurais laissé tomber *ton* chiffon ? s'esclaffe-t-elle.

J'en reste bouche bée. À cause de ce qu'elle a fait, Jacinta s'est cassé la jambe, et pourtant elle n'a pas l'ombre d'un remords. À croire qu'elle est très contente du résultat.

— Tu es impossible. Tu dois avoir…

Les mots me manquent. Et d'abord, comment a-t-elle mis la main sur mon chiffon ?

Elle jette un regard par-dessus son épaule, vers Curtis.

— C'est ma parole contre la tienne. Si tu ne dis rien, je me tairai aussi. Qui est-ce qu'il va croire, à ton avis ?

Pour l'avoir vu moi-même, je sais à quel point Curtis se montre protecteur envers sa sœur. Il m'a peut-être dit de la garder à l'œil, mais s'il doit choisir un camp, ce sera très certainement le sien. Les liens du sang, tout ça. Et puis, c'est bel et bien *mon* chiffon.

Puis je repense au texto que je lui ai envoyé la veille. *Je suis désolée.* On pourrait aisément l'interpréter comme une confession. Mon amitié avec Curtis m'est si précieuse. Même si Saskia lui racontait que je n'ai laissé tomber le chiffon que pour faire une blague idiote, je ne suis pas sûre qu'il me pardonnerait d'avoir cassé la jambe de sa copine.

Saskia rempoche le mouchoir.

— Je garde ça. C'est une preuve.

# 31

*Aujourd'hui*

Mon genou pulse de douleur. Aussi vite que possible, je boite jusqu'au bout du couloir. Regarder sa peur en face ; c'est ce que le snowboard m'a appris. Je tourne à l'angle, terrifiée par ce que je vais y découvrir.

Mais il n'y a personne. Je relâche mon souffle. Ce n'était que mon imagination.

Ou ma mauvaise conscience.

Le couloir se sépare en deux. Je tourne à gauche et j'appelle :

— Heather !

— Milla ?

Sa voix, si faible que je l'entends à peine.

— Où es-tu ? je crie.

— Ici…

J'entends une série de coups plus loin dans le couloir.

Le bruit me guide trois portes plus loin. Lorsque je pousse le battant, Heather surgit de l'ouverture et s'écroule dans mes bras. Elle tremble si fort qu'elle peut à peine parler.

— La porte…

— Du calme. Tout va bien.

— La porte ne s'ouvrait plus.

— Elle s'est ouverte sans problème. Peut-être qu'elle était juste coincée. Tu vois ? dis-je en ouvrant grand la porte.

Derrière se trouve une petite pièce, sans doute les vestiaires du personnel, avec des étagères pour les chaussures et les vêtements, une douche et des toilettes. Je ne me souviens pas avoir déjà vu cet endroit. Peut-être que je n'avais pas allumé la lumière.

Heather serre les bras autour de sa poitrine, toujours tremblante. Cette fois, je n'ai pas à me demander si elle joue la comédie ou non. J'ai devant moi une femme terrorisée.

— Et d'abord, pourquoi es-tu entrée là-dedans ? je demande.

— J'avais besoin d'aller aux toilettes, dit-elle en parcourant le couloir des yeux. Alors je suis allée dans notre chambre. Et en revenant, j'ai vu quelqu'un.

— Qui ?

— Je ne sais pas. Mais il y avait quelqu'un dans le couloir avec moi.

— Tu veux dire Brent ou Curtis ?

— Non. Pas l'un de nous.

Mon cœur se remet à battre très fort. Je venais justement de me convaincre que mes yeux m'avaient joué des tours. Mais si Heather l'a vue aussi…

— Une fille ou un garçon ?

— Je ne sais pas. J'ai juste couru me cacher ici.

Je renifle l'air. Le parfum est si diffus que je pourrais tout aussi bien l'imaginer.

— Tu ne sens pas du parfum ?

— Non, pourquoi ? dit-elle en reniflant aussi.

— Curtis pense que Saskia pourrait être celle qui nous a tous rassemblés ici.

— Non, dit Heather en se pressant contre le mur. Ça ne peut pas être elle.

Elle est soudain si pâle que, l'espace d'un moment, je la crois sur le point de s'évanouir. Je lui attrape le bras.

— Prends une grande inspiration.

— Mais elle est… mor… morte, dit-elle en butant sur le mot. Pas vrai ?

— Il semblerait, oui.

Je n'en suis plus si sûre.

Heather tombe dans un silence hébété. Je ne saurais dire si c'est l'idée d'un fantôme qui l'épouvante, ou ce fantôme-là en particulier.

— Enfin, bref, Dale est paniqué, dis-je. Tu ferais mieux d'aller lui dire que tu vas bien.

— Tu ne viens pas avec moi ? dit-elle en jetant à nouveau un regard dans le couloir.

— Tu iras plus vite toute seule, réponds-je avant de lui expliquer pour mon genou. Vas-y. Je te rattrape.

Elle s'éloigne à contrecœur.

Mon genou est en feu, et j'ai terriblement soif. Il y a un verre près de l'évier. Je m'approche en boitant et je tressaille lorsque la porte claque derrière moi. Le verre semble crasseux, si bien que j'ouvre le robinet et bois dans mes mains en coupe. La pression est encore pire ici que dans ma douche. Il n'y a qu'un filet d'eau.

Après avoir bu deux gorgées, je m'adosse au mur

en essayant de trouver le courage de boiter jusqu'à ma chambre.

Je me redresse pour y aller lorsque quelqu'un ouvre la porte à la volée. Un petit cri m'échappe.

— C'est moi, dit Curtis en m'attrapant les hanches.

J'ai le souffle coupé par le choc et le contact de ses mains.

— J'ai trouvé Heather.

— Oui, je viens de la voir, dit-il.

Je ne me recule pas et lui non plus. Comme moi, il porte encore sa veste de snow, et les Velcro de nos cols sont si proches qu'ils se collent ensemble. Je sens l'odeur de sa peau, sueur et crème solaire.

— Comment va ton genou ?

— Ça fait mal, dis-je en souriant.

— Il fallait que tu essaies, c'est ça ? sourit-il aussi.

— Yep.

— Aucun regret ?

— Non.

Il resserre sa prise sur mes hanches, et quelque chose se resserre aussi en moi.

— J'ai une orthèse de genou dans ma chambre, dit-il. Mais je ne sais vraiment pas ce qu'on va faire, parce que maintenant, tu ne peux plus descendre en snow. Tu me mets vraiment en rage, Milla.

Pourtant, il n'a pas l'air en colère. Plus maintenant. Il y a de la chaleur dans ses yeux, plus que je n'en ai jamais vu depuis notre arrivée ici. Il n'y a pas que ça, d'ailleurs.

Je le fais reculer jusqu'à l'adosser au mur carrelé.

— Milla…

— Quoi ?

Heureusement qu'il me tient toujours, sans ça mes jambes me lâcheraient sans doute.

— Qu'est-ce que tu fais ? dit-il.

— À ton avis ?

Le désir dans ses yeux s'est troublé. Il avale sa salive.

— Je ne t'ai pas tout dit.

L'appréhension me noue l'estomac. D'un seul coup, le moment est passé. Je me recule.

Qu'aurait-il bien pu me cacher ? Je ne vois qu'une seule chose. Est-ce que c'est ça ? Est-ce qu'il l'a tuée ?

Dites-moi que je me trompe, mais qu'est-ce que ça pourrait être d'autre ?

Curtis m'a toujours semblé avoir plus de sens moral que n'importe qui. S'il l'a tuée – sa propre sœur –, alors quel espoir reste-t-il pour nous ? Si je ne peux pas lui faire confiance, je ne peux plus faire confiance à personne. Plus jamais.

— Pardonne-moi, Milla…, dit-il en s'avançant vers moi.

*Qu'est-ce qu'il va me faire ?*

Je tire sur la poignée, mais la porte ne s'ouvre pas. Je le surveille par-dessus mon épaule et je tire plus fort. Merde. Contrairement aux portes des dortoirs, il n'y a pas de verrou. Quelqu'un doit l'avoir fermée à clé.

— C'est toi qui l'as fermée ?

— Non, Milla, écoute-moi.

J'essaie de réfléchir malgré ma panique. Il ne pourrait pas l'avoir fermée ; je l'aurais vu faire. Sans le quitter des yeux, je tape du poing sur la porte.

— Arrête, dit Curtis.

— Milla ? Curtis ? fait la voix de Heather.

— On est là ! je crie en tapant plus fort.

La porte s'ouvre en grinçant. Heather est là, hors d'haleine. Serait-ce elle qui l'avait fermée ?

— Venez vite, dit-elle. Brent est blessé.

## 32

*Dix ans plus tôt*

Je sonne chez Brent.

Curtis m'ouvre la porte, couvert de farine, les manches de son sweater roulées jusqu'aux coudes.

— Brent est parti à Risoul. Il a une séance photo avec Smash demain. Il a oublié de te le dire.

— Oh, dis-je en faisant un pas en arrière.

— Reste manger. Je fais des pizzas.

— Euh... D'accord.

Je le suis dans la cuisine. Il marche avec raideur, en évitant de trop porter son poids sur sa jambe droite.

— Tu t'es fait mal ?

— Ce n'est rien. À ce stade de la saison, je tombe toujours en morceaux.

— Brent doit avoir des antidouleurs...

— Je ne crois pas à ces choses-là, me coupe-t-il.

Sur le comptoir, de la pâte à pizza a été étalée en disques bien nets. Pizza maison, ça ne devrait pas m'étonner de sa part. Il a fait beau plusieurs jours de suite, ce dont témoignent son nez et ses joues bronzées. Il a dû transpirer aux fourneaux, car ses cheveux sont humides. Je le regarde évider un poivron rouge avec des gestes précis et assurés. Je sais d'instinct qu'être au lit avec lui serait très différent d'avec Brent. Sentir ses doigts sur ma peau – je me demande ce que ça ferait…

Curtis lève les yeux et surprend mon regard. La chaleur me monte aux joues. Comme sa sœur, il fait montre d'un talent dérangeant pour ce qui est de lire dans mes pensées. J'espère vraiment qu'il n'a pas su interpréter ce que j'avais en tête à l'instant.

— Du vin ? De la bière ? me propose-t-il, aussi neutre qu'à l'ordinaire.

— Je vais rester à l'eau, dis-je en prenant un verre.

— Tu veux bien couper les champignons ?

Je me mets à la recherche d'un couteau.

— Dans la montagne, tout à l'heure… quand tu nous as suivies dans la pente, Saskia et moi. Tu avais l'air secoué.

Il fait passer son poids d'un pied sur l'autre.

— Pourquoi ? je demande.

— Je ne sais pas, répond-il en haussant les épaules. Mais peut-être… Maintenant que les Brits approchent, peut-être qu'il vaudrait mieux ne plus passer de temps avec elle sur les pistes. Au cas où.

— Pourquoi ? je répète avec un rire hésitant. Qu'est-ce que tu penses qu'elle va faire d'autre ?

Il fixe ses pizzas, à l'évidence pas du tout à l'aise. C'est là que je me souviens de quelque chose.

— La barre de sécurité…

Il redresse la tête d'un coup. Un frisson me parcourt.

— Tu ne penses tout de même pas qu'elle…

À force de passer du temps sur les télésièges, on

omet parfois de baisser la barre de sécurité. Ce n'est pas si grave. Je n'ai jamais couru le risque de tomber. Vu la façon dont les sièges s'inclinent vers l'arrière, ce serait quasiment impossible.

À moins d'être poussé.

— Non, dit Curtis, bien sûr que je ne veux pas dire ça.

Mais c'est bel et bien ce qu'il voulait dire. En tout cas, il le voyait comme une possibilité.

Je coupe les champignons en lamelles fines.

— On va dire ça : je ne prendrai plus le télésiège avec ta sœur.

Nous continuons à couper les légumes en silence. Curtis a-t-il raison ? Elle m'a fait boire et elle a envoyé mon snowboard dans une crevasse ; son inconscience a causé l'accident de Jacinta. Mais pourrait-elle vraiment aller si loin ? Il y avait des rochers sous le télésiège. Si j'étais tombée, j'aurais pu mourir.

Le portable de Curtis se met à sonner. Il jette un coup d'œil à l'écran et fronce les sourcils.

— Allô ? Oui, bonjour. Quand ça ? Non, c'est juste avant le Burton US Open. Il faudra qu'ils envoient un photographe là-bas.

— C'était ton agent ? dis-je lorsqu'il raccroche.

— Oui.

Il a l'air vraiment stressé. Je le taquine un peu :

— Dur d'être célèbre.

— Si c'est comme ça que tu t'y prends, dit-il en me prenant le couteau des mains, autant manger de la pizza surgelée.

Je regarde mes champignons sans comprendre ce que j'ai mal fait.

Curtis ouvre le frigo, en sort d'autres et se met à les couper si vite qu'ils bondissent partout.

— Comme ça. Tu vois ? Sinon ils deviennent tout mous.

— J'aime autant de la pizza surgelée, si c'est pour s'embêter à ce point.

— Fais-moi confiance, ça en vaut la peine. Passe-moi du basilic, tu veux ?

J'examine les petits pots d'herbes séchées alignés sur le comptoir. Ah, voilà, du basilic.

— Du basilic *frais* ! dit-il d'un ton exaspéré.

J'arrache quelques feuilles au basilic en pot et je les coupe en morceaux. L'odeur emplit la cuisine.

— Arrête ça ! crie Curtis.

— Quoi, encore ?

— Il ne faut jamais les couper au couteau ! Ça ruine le goût. Déchire-les !

Je repose brutalement le couteau. *Si on était ensemble, je te dirais de la fermer, je te plaquerais contre le mur et je t'embrasserais. Ou alors je te traînerais directement à l'étage, sans passer par la case mur.*

Sa férocité est insupportable en cuisine, mais je suis sûre qu'elle serait explosive au lit.

— Ne me regarde pas comme ça, Milla, dit-il si bas que c'est à peine si je l'entends.

J'avale ma salive.

— Désolée.

— Je sais me contrôler, mais j'ai quand même mes limites, dit-il en me tournant le dos.

Je crois que ça veut dire qu'il ressent la même chose. Tout mon corps est remonté comme un ressort

– une tension qui n'a fait que grandir pendant toute la saison et qui atteint son point critique maintenant que nous ne sommes plus qu'à deux mois des Brits.

Curtis expire profondément, sans se retourner vers moi, et fait un signe vers le salon.

— Tu ferais mieux d'aller là-bas. Je vais finir la pizza.

Mes pieds m'emmènent vers le canapé. Il a raison – je ne devrais pas le regarder comme ça. Je ne pourrais pas faire une chose pareille à Brent ou à Jacinta, et lui non plus. Brent et lui parviennent miraculeusement à maintenir leur amitié bien qu'ils soient au coude à coude niveau classement ; ce serait la mettre en danger que de laisser quelque chose arriver entre Curtis et moi.

Je déplace des habits humides pour m'asseoir. L'odeur de chaussettes est particulièrement puissante ce soir. Trois paires de boots s'alignent contre le radiateur. J'attrape un exemplaire de *Snowboard Magazine* sur la table basse. Curtis est sur la couverture, bondissant au-dessus d'une crevasse sans fond. Je feuillette le magazine en espérant y trouver une interview, lorsque la voix de Saskia me parvient.

— Qu'est-ce qu'on mange ce soir ?

Génial. Il ne manquait plus que ça.

— Euh… de la pizza, dit Curtis.

— Miam !

Il l'a invitée, ou c'est elle qui s'est invitée ? Difficile à dire.

Elle entre dans le salon et ne semble pas ravie de me voir, même si elle se reprend vite.

— Salut.
— Salut.

Il faudrait que j'entame la conversation, ne serait-ce que pour sauver les apparences, mais je l'imagine avec moi sur le télésiège. En train de passer sa main derrière mon dos.

Saskia enlève sa veste de snowboard et l'envoie sur le canapé en manquant de peu mes jambes. Elle ôte ensuite son casque et ses gants, puis défait sa queue-de-cheval en laissant ses cheveux cascader dans son dos. Serait-elle vraiment allée jusqu'à me pousser ?

C'est alors qu'une autre idée s'impose. Si Saskia me rend nerveuse, cela joue en sa faveur. Peut-être que c'était là l'intention de Curtis ? Intimider la rivale de sa sœur ?

Saskia sort ses gants des poches de son pantalon, les pose sur le radiateur et quitte la pièce. J'entends le verrou des toilettes se refermer.

Son forfait de ski traîne par terre, près de la table basse. Il doit être tombé de sa poche. Je me redresse, et je suis sur le point de l'empocher lorsqu'un bruit dans l'encadrement de la porte me fait lever les yeux.

Curtis se tient là.

— Qu'est-ce que tu fais ? dit-il à voix basse.

Je ne réponds pas, et il fronce les sourcils.

— Ne fais pas ça.

Comment sait-il ce que je comptais faire ? Suis-je vraiment transparente à ce point ?

— Ne fais pas quoi ?

— Tu le sais très bien.

Il m'a prise en flagrant délit et je déteste ça. Je jette

un coup d'œil vers les toilettes pour m'assurer que Saskia y est toujours.

— Elle m'a coûté une demi-journée de glisse quand elle m'a fait perdre mon snowboard.

Sans parler du vol de mon chiffon pour piéger la pauvre Jacinta.

— Pourquoi est-ce que je ne réglerais pas mes comptes avec elle ?

Il ne répond pas.

— Quoi, tu joues les anges gardiens ? Elle pourra le remplacer sans problème, son forfait. Il suffit de montrer une pièce d'identité au guichet de la station.

— Tu sais bien qu'elle se vengera.

On entend Saskia tirer la chasse. Curtis se rapproche.

— Donne-le-moi.

Je le tiens hors de sa portée. Une veine bat à sa tempe.

— Je ne veux pas me disputer avec toi, Milla.

— Alors reste en dehors de tout ça. Ou alors aide-moi à la battre.

— Tu ne peux pas me demander ça, grimace-t-il. C'est ma sœur.

La porte des toilettes s'ouvre et Saskia revient dans la pièce. Elle lève les sourcils en nous voyant tous les deux.

— Vous êtes bien proches, tous les deux. Je dérange ?

Dans mon dos, je laisse tomber le forfait. Puis je me dirige vers la porte d'entrée.

— Finalement, je n'ai plus faim.

## 33

*Aujourd'hui*

Brent, assis aux pieds de l'escalier qui mène à la salle de réception, se frotte la tête. Je m'assois avec précaution près de lui.

— Ça va ?

— J'ai connu pire.

Curtis se tient à côté de l'interrupteur, la main levée, prêt à appuyer dessus quand les lumières s'éteindront.

— Qu'est-ce qui s'est passé ? je demande.

— Je ne sais pas, répond Brent en clignant des yeux.

Il sent l'alcool.

— Tu as encore bu depuis tout à l'heure ?

— Non, dit-il en fronçant les sourcils.

Je jette un regard à Curtis. Brent serait-il tombé parce qu'il était ivre ? Je vois bien que Curtis se demande la même chose. Cela dit, Brent a sorti un backflip à peine quelques minutes plus tôt, donc il ne peut pas être si bourré que ça.

— Il était assis là quand je l'ai trouvé, dit Heather.

Je l'ai déjà vu commotionné une fois ou deux cet

hiver-là, et en général, il s'en remettait assez vite et repartait sur les pistes aussi sec. Là, ça semble plus grave. Ses yeux sont vitreux, et il regarde autour de lui comme s'il ne comprenait pas ce qui se passe.

— Est-ce que quelqu'un t'a poussé ?

— Je ne sais pas, dit-il, une main sur le front.

*Est-ce que Saskia t'a poussé ?*

Mais ç'aurait pu être Heather, ou Dale. Voire Curtis. Après tout, c'est lui qui a envoyé Brent à l'étage ; il aurait pu le pousser avant de venir me trouver dans la salle de bains. Je lui jette un coup d'œil, toujours secouée après la conversation que nous venons d'avoir. Il me rend mon regard d'un air désolé.

Brent se redresse et vacille immédiatement.

— Doucement, mec, dit Curtis en le soutenant. Peut-être que tu devrais te rasseoir.

— Ça va, insiste Brent.

Mais il doit s'agripper à la rampe pour ne pas tomber. Curtis reste à ses côtés, prêt à le rattraper à nouveau. Il regarde sa montre et pousse un juron.

— Quelle heure il est ? je demande.

— Presque quatorze heures. Il faut qu'on décide si on part ou non.

— J'espère bien, dis-je. Je ne veux pas passer une deuxième nuit dans cet endroit.

— Mais ton genou… Je me disais que Brent et moi aurions pu descendre ensemble et faire relancer les œufs pour vous. Mais maintenant… Peut-être Dale et moi, dit-il après un coup d'œil à Brent.

Merde. Je ne fais pas confiance à Dale, et je vois

bien que Curtis non plus. Et d'ailleurs, où est Dale? Je regarde des deux côtés du couloir.

— Je n'aime pas l'idée de vous laisser ici, dit Curtis. Mais on n'a pas vraiment le choix.

Là, tout de suite, je ne sais même pas duquel des deux j'ai le plus peur. Je ne fais confiance ni à l'un ni à l'autre.

Heather se tient à l'écart, l'air tendu.

— Je ne pense pas qu'on soit seuls, ici. J'ai vu quelqu'un dans le couloir, dit-elle à Curtis. Pendant que vous étiez tous sur le glacier.

— Je crois avoir vu quelqu'un aussi. Rien qu'une seconde, au détour du couloir. Et on aurait dit…

Je me force à le dire à voix haute.

— Je suis désolée, Curtis, mais on aurait dit ta sœur. Je te jure que j'ai vu de longs cheveux blonds.

Après ce que m'a raconté Curtis dans la salle de bains, je ne sais pas si c'était elle ou son fantôme. Ou juste mon imagination qui s'emballait.

— Merde, murmure Curtis en fermant les yeux.

— Je ne sais pas qui c'était, mais je sais qu'on m'a enfermée dans cette salle de bains, dit Heather.

La porte m'a joué des tours aussi, je m'en souviens. Peut-être qu'elle coince quelque part.

— J'ai mal à la tête, fait Brent.

— Tu as fini la bouteille? réplique Curtis.

— Je n'ai pratiquement rien bu. Ce n'est pas ça. Laisse-moi juste aller me mettre un peu d'eau sur le visage…

Il y a des toilettes sur la gauche. Curtis aide Brent à s'y rendre.

Heather s'éloigne dans le couloir.

— Dale ? Où es-tu ? *Dale !*

— Tu ne l'as pas vu depuis que tu es rentrée ? je demande.

— Non.

Elle atteint l'angle et s'arrête là, clairement peu emballée à l'idée de me perdre de vue. Curtis et Brent ressortent des toilettes.

— L'eau est coupée, annonce Curtis.

— Quoi ? dis-je.

— Essayons la cuisine.

Je me prépare mentalement à un trajet difficile, mais il passe son bras dans mon dos avec un regard qui me met au défi de protester. Je ne peux pas m'empêcher de tressaillir. Je ne sais plus comment réagir à son contact.

Le robinet de la cuisine ne crache qu'un filet d'eau qui s'assèche vite. Curtis essaie l'eau chaude et rien ne sort du tout.

— Les tuyaux doivent être gelés, dis-je.

Voilà qui expliquerait la pression misérable dans la salle de bains tout à l'heure.

— Il fait combien dehors, selon toi ? demande Curtis.

— Quelque chose comme moins dix ?

Il hoche la tête.

— Plutôt froid, donc, mais pas si froid que ça.

Il a raison. Le Panorama est fait pour résister aux basses températures. J'y suis déjà venue par moins trente. Bizarre que les tuyaux gèlent maintenant, alors que nous ne sommes même pas en hiver.

— Donc quelqu'un a coupé l'eau, dis-je.

*Le jeu continue.*

Est-ce que ce serait Saskia ? Vu l'expression de Curtis, c'est ce qu'il pense aussi. Mais là encore, ç'aurait pu être n'importe lequel d'entre nous. Ou quelqu'un d'autre encore. Julien ?

— Si l'un de vous sort me chercher de la neige, je peux la faire fondre, dis-je.

— J'y vais, répond Curtis en s'emparant d'une casserole.

— Heureusement qu'on a encore du courant, commente Brent, qui semble se remettre peu à peu.

Curtis s'arrête net.

— Quelqu'un a apporté une lampe torche ? demande-t-il.

Nous secouons tous les trois la tête.

— J'en ai une petite, dit Curtis. Mais si on laisse quelqu'un derrière nous, il faut en trouver d'autres. Maintenant. Ou même des bougies.

Il y a des kilomètres de couloirs sans fenêtre dans cet endroit. Je me mords la lèvre en imaginant à quel point ils seraient sombres sans électricité.

Curtis repose sa casserole et se rue dans le couloir, suivi par Brent.

— Brent, ça va aller ? j'appelle – mais il est déjà parti.

Heather se tient dans l'encadrement de la porte, les bras étroitement croisés comme pour se protéger.

— Tu n'avais pas vu des lampes torches ou des bougies ?

— Je ne sais pas. Tout ce que je veux, c'est partir d'ici.

Vu les circonstances, je suis contente qu'elle soit

avec moi. J'ouvre les tiroirs de la cuisine pour y chercher des bougies, mais il n'y en a aucune.

Pourquoi se sent-on toujours particulièrement assoiffé justement lorsqu'il n'y a pas d'eau ? J'ouvre le robinet d'eau froide pour remplir un verre, mais il n'est même pas à moitié plein que déjà, le filet d'eau se tarit. Je l'avale d'un coup. Quelqu'un passe – Brent.

— Dis, si tu le sens, tu pourrais aller me chercher de la neige ? Je n'en peux plus.

— Pas de problème, dit-il en prenant la casserole abandonnée par Curtis.

— Attends !

J'en sors une autre. La neige, c'est surtout de l'air, donc une casserole pleine ne rendra sans doute que peu d'eau. Brent s'en saisit et sort.

Curtis rentre à grands pas, une petite lampe torche dans une main, une orthèse de genou dans l'autre.

— Tiens, mets ça.

— Merci.

— Tu veux un coup de main pour l'enfiler ?

— Ça ira.

Après ce qu'il a dit tout à l'heure, je n'ose pas croiser son regard. Je retrousse la jambe de mon pantalon et j'attache l'orthèse avec précaution, par-dessus mon collant thermique.

— Il faut qu'on parle, dit Curtis.

— Oui, réponds-je même si je ne suis pas sûre d'en avoir envie.

Il sort une plaquette alu de sa poche.

— Prends ça.

Des antidouleurs. Génériques, achetés en supermarché quelque part en Angleterre.

— Ce sont les tiens ?

— Oui.

Discrètement, je vérifie si l'emballage est intact.

— Je pensais que tu ne croyais pas en ces choses-là.

— Je n'y crois toujours pas.

— Ah.

Et en quelque sorte, voilà qui semble le définir, ou au moins définir le Curtis que je pensais connaître. Le genre de personne qui emporte des antidouleurs pour se rendre à des retrouvailles, alors que lui-même refuse d'en consommer. Parce qu'il veut prendre soin des autres ? Parce qu'il a un besoin compulsif d'être préparé à tout ? Je n'en sais rien.

J'en sors quelques-uns et je les avale sans eau. Il se met à ouvrir des placards.

— Qu'est-ce que tu cherches ?

— Une lampe torche. Des bougies. Quelque chose.

— J'ai déjà regardé.

— Je vais voir dans le restaurant, dit-il en sortant.

Brent met des siècles à remplir ces casseroles. Il finit enfin par revenir, hors d'haleine, les casseroles pleines de neige entassées l'une sur l'autre.

— Tu en as mis, du temps.

— Je voulais de la neige dans laquelle personne n'avait marché, réplique-t-il en posant les casseroles sur la plaque électrique.

Je prends une poignée de neige pour la presser sur mon genou, et je mets la plaque à la chaleur maximale.

— Ça va, la tête ?

— Encore un peu douloureuse, répond-il en se frottant le crâne, mais ça ira.

Curtis revient avec une brassée de photophores en verre et un briquet, qu'il laisse tomber sur le comptoir.

— Ah, super, dis-je.

— Tu as trouvé une lampe torche ? demande-t-il à Brent.

— Non.

— Dale n'en avait pas emporté ? dit-il en se tournant vers Heather.

— Je ne sais pas.

On dirait bien que Heather ne sait plus rien, pour l'instant.

— Et d'abord, où est Dale ? je demande.

— Il était allé chercher Heather dehors. Il n'est pas revenu ? s'étonne Curtis.

— Je viens de rentrer et je ne l'ai pas vu, lâche Brent.

— Je ne l'ai pas vu non plus ! s'inquiète Heather, qui semble maintenant au bord de la panique totale, surveillant les coins de la pièce.

Curtis se retourne vers Brent.

— Va regarder dans sa chambre et dans le reste du bâtiment. Je vais l'appeler dehors. Fais attention.

Ils sont de retour quelques minutes plus tard à peine. Dale n'est pas dans sa chambre.

— J'ai hurlé son nom mais il ne répond pas, dit Curtis. Ça devient ridicule. Le temps presse.

— Est-ce qu'il portait sa balise ? je demande.

— Non. C'est ça qui m'inquiète. Il l'a laissée près de la porte, avec son harnais et son snowboard. On ferait mieux d'aller le chercher. Milla, tu restes ici.

— Je vais mettre mes bottes, dit Brent en quittant la pièce.

Curtis fait un signe de tête vers le briquet et les photophores.

— Garde-les dans ta poche au cas où il n'y aurait plus de courant, me dit-il.

Il jette un coup d'œil vers Heather, adossée au mur et complètement abattue, puis me tire dans le couloir pour me murmurer à l'oreille :

— Surveille tes arrières.

— Comment ça ? je chuchote, surprise.

— Heather n'est pas bien grande mais on ne sait jamais, avec les femmes.

Je le regarde disparaître dans le couloir et je repense au jour où Heather et Saskia m'ont enterrée vivante.

## 34

*Dix ans plus tôt*

Heather tasse la neige au-dessus de ma tête, en achevant de m'enterrer. Le froid m'entoure et transperce ma veste et mon pantalon. Je cligne des yeux dans la pénombre grisâtre et je respire lentement, profondément, en espérant ne jamais me retrouver pour de bon dans cette situation.

J'ai perdu de bons amis dans des avalanches. Doreen Clavette, la numéro 5 française de half-pipe, était partie faire du hors-piste cet été lorsqu'elle s'est fait emporter. Personne sur la montagne ne la cherchait ; elle était avec un garçon qui s'est fait ensevelir aussi. Est-ce que leurs derniers moments ressemblaient à ça ? Au bout de combien de temps sont-ils morts ? Non, je ne veux pas le savoir.

Je touche la glace du bout des doigts. Les filles sont sûrement en train de me chercher : Saskia et Camille, avec leurs balises en mode recherche, arpentant la neige au-dessus de moi pour détecter le signal de la balise accrochée à mon cou.

Puisque Heather est la moins susceptible de se retrouver pour de bon dans ce genre de situation, c'est elle qui m'a ensevelie. Ça a dû être son meilleur moment de l'hiver, tiens. Elle n'aime pas m'entendre causer snowboard avec Dale. Elle déteste qu'on s'entende si bien. M'enterrer n'a pas été difficile ; il y a dix mètres de neige sur le glacier en ce moment.

Une minute. Elle est en mode « émetteur », au moins, cette balise ? Je la tripotais avant de descendre dans le trou. Merde. La neige me serre de trop près pour que je puisse ouvrir ma veste et vérifier.

La panique s'empare de moi. Je veux sortir d'ici. Où sont-elles ?

Cet entraînement était une idée de Saskia. Il neige si fort que la visibilité est nulle. Comme le temps ne nous permettait pas de descendre le half-pipe, nous sommes montées au glacier pour y construire un tremplin, mais nous avons vite compris que nous n'arriverions même pas à le voir.

— À quoi bon porter des émetteurs-récepteurs si on ne sait pas s'en servir ? a dit Saskia. Qui veut se faire ensevelir ? Milla ?

— Non, merci.

— Pourquoi ? T'as peur ?

L'éclat satisfait dans son regard m'a contrainte à rouvrir la bouche et, comme une idiote, j'ai mordu à l'hameçon.

— Bon, d'accord, c'est parti.

Milla la casse-cou avait encore frappé. Pourquoi suis-je allée me fourrer là-dedans ?

Je me souviens avec un malaise grandissant des avertissements de Curtis. Mais ça fait des semaines que Saskia garde ses distances – il a dû avoir une petite discussion avec elle –, et ce n'est pas comme si elle pouvait manigancer quoi que ce soit, pas devant lui et tous les autres.

Il fait si froid, là-dessous. Mes mains sont tellement gelées que je ne les sens presque plus. J'aurais dû mettre mes gants.

Mais que font Saskia et Camille ? Qu'est-ce qui les retient ? Curtis est plus bas dans la pente et les chronomètre. L'exercice s'est naturellement changé en compétition – les filles contre les garçons. Une autre idée de Saskia. Allez, les filles. Où êtes-vous ?

Je n'entends rien. Je ne sais pas combien d'oxygène il me reste.

*Reprends-toi.* Brent sera le suivant à se faire enterrer, et il ne paniquera pas, lui. Il n'a peur de rien. Je tente de contrôler ma respiration, en inspirant lentement par le nez. S'il le faut, je peux sortir la main et l'agiter jusqu'à ce qu'ils viennent me sortir de là.

De la lumière ! Un trou au-dessus de ma tête. Je ris de soulagement en voyant Saskia qui me regarde.

— Rien ici, dit-elle.

Et elle tasse à nouveau de la neige dans l'ouverture.

Qu'est-ce qu'elle fait ? Elle a bien dû me voir. Non ?

Il fait plus sombre qu'avant. Est-ce qu'elle a rajouté de la neige par-dessus ? La peur me tord le ventre. À quoi elle joue ?

— Hé ! je crie.

Mais je ne peux pas les entendre, donc j'imagine qu'eux ne m'entendent pas non plus.

Je lève le bras et pousse vers le haut. Je gratte la neige et des paillettes de glace me tombent sur la figure. Je cligne des yeux pour les faire disparaître ;

les cils pleins de gouttelettes glacées, je frappe à nouveau, mais la neige a été solidement tassée. C'est juste mon imagination ou j'ai du mal à respirer ?

Pourquoi est-ce que Camille ne fait rien ? J'avale de grandes goulées d'air. *Arrête ça. Respire lentement. Économise ton oxygène.*

Curtis et Dale ne laisseront pas les choses traîner en longueur, pas vrai ? Mais en fait, si. Plus ça dure, mieux c'est, comme ça ils nous battront au chrono. Brent ne peut rien pour moi ; il est descendu au kiosque chercher à manger. Et si Heather oublie où elle m'a enterrée, dans toute cette brume ? Même si elle s'en souvient, elle ne sera pas pressée de me sauver.

Quelle idée stupide. Je n'avais pas à me retrouver là-dessous. Pourquoi n'avons-nous pas tout simplement enterré une balise, comme tout le monde ? Je rassemble mes forces et j'essaie encore, en poussant vers le haut des deux mains. De la neige me tombe dessus et dans la bouche. Je la recrache en toussant, vraiment paniquée, maintenant.

Et je comprends soudain que tout se déroule comme Saskia l'avait prévu.

# 35

*Aujourd'hui*

Le cerf empaillé contemple le restaurant de ses yeux noirs et morts. Les poils de sa robe pâle sont collés, ses bois couverts de poussière. J'ai l'impression qu'il me regarde.

On n'entend que le tic-tac de la pendule sur le manteau de la cheminée et le crépitement du feu. Il m'a fallu dix minutes pour l'allumer. Tout est humide, ici.

Heather circule dans la pièce comme une mouche prise au piège.

— Mais où est-il passé, enfin ?

Je suis inquiète, moi aussi. Dale n'est pas un idiot, mais dans ce genre d'environnement, un accident peut arriver même aux meilleurs. Il pourrait être étendu quelque part, blessé, emporté par un glissement de neige ou gisant au fond d'une crevasse.

À moins que tout cela ne fasse partie d'un plan diabolique concocté par Heather et lui, auquel cas ce sont Curtis et Brent qui sont en danger. Sauf si Saskia est quelque part là-dehors. Auquel cas ils sont tous en danger.

Par la fenêtre, le ciel a viré au gris, les pics au bleu sombre. Le jour s'est presque entièrement enfui. Une chose est certaine : ce n'est pas aujourd'hui que nous redescendrons. La perspective d'une nuit de plus dans cet endroit ne me réjouit pas du tout.

Je tends les mains devant le feu, mais je ne peux pas m'empêcher de frissonner. J'ai coincé mon pack de glace fait maison sous l'orthèse de Curtis. Les anti-inflammatoires n'ont pas atténué la douleur. De l'alcool aiderait, mais je veux garder les idées claires jusqu'à ce que les garçons reviennent.

— Cette putain d'horloge va me rendre folle, dit Heather.

— Moi, c'est cette tête de cerf qui me rend dingue.

Combien de situations de ce genre ces yeux morts ont-ils déjà contemplées ? Avant la construction du Panorama, il n'y avait là qu'une simple cabane de bois, un refuge pour les alpinistes des générations passées. On peut la voir sur certaines des photos au mur. Le cerf y était-il déjà ? Il semble assez vieux pour que la réponse soit oui.

Heather fouille la pile de bois.

— Qu'est-ce que tu fais ? je demande.

— Si on retrouvait nos portables, on pourrait appeler à l'aide.

On a déjà regardé là au moins deux fois, mais je ne dis rien.

Avec un cri de frustration, Heather attrape soudain la pendule et la jette contre le mur. Elle s'écrase contre les panneaux de bois et du verre brisé se répand sur le sol. Je ne savais pas que Heather avait ce genre de tempérament.

C'est une occasion à saisir. Elle est dans un moment de faiblesse, plus susceptible de me dire la vérité.

— Tu sais que ce n'est pas moi qui t'ai invitée ici, hein ?

Elle hoche la tête.

— Alors, qui ?

Elle se mord la lèvre.

— Je ne sais pas.

— J'essaie de comprendre qui a organisé le Brise-Glace. J'ai besoin de savoir si toi et Brent… ?

Elle se met à protester, mais j'insiste :

— C'est juste que s'il s'est vraiment passé quelque chose entre vous, il faut qu'on réfléchisse à qui d'autre le savait.

Heather regarde par-dessus son épaule en direction du couloir, puis se retourne vers moi.

— Oui, j'ai couché avec lui. Ça va, tu es contente ?

— D'accord.

Je ne lui demanderai pas si c'était pendant que Brent et moi étions ensemble, même si je brûle de le savoir. Je n'ai aucun droit sur lui. Je lui avais dit que je ne voulais pas de relation sérieuse et, de tous les hommes avec qui je suis sortie, il demeure le moins possessif. Non qu'on puisse appeler ce que nous faisions « sortir ensemble ». Les seules fois où nous n'étions que tous les deux, c'était au lit.

Et aussi une fois dans un sauna très sombre et très brumeux.

Mais qu'est-ce qui a bien pu pousser Heather à tromper Dale ? Maintenant qu'elle a avoué, une digue a cédé.

— En fait, je pensais que Dale m'avait trompée avec Saskia.

— Sérieusement ?

— Je suis allée le retrouver à la salle de sport et ils revenaient du trampoline ensemble. Elle souriait avec un air tellement satisfait, tellement arrogant…

— Attends, tu me parles de la veille des Brits ? Je me souviens de ça. J'étais là quand elle lui a demandé de venir l'assurer.

Dale n'en avait pas très envie, mais Saskia l'avait soudoyé en disant qu'elle lui paierait à boire pour le reste de l'hiver. Elle ne souriait sûrement que parce qu'elle venait d'apprendre à faire un crippler.

— Enfin, bref, Dale est parti se changer, continue Heather. J'ai demandé à Saskia pourquoi elle souriait comme ça. Elle a dit… Enfin, elle ne l'a pas vraiment dit, mais… Elle a insinué qu'elle venait de coucher avec lui.

Est-ce que c'était vrai, ou est-ce que Saskia se payait sa tête ? Elle adorait faire ce genre de choses. J'aurais tendance à penser qu'elle lui avait menti, mais je ne veux pas expliquer à Heather comment j'en arrive à cette conclusion.

— Quand j'en ai parlé à Dale, il a dit que ce n'était pas vrai et il est parti en me faisant une scène. Mais…

Elle me regarde comme si elle voulait que je la rassure.

— S'ils ont vraiment couché ensemble, je n'en ai jamais rien su, dis-je.

Après un autre regard par-dessus son épaule, elle baisse la voix.

— C'est cette nuit-là que j'ai couché avec Brent.

— Je vois.

Donc Brent ne m'a pas trompée, parce que j'avais rompu avec lui la veille.

— Je suis allée chez Dale pour essayer de le raisonner, mais il n'était pas là. Brent, oui.

Elle lutte pour contrôler sa voix et continue d'un ton tendu.

— Il m'a prise dans ses bras et je lui ai tout raconté. Je me suis retrouvée à l'embrasser, je ne sais pas comment. Il m'a demandé si j'étais sûre de vouloir faire ça, puis il m'a emmenée à l'étage.

Une larme roule sur sa joue.

Ce bon vieux Brent. L'épaule parfaite contre laquelle pleurer. Et le parfait coup d'un soir pour une revanche. C'était risqué de leur part – j'imagine que Dale aurait pu revenir à n'importe quel moment – mais Brent a toujours aimé le risque, et je savais qu'il avait un faible pour Heather. Malgré tout, ça me surprend de sa part. Dale et lui étaient potes. Peut-être que notre rupture l'avait chamboulé et que Heather l'a surpris dans un moment de faiblesse.

— Qui d'autre le sait ? je demande.

— Saskia. C'est tout.

Je ressens un coup au cœur. Curtis semble convaincu que sa sœur est derrière tout ça, et ce que vient de dire Heather appuie cette idée.

— C'était vraiment un mauvais timing, poursuit Heather. Saskia était dans la rue quand je suis partie de chez Brent. Elle l'a vu me serrer dans ses bras sur le pas de la porte et n'a eu aucun mal à deviner le reste. Elle m'a carrément posé la question.

Ça ne m'étonne pas. Saskia n'était pas bête.

— Je lui ai dit que non, mais j'étais trop troublée pour être convaincante. Ce qu'elle a pu rire…

Je vois très bien Saskia faire ça aussi, oui. Pauvre Heather.

— J'ai failli lui coller une gifle, dit-elle en serrant les poings. Je me suis dit, *laisse tomber, va-t'en.* Je travaillais ce soir-là, donc je suis rentrée chez moi pour me changer.

— Alors qu'est-ce qui s'est passé au Glow Bar? dis-je. Pourquoi vous vous êtes remises à vous disputer ?

— J'ai renversé le verre de Saskia par accident, soupire Heather, et elle a cru que je l'avais fait exprès. Elle a dit qu'elle dirait à tout le monde que j'avais couché avec Brent. Je lui ai répondu que je leur dirais qu'elle avait couché avec Dale d'abord. Les choses ont dégénéré.

— Je vois.

Je comprends de mieux en mieux. Heather continue :

— Saskia a prétendu que bien sûr que non, elle n'avait pas couché avec Dale. « Pauvre Dale, elle disait, je vais aller lui dire tout de suite ce que tu as fait avec Brent. » Elle n'arrêtait pas de me narguer avec ça.

— C'est pour ça que tu l'as frappée ?

— Oui.

— Et alors, elle le lui a dit ou non ?

— Non. Pas que je sache.

— Et tu ne lui as rien avoué hier ?

— Il demanderait le divorce, dit Heather en baissant la tête.

— Vraiment ? Pour quelque chose qui remonte à dix ans ?

— Tu ne sais pas comment il est, souffle-t-elle.

Mais j'ai déjà remarqué à quel point Dale peut se montrer possessif. Elle doit avoir raison. Elle le connaît bien mieux que moi.

— Est-ce que Curtis est au courant ?

— Non, sauf si Brent lui a raconté.

Des questions me tournent dans la tête. Est-ce que tout cela aurait quelque chose à voir avec la disparition de Saskia ? Je me suis toujours demandé ce que Brent et Heather faisaient sur le glacier ce jour-là. Seraient-ils allés là-haut pour discuter en privé ? Ça fait loin pour une conversation, mais les œufs sont bel et bien l'endroit idéal pour être sûr que personne n'écoute aux portes. Sauf que Saskia… les a interrompus ? Ce serait ça ? Et elle s'est servie de ce qu'elle savait pour forcer Brent à l'aider à travailler son crippler ? Brent est si gentil. Il n'aurait sans doute pas hésité à manquer les échauffements des Brits pour protéger Heather. Mais que s'est-il passé ensuite ? Un tragique accident ?

Ou pire ?

Quoi qu'il en soit, je viens d'apprendre deux choses.

Heather est capable de mentir – non seulement à moi, mais aussi à son mari.

Brent et Heather savent garder un secret. Est-ce qu'ils n'en garderaient pas d'autres ?

# 36

*Dix ans plus tôt*

Je suis emprisonnée dans mon tombeau sombre et glacé. J'essaie toujours de gratter la glace, qui semble aussi dure que du granit. Je gratte si fort que je dois être en train de m'écorcher les doigts – ils sont trop engourdis pour que je le sente –, mais ça ne sert à rien.

Je respire de plus en plus vite ; les murs se referment sur moi. Je ne peux plus respirer du tout. Est-ce qu'au moins je creuse dans la bonne direction ? *Réfléchis !* J'essaie de me concentrer, mais il fait si sombre que je ne distingue plus le haut du bas.

Un goût âcre me remonte dans la gorge. Je vais vomir. Je tente de prendre une inspiration, mais rien ne vient.

— Au secours ! je hurle.

Je me débats de toutes mes forces. Il faut que je sorte d'ici. Je ne veux pas mourir comme ça.

De la neige tombe dans ma bouche ouverte. Je tousse pour qu'elle en sorte.

Un point de lumière ! Qui s'agrandit en un trou par lequel Curtis me regarde. Il crie pour appeler les autres et deux paires de bras viennent creuser pour me dégager. Il faudrait que je les aide, mais je tremble si fort que mes membres ne répondent plus.

Lorsque le trou est assez grand, Curtis se penche pour m'en sortir. Je me retrouve étendue sur la neige, hors d'haleine. Il défait sa veste et m'en couvre. Comme un linceul. Je la repousse ; je ne peux pas supporter la sensation de quelque chose sur moi. Je veux juste respirer.

— Quelque chose n'allait pas avec ma balise, dit la voix de Saskia.

— C'est avec toi que quelque chose ne va pas ! hurle Curtis.

J'entends la voix calme de Camille, sans comprendre ce qu'elle dit.

Des silhouettes circulent autour de moi – Saskia, Curtis, Dale. J'inspire de grandes, de magnifiques goulées d'air. Brent ne doit pas encore être revenu du kiosque.

— Et pourquoi tu ne l'as pas trouvée, toi ? demande Curtis.

— Saskia voulait le faire toute seule, répond Camille.

Il faudrait que je me redresse. J'ai horreur qu'ils me voient comme ça, si faible et vulnérable. Mais je ne pense pas pouvoir bouger.

Curtis s'agenouille près de moi.

— Tu veux de l'eau ?

Il tient une bouteille – sa bouteille – contre mes lèvres. J'avale une gorgée, puis je laisse retomber ma tête.

Camille se penche sur moi.

— Ça va, Milla ? La balise de Saskia ne fonctionnait pas.

Je n'y crois pas une seule seconde mais je vois bien que Camille en est persuadée, elle. C'est le genre de fille à voir le meilleur des gens.

Curtis sort une barre protéinée de sa poche et déchire l'emballage.

— Mange quelque chose.

Je secoue la tête. Je ne pourrais pas l'avaler. Des flocons de neige se déposent sur mon visage. M'ensevelissent encore. Je tremble et me force à me relever. Tout vire au noir, mais je me plante sur place et prends de profondes respirations jusqu'à ce que la sensation disparaisse.

Mon sac à dos est là, sur la neige. Je l'enfile.

— Je redescends, dis-je.

— Attends…, commence Curtis.

Mais je veux m'éloigner du glacier autant que possible. M'éloigner de Saskia et de tous ceux qui m'ont vue comme ça.

Tout est blanc dans la descente. Des flocons volent vers mon masque. Un par un, des piquets de piste noire sortent de la brume. Je les suis vers le bas. La piste est déserte. Personne n'est assez idiot pour sortir par un temps pareil. Personne, sauf nous.

Elle aurait pu me tuer. Mais qu'est-ce que je vais faire ? Qu'est-ce que je peux faire ?

J'ai les jambes qui tremblent deux fois plus que d'ordinaire lorsque j'atteins le plateau. Je comptais prendre le téléphérique pour redescendre, mais maintenant que j'y suis, j'ai l'impression que ça contresignerait ma défaite. Et puis qu'est-ce que je ferai une fois en bas ? Les cent pas dans mon petit appartement ? Je suis tellement tendue. Peut-être que je peux exorciser ça par le snow.

Je me dirige à l'aveugle vers les œufs. Il n'y a pas la queue et je vais droit vers une cabine vide.

Au moment où la porte se ferme, Curtis se jette à l'intérieur. Il dépose son snow contre la paroi près du mien, enlève son sac à dos et s'assoit en face de moi. J'appuie mes mains sur mes genoux. Si seulement elles pouvaient arrêter de trembler. Je ne veux pas qu'il me voie comme ça.

— Ça va ? demande-t-il.

— Ouais.

Je me tourne vers la fenêtre, bien contente que mon masque soit réfléchissant.

— Elle a été trop loin.

Je me retourne vers lui, stupéfaite de l'entendre enfin s'opposer à elle.

Il fixe ses boots, très raide, la mâchoire crispée. La pitié m'envahit, chassant brièvement ma colère. Dans combien de situations semblables sa sœur l'a-t-elle entraîné ? Est-ce qu'elle était déjà comme ça à l'école ? Je l'imagine sans mal – la reine de glace du lycée. Celle que tous les garçons voulaient, et dont toutes les filles voulaient être l'amie, tétanisées par ce qui pourrait leur arriver si elles n'y parvenaient pas.

Je ne peux rien faire pour me venger à part la surclasser aux Brits.

— Alors aide-moi à la battre.

— Pourquoi est-ce que tu y tiens tellement, Milla ? demande Curtis en relevant les yeux.

Quelque chose me pousse à m'ouvrir à lui – soit

la peur d'avoir frôlé la mort, soit le soulagement d'y avoir échappé.

— Tu sais ce que c'était, le plus beau jour de ma vie ?

— Les Brits de l'an dernier ?

— Sûrement pas. Je suis tombée sur mon avant-dernier saut, je n'ai pas de quoi être fière. Et je n'ai pas gagné. Non, le plus beau jour de ma vie, c'était la compétition sportive de fin d'année quand j'avais douze ans. J'ai gagné le quatre cents mètres, le huit cents mètres, et le dernier cent mètres au relais. Une victoire après l'autre. Alors que je n'étais même pas dans l'équipe d'athlétisme de l'école. Je voulais juste gagner plus que toutes les autres.

Curtis pousse un soupir, puis dit :

— Décris-moi ton run au half-pipe.

Je lutte pour mettre mes idées en ordre. Ce n'est vraiment pas le meilleur moment, mais c'est peut-être ma seule chance.

— D'accord, alors je me lance, puis backside air, ensuite frontside indy…

Figure après figure, je fais la liste de mes tricks. Ça n'a rien de secret : il me voit faire ça tous les jours.

— La première chose que tu dois arrêter de faire, c'est les boot grabs.

Je baisse la tête. Les boot grabs, c'est quand on attrape sa boot au lieu de son snowboard : pas cool.

— Tu en fais sur tes 540°, et parfois même sur tes 360°.

Morceau par morceau, Curtis démantèle mon style, en listant une demi-douzaine d'autres choses que je pourrais améliorer. Je suis dévastée en l'écoutant. Si seulement j'avais un stylo pour prendre des notes. Pas étonnant que Saskia soit restée en tête. Brent et Dale m'ont déjà donné des conseils, Camille aussi, mais rien d'aussi approfondi. Mon ego en prend pour son grade.

— Brent avait suggéré que je tente un crippler, dis-je lorsqu'il a fini.

— Un crippler ? répond Curtis en haussant les sourcils. Ça s'est déjà vu dans le snowboard féminin ?

— Pas en compétition.

Il y réfléchit un moment.

— Non. Ou en tout cas, pas encore. Ce que tu dois faire avant, c'est tomber.

— Quoi ?

— Tu as trop peur de tomber.

Un peu, que j'ai peur. En tombant, on se brise les os. En tombant, on ruine sa saison. On perd ses sponsors, dans le pire des cas. Je le sais d'expérience. Mais ça ne m'aide pas beaucoup de me l'entendre dire. Et je déteste qu'il l'ait remarqué.

— Je ne voudrais pas me casser quelque chose. Pas juste avant les Brits.

Il ne reste que deux semaines.

— D'accord, mais ça t'empêche de progresser. Trouve-toi une belle rampe qui atterrit dans de la poudreuse bien profonde et force-toi à tomber. Ça ne sera pas si terrible, tu verras. Et ensuite tu pourras songer à tenter un crippler.

Je lui jette un regard incertain. Tomber est très risqué, même dans de la poudreuse. De quel côté est-il vraiment ? Veut-il sincèrement m'aider, ou est-ce sa loyauté envers sa sœur qui refait surface ?

# 37

*Aujourd'hui*

Heather fait les cent pas devant la fenêtre du restaurant. Si je ne m'étais pas blessée au genou, je l'imiterais.

— Et s'ils ne reviennent pas ? demande-t-elle.

— Ils vont revenir.

Il fait nuit noire, maintenant. Où sont-ils, et pourquoi n'ont-ils pas retrouvé Dale ? Je jette un nouveau regard vers la table pour m'assurer que les bougies et le briquet sont toujours là au cas où il n'y aurait plus de courant. Je panique à peu près autant que Heather, même si je ne le montre pas. Curtis et Brent pourraient être tombés dans une crevasse pendant leurs recherches. Peut-être que je devrais aller les chercher ? Mais, et si le responsable de tout ça – Saskia, Dale, ou quelqu'un d'autre encore – leur avait fait du mal ? Peut-être qu'on me guette, là-dehors. Peut-être qu'on attend que je sorte…

Je me force à trouver un sujet de conversation.

— Alors, c'est comment d'être mariée ?

— C'est… pas mal, répond Heather en s'approchant.

— Je vois.

Elle fait machine arrière et se met à me parler de leurs amis communs, de leur famille, de leur indépendance toute neuve, mais je me rends bien compte que sa réponse originelle était plus proche de la réalité. Pas mal. Sans plus.

Elle exhale profondément, et son souffle tremble.

— Écoute, j'ai besoin de mes cachets. Ils sont dans ma chambre. Tu veux bien venir avec moi ?

— Bien sûr, dis-je.

Mais je suis immédiatement sur mes gardes. *Surveille tes arrières.* Est-ce qu'elle manigancerait quelque chose ?

Je porte toujours ma veste et mon pantalon de snowboard. Je fourre le briquet et un photophore dans ma poche, puis je me redresse. Chaque fois que nous passons devant un interrupteur dans le couloir, nous appuyons dessus.

— Ça fait très mal ? demande-t-elle tandis que je boite à ses côtés.

— Oh que oui.

À quoi bon mentir ? Je dois serrer les dents pour ne pas gémir à chaque pas.

La double porte se referme derrière nous.

Et la lumière s'éteint.

Heather pousse un cri aigu. Prête à parer une attaque de sa part – ou de n'importe qui d'autre –, je fouille dans ma poche pour en tirer le briquet et la bougie. J'essaie de me remémorer les plans du bâtiment. Si quelqu'un entre par la porte principale, je boiterai dans la direction opposée aussi vite que possible et j'irai m'enfermer dans ma chambre. Si quelqu'un arrive par l'autre côté, il faudra que je prenne à gauche, et encore à gauche, et ensuite… et ensuite quoi ?

J'entends quelqu'un tapoter le mur. J'espère que c'est Heather.

— Je ne trouve pas d'interrupteur, dit-elle.

— Pas la peine. Il n'y a plus de courant.

J'allume le briquet, ce qui me permet de distinguer son visage, très pâle. Mes mains tremblent tant que j'ai du mal à allumer la bougie.

*Arrête de paniquer, Milla, ça ne fait pas avancer les choses.*

J'arrive enfin à l'allumer. Je regarde de chaque côté du couloir. Il n'y a que nous deux.

— Allons vite chercher tes cachets et retournons au restaurant, dis-je. Il fera moins sombre là-bas, avec le feu de cheminée.

Nous atteignons sa chambre.

— Ils sont dans la salle de bains, dit-elle.

La bougie à la main, je passe la porte en boitant. Heather fouille son sac et en sort la plaquette. Elle lève alors les yeux et se met à hurler.

Je recule d'un coup. Elle pointe le miroir d'un doigt tremblant. Quelqu'un a écrit un mot avec son rouge à lèvres. *COUPABLE.*

Heather me jette un regard tétanisé.

Qu'est-ce que ça veut dire ? Qui est coupable, elle ou Dale ? Et coupable de quoi ? Heather respire trop fort, trop vite. Moi aussi. Seule la bougie éclaire la scène. J'ouvre le rideau de douche et élève le photophore pour éclairer les coins de la pièce. Il n'y a personne.

L'armoire.

Je regarde alentour pour trouver quelque chose qui puisse servir d'arme, mais il n'y a rien.

— Tiens-moi ça, dis-je en donnant la bougie à Heather.

Je ne lui fais pas confiance, mais là tout de suite, je n'ai pas d'autre choix. J'ai besoin d'avoir les deux mains libres. S'il y a quelqu'un dans l'armoire, je cognerai d'abord et on discutera ensuite.

Heather reste très près de moi tandis que je m'approche de l'armoire. J'ouvre la porte d'un coup. C'est vide. Je récupère la bougie.

Les mains tremblantes, Heather fait sortir deux cachets de la plaquette et les avale. Elle croise mon regard.

— Je fais des crises d'angoisse.

— Sortons d'ici.

Nous remontons le couloir, éclairées par la bougie. *Coupable.* Ça pourrait faire référence au vol de la carte bleue de Saskia. Ou à un chantage. Le temps de revenir au restaurant, je me sens vraiment secouée.

— Il faut que je mange quelque chose, dis-je en boitant vers la cuisine.

Heather me suit. Mon genou me lance, et il faudrait que je le surélève, mais Heather n'est pas en état de faire quoi que ce soit. J'allume d'autres bougies et ouvre les placards, à la recherche de quelque chose qui n'ait pas besoin d'être cuisiné. Il y a une boîte de tomates et quelques-unes de thon. Bizarre. J'aurais juré qu'il y avait plus de choix, la veille.

Je râpe du fromage en gardant un œil sur Heather et sur l'encadrement de la porte. Mon genou me rend vulnérable. Je suis pratiquement sûre que je pourrais la maîtriser s'il le fallait, mais contre elle *et* Dale…

Heather court soudain vers le couloir. Je la suis.

— J'ai entendu quelque chose, murmure-t-elle. À l'instant. Pas toi ?

Le couloir est sombre et silencieux.

— Non. Peut-être que c'était juste la tuyauterie.

— Il y a quelqu'un d'autre dans le bâtiment.

Je jette un regard derrière moi, vers les ombres qui emplissent le restaurant.

— Quel genre de bruit ?

— Un grincement. Comme une porte qui se ferme.

— Peut-être le vent, dis-je en essayant de me montrer rassurante.

Nous retournons dans la cuisine. Si loin du feu, je claque des dents, mais je garde mon pack de glace. Il faut que je fasse désenfler mon genou au cas où je devrais descendre à pied.

Un grand bruit, distant. Heather pousse un cri et m'attrape le bras. Des voix dans le couloir – Curtis et Brent.

Heather court à leur rencontre.

— Vous l'avez trouvé ?

La réponse est évidente. Dale n'est pas avec eux. Curtis peut à peine croiser son regard.

— Désolé, dit-il en éteignant sa lampe torche.

Nous nous rassemblons dans la cuisine éclairée à la bougie. Heather les regarde tous les deux, sans comprendre.

— Il faut continuer les recherches !

— Ce serait trop dangereux, dit Curtis. Je suis

désolé, Heather, vraiment. Mais on fatigue. On commence à commettre des erreurs.

Brent et lui ont l'air épuisés. Je sais qu'ils n'abandonneraient pas à la première difficulté. Brent enlève son bonnet et passe ses doigts dans ses cheveux humides.

— C'est quand on a le plus besoin d'un téléphone qu'on n'en a pas, marmonne Curtis.

Heather lui prend la torche des mains.

— Alors j'irai moi-même ! dit-elle d'un ton qui frôle l'hystérie.

— J'irai avec elle, j'ajoute en remontant la fermeture Éclair de ma veste.

On ne peut pas la laisser aller seule sur le glacier dans le noir. Avec mon genou, je n'irai pas bien loin. Si je n'avais pas tenu à faire ce backflip, Dale ne se serait peut-être pas retrouvé dehors tout seul.

— Vous allez finir dans une crevasse, proteste Curtis en s'interposant dans l'encadrement de la porte.

— On ne peut pas l'abandonner dehors ! réplique Heather en tentant de forcer le passage.

— Mon pied a traversé un pont de glace tout à l'heure, Heather, dit Brent à voix basse. Si Curtis ne m'avait pas rattrapé… La neige a cédé sous ses pas aussi. On a eu très peur.

— Il pourrait s'être réfugié quelque part dans la neige, ajoute Curtis. On ressortira dès l'aube.

Je jette un regard vers Brent, qui secoue très légèrement la tête. Moi non plus, je ne parierais pas sur la survie de Dale. À cette période de l'année, il doit faire moins quinze la nuit.

Je me retourne vers Curtis. Est-ce qu'il se dit toujours que Dale et Heather pourraient être derrière tout ça ? Que la disparition de Dale pourrait faire partie du plan ? Je lui poserai la question quand les choses seront plus calmes. Mais il faut dire que le désespoir de Heather est vraiment convaincant. Elle lutte contre Curtis pour passer de force.

Brent tend la main vers elle, et elle s'effondre contre lui. Il me jette un regard gêné. C'est tellement étrange de la voir dans ses bras.

— Comment va le genou ? me demande Curtis.

Je hausse les épaules. À quoi bon se plaindre ?

— Tu aurais de la bande Velpeau ?

— J'en ai, oui. Mais à ta place, je me contenterais de l'orthèse et je garderais de la glace dessus pendant vingt-quatre heures.

— Je voulais dire pour la descente, demain.

L'inquiétude se lit sur son visage.

— Faire tout ce chemin avec un genou dans cet état…

Il s'adosse au mur. Je regarde sa poitrine se soulever, retomber. Il a l'air d'être à bout de forces.

Brent essaie toujours de consoler Heather.

— Ça fait combien de temps qu'il n'y a plus de courant ? demande Curtis.

— Environ vingt minutes. Où est-ce que ça se coupe, à ton avis ?

— Je suis allé voir pendant qu'on était dehors. Le boîtier électrique est à l'extérieur du bâtiment. Fermé par un gros verrou.

Alors soit il y avait quelqu'un d'autre avec eux là-dehors, soit c'est l'un d'eux qui l'a coupé.

Les poings de Heather tambourinent contre la poitrine de Brent.

— C'est ta faute. C'est toi qui nous as forcés à venir ici.

— Non, dit Brent en baissant la voix. Je t'ai déjà dit que non, la nuit dernière.

— Je ne te crois pas !

— Une minute, j'interviens. Brent t'a forcée à venir ? Comment ça ?

Heather jette un regard noir à Brent puis se retourne vers moi, pleine de défi.

— Il m'a fait chanter.

## 38

*Dix ans plus tôt*

La glace m'écrase la poitrine. Je ne peux pas respirer. Je me débats, au désespoir.

— Milla, Milla…

La voix basse de Brent me réveille. J'ouvre les yeux. Ce n'est pas de la glace, rien que la couette. La couette de Brent, qu'il n'a pas lavée une seule fois de toute la saison, tiède et familière. J'inhale son odeur musquée en tentant de reprendre le contrôle de ma respiration.

— Ça va ?

— Juste un cauchemar.

— Viens là.

J'enfouis mon visage dans sa poitrine. Les sensations étaient si réelles. Je ne sais pas si je suis prête à retourner sur les pistes demain. Qu'est-ce que Saskia va me faire, la prochaine fois ? Car je dois me rendre à l'évidence : si je refuse de m'avouer vaincue, il y aura une prochaine fois.

Je sens que j'ai un choix à faire. J'ai deux options : prendre mes distances avec le groupe, ne pas faire de vagues et m'entraîner de mon côté, en évitant d'aller chez Brent quand Saskia est là. Ou alors rendre les coups.

*Je ne peux pas la laisser gagner.*

Mais suis-je assez forte pour me battre ?

— Ça va mieux ? dit Brent dans mes cheveux.

— Oui.

Il se lève et va ouvrir les rideaux. Son visage s'éclaire.

— Trente centimètres sont tombés pendant la nuit. Tu veux monter au glacier pour en profiter ? Le half-pipe doit être à moitié enseveli.

Je ne peux pas m'empêcher de trembler en entendant le mot « enseveli ».

La grand-rue pavée du Rocher a été dégagée. Des tas de neige s'élèvent de chaque côté. Un épais tapis blanc recouvre le reste du paysage, y compris le dessus des panneaux routiers, les toits et les balcons. Les voitures garées sont à peine visibles.

Brent, Curtis et moi descendons la rue. La petite église de pierre est prise d'assaut par les congères. Sa croix et ses rambardes de fer forgé sont couvertes de givre. Les loueurs de skis déblaient le devant de leur boutique à la souffleuse.

Nous sommes le 1er avril, mais il semble faire encore plus froid qu'en février. Je remonte la fermeture Éclair de ma veste jusqu'au menton. Je suis allée demander des somnifères plus puissants au médecin. Puissants, ils le sont, et je me sens encore vaseuse.

— Il faut que j'aille chez Sport 2000, dit Brent. J'ai cassé mon spoiler, hier.

Curtis et moi nous asseyons côte à côte sur une congère devant la boutique pour l'attendre. Une odeur de chocolat flotte jusqu'à nous, issue d'une pâtisserie voisine. J'en ai l'eau à la bouche.

— Tu as eu des nouvelles de Jacinta ? je demande.

— Oui, je l'ai appelée hier, dit Curtis. On lui enlève le plâtre dans deux semaines et elle devrait finir sa rééducation à temps pour l'hiver australien.

— Super. Dis-lui bonjour de ma part.

— Ça marche.

Un homme court après une femme dans la rue, une boule de neige à la main, et je ne peux m'empêcher de rire. Ils doivent avoir la cinquantaine. Quelque chose dans la neige fraîche fait ressortir la part d'enfance chez les gens.

Au loin, une explosion résonne dans la vallée, et mon rire se tarit. Ce sont les pisteurs qui provoquent des avalanches sur les pentes pour éviter qu'elles ne se déclenchent au passage des skieurs et ne les emportent. Ils ont du travail, aujourd'hui. Tant qu'ils ne sont pas certains que la station est sûre, ils ne laisseront monter personne. Je laisse mon regard errer sur les pentes neigeuses. Après ce qui s'est passé hier, j'ai l'impression d'avoir perdu tout mon courage. Je ne veux plus jamais me retrouver ensevelie.

Une autre détonation, plus forte encore, me fait tressaillir. Je cherche des yeux le nuage de poussière caractéristique d'une avalanche.

— Bon, alors, raconte-moi, pourquoi le half-pipe ? demande Curtis. Tu aurais pu faire n'importe quel sport. Pourquoi pas la course à pied ? Ou autre chose ?

Aurait-il deviné mon état d'esprit ? Peut-être bien que oui.

— Je crois que c'est à cause de Spiderman, dis-je.

— Hein ?

— Quand j'étais petite, Spiderman qui pouvait coller aux murs, ça nous fascinait, mon frère et moi. On essayait tout le temps de faire pareil. On mettait un matelas par terre, près du mur, et on s'élançait en courant aussi vite que possible. Puis j'ai essayé le half-pipe, où les parois sont aussi hautes qu'un bâtiment de deux étages, et… enfin, tu vois, quoi. On colle bel et bien aux murs, d'une certaine façon.

Curtis rit. Il doit me trouver complètement bizarre.

— Et toi ? je demande. Pourquoi le half-pipe ?

Il devient pensif.

— Quand on va au snowpark, on se fait… quoi, quatre ou cinq sauts maximum ? Avec le big air, on ne fait qu'un seul saut. En half-pipe, on en fait environ dix en moins d'une minute. Il n'y a pas mieux pour l'adrénaline. Ma tête est pleine, je suis toujours en train de penser à un million de trucs, mais quand je suis dans le half-pipe, tout se vide. Je suis dans le flow. Comme si je me servais de la Force ou un truc du genre.

Il s'interrompt, puis sourit.

— Je ne pourrais avoir cette conversation avec personne d'autre que toi.

— Pareil.

Ses yeux rencontrent les miens, un peu plus longtemps qu'ils ne le devraient. L'espace d'un instant, je me sens rayonner.

Brent ressort, et Curtis se relève d'un bond. Il ne me parle pas de la même façon quand Brent est dans les parages. Sûrement une question de respect masculin.

— Au revoir, Luke, je murmure. Que la Force…

— La ferme, marmonne Curtis.

C'est drôle quand j'y pense, mais si Curtis et moi avions couché ensemble, cette nuit-là, sur le glacier, nous aurions probablement rompu avec pertes et fracas depuis le temps, et nous ne nous adresserions sans doute plus la parole. En déclinant son offre, j'ai fini par mieux le connaître que si j'avais accepté. Les choses ont bien tourné, finalement.

Ça ne m'empêche pas de le désirer autant qu'avant, cela dit.

Nous montons dans le téléphérique. Et merde, Saskia est déjà là, avec Camille. Curtis salue celle-ci d'un signe de tête et va s'asseoir dans l'angle sans dire un mot à sa sœur.

Brent, lui, va se planter devant elle.

— Qu'est-ce qui ne va pas chez toi, connasse ?

*Non, Brent. Ne fais pas ça.* Un silence s'abat sur la cabine. Je ne peux rien faire d'autre que regarder.

Brent lève la main comme s'il allait l'attraper au col.

— Tu laisses Milla tranquille. C'est compris ?

Saskia lève un sourcil. On dirait qu'elle réprime une envie de rire. Brent n'est pas vraiment du genre menaçant.

Curtis commence à se rapprocher sur le banc.

— Je t'aimais bien, au début, et maintenant je me demande comment j'ai fait. Tu n'es qu'une gamine pourrie gâtée qui a besoin de rabaisser les autres pour se sentir bien. Et tout le monde ici le sait.

Sur ce, Brent baisse la main et vient s'asseoir près de moi.

Je relâche ma respiration. Quel malaise. Brent a horreur du conflit ; je suis stupéfaite qu'il soit allé si loin pour moi.

— Merci, je lui murmure. Mais je peux me défendre toute seule.

De l'autre côté de la cabine, le sourire de Saskia s'est un peu effacé. Est-ce que Brent aurait réussi à la blesser ? Je crois bien que oui. Derrière sa façade, elle aussi est humaine.

Camille lui tapote la hanche… et ne retire pas sa main. *Une petite minute.* Est-ce qu'elles seraient… *ensemble ?*

Saskia me jette soudain un regard, comme si elle entendait mes pensées. Ses yeux retrouvent leur malice et ses lèvres leur sourire. Elle sait ce que j'ai vu.

J'en ai le tournis.

*Tes amis ne sont pas à toi.* C'est ce que ma mère me répétait tout le temps quand j'étais petite. Mais elle avait tort. Il y a toujours un jeu de loyautés dans un groupe. Je pensais que Camille était mon amie, tout autant que celle de Saskia. Alors qu'en fait, elle était à Saskia depuis le début. À elle seule.

Maintenant que je le sais, je me demande comment je ne l'ai pas remarqué plus tôt. Tous les signes étaient là. Les petits sourires qu'elles se réservaient ; leur façon de toujours s'asseoir ensemble. J'ai toujours su que Saskia passait beaucoup de temps chez

Camille, mais je pensais que c'était pour éviter le reste du groupe.

Pourquoi le cacher ? Parce qu'elles ne veulent pas que le public le sache ? Que leurs familles le sachent ?

Toutes nos conversations sur les grabs et les flips… J'étais si flattée que Camille s'intéresse à moi, mais elle allait sans doute ensuite droit à sa copine pour tout lui raconter. Je me sens trahie.

Camille me fait un sourire d'excuse, mais je ne souris pas en retour.

Le téléphérique arrive au plateau.

Lorsque j'en sors, Saskia m'attend sur la plateforme. Elle se penche vers moi et me murmure à l'oreille :

— Ne t'en fais pas. Je me vengerai vite.

Brent, Curtis et moi partageons un œuf pour monter au glacier, en laissant Saskia et Camille derrière, et je me force à tourner mes pensées vers le snowboard. Délibérément ou non, Curtis m'a remis en mémoire ce qui m'a conduite au half-pipe. Cette sensation de coller au mur, de défier la gravité. Je ne m'en lassais jamais. Je ne m'en lasse toujours pas. Je ne peux pas laisser Saskia m'intimider.

Il faut que je continue le combat. Et pour avoir une chance de monter sur le podium, je vais devoir me battre de toutes mes forces.

Les conseils de Curtis – « entraîne-toi à tomber » – me reviennent en tête pendant que nous construisons un tremplin. Les conditions sont idéales pour un essai. Faire exprès de tomber va à l'encontre de tout ce que j'ai appris, mais Curtis a raison. Ma peur me ralentit bel et bien.

Je me lance dans la pente, puis dans les airs, façon Superman, et j'atterris à plat dans la neige. L'impact me coupe le souffle, mais ce n'est pas aussi terrible que ce à quoi je m'attendais. La poudreuse est si douce, si épaisse, que j'ai l'impression de m'enfoncer dans un coussin gelé.

Brent se matérialise aussitôt à mes côtés.

— Ça va ?

— Oui, oui, dis-je en riant un peu et en remontant mon masque couvert de neige.

Depuis le haut de la pente, Curtis me fait un signe d'approbation. Il s'est remis à neiger, de gros flocons humides qui se déposent sur mes joues comme des baisers. Je me redresse et j'entame la remontée.

Et je me laisse tomber. Encore et encore.

Le pauvre Brent n'y comprend rien.

— Je voulais dire un seul essai, me murmure Curtis la quatrième fois.

— J'ai toujours peur, dis-je. Je vais continuer à tomber jusqu'à ce que je n'aie plus peur du tout.

# 39

*Aujourd'hui*

— Tu avais affirmé que l'invitation venait de moi, dis-je en fixant Heather.

Elle pleure si fort qu'elle a du mal à parler.

— La première, oui…

— La première ? je répète sans comprendre.

Son mascara lui coule sur les joues en longues traînées noires. J'avise une pile de serviettes sur le comptoir de la cuisine et je lui en tends une. Elle se mouche et prend une inspiration tremblante.

— On a reçu une invitation de ta part, mais on ne voulait pas revenir ici, alors j'ai répondu que ce ne serait pas possible pour nous. Quelques jours plus tard, j'ai reçu un autre e-mail, dit-elle en se calmant un peu. De la part de Brent.

Brent secoue la tête en fronçant les sourcils.

— Non…

— Qu'est-ce qu'il disait, cet e-mail ? je demande.

— « Si vous ne venez pas, je dirai tout », récite Heather. Rien d'autre.

Brent lui jette un regard paniqué.

— Ne t'en fais pas, dis-je. Je sais que tu as couché avec elle.

Il se retourne brusquement vers moi. Sa bouche s'ouvre. Puis se referme. Puis s'ouvre à nouveau.

— D'accord, j'avoue, j'ai couché avec elle. Mais c'était il y a dix ans. On s'en fout, maintenant, non ?

Il jette un regard vers Curtis et Heather.

— En revanche, je n'ai rien à voir avec cet e-mail, je le jure.

Une fois de plus, j'en ai le vertige. Alors tout le monde a reçu une invitation de ma part, sauf moi qui en ai reçu une de Curtis. Nous avons tous accepté, sauf Heather, qui a alors reçu une autre invitation – ou plutôt une menace – de la part de Brent. Est-ce que cela signifie que Brent était derrière tout ça depuis le début ? Est-ce lui qui nous a invités, Curtis et moi, en nous faisant croire que nous nous étions invités l'un l'autre ? Mais pourquoi ?

Il me semble que je devrais croire Brent plutôt que Heather, mais je ne peux pas oublier l'expression dans ses yeux la nuit dernière.

— Comment tu expliques cet e-mail, alors ? je lui demande.

Il se passe la main dans les cheveux et jette un autre regard à Heather.

— Eh bien, j'imagine que… quelqu'un savait qu'on avait couché ensemble et s'en est servi pour l'obliger à venir.

Je voudrais le croire, mais je n'y arrive pas encore.

— Qui savait pour vous deux ?

— Personne. En tout cas, pas que je sache.

*Suskia savait*, je songe sans le dire. La douleur

me donne le tournis. Je m'adosse au mur. Encore quelques heures avant de pouvoir reprendre un anti-inflammatoire.

Heather se remet à pleurer. Brent veut la reprendre dans ses bras, mais elle gifle sa main.

— C'est ta faute !

— Ça va aller…, dit-il en essayant de la calmer.

Curtis s'appuie contre le mur près de moi, la tête penchée en arrière, les yeux fermés. J'ignore s'il essaie de réfléchir ou s'il est tout simplement épuisé.

Mon estomac gronde. Il faut que je mange quelque chose ou je vais m'évanouir. En rassemblant ce qui me reste de forces, je me redresse et sers une louche de mélange thon-tomates par assiette. Gordon Ramsay ferait une crise cardiaque – on dirait de la pâtée pour chien – mais je ne pense pas que les autres s'en formaliseront.

Notre humeur est très différente de la nuit dernière. Assis près du feu, penchés sur nos assiettes, nous mangeons en silence. Le vent s'est levé et fait trembler les volets. Je pense à Dale, dehors, seul. La température tombe en chute libre une fois le soleil couché.

La souffrance de Heather s'est réduite à des sanglots étouffés. Ses épaules tressautent. Elle n'a pas touché à son plat.

Curtis tire une autre chaise.

— Garde ton genou surélevé.

J'essaie de lever la jambe, et une vague de douleur me remonte dans la cuisse. Avec une inspiration soudaine, je laisse retomber mon pied sur le tapis.

— Laisse-moi faire, dit Curtis en s'accroupissant.

Il me soulève doucement le pied, en surveillant mon expression.

— Merci.

Son contact me trouble toujours autant. Je voudrais lui parler, mais j'attends d'être hors de portée de Brent et Heather.

Ce soir, Brent est au brandy. Il s'en verse un grand verre, à nouveau.

— Tu es sûr que…, commence Curtis.

— Fous-moi la paix, le coupe Brent.

Il avale le brandy et remplit encore son verre.

— Il faut que tu manges quelque chose, Heather, dis-je, mais je crois qu'elle ne m'entend pas.

— Au fait, qu'est-ce qui est arrivé à la pendule ? s'enquiert Curtis.

— Tu ne veux pas le savoir.

Il s'agenouille pour balayer le verre brisé vers le mur, en se servant de la manche de sa veste de snow. À gauche de la cheminée, deux clous rouillés espacés de un centimètre dépassent du mur. Je ne me souviens pas les avoir remarqués la veille. Y avait-il quelque chose accroché là ? Je fouille ma mémoire. Une photo, peut-être ? Est-ce que quelqu'un l'a prise ?

— C'est à cause de ce que tu as fait qu'on est là, siffle furieusement Heather à Brent.

Du coin de l'œil, je le vois lever la tête pour vérifier si Curtis ou moi l'avons entendue. Curtis n'a rien relevé, car il s'occupe toujours du verre brisé, et je fais comme si moi non plus.

— Chut, murmure Brent. Attention avec ça.

À quoi fait-elle allusion ? Et pourquoi ne veut-il pas qu'elle en parle ?

# 40

*Dix ans plus tôt*

Je tournoie dans les airs et retombe sans pouvoir distinguer le haut du bas. Dans ma chute, je me demande si je ne suis pas carrément sortie du trampoline. Je me prépare au pire…

Dale me rattrape si brusquement que mon tee-shirt se déchire. Je rebondis sur le trampoline, qui nous projette l'un contre l'autre. Ses bras tatoués m'aident à retrouver mon équilibre tant bien que mal. Nous transpirons sous l'effort, et lui aussi est en tee-shirt.

— C'était OK jusqu'au moment du grab, dit-il.

Je tente de faire un crippler. Mes chances ne sont pas folles, mais ça reste ma meilleure option pour accéder au podium. D'habitude, c'est Brent qui m'assure, mais il avait une interview avec *Snowboard UK* pour discuter des Brits : nous ne sommes plus qu'à deux jours de la compétition. J'ai failli demander à Curtis, mais assurer quelqu'un sur un trampoline peut vite devenir assez intime, et je ne me fais pas confiance pour me retenir quand il le faudrait.

C'était la bonne décision. J'ai perdu le compte du nombre de fois où Dale a dû m'agripper. Le trampoline est un peu étroit pour ce genre d'exercice et chaque fois que je retombe, je manque de passer par-dessus bord.

— Qu'est-ce qui ne va pas ? je demande.

— Quand tu fais ton grab, tu sors de ton axe de rotation, explique-t-il en s'épongeant le front. Tu veux que je te remontre ?

— Ça ira.

Il me l'a déjà montré des dizaines de fois : un saut plein de fluidité et de style, avec une rotation en diagonale. À le voir, ça semble si facile. Je ne suis même pas sur mon snow pour le moment. C'est une planche imaginaire que j'attrape. Je réessaierai avec plus tard, quand j'aurai compris le truc. À supposer que je finisse par comprendre.

— Essaie encore sans le grab, peut-être ? suggère Dale.

— D'accord.

— Juste une seconde, dit-il en enlevant son tee-shirt.

J'essaie de ne pas le fixer trop longtemps. Un grand tatouage tribal couvre l'une de ses épaules et descend sur sa poitrine musclée. Si c'était à Curtis que j'avais affaire, torse nu devant moi, si près que je peux sentir la chaleur qui se dégage de son corps… Bref. Heureusement que ce n'est pas lui.

J'attends que Dale se recule, puis je saute trois fois pour prendre de la hauteur. Il saute en même temps que moi pour éviter un rebond. Au quatrième saut, je me propulse vers le haut aussi fort que possible. Dès le début de la figure, alors que j'ai encore la tête en bas, je sais déjà que c'est raté. En tournant sur moi-même, je donne un coup au visage de Dale, qui laisse échapper un grognement.

Il me rattrape lorsque j'atterris, et je lutte pour garder mon équilibre.

— Désolée, dis-je, essoufflée.

Il me tient toujours par la taille, nos corps pressés l'un contre l'autre ; son torse est ferme et humide de sueur. Il est plus large d'épaules que Brent. Un peu comme Curtis.

— Je t'ai fait mal ?

Sa joue est rouge. Sans réfléchir, j'y pose la main, en sentant sous ma paume sa barbe de trois jours. Ses yeux vert-de-gris, aux pupilles légèrement dilatées, croisent les miens. Une étincelle s'allume en moi et je me retrouve soudain à l'embrasser, avant même d'avoir compris mes propres intentions.

Il me rend mon baiser l'espace d'une seconde ; je sens son piercing contre mes lèvres. Puis nous nous séparons d'un coup. Difficile de dire qui s'est reculé le premier, mais Dale semble aussi choqué que moi.

— Désolée, dis-je. Je n'aurais pas dû faire ça.

— Non, tu n'aurais pas dû, réplique-t-il.

Je me sens hyper mal, maintenant.

N'empêche, sa fidélité m'impressionne. J'imagine que la plupart des femmes se sentiraient agressées si on les embrassait par surprise, mais je crois bien que la plupart des hommes ne pourraient pas y résister, célibataires ou non. Peut-être que je suis juste cynique. Je n'ai jamais connu qu'une seule relation sérieuse. Enfin, je la pensais sérieuse, jusqu'au jour où je suis rentrée des Brits plus tôt que prévu à cause de mes ligaments déchirés et que j'ai trouvé une de mes prétendues amies chez mon prétendu copain.

Dale frotte son piercing à la lèvre comme s'il essayait d'effacer le baiser. Je suis pratiquement sûre qu'il ne dira rien à Heather. Elle me tuerait, bien sûr, mais elle voudrait le tuer lui encore plus, et il en a conscience.

— Je ne peux pas faire ça, dit-il.

— Je comprends.

Il descend du trampoline.

Merde. Maintenant, je n'ai plus personne pour m'assurer.

Je tournoie dans les airs et retombe sans pouvoir distinguer le haut du bas. Mais cette fois, je ne suis pas sur un trampoline. Je m'abats dans la poudreuse en atterrissant sur le flanc.

La douleur m'incendie la poitrine. J'ai l'impression d'avoir vomi mes poumons et mon estomac. J'essaie de reprendre ma respiration, mais rien ne vient.

La panique me saisit, même si ce n'est pas la première fois que cela m'arrive aujourd'hui. Ma bouche et mon nez tentent désespérément de happer de l'oxygène. *J'ai si mal…*

Enfin, je retrouve mon souffle. Je passe mentalement en revue toutes les parties de mon corps. Tout va bien. Tout fonctionne. J'ai pris un bon coup sur la tête, mais au moins j'ai atterri dans la poudreuse.

— Cette fois, ça suffit, dit Brent, penché sur moi. On s'arrête là.

Lui et moi sommes sur le glacier, à l'écart des

autres snowboardeurs. Nous avons construit un genre de quarter-pipe pour que je puisse pratiquer mes cripplers dans de la poudreuse très profonde. Si j'avais tenté un truc pareil dans le half-pipe, je ne me serais pas relevée.

J'ai de la neige dans le pantalon, dans ma brassière de sport et à peu près partout ailleurs. Je me secoue pour m'en débarrasser.

— T'inquiète. J'y arriverai la prochaine fois.

— Désolé, mais je ne veux pas voir ça, dit Brent.

— Ah ben, franchement, merci. Je suis vraiment si nulle que ça ?

Mon masque s'est envolé à l'atterrissage. Où peut-il bien être ? Ah, tout là-bas. Je me redresse, un peu étourdie, et je me fraye un chemin dans la neige pour aller le chercher. Brent me poursuit.

— Je suis sérieux, Milla. Tu vas te casser quelque chose. Il faut que tu arrêtes.

— C'est toi qui as eu l'idée du crippler !

— Oui, et je le regrette.

J'essuie mon masque.

— Encore un essai. Ou deux.

— Tu ne portes même pas de casque.

— C'est toi qui me dis ça ? Tu t'es assommé deux fois ce mois-ci et tu continues à ne porter qu'une casquette.

Il l'enlève pour se passer une main dans les cheveux.

— Je ne peux pas te laisser te faire du mal comme ça.

— C'est un risque à prendre. C'est ma décision. Il me reste encore deux heures jusqu'à la fermeture des pistes.

— Il faut que tu t'entraînes encore sur le trampoline.

— Je n'ai plus le temps.

— Pourquoi tu vas si loin ? Tu es déjà super douée !

— Je veux être la meilleure.

Brent secoue la tête.

— Il n'y a pas que le fait de gagner, dans la vie.

— Et qu'est-ce qu'il y a d'autre ?

— Les amis, la famille, la vie, quoi !

Je suis en train de me mettre en colère.

— La famille, ce n'est pas ce que j'ai de mieux, figure-toi. Je ne suis pas assez douce et féminine pour ma mère, mais je le suis encore trop pour mon père et mon frère. Et mes amis d'enfance ne comprennent même pas pourquoi j'aime le snowboard. Alors tu vois, tu as raison : gagner est bel et bien la chose la plus importante pour moi. Mais je ne suis pas assez douée.

— Mon père me dit tout le temps : fais de ton mieux, c'est tout ce qui compte.

— Tu sais ce que me dit *mon* père ? « Tu pourrais faire un effort, Milla. »

— On s'en fout, de ton père. C'est pour toi que tu devrais faire tout ça, toi et personne d'autre. Si tu tombes et que tu te casses quelque chose, c'est toi qui souffriras.

Il me prend l'épaule mais je me dégage.

— Tu es au sommet de ta forme, insiste-t-il. Profites-en ! Dans dix ans, tu t'en souviendras et tu regretteras de ne plus pouvoir faire tout ça.

— Tu ne comprends pas ? C'est ma dernière chance. Si j'arrive à sortir un crippler, là, tout de suite, je peux essayer dans le half-pipe demain et le faire aux Brits après-demain. Si je n'y arrive pas, tout est fini. Je n'aurai plus qu'à trouver un vrai travail.

— Alors tu vas insister jusqu'à te briser la nuque ?

Si je continue à me disputer avec lui plus longtemps, je vais finir par perdre courage.

— Je ne t'ai jamais dit, à toi, d'y aller doucement !

— Je sais, soupire Brent, et je suis désolé. Mais je m'inquiète pour toi.

— Eh bien, arrête. On n'a pas ce genre de relation.

Il se tait un moment.

— Écoute, finit-il par dire, je ne sais pas ce que c'est, mais je sais qu'il y a quelque chose entre nous. Et je tiens à toi, c'est tout.

— Alors on en reste là. Quoi qu'il y ait « entre nous ». Voilà, maintenant on est juste amis et tu n'as plus à m'aider. Tu n'as même plus à me regarder faire. J'ai juste besoin que tu restes dans les parages dix minutes de plus, parce que si je fais une mauvaise chute, je serai coincée ici et personne n'en saura rien.

— Si je comprends bien…

Il a l'air blessé.

— Tu viens de rompre avec moi, là ? Parce que je tiens à toi ?

Exaspérée, je tourne mon regard vers le haut de la pente, là où attend le tremplin. La peur est en train de me gagner.

— Je ne sais pas si on peut appeler ça rompre. On n'était pas vraiment ensemble.

— Je ne peux pas arrêter de tenir à toi, Milla. Et je pensais que tu tenais à moi aussi.

Je n'ai pas le temps pour tout ça.

— Qu'est-ce qui ne va pas ? je demande. Est-ce que je devrais aller plus vite ?

Brent secoue la tête et attache ses fixations.

— Brent ! je crie, mais il s'est lancé dans la pente.

Je remonte jusqu'au tremplin à marche forcée. Avec ou sans lui, il faut que j'y arrive. Je règle mes fixations et je regarde autour de moi. Un trio de silhouettes slalome le long de la piste, une demi-douzaine d'autres remontent avec le téléski, mais personne ne regarde dans ma direction et ils n'entendraient pas mes appels. Mieux vaut attendre qu'ils soient plus près.

J'ai toujours affirmé avec fierté que je n'avais besoin de personne, mais je me rends compte maintenant que ce n'est pas tout à fait vrai. Parfois, même dans un sport individuel comme le snowboard, on a besoin de quelqu'un à ses côtés.

Il n'y a toujours personne qui regarde dans ma direction. Je brûle de tenter un saut, mais c'est trop risqué. Rah ! Je me jette dans la neige. Ça ne pouvait pas arriver un autre jour ? Je ne pourrai plus regarder ma famille en face si je ne fais pas mieux que l'an dernier au classement – ou pire, si je fais moins bien.

Je vois leurs réactions d'ici.

« Je te l'avais bien dit, Milla. »

« Tu dois t'endurcir. »

Le froid transperce ma veste et mon pantalon. Je me mets vite à trembler, mais je reste étendue là.

La douleur dans l'expression de Brent me ronge. Je ne lui avais rien promis, alors pourquoi est-ce que je me sens aussi coupable ?

Rien à faire. Il va falloir qu'on discute. Tout en

jurant, j'attache mon snowboard et je redescends. Mais en arrivant au half-pipe, aucune trace de Brent.

Camille s'approche et me fait la bise.

— Tu ne t'entraînes pas, aujourd'hui ?

Je ne sais plus comment me comporter avec elle maintenant que je sais qu'elle est en couple avec Saskia.

— J'étais sur le glacier. Je m'entraîne à faire un crippler.

— Cool. Et tu y arrives ?

— Ça commence à venir.

Je ne veux pas en dire trop. Elle va tout raconter à sa petite copine.

— Brent et moi, on a rompu.

— Je suis désolée, fait-elle en me touchant le bras.

— C'est sans doute mieux comme ça. Comme tu l'avais dit, il me retenait au sol.

Elle me considère avec sympathie.

— Dans un autre sport, en ski alpin, peut-être, ce serait différent. Mais dans le half-pipe, le risque de se blesser est si grand…

— Ça n'a pas l'air de vous freiner, Saskia et toi, dis-je avant d'avoir pu m'en empêcher.

— En fait, je m'inquiète tout le temps pour elle.

Camille se tourne pour la chercher des yeux. Elle est là, sur le téléski.

— Pourquoi garder votre relation secrète ? je demande.

— Elle ne veut pas que ça se sache.

— Je vois, dis-je en sentant que ça l'attriste. Au fait… tu n'aurais pas vu Brent, à l'instant ?

— Oui, il a fait un run et il est tombé. Il s'est fait mal au genou. Il est redescendu il y a cinq minutes.

— Quoi ? dis-je, soudain paniquée. Il va bien ?

— Il a marché jusqu'au téléphérique, alors je suppose que ce n'est pas trop grave.

Mais s'il ne peut plus participer à la compétition ? Smash est le principal sponsor des Brits cette année, et Brent est leur star. Son image, en plein saut, s'étale sur tous les panneaux publicitaires de la station. Il fait comme si ce n'était pas grand-chose, mais je sais que cette pression lui pèse.

Avec un sursaut, je me rappelle les paroles de Saskia. *Je me vengerai.* Est-ce ce qui s'est passé ? Est-ce qu'il est tombé par sa faute ? J'ai très envie de demander à Camille si Saskia était dans les parages lors de la chute de Brent, mais je n'ose pas. Je vais descendre et lui poser moi-même la question.

Saskia atteint le sommet du téléski et me jette un regard. Je ne pourrais pas en jurer, mais j'ai l'impression qu'elle est très contente d'elle-même.

# 41

*Aujourd'hui*

Cet endroit va me rendre folle. Brent est assis près de Heather dans le restaurant éclairé aux chandelles, soit pour la réconforter, soit pour l'empêcher de dire ce qu'elle a à dire. J'essaie d'imaginer ce que ça pourrait être, et toutes sortes d'idées me traversent l'esprit.

Des idées terribles. Bien pires qu'un simple coup d'un soir.

Que faisait Brent pendant que j'étais dans la salle de bains avec Heather et Curtis ? A-t-il fait semblant d'avoir reçu un coup sur la tête ? Il s'en est remis plutôt vite. Remplir ses deux casseroles de neige lui a pris des siècles. Est-ce qu'il aurait attaqué Dale dehors, avant de le pousser dans une crevasse ?

Le feu se meurt. Curtis se lève pour remettre du bois. Maintenant que j'y pense, lui aussi a disparu pendant un moment, sous prétexte de chercher des lampes torches, et il était loin d'apprécier Dale. Je sais pertinemment que Curtis a le sang chaud, mais est-ce qu'il détestait Dale au point de le tuer ?

Est-ce que Curtis et Brent seraient dans le coup ensemble ?

Le cerf empaillé semble me rendre mon regard de ses yeux morts. Je m'attarde à nouveau sur les deux clous vides à côté. Qu'est-ce qu'il y avait au mur ? Est-ce que c'est important ? Je ne sais pas.

Je ne sais plus rien. J'ai trop mal au genou pour organiser mes pensées. J'essaie de me rappeler combien de temps il m'avait fallu la dernière fois pour être à nouveau capable de marcher, mais tout dépend de la gravité de la déchirure, et de si d'autres ligaments ont été touchés en plus du latéral externe.

Les lumières se rallument.

— C'est déjà ça, dis-je.

— Mais est-ce que ça va durer ? dit Curtis, cynique.

— Pas faux.

Au moins, je sais que ni lui ni Brent n'ont remis le courant.

— Quelqu'un s'amuse avec nous, dit Curtis.

Mais qui ? Dale ?

— Et je pense que c'est ma sœur, achève-t-il, le visage fermé.

Il se tourne vers l'encadrement de la porte comme s'il s'attendait à l'y voir apparaître.

Je passe en revue ce qu'il m'a dit plus tôt dans l'après-midi, dans la salle de bains. S'il l'a tuée, pourquoi est-il si convaincu que c'est elle ? Je regarde les autres pour voir ce qu'ils en pensent.

— Je vais me coucher, dit Heather en se levant.

Je ne pense pas qu'elle l'ait entendu. Ou peut-être qu'elle est en état de choc à cause de Dale et qu'elle ne peut se concentrer sur rien d'autre. Elle a les yeux rouges à force de pleurer. Je n'ose pas imaginer à quel point tout ça doit être dur pour elle. Enfin, à supposer que Dale et elle ne soient pas ceux qui ont tout manigancé.

Je lui tends l'un des photophores.

— Prends ça au cas où le courant se couperait encore. Tu as toujours un briquet ?

— Oui, dit-elle en tapotant sa poche.

Puis elle jette un regard incertain vers le couloir.

— Je viens avec toi, dis-je en rassemblant mon courage pour me lever.

Mais c'est Brent qui se lève.

— Je m'en charge.

Il s'empare de la bouteille de brandy avant de partir.

Curtis se masse le front.

— Est-ce que je suis fou de penser que ma sœur puisse être ici, quelque part ?

Je me tourne vers le couloir pour vérifier que Heather n'est plus là. Curtis va se mettre à hurler quand je vais tout lui dire, et Heather a assez de problèmes comme ça.

— Tu sais, ces transactions sur sa carte bleue… C'était combien, le montant ?

— Quelque chose comme trois mille livres.

— En France ou au Royaume-Uni ?

— En France, et ensuite dans toute l'Europe, dans des boutiques et des restaurants. Maman et papa ne savaient pas quoi faire. Ils ne savaient pas si c'était elle ou quelqu'un d'autre. Ils lui avaient donné cette carte en cas d'urgence. Ses sponsors ne la payaient pas autant que moi, loin de là. Tu la connais. Elle a des goûts de luxe.

Je ne peux pas m'empêcher de remarquer qu'il

parle d'elle au présent. *Elle a des goûts de luxe.* Il pense vraiment qu'elle est en vie. Je dois avoir mal compris, tout à l'heure. Il ne l'a pas tuée. Mais que pourrait-il me cacher d'autre ?

Il soupire.

— Papa a fini par faire opposition. Mes parents ont failli divorcer à cause de ça. Maman ne lui a pas adressé la parole pendant des semaines.

— Ils ne pouvaient pas retrouver la trace des transactions ? Se servir des caméras de sécurité, ce genre de choses ?

— La police a fait ce qu'elle a pu, mais les restaurants n'avaient pas de caméras. Certaines des boutiques, oui, mais les images étaient de mauvaise qualité. Ç'aurait pu être n'importe qui.

Je prends une grande inspiration.

— Ça ne va pas te plaire, lui dis-je. Ce n'était pas Saskia. C'était Dale.

Curtis me fixe, stupéfait. Je lui raconte la conversation que j'ai surprise plus tôt.

Heureusement que Dale et Heather ne sont pas dans les parages. La colère de Curtis émane de lui par vagues. Il fait ce qu'il peut pour la contenir, mais sa mâchoire se crispe et son pied tape un rythme rapide sur le plancher.

— Cela dit, ça paraît bizarre, dis-je. Est-ce qu'ils n'auraient pas eu besoin de son code ?

Curtis laisse échapper un rire amer.

— Elle l'avait écrit sur un Post-it collé à la carte. Elle laissait traîner ça sur le comptoir de la cuisine. Je lui avais dit de ne pas faire ça, mais elle ne se rendait pas compte. Ce n'était pas son argent, alors elle s'en fichait.

Il se tait quelques instants.

— Alors Dale a volé sa carte, reprend-il. Mais ça n'explique pas pourquoi on a senti son parfum. Ni la mèche de cheveux. Ni comment son forfait de ski a pu apparaître comme ça.

— Qu'est-ce que tu veux dire ? Qu'elle a quitté sa vie un beau jour, qu'elle a choisi de disparaître ?

— Peut-être.

— Est-ce qu'elle était malheureuse ?

*Vas-y doucement*, me dis-je. Curtis semble troublé.

— Je n'en ai aucune idée.

— Ta famille ne savait pas, pour elle et Camille ?

— Quoi ?

Merde. Il n'est pas au courant. Son propre frère. Mais en fait, ça ne me surprend pas tant que ça. Saskia avait beaucoup de facettes différentes. Je n'ai jamais su laquelle était la vraie. Peut-être que Curtis ne le savait pas, lui non plus.

— Camille et Saskia, dis-je. Elles étaient ensemble.

— Non. Pas possible, fait-il en fronçant les sourcils.

— Fais-moi confiance là-dessus.

Il cligne des yeux à plusieurs reprises.

— Je savais que Camille était lesbienne, mais…

— Comment tu le savais ?

Il hésite.

— Je l'avais invitée à prendre un verre en début de saison et elle me l'avait dit.

J'enregistre l'information pour la digérer plus tard.

— Tu veux dire que ma sœur était…

— Ce n'est pas à moi de lui coller une étiquette, mais il n'y a pas de doute sur le fait qu'elle était en couple avec Camille.

— Tu en es sûre ?

— Certaine.

Curtis fixe les flammes.

— Comment aurait réagi ta famille ? je demande.

Pas de réponse.

— Curtis ?

— Elle ne m'a rien dit, murmure-t-il, le visage fermé.

— Est-ce que ta famille aurait accepté qu'elle sorte avec une fille ?

— Je… Oui. Ça ne leur aurait pas posé de problème. Merde, comment j'ai pu ne pas le savoir ?

Sans la pendule, le silence est total.

— Donc tu penses qu'elle aurait volontairement disparu pendant dix ans, je reprends. Puis elle serait revenue pour… faire quoi, exactement ?

Il se détourne vers la vitre. Au-delà, rien que l'obscurité.

— C'est bien ça qui m'inquiète, dit-il.

Un frisson de malaise me parcourt le corps.

— Si elle voulait nous tourmenter, pourquoi attendre une décennie ?

— Je n'ai jamais compris la moitié de ce qu'elle faisait.

La voix de Saskia résonne à mes oreilles. *Je me vengerai.*

Je n'ai jamais su si elle avait bel et bien causé la chute de Brent avant les Brits. Il dit que sa fixation s'est relâchée et que c'est pour ça qu'il est tombé. Il avait enlevé son snow pour manger un truc, et j'imagine qu'elle en a profité pour le trafiquer. C'était le problème avec Saskia. Elle était tellement maline qu'on ne pouvait jamais la prendre la main dans le sac.

Curtis se lève.

— Écoute, je suis épuisé et tu souffres. Il n'y a rien de plus à faire pour le moment.

Il sort sa lampe torche de sa poche.

— Garde ça avec toi. Je te ramène dans ta chambre.

Je me redresse avec effort et mon regard se pose sur les clous vides au mur. D'un seul coup, je me rappelle ce qui y était accroché.

Le vieux piolet.

# 42

*Dix ans plus tôt*

Le tic-tac de mon horloge mentale est plus fort que jamais aujourd'hui. Nous y voilà. Le dernier jour d'entraînement avant les Brits. Mais je ne suis pas prête.

Chaque fois que je suis sur le point de me lancer dans le half-pipe, je me dis que je vais tenter un crippler, mais quelque chose m'arrête. J'essaie de me convaincre que ce n'est que du bon sens. Que si je me blesse aujourd'hui et que je ne peux pas concourir demain, mes sponsors décideront de trouver un athlète plus productif pour les représenter – personne ne pourrait les en blâmer.

Mais au fond de moi, je sais que j'ai peur.

Le half-pipe est plein à craquer. Cette semaine, les snowboardeurs britanniques sont arrivés de partout où ils s'entraînaient pendant l'hiver, en avion ou en voiture, et ils sont tous réunis aujourd'hui, bien décidés à repousser leurs limites. Une ou deux filles que j'avais rencontrées aux Brits l'an dernier viennent me dire bonjour. Parmi elles, Claire Donnahue, championne anglaise en titre. Brent sort des sauts énormes, un bandage au genou ; on dirait bien que Curtis maîtrise les haakon flips ; Dale s'est fait mal au poignet et est parti plus tôt que d'habitude pour aller chez le kiné.

Mais tout cela m'atteint à peine. J'ai failli réussir quelques-uns de mes cripplers hier, et je crois que j'ai enfin compris le truc. J'y vais ? J'y vais pas ? Rien qu'un seul essai…

Une minute, qu'est-ce qui se passe ? L'employé du téléski est en train de clore l'accès au half-pipe. Il est quatre heures. Merde. J'étais si préoccupée par mes cripplers que je ne me suis pas concentrée sur le reste de mon enchaînement. Sonnée, je vais récupérer mon sac à dos là où je l'ai laissé.

Curtis discute avec Nate Farmer, qui a fini troisième aux Brits l'an dernier, derrière lui et Brent.

— J'ai entendu dire que tu avais de nouveaux tricks, déclare Nate.

— Ah bon ? dit Curtis en feignant la surprise.

Ce n'est pas une réponse, ce qui ne m'échappe pas.

— On verra ce que tu as dans le ventre demain, j'imagine, sourit Nate.

— La neige est gelée, mieux vaut rester prudent, dit Curtis en haussant les épaules.

Je sais très bien que ce n'est pas un peu de glace qui va l'arrêter.

Camille s'approche, ses cheveux courts cachés sous son casque Rossignol.

— Tu as passé une bonne journée ?

— Pas trop mal, dis-je avec un sourire forcé. Je suis encore en un seul morceau.

Depuis que Saskia m'a ensevelie il y a deux

semaines, Camille est plus sympa que jamais avec moi.

Je sens qu'elle est sur le point de me demander ce que j'ai de prévu pour la compétition, alors je désigne Curtis et Brent.

— À ton avis, lequel va gagner demain ?

Moi-même, après avoir regardé leurs runs tout à l'heure, je ne saurais me prononcer.

— Ça dépend de ce que cherchent les juges, dit Camille. S'ils aiment bien le côté technique des tricks, ce sera Curtis. S'ils préfèrent la puissance, peut-être Brent.

Saskia vient chercher son sac à dos, l'air très contente d'elle-même. Pas étonnant. Elle va me battre demain, à moins qu'elle ne fasse une grosse erreur. Et ce ne sera pas le cas. Ça me fait mal de l'admettre, mais elle est presque aussi constante que son frère. Je pensais pouvoir y arriver si je le voulais suffisamment. Mais elle le veut tout autant que moi et elle est bien meilleure.

Elle ne m'a pas approchée ces deux dernières semaines. J'imagine que Curtis lui en a touché un mot. Ou alors elle mijote quelque chose.

— Prête pour les Brits ? dit-elle à Camille.

— Je pense, oui.

Une alarme se déclenche dans ma tête.

— Mais Camille ne participe pas.

— Oh, mais si, réplique Saskia.

J'ai l'impression que tout l'air vient de quitter mes poumons.

— Mais elle n'est pas anglaise…

— Il me faut les points, intervient Camille.

— Quoi ? dis-je en la fixant.

— C'est une petite compétition et le montant du prix n'est pas très haut. Mais elle est ouverte aux participants internationaux. Pas pour le classement britannique, pour les points FIS. J'ai manqué quelques compétitions cette année parce que je m'étais fait mal au poignet, alors il me faut des points.

Je me sentais déjà nauséeuse ; maintenant, j'ai carrément envie de vomir. Je n'ai plus aucun espoir d'arriver dans les trois premières. Ce n'est pas bon. Pas bon du tout.

Sur le papier, ses résultats n'affecteront pas le classement britannique, puisqu'elle n'est pas britannique. Mais ils affecteront le classement dans ma tête, et surtout ce que penseront les sponsors potentiels présents à l'événement.

Il y a de la dureté dans le sourire de Saskia, et je comprends soudain que ça ne lui fait pas plaisir non plus. Depuis combien de temps est-elle au courant ?

Engourdie, je ramasse mon snowboard et j'emboîte le pas à notre petit groupe pour ce qui est devenu notre rituel quotidien : la course pour redescendre au Rocher. Pour les garçons, c'est un moment de détente sans conséquences, mais pour nous, les filles, c'est du sérieux. Camille gagne toujours, sans surprise, mais Saskia et moi sommes à peu près égales sur le plan de la vitesse. Pour moi, c'est grâce à Stefan, mon ex de l'an dernier. Pour elle, c'est grâce à son frère, j'imagine.

Le haut de la piste est notre ligne de départ. Saskia et moi nous mettons en position.

Il faut que je me défende. C'est ça ou rentrer chez moi pour pleurer.

— Vous avez vu mon crippler, tout à l'heure ? dis-je d'un ton rayonnant.

Voilà qui efface son sourire. Elle échange un regard avec Camille, puis revient à moi, incrédule.

Brent est en train d'attacher ses fixations non loin. Il ne m'a pas dit grand-chose depuis que j'ai rompu avec lui hier, mais après une seconde d'hésitation, il vient cogner son poing contre le mien.

— Ouais, c'était nickel, Mills.

Nos gants se touchent et je lui adresse un regard de remerciement.

Saskia me fixe. C'est une fausse victoire, mais c'est tout ce que j'ai.

Elle tape Curtis sur l'épaule.

— Tu voudras bien m'assurer sur le trampoline tout à l'heure ? demande-t-elle d'un ton mielleux.

Son regard se pose sur elle, puis sur Camille et moi.

— Non. Tu n'as qu'à demander à une de tes amies. À moins que tu n'en aies pas ?

Saskia abaisse son masque d'un air aigri. À l'évidence, elle veut essayer un crippler mais elle ne veut pas que ses adversaires soient là pour le voir. Et Camille en fait maintenant partie.

Tiens, mais… Si je peux faire monter la pression et lui faire croire que je vais sortir un crippler demain, peut-être qu'elle prendra le risque de trop.

— Prêts ? crie Curtis. Partez !

Nous sommes sur une piste noire. Je pointe mon snowboard vers le mur, en pesant sur mon pied avant, et nous partons tout schuss : Brent et Curtis d'un côté, Saskia, Camille et moi de l'autre. Les pans de mon pantalon battent au vent, qui me hurle aux oreilles.

Les garçons prennent la tête, comme toujours, suivis de près par Camille. Pour le moment, Saskia et moi sommes à peu près à la même hauteur. Un skieur est tombé ; les muscles éprouvés de mes cuisses protestent lorsque je le contourne.

La piste s'enroule vers la droite. Curtis la prend à la corde en taillant son empreinte dans la neige. Brent, fidèle à lui-même, va tout droit en hors-piste et saute la barre rocheuse qui marque le bas du virage. Je déteste faire ça et, d'habitude, je suis les autres dans la pente, mais je me sens d'humeur téméraire aujourd'hui. Ou plutôt désespérée. La piste est bondée de vacanciers ; passer par la poudreuse pourrait être plus rapide. Je fais un écart pour contrôler ma vitesse, puis je me lance vers la barre rocheuse.

Avant de pouvoir changer d'avis, je me retrouve dans les airs, laissant mon estomac derrière moi dans la descente. L'impact me tord les genoux et manque de m'envoyer piquer dans la neige. J'ai les jambes en feu, mais je me penche en arrière et je laisse la sensation se dissiper.

Brent disparaît parmi les sapins. Je le prends en chasse. Les arbres sont couverts d'un épais manteau de neige. À l'ombre de leurs branches, l'air est plus froid et sent le pin. La poudreuse m'arrive aux genoux, un camaïeu de violet. Tous les snowboardeurs rêvent de conditions pareilles, mais je suis trop concentrée sur la course pour en profiter.

Les arbres sont plantés drus, et je dois me concentrer à chaque instant pour les éviter. Des branches me griffent les joues, de la neige me tombe sur la tête et les épaules. D'une seconde à l'autre, je devrais retrouver la piste… La voilà !

Je plisse les yeux pour repérer le blanc cassé de la veste de Saskia. Merde, elle est déjà quasiment au virage ! La piste y devient si étroite qu'on ne peut y circuler qu'en file indienne, coincée entre une barre rocheuse d'un côté et un à-pic de l'autre. Saskia et moi allons l'atteindre exactement en même temps, sauf que moi, j'arrive d'en haut.

Elle jette un regard de côté et m'aperçoit. Je ne lui laisserai pas le passage. Il va falloir qu'elle ralentisse.

Mais je sais déjà qu'elle ne va pas le faire. Mon snowboard va absorber tout l'impact et, puisque j'arrive de plus haut, le sien va quitter la piste.

Nous nous rapprochons et je me prépare à la collision, mais juste avant que nos snowboards n'entrent en contact, quelque chose me tire brusquement en arrière par le col de ma veste.

Mais que… ? Ma planche dérape et je me casse la figure dans la poudreuse. Non loin, quelqu'un d'autre tombe également.

Et, bien sûr, c'est Curtis. Comment a-t-il fait pour se retrouver derrière moi ?

Il enlève son masque d'un coup. Ses joues sont rouges, et je sais que ce n'est pas qu'à cause du froid.

Je sens la chaleur me monter au visage, moi aussi – de la rage et de la honte à parts égales. Mes mains tremblent. Je l'aurais poussée. J'étais vraiment prête à le faire.

Il se redresse avec effort, ce qui le fait grimacer ; il se tient l'épaule. Merde, est-ce que j'ai empiré sa blessure ?

— Pourquoi, Milla ? Tu es obligée d'en arriver là ?

Je pourrais lui raconter que chaque fois que je jouais avec Jake, qu'importe le sport, il me battait, et qu'il est devenu une star du rugby avant même d'avoir fini ses études. Je pourrais lui raconter que mon père ne me voyait plus après ça, qu'il n'y en avait plus que pour Jake. Je pourrais lui expliquer que j'ai besoin de leur prouver que moi aussi, je suis bonne à quelque chose.

Mais ce ne serait pas une excuse.

— Pas une pour rattraper l'autre, dit-il en secouant la tête.

Je ne peux rien répondre à ça, parce qu'il a raison.

Et le pire dans tout ça ? Saskia n'est plus qu'un point à l'horizon, qui file sur la ligne d'arrivée. Elle m'a battue, une fois de plus.

## 43

*Aujourd'hui*

Je quitte le restaurant en boitant. Curtis me soutient, un bras autour de ma taille.

L'image du piolet rouillé ne quitte pas mes pensées. Je voudrais en parler à Curtis, mais… si c'était lui qui l'avait pris ?

— Attends-moi là, dit-il en entrant dans la cuisine.

Il ouvre un tiroir, puis lève les yeux vers moi, choqué.

— Quoi ?

— Les couteaux. Ils ont tous disparu.

— Comment ? dis-je en m'approchant tant bien que mal pour voir. Merde. Ils étaient là tout à l'heure, quand j'ai fait à manger.

Curtis frappe le comptoir du plat de la main, en me faisant sursauter. Quelqu'un a donc pris le piolet et tout un tas de couteaux, en nous laissant sans armes.

Une pensée terrible me saisit.

— Pourvu qu'ils n'aient pas pris nos affaires de snowboard aussi !

— Bien vu.

Nous parcourons le couloir aussi vite que possible. Les lumières sont toujours allumées, mais je m'attends à tout moment à ce que le courant nous lâche de nouveau. En atteignant l'entrée principale, je suis soulagée de voir que nos affaires sont toujours là. J'enfonce mes gants, mon masque, ma balise et mon harnais dans mes poches, puis j'attache mes boots ensemble pour me les passer autour du cou.

Curtis enfonce ses boots et celles de Brent dans leurs fixations respectives et soulève les deux snowboards.

— Ça va aller ? me demande-t-il.

— T'inquiète, je réplique en ramassant mon snowboard.

C'est alors que j'aperçois celui de Dale, appuyé au mur. Et soudain, la réalité me rattrape.

Curtis le regarde, lui aussi.

— On ne le reverra plus, pas vrai ? dis-je d'une voix tremblante.

Il pince les lèvres.

— Je ne sais pas.

Silencieux et sombres, nous nous dirigeons vers les dortoirs. Lorsque nous atteignons ma chambre, je laisse tomber mes affaires par terre et je pousse la porte avec précaution, en maudissant une fois de plus le fait qu'on ne puisse les verrouiller que de l'intérieur. N'importe qui aurait pu entrer. N'importe qui pourrait y être encore.

— Attends, m'arrête Curtis avant d'entrer pour jeter un coup d'œil dans le placard et la salle de bains. C'est bon, rien à signaler.

— Merci, dis-je, penaude.

Il me fixe un moment et doit lire la peur sur mon visage, car son expression s'adoucit.

— On s'en va dès l'aube demain, déclare-t-il. Frappe sur le mur si tu as besoin de moi.

Je ferme la porte à clé derrière lui, puis je regarde autour de moi, tous mes sens en alerte, mais rien ne semble avoir changé depuis la dernière fois.

*Relax, Milla. Personne ne peut entrer.*

Avec ce piolet, quelqu'un pourrait sans doute défoncer la porte, mais au moins je l'entendrais venir. Et après… Quoi ? J'appellerais à l'aide ?

*Et si personne ne vient ?*

Je jette un regard vers la petite fenêtre. Dans le pire des cas, je pourrais sans doute casser la vitre et m'enfuir par là. Peut-être. En traînant ma jambe blessée. Est-ce que je passerais ? J'ouvre les rideaux – et je manque de hurler.

Trois mots sont écrits sur la vitre embuée : *TU ME MANQUES*.

J'ai des frissons. Ce n'est pas elle. Ça ne peut pas être elle.

Je fixe le message. Il est écrit en capitales, comme les secrets du Brise-Glace et le mot « coupable » sur le miroir de Heather. Brent est passé dans le couloir il n'y a pas longtemps. Ce pourrait être lui. J'espère que c'est lui. Il faut que je sache. Je me prépare mentalement à ressortir, puis j'ouvre ma porte d'un coup et m'assure qu'il n'y a personne de l'autre côté.

Brent ouvre sa porte, bouteille de brandy à la main.

— C'est toi qui as écrit sur ma fenêtre ? dis-je.

— Quoi ? fait-il en clignant des yeux.

J'entre en boitant dans sa chambre et je referme la porte derrière moi.

— Quelqu'un a écrit « Tu me manques ».

— Ce n'était pas moi.

Je n'arrive plus à respirer. Ça ne peut pas être elle. Je ne lui manquerais pas.

Pas après ce que j'ai fait.

— Tu penses que c'est Saskia, dit Brent qui me dévisage.

— Je ne sais pas.

Son expression se durcit.

— Elle te manque ?

— Brent..., dis-je, envahie de culpabilité – je sais très bien ce qu'il veut dire par là.

Il boit une autre gorgée de brandy.

— Bonne nuit, Milla.

Pas d'embrassades ; nous n'en sommes plus là. Je me contente de ressortir en boitant. Notre relation est trop endommagée. Par ma faute. Je l'ai endommagé, lui.

De retour dans ma chambre, j'efface les mots de la vitre. Quelqu'un – Saskia ou autre – se déplace comme un fantôme dans ce bâtiment. Le verrou sur la porte ne me satisfait plus. Je cherche quelque chose à coincer sous le battant, juste au cas où, et je ne trouve rien de mieux que mon tube de crème solaire.

Étendue sur mon matelas étroit et glacé, j'entends la voix de Brent dans mes souvenirs. « Tu viens de rompre avec moi, là ? Parce que je tiens à toi ? »

Il était tellement gentil, et ce n'était qu'un tout jeune adulte à l'époque. Il n'avait rien fait de mal. Saskia avait raison : je me suis servie de lui. Le snowboard a un effet pervers sur moi. Je me change en démon qui ne se préoccupe plus de personne. Je m'en suis bien rendu compte aujourd'hui, sur le glacier : je m'inquiétais davantage de mon backflip que de Heather.

Les yeux perdus dans l'obscurité, je pense à Stefan.

« Ce n'est pas à cause du bras de fer. C'est à cause de toi, Milla. Il faut toujours que tu aies le dernier mot. Même quand on ne se dispute pas ! »

Je pense à Vinny, un entraîneur d'arts martiaux à la salle de sport, avec qui je sortais encore il y a quelques mois. « J'en ai assez de m'épuiser à te suivre, Milla. »

Ça n'est pas que la faute du snowboard, en fait. C'est ce que je suis, tout simplement.

Encore la voix de Brent. « Il n'y a pas que le fait de gagner, dans la vie. »

Mais pour moi, il n'y a vraiment que ça. Quand je veux quelque chose, je jette toutes mes forces dans la bataille, qu'importent les conséquences. Mes amitiés, les sentiments des autres – rien de tout cela n'entre en compte. C'est peut-être inévitable pour être le meilleur dans sa catégorie, mais ça a des conséquences sur le reste.

C'est pour ça que je n'ai pas vraiment d'amis. C'est pour ça que toutes mes relations finissent mal. Et maintenant, j'en paie le prix : je suis complètement, absolument seule.

Le visage de Camille flotte dans mes souvenirs. Je m'enfonce plus profondément dans l'obscurité. Elle est toujours en fauteuil, c'est ce qu'a dit Curtis, et elle ne peut qu'à peine bouger les bras. Mais la technologie fait de tels miracles, de nos jours… Est-ce qu'elle a retrouvé un peu d'indépendance ?

Je n'arrive pas à croire que Curtis ait pris de ses nouvelles et pas moi. Quelle amie je fais ! Elle a dit qu'elle ne voulait plus jamais me voir, mais c'était juste après l'accident. Après tant de temps pour accepter sa situation, elle a peut-être changé d'avis.

Il faut que je retente le coup. Je lui dois bien ça.

Mais je ne sais pas si je suis assez forte pour lui faire face, après ce que j'ai fait.

La voix de Curtis. « Pas une pour rattraper l'autre. »

Je me roule en boule. La douleur me traverse la jambe, mais je la mérite. J'avais espéré réparer certaines de mes relations grâce à ces retrouvailles, mais mes erreurs sont telles que je ne peux pas les rattraper. Brent souffre toujours de notre rupture, Curtis me soupçonne d'avoir fait quelque chose de terrible – et il a raison. Heather et moi sommes trop différentes, je ne la comprends pas.

Quant à Dale… C'est à cause de mon obstination égoïste, de ma tentative de backflip que les autres ont été retardés en cherchant Heather. Je pourrais bien avoir causé sa mort.

Je me presse les poings sur les yeux. Je ne supporte pas de penser à lui là-dehors. Mais je ne pleurerai pas, pas avant d'avoir quitté cet endroit.

Mon secret me dévore de l'intérieur. Il est temps de tout avouer. Je rejette la couette, je boitille une fois de plus dans le couloir, et je frappe à la porte de Curtis.

Des bruits de pas, un cliquetis de verrou, et la porte s'ouvre. Curtis se tient là, vêtu de ses vêtements thermiques noirs. Je me force à croiser son regard. *Dis-lui.* J'ouvre la bouche, mais je ne trouve pas les mots.

Curtis pose sur moi un long regard où se mêlent tristesse, fatigue… et un peu de curiosité. Il fait si froid dans le couloir. Je serre les bras autour de ma poitrine. Il recule d'un pas et m'invite d'un geste vers le lit.

Je ne m'attendais pas à ça, mais mes pieds prennent la décision pour moi. Je boite sur le plancher et je m'étends avec précaution sur le lit étroit. La couette se rabat sur ma joue, douce et lisse. Le matelas est encore tiède de la chaleur de son corps.

Curtis allume la lumière dans la salle de bains, éteint celle de la chambre et me rejoint au lit.

# 44

*Dix ans plus tôt*

Le Glow Bar est plein à craquer. Les lumières flashent, la musique pilonne, les rires retentissent. Les Anglais sont partout. Je me fraye un passage au travers d'un arc-en-ciel de vestes de snowboard pour atteindre le bar. Je ne voulais pas venir, mais mon absence aurait semblé défaitiste. Merde. Curtis est au comptoir, et il vient de me repérer.

Je me joins à lui à contrecœur.

— Comment va ton épaule ?

— Pas trop mal.

Est-ce qu'il m'a pardonnée pour tout à l'heure ? Je ne saurais le dire, car il regarde quelque chose par-dessus ma tête. Je me retourne et, bien sûr, c'est sa sœur qu'il surveille.

Assise dans un box avec Camille, elle porte un haut scintillant, un genre de corset argenté. Julien essaie de les traîner sur la piste de danse. Camille semble vouloir le gifler, mais Saskia rit – elle le taquine et flirte avec lui tout à la fois. Elle l'a fait marcher pendant tout l'hiver. Les regarder me rend nerveuse ; il va certainement finir par en avoir assez, un jour. Curtis pense peut-être la même chose, car il semble prêt à courir les rejoindre.

— Qu'est-ce que tu penses de Julien ?

— Sans commentaire, réplique-t-il, ce qui me fait rire.

Heather finit de servir quelqu'un. Je lui fais un signe, mais elle ne le remarque pas et se dirige vers une autre table.

De l'autre côté de la pièce, Saskia a convaincu Julien de s'asseoir. Elle peut vraiment se jouer de lui sans effort.

— Tu sais, j'admire beaucoup de choses chez ta sœur, dis-je à contrecœur.

— Comme quoi ? demande Curtis avec prudence.

— Elle se moque complètement de l'opinion des autres.

— Et c'est une bonne chose ?

— Les femmes sont paranos là-dessus. Je sais que je le suis, moi, et je déteste ça, mais je ne peux pas m'en empêcher. Ta sœur s'en fout.

— Je ne dirais pas que c'est une qualité.

— C'est un truc de mec.

— Ah bon ? dit-il en plissant le front.

— Oui. Les mecs n'ont pas autant de préoccupations. Vous vous concentrez sur ce que vous voulez, tu vois ? Mais quand une fille fait la même chose, tout le monde la critique. C'est sexiste, mais c'est comme ça.

Curtis se raidit, prêt à quitter le comptoir. Par-dessus les têtes, je vois que Julien s'est relevé, très agité, mais Saskia lui fait un joli sourire et il semble se calmer un peu.

— Tu sais, elle n'a jamais eu de relation sérieuse, dit Curtis en se retournant vers moi.

— Jamais ?

— Elle n'a jamais ramené personne à la maison pour rencontrer nos parents.

Parce qu'elle sort avec des filles ? Est-ce qu'il le sait ? Il doit bien le savoir. C'est son frère. Mais ce n'est pas à moi d'en parler.

— Ils sont stricts, tes parents ?

— Non. Pas du tout.

— Combien de filles tu leur as présentées ?

Curtis compte sur ses doigts jusqu'à dix, puis continue à compter. La jalousie m'envahit, jusqu'à ce qu'il me fasse un sourire.

— Je plaisante. Juste trois, je crois.

— C'était comment, de grandir avec une sœur pareille ?

— Pourquoi toutes ces questions ?

— Simple curiosité, dis-je en haussant les épaules.

Il se frotte la mâchoire ; à l'évidence, il n'a pas envie d'en parler. Sa loyauté fraternelle me frappe une fois de plus. Je suis sur le point de lui dire de laisser tomber, mais il me répond :

— C'était un putain de cauchemar.

Il sourit pour atténuer ses mots.

— J'ai beau être l'aîné, j'ai compris très tôt qu'il valait mieux ne pas l'embêter.

— Ah oui ?

— Moi et un pote, on lui a piqué ses vêtements, un jour, à la piscine municipale. On devait avoir dix-sept ans. C'était l'idée de mon pote. Je savais que ça allait nous attirer des ennuis, mais je n'ai rien dit. Enfin bref, il a fallu qu'elle traverse la ville à pied, en maillot de bain.

Je souris en imaginant la scène.

— Ça lui faisait quoi, quinze ans ? Oui, ça a dû être pénible.

— Et puis elle a pris sa revanche contre moi. C'est ça le truc, avec ma sœur : elle finit toujours par se venger.

— Qu'est-ce qu'elle a fait ?

— Rien d'évident. Mais tout le monde à l'école s'est mis à raconter des rumeurs sur moi. Et personne n'a voulu m'accompagner au bal de fin d'année. C'était bien la première fois, dit-il en riant.

Je ris aussi en visualisant Curtis, lycéen, beau garçon, seul et confus dans le hall de l'école.

— Ce n'est qu'au milieu de l'été que j'ai su pourquoi. Elle avait fait courir le bruit que j'étais sadomaso.

Cette fois, j'éclate de rire.

— Et tu ne l'es pas ?

Il lève un sourcil. J'arrête de rire, envahie par une bouffée de chaleur, même si je suis pratiquement sûre qu'il plaisante. Il retient un sourire.

— Bref, on a fait la trêve, et elle m'a plus ou moins laissé tranquille depuis.

Sûrement parce que c'est bien pratique d'avoir un grand frère qui lui court après en réparant ce qu'elle casse et en la tirant de tous les ennuis dans lesquels elle se fourre. Mais je ne le dis pas. Ce serait franchir la limite de ce que je peux commenter sur le sujet, et je n'en ai pas envie.

— Hé ! crie Curtis en agitant la main, ce qui finit par attirer l'attention de Heather.

— Qu'est-ce que je vous sers ? dit-elle.

Elle semble distraite ce soir, et elle a les yeux gonflés. Est-ce qu'elle a pleuré ?

— Un Orangina, et…, dit Curtis en me regardant.

— Pareil.

Il doit se demander pourquoi je ne commande rien pour Brent. Ou peut-être que Brent lui a tout raconté. Est-ce qu'ils discutent de ce genre de choses ? Je tourne mon regard vers l'intéressé, debout au milieu d'un groupe de garçons que je ne connais pas, et une pointe de tristesse me transperce. J'ai perdu un ami.

— En fait, deux Orangina, dis-je.

Curtis fait glisser un billet de dix euros sur le comptoir.

Je proteste – j'ai horreur qu'un garçon me paie à boire – mais le temps de sortir mon portefeuille, il est trop tard. Heather a déjà pris le billet, et je n'ai pas la force de m'y opposer.

— Merci, dis-je.

Curtis récupère son Orangina.

— Attends. J'ai besoin de tes conseils pour demain. Est-ce qu'il vaut mieux que je sois prudente ou que je prenne des risques ?

Il hésite. Est-ce que je suis allée trop loin en lui demandant de l'aide la veille de la compétition ?

— Brent m'a dit que tu essayais des cripplers, dit-il. Tu as réussi ?

Je vérifie encore, pour être sûre, que Saskia et Camille ne peuvent pas m'entendre.

— Non. Mais j'ai bien failli, une fois ou deux.

Il pince les lèvres.

— Tu passes quand demain ?

— À dix heures du matin.

— Le half-pipe sera dur comme de la pierre.

Mes épaules s'abaissent. Il a raison. La neige n'aura pas eu le temps de s'amollir.

— Pourquoi est-ce que c'est si important pour toi, Milla ?

— Je te l'ai déjà dit. J'aime gagner. S'il y a quelqu'un qui peut comprendre, c'est bien toi.

— J'ai l'impression que tu le veux encore plus que moi.

— Mon frère est une star de rugby, dis-je d'une voix tremblante. Je veux montrer aux autres que moi aussi, j'ai du talent.

— Tu en as, réplique-t-il d'une voix plus douce. Tu n'as pas besoin d'une compétition pour le prouver.

Je me mords la lèvre pour ne pas pleurer.

— Quand je suis en compétition, tu sais contre qui je me bats vraiment ? reprend-il.

— Brent ?

— Non. Moi.

— Quoi ?

— J'essaie de faire de mon mieux. Les autres, je m'en fous. Oui, j'essaie de les battre, mais je ne peux pas contrôler ce qu'ils font. Je ne peux contrôler que ce que moi, je fais. Oublie ma sœur. Oublie ton frère. Vas-y pour toi.

Je comprends sa logique, et cette méthode semble marcher pour lui, mais il n'a pas passé sa vie entière à rattraper son retard, lui. Il est né en tête. Je n'ai pas ce luxe.

— Tu ne peux pas comprendre, dis-je en avalant ma salive. Tu es l'aîné.

C'est alors que quelque chose me frappe. Curtis est devenu une célébrité en snowboard à la même époque environ que mon frère au rugby. Est-ce que cela expliquerait pourquoi Saskia est comme elle est ? Une vague de sympathie pour elle me traverse. Nous nous ressemblons tellement, même si ça me terrifie de l'admettre.

Curtis se tend à nouveau. De l'autre côté du bar, le visage de Julien a viré au rouge.

— Il faut que j'y aille, dit-il avant de s'éloigner à la hâte.

Je prends mon Orangina.

— C'est des conneries, tu sais, dit une voix à mon oreille.

Surprise, je me retourne : Dale est à côté de moi au bar. C'est la première fois qu'il m'adresse la parole depuis notre baiser.

— Pardon ? dis-je.

Dale fait un signe de tête vers Curtis qui s'éloigne.

— Curtis Sparks est le mec le plus compétitif de la Terre. Mais il joue avec les gens. On ne peut jamais croire un mot de ce qu'il raconte.

## 45

*Aujourd'hui*

Curtis et moi sommes étendus face à face dans son lit étroit. Je sens la douceur de son tee-shirt thermique contre mes mains. Son odeur est prise dans les draps. Je me sens si bien comme ça que j'ai envie de pleurer.

*Dis-lui tout.* Mais je ne peux rien faire d'autre que de le contempler.

Vu la façon dont il crispe la mâchoire, je sens que lui aussi lutte contre lui-même, pour une raison inconnue.

— Qu'est-ce que tu veux ? demande-t-il à voix basse.

Je suis si nerveuse que j'en tremble. Puisque je ne réponds pas, il touche mon visage comme s'il ne pouvait pas s'en empêcher et caresse ma lèvre inférieure du bout d'un doigt.

— C'est pour ça que tu es ici ?

Ma gorge se serre. Je ne sais pas si c'est à cause de l'intensité de son regard, ou parce que cela fait si longtemps que je rêve de lui. Ou en repensant à toutes les fois où il était là pour moi, que je le veuille ou non. Mais ma voix se briserait si j'essayais de parler.

Mon attitude doit le rendre perplexe. Il ne m'a jamais vue sans voix.

— Tu veux que je t'embrasse ? murmure-t-il.

Je sens ma gorge se serrer encore plus.

Il approche son visage du mien. Nous sommes si proches que son souffle me réchauffe les lèvres. Ça y est, maintenant je ne veux plus qu'une chose, l'embrasser. J'entrouvre la bouche, je suis prête…

Mais il s'arrête là.

— Je ne t'embrasserai pas avant d'être sûr que c'est ce que tu veux, dit-il.

Je l'attrape par la nuque et je le tire vers moi. Il me fait rouler sur le dos et m'embrasse pour de bon, avec passion. Il a un goût de dentifrice ; sa peau sent le feu de bois. Ses doigts s'entrelacent avec les miens et repoussent mes mains de chaque côté de ma tête. Il aplatit ses paumes contre les miennes, me plaquant au matelas.

Je savais qu'il serait comme ça. Il prend le contrôle, comme toujours.

Sa barbe de trois jours me griffe le visage, contrastant délicieusement avec la chaleur humide de sa bouche. Jamais on ne m'a embrassée si intensément. Ça fait dix ans que j'attends ça, et peut-être bien que je ne suis pas la seule.

Je pourrais tomber éperdument amoureuse de lui – mais pas ici et maintenant, avec tout ce qui se passe et ce secret qui pèse sur moi. Ça me terrifie ; je voudrais quitter la pièce en courant.

Curtis reprend son souffle, sans cesser de me dévisager, et je me rappelle qu'il est très doué pour lire dans mes pensées. Je cligne des yeux.

— Ça va ? demande-t-il.

— Oui…

— Dis-moi si tu veux arrêter.

Il attend un peu, mais je ne dis rien, alors il recommence à m'embrasser, bien plus doucement cette fois – mon front, mes joues, mon menton. Partout, sauf mes lèvres. Je ne devrais pas le laisser continuer, mais je ne peux pas m'en empêcher. J'ai trop envie de lui. Il arrive à ma mâchoire, sans cesser de me maintenir contre le matelas. Ce qui me plaît vraiment.

Lorsque ses lèvres retrouvent les miennes, je les ouvre pour le laisser entrer, mais il se fait prier, du bout de la langue, avant de remplacer sa bouche par un doigt. Je voulais le voir perdre un peu de son contrôle, mais c'est *moi* qui n'en peux plus, luttant contre lui et tentant de me libérer les mains pour aller plus loin.

Enfin, il m'embrasse à pleine bouche. Je ne respire que par le nez ; j'ai l'impression d'être sous l'eau. Vu son souffle saccadé, peut-être que lui aussi est enfin sur le point d'exploser.

Il ne m'embrasserait pas comme ça s'il savait ce que j'ai fait à sa sœur.

Je dois tout lui dire avant que les choses s'emballent. Mais il me détestera.

Et c'est si bon.

Je finis par me libérer une main et je tire sur son tee-shirt thermique. Il rompt le baiser et, assis à cheval sur moi, le fait glisser par-dessus sa tête. Dans la pénombre, je contemple son torse. Contrairement aux muscles des bodybuilders que je croise à la salle – de la gonflette sans harmonie –, sa musculature est puissante et fonctionnelle : celle d'un athlète. Même dix ans après.

Il me regarde l'explorer avec amusement.

Je touche sa peau lisse du bout des doigts, en traçant le relief de son corps. Et ses cicatrices. Il est beau.

— Je peux ? dit-il en attrapant le bord de mon haut thermique.

— Oui.

Il me l'enlève. Déjà dressés dans l'air froid, mes seins réagissent encore plus lorsqu'il les frôle du doigt. Puis il retire sa main d'un coup et se redresse, la respiration si agitée que ses épaules se soulèvent.

Qu'est-ce qui lui arrive ?

— Milla, je dois te dire quelque chose…

Ses cuisses étreignent ma taille.

— J'avais déjà essayé de te le dire tout à l'heure, dans la salle de bains.

Merde. Je crois que je sais ce qu'il veut m'avouer. Mais ça n'a aucun sens. À moins qu'il n'ait fait que mentir depuis le début. Quand il disait qu'il croyait Saskia vivante, quand il me demandait mon avis sur qui l'avait tuée. Quand il a prétendu que le forfait de ski avait été placé là par quelqu'un d'autre. Mon estomac se retourne. Il doit l'avoir pris dans sa poche, comme un souvenir morbide…

Ses yeux bleus sont pleins d'appréhension.

— Avant de te le dire, je veux que tu saches que je regrette profondément ce que j'ai fait…

Il ne peut vouloir dire qu'une chose. Des images défilent dans mon esprit. Ses grandes mains qui se resserrent autour du cou de sa sœur. L'un des couteaux de cuisine qui s'enfonce dans sa poitrine. Ou alors il l'a poussée d'une falaise. Ou alors…

— Mais ne le dis pas aux autres, d'accord ? poursuit-il avec un regard vers la porte.

Il y a un éclat de folie dans ses yeux. Que va-t-il me faire après m'avoir tout avoué ? Est-ce qu'il compte se débarrasser de moi comme il l'a fait avec elle ? Dehors, dans la neige ?

Je le repousse d'un coup. La douleur me transperce le genou lorsque je me dégage pour boiter vers la porte, ma poitrine toujours nue.

Curtis s'approche derrière moi et m'empêche d'ouvrir.

— Milla…

— Laisse-moi sortir !

— Je t'en prie.

Je ne peux pas m'empêcher d'entendre le désespoir dans sa voix. Sa sœur avait un vrai talent pour faire démarrer les gens au quart de tour. Elle aimait les pousser dans leurs retranchements ; ça l'amusait. Elle voulait voir ce qui se passerait. Après vingt ans de ce traitement, ce ne serait pas étonnant qu'il ait fini par craquer.

Je me retourne pour lui faire face.

— Tu n'as pas besoin de me le dire.

Ma voix tremble. Si ça se sait, il finira sa vie en prison. Je préfère ne rien entendre.

— J'aurais dû te le dire plus tôt, dit-il en avalant sa salive. Tu vas me détester, mais j'espère que tu pourras me comprendre. Voilà…

Il prend une grande inspiration. Je voudrais lui plaquer une main sur la bouche. Une fois qu'il aura parlé, je serai obligée de le dénoncer.

Pas vrai ?

## 46

*Dix ans plus tôt*

Je regarde Curtis se frayer un chemin au travers du Glow Bar pour aller s'occuper de Julien. Je ne sais plus où j'en suis, et je ne sais toujours pas ce que je devrai faire demain.

Est-ce que Dale a raison ? Puis-je faire confiance à Curtis, ou a-t-il toujours été dans le camp de sa sœur ?

Dale tente toujours d'attirer l'attention de Heather. D'habitude, il n'a jamais besoin d'attendre pour qu'on le serve, ici, mais on dirait bien que ce soir, elle l'ignore. Ils doivent s'être encore disputés. J'espère qu'elle ne sait pas que je l'ai embrassé. Il ne manquerait plus que ça, pour eux comme pour moi.

Je traverse le bar pour apporter un Orangina à Brent, sans savoir s'il l'acceptera.

— Je voulais te souhaiter bonne chance pour demain.

Il prend la bouteille avec un sourire teinté de tristesse.

— À toi aussi, Milla.

— Merci. Je vais en avoir besoin.

— Je n'ai jamais voulu t'empêcher de progresser, tu sais.

— Je sais.

Je bois une gorgée d'Orangina. C'est plein de sucre ; je ferais mieux de rester au jus de fruits, mais notre petit groupe est devenu complètement accro à ce soda pendant l'hiver.

La voix de Curtis nous parvient, couvrant la musique.

— Elle n'est pas intéressée, c'est compris ? dit-il à Julien, avant d'ajouter quelque chose en français, sans doute le même message pour s'assurer qu'il est passé.

— Alors comme ça, tu concours contre Camille ? reprend Brent.

— Ne m'en parle pas, dis-je avec un grognement.

— Ne t'en fais pas. Ça n'affecte pas le classement anglais.

— Mais ça affecte ce que voient les spectateurs, je réplique, avant de changer de sujet. Tu sais, les moments où Curtis te donne des conseils de snowboard... Tu lui fais confiance là-dessus ?

— Oui, répond-il instantanément, pourquoi ?

— Je ne sais pas, c'est juste... Tu ne trouves pas ça bizarre qu'il t'aide ? C'est comme s'il t'aidait à le battre. Tu ne penses pas qu'il pourrait te dire quelque chose de...

J'essaie de trouver le mot juste.

— Tu veux dire, faire exprès de me donner un mauvais conseil ? Non. C'est pas son genre.

— Mais il est tellement compétitif...

De l'autre côté du bar, Julien a disparu et Curtis discute avec des gens que je ne connais pas.

— Il y a un truc qu'il faut que tu comprennes à propos de Curtis, dit Brent. Il connaît plein de monde et il a l'air de se faire des amis facilement, mais en réalité, il a des défenses épaisses d'un mètre. Tous ceux qui ne sont pas dans son cercle d'intimes sont des adversaires potentiels. Mais si tu arrives à y entrer, il sera loyal jusqu'à la mort.

— Je vois, dis-je lentement.

— Après, c'est une confiance qui se mérite.

— Et tu as réussi à la mériter ?

— Ça m'a pris du temps, mais oui.

— Et Dale ?

— Non. Dale l'énerve.

— Oui, j'ai vu ça.

Deux fortes têtes qui s'affrontent pour savoir qui va l'emporter.

— Et moi, alors ? J'y suis, dans son cercle d'intimes ?

— Difficile à dire, répond Brent en détournant le regard.

En d'autres termes, non. Même si ça me blesse, je sais que c'est vrai. Peut-être que j'en ai fait brièvement partie, après que Saskia m'a ensevelie, mais la course d'aujourd'hui a ruiné mes chances.

Je bois une gorgée en me demandant qui je placerais dans *mon* cercle d'intimes. Mon frère peut me rendre folle quand il s'y met, et je suis en conflit avec mes deux parents. Brent et moi étions proches, mais plus maintenant ; il y avait aussi Camille, mais là encore, plus maintenant. Le snowboard m'a éloignée de mes amis d'enfance, et la faute n'en revient qu'à moi. Chaque fois qu'il m'a fallu faire un choix – anniversaires, enterrements de vie de jeune fille –, j'ai choisi la neige.

Personne, donc. Je n'ai pas de cercle d'intimes.

Tout autour de moi, des groupes de gens discutent et rient ensemble. Comment en suis-je arrivée là ? À la veille de la plus importante compétition de ma carrière, je suis seule et sans amis.

Brent me touche la main.

— Tu veux que je vienne te retrouver demain matin pour qu'on monte à la station ensemble ?

— Oui, super.

Une étincelle d'espoir. Peut-être que ça ira. Brent et moi pourrons rester amis.

À la table de Saskia, Heather ramasse les verres vides. Elle renverse une bouteille d'Orangina encore à moitié pleine. Saskia lui dit quelque chose qui la fait se redresser d'un coup, furieuse. Saskia se lève pour lui faire face. Son haut argenté scintille. Elles se disputent, et Heather semble de plus en plus en colère, même si je n'arrive pas à entendre ce qu'elles disent à cause de la musique.

Camille fixe Saskia, choquée, puis se lève aussi. Elle crie quelque chose en français à Saskia, puis s'en va en courant.

Qu'est-ce qu'a bien pu dire Heather ?

Saskia se penche pour murmurer quelque chose à l'oreille de Heather. Celle-ci la gifle en plein visage.

— Salope !

Ça, je l'ai entendu.

Saskia lui rend sa gifle, si fort que Heather titube sur le côté.

Je n'ai pas le temps de cligner des yeux que Dale traverse la pièce en renversant tout sur son passage pour entrer en collision avec Saskia. Elle trébuche en arrière sur une chaise et tombe dans le box, écrasée sous son poids.

Curtis arrive et tire Dale en arrière. La foule se disperse tandis qu'ils luttent. La musique s'arrête ; le silence tombe sur le bar.

— T'as intérêt à contrôler ta sœur ! hurle Dale.

— Ce n'est pas un chien, réplique Curtis.

— Je n'en suis pas si sûr !

Curtis lui décoche un coup de poing si rapide que c'est à peine si je vois son bras bouger. Dale perd presque l'équilibre et se tient la mâchoire ; puis il se rue sur Curtis. Il tente de lui mettre une droite mais ne parvient qu'à le toucher à l'oreille.

Trois videurs baraqués viennent s'ajouter à la scène. Deux d'entre eux attrapent les bras de Curtis et les lui tordent dans le dos. Il étouffe un cri et devient tout blanc. Oh, merde, son épaule !

Dale tente encore de frapper Curtis, mais le troisième videur s'interpose et c'est lui qui se prend le coup. D'autres videurs surgissent de nulle part, suivis par un mec en costume qui aboie quelque chose en français.

Dale et Curtis sont traînés vers la porte de derrière. Dale se tient la main ; il doit s'être fait vraiment mal, car il ne résiste pas.

Heather lui jette un regard angoissé, mais l'homme en costume lui fait signe de venir.

— Qu'est-ce qui s'est passé, bordel ? dit Brent.

— Aucune idée, dis-je. Et je n'ai même pas bu une goutte d'alcool.

— Mieux vaut aller voir où ils les emmènent, dit Brent en se levant.

Il ne reste que Saskia à table. Elle semble à nouveau parfaitement sereine ; lorsqu'elle croise mon regard, elle hausse les épaules comme si tout ça ne lui faisait pas grand-chose.

Je me fraye un chemin dans la foule jusqu'à la porte de derrière, en suivant Brent, mais un videur me bloque le passage. Je vais devoir sortir par l'entrée.

L'homme en costume est en train de dire deux mots à Heather. À l'évidence, elle se fait réprimander, car elle baisse la tête.

Saskia m'attrape le bras lorsque je lui passe devant.

— Ça va aller pour eux. Reste là.

— Tu crois ?

— Ils sont grands.

Les videurs reviennent à l'intérieur. Curtis, Brent et Dale doivent déjà être dans la rue.

— Assieds-toi, dit Saskia en tapotant la banquette.

J'hésite. Qu'est-ce qu'elle peut bien me vouloir ? Saskia est la dernière personne avec qui je veux passer du temps, mais peut-être que c'est une occasion en or. Je n'ai toujours pas de stratégie pour les Brits. Si je peux apprendre quel genre de risques elle compte prendre demain, je saurai jusqu'où aller, moi.

Je m'assieds à contrecœur.

— Tu sais pourquoi ils ne m'ont pas jetée dehors ? dit-elle.

— Pourquoi ?

Elle désigne le plus large des videurs qui surveille la pièce, bras croisés sur son ample poitrine.

— Parce qu'ils espèrent en voir plus. Des filles qui se battent pour de bon, tu vois le genre ? Qui s'arrachent leurs vêtements et tout ça.

Heather enfile sa veste en cuir et quitte le bar, l'air bouleversé.

— Je crois qu'elle s'est fait virer, dis-je.

— Ça lui apprendra, à cette idiote, répond Saskia.

Je jette un regard alentour. Les autres sont tous partis. Il ne reste qu'elle et moi.

## 47

*Aujourd'hui*

— C'était moi, dit Curtis. C'est moi qui vous ai invités ici.

Une fois de plus, j'ai l'impression que le plancher se dérobe sous mes pieds, mais cette fois, c'est comme si le glacier avait cédé sous le bâtiment et que tout s'effondrait.

Il faut que je sorte d'ici. La douleur me déchire le genou lorsque je me retourne vers la porte, mais ce n'est rien à côté de la douleur que je ressens intérieurement.

— Maman ne s'est jamais remise de la disparition de Saskia, dit Curtis à voix basse. Elle a déjà fait trois dépressions nerveuses.

Je déverrouille la porte. Je ne porte toujours rien au-dessus de la taille, mais je m'en fiche.

— Le jour où on a reçu la déclaration de décès officielle de Saskia, elle a essayé de se suicider.

Ma main hésite sur la poignée de porte. C'était il y a seulement deux semaines. Pas étonnant que Curtis ne soit pas dans son état normal.

— Elle va recommencer. Alors tout ça, c'était la

tentative de la dernière chance. Un ultime effort pour savoir la vérité.

Je me retourne lentement.

Curtis semble presque aussi brisé qu'il l'était quand les secours en montagne ont abandonné les recherches pour sa sœur.

— Si on trouvait un corps, ma mère pourrait tourner la page. On pourrait, tu sais… l'enterrer, dit-il d'une voix vacillante. Ou au moins savoir ce qui lui est arrivé. Ne pas savoir, c'est ça, le pire. Maman imagine des choses horribles, un kidnapping ou quelque chose comme ça, alors que c'était sûrement un accident. Je pensais pouvoir lui apporter un peu de tranquillité d'esprit… Mais je n'ai jamais voulu tout ça !

Je cherche mon haut des yeux, sans le trouver, si bien que je croise les bras sur ma poitrine.

— Alors qu'est-ce que tu voulais ?

— Juste un week-end entre amis. L'occasion de savoir où on en était dans la vie, de parler du bon vieux temps…

Il prend une couverture sur le lit et m'en drape.

— Prends ça, sinon tu vas geler.

Je la serre contre moi en sentant le froid du tissu contre mes seins.

— L'idée, c'était de vous faire boire, pour voir si je pourrais apprendre quelque chose. Ne serait-ce qu'un indice. Un mobile. N'importe quoi. À l'époque, je sentais bien que tu me cachais des choses, mais après tout ce temps, je me disais que tu serais peut-être prête à tout me dire…

Il frotte ses bras nus.

— Je n'étais pas sûr d'apprendre quoi que ce soit, mais au moins j'aurais essayé. Tu veux t'asseoir ?

Je secoue la tête. Tous ces mensonges qu'il m'a racontés… J'en ai la nausée.

Il prend une couverture et s'assoit en tailleur sur le lit.

— Et le Brise-Glace ? dis-je.

— Rien à voir avec moi.

Il doit voir mon air sceptique, car il s'empresse d'ajouter :

— C'est vrai ! Je ne sais pas d'où il est sorti. Mon plan n'était pas aussi diabolique.

— C'est toi qui as pris nos téléphones ?

— Non. J'ai envoyé les invitations et j'ai payé pour le séjour, mais c'est tout. Je le jure.

J'ai mal au genou. Je m'assois au bord du matelas, à l'opposé de Curtis.

— Pourquoi nous avoir fait venir si loin ?

— Justement, j'avais pensé à organiser quelque chose en Angleterre, un bar à Londres ou quelque chose dans le genre, mais vu la façon dont les choses se sont terminées, je ne savais pas si on aurait tous envie de se revoir… Je me suis dit qu'en vous invitant ici, vous ne pourriez pas résister.

— On ne pourrait pas partir, surtout.

— Ce n'était pas prévu. Je veux dire, je savais qu'il n'y aurait que nous, mais je pensais qu'il y aurait du personnel.

— Pourquoi avoir fait croire que les invitations venaient de moi ?

— J'envoyais des e-mails à Brent, de temps en temps, mais il ne me répondait jamais. Après ce qui s'était passé avec ma mère, je n'allais vraiment pas bien. Je savais que c'était mal, oui, mais j'étais désespéré… Je pensais que si ça avait l'air de venir de toi, Brent viendrait peut-être. Et je savais que Dale ne viendrait jamais s'il pensait que ça venait de moi. Et de toute façon, Heather a quand même dit non.

— Alors tu l'as fait chanter. « Si vous ne venez pas, je dirai tout. »

— Oui, dit-il en évitant mon regard.

— Comment tu savais, pour Brent et Heather ? Brent m'a dit que personne n'était au courant.

— Je les ai entendus. J'étais dans mon lit, je faisais une sieste avant d'aller au Glow. Ce n'était pas difficile de reconnaître la voix de Heather.

— Bon. Et maintenant, on en est là.

Je dois oublier à quel point je me sens blessée et me concentrer sur l'énigme à résoudre.

— Tu t'es adressé à qui, pour louer la station ?

— Un mec appelé Romain. Le directeur n'était pas là. Je n'étais pas sûr qu'ils nous laisseraient monter à cette période de l'année. La météo est assez imprévisible… Mais je les ai appelés, j'ai expliqué ce que je voulais, et ils sont revenus vers moi avec leur devis.

— Tu n'as rencontré personne en face à face ?

— Non, tout s'est fait au téléphone et par e-mail. Leurs bureaux étaient fermés quand je suis passé devant hier, mais Romain m'avait prévenu que ce serait le cas. Il a dit que tout serait prêt pour nous. Dès qu'on est sortis des œufs sans trouver personne, j'ai su que quelque chose n'allait pas.

— Alors pourquoi tu n'as rien dit ?

Il semble honteux.

— Ça aurait ruiné ce que je cherchais à faire en vous amenant ici. Je me suis dit que je ferais mieux de jouer le jeu jusqu'à comprendre ce qui se passait. Et de toute façon, le Brise-Glace m'a plutôt bien arrangé.

— Et comment tu expliques tout ce qui s'est produit depuis hier ?

Il jette un coup d'œil vers la porte et baisse la voix.

— Quelqu'un a pris les rênes à ma place.

— Un membre de la station ?

Mais au moment où je formule cette idée, je me rends compte du problème : le Brise-Glace. Je ne sais pas qui a écrit les secrets qui s'y trouvaient, mais ça ne peut pas être un inconnu.

— Réfléchis, dit Curtis. La région est pauvre. Pas d'industrie, et la plupart des emplois sont saisonniers. Le directeur était parti. Il ne peut pas y avoir beaucoup de personnel à cette période de l'année. Ce ne serait pas difficile de soudoyer l'un d'eux. Je ne pense même pas qu'ils demanderaient beaucoup d'argent. Pour ce qu'ils en savent, nous ne sommes là que pour le week-end, alors arrêter les téléphériques et jouer un peu avec les gens ne leur aurait pas semblé si grave.

*Jouer avec les gens.* L'expression me fait tressaillir. Pourquoi fallait-il qu'il dise ça ? Je le dévisage : j'aimerais pouvoir le croire.

— Mais nous abandonner ici ? Ils pourraient perdre leur boulot.

— Si ce sont des saisonniers, ils n'ont pas grand-chose à perdre. Peut-être qu'on leur a dit qu'on les appellerait quand on voudrait redescendre, ou qu'on redescendrait par nos propres moyens… Qui sait ?

Il fronce les sourcils.

— C'est typiquement le genre de truc qu'organiserait ma sœur.

La douleur dans ses yeux semble sincère.

— Mais pourquoi ferait-elle ça ? je demande.

J'attends sa réponse avec appréhension, car, moi, je connais au moins une raison pour laquelle elle ferait une chose pareille.

— Je ne sais pas trop, dit-il.

Son regard se perd dans l'ombre un moment, puis revient vers moi.

— Quoi qu'il en soit… je suis vraiment désolé.

Je ne sais pas où poser les yeux. Il m'a menti sur les invitations, et qui sait sur quoi d'autre.

Mais au moins, il m'a enfin avoué la vérité. Il a bien plus de tripes que moi. En un sens, je peux comprendre ses actes – sa famille a toujours tellement compté pour lui – et je peux même comprendre pourquoi il me soupçonne. Il m'a vue dans mes pires moments, et il a raison sur un point : il ne sait pas tout des dernières heures de Saskia.

— Pourquoi me le dire maintenant ? je demande.

— J'attendais d'être sûr.

— Sûr que je ne l'ai pas tuée ?

— Oui.

— Et maintenant, tu en es certain ? C'est déjà ça.

Il ne répond pas. Je le fixe avec de grands yeux.

— Tu me suspectes encore. Et tu m'embrasses quand même ?

Il hausse les épaules, le regard triste.

— Je t'aime bien, Milla. Depuis le début. Certaines des choses qu'elle t'a faites… J'y ai beaucoup réfléchi depuis, et je me dis que si c'est toi qui l'as… qui l'as attaquée, ça ne pouvait être qu'un accident ou de la légitime défense. Et si c'est le cas, je le comprendrais.

Il me dévisage. Si j'attendais le bon moment pour tout lui dire, c'est maintenant. Mais quelqu'un frappe à la porte.

Curtis pousse un juron.

— Tu ferais mieux d'ouvrir, dis-je.

Il se lève et va entrouvrir la porte.

— J'ai entendu un bruit, dit une voix.

Merde. C'est Brent.

— Et Milla ne répond pas à sa porte.

— Euh…, fait Curtis en me regardant par-dessus son épaule.

— C'est bon, dis-je en remontant la couette jusqu'à mon menton. Ouvre.

Curtis ouvre grand, et Brent tressaille lorsqu'il me voit là. Je l'ai blessé – une fois de plus.

— Je n'ai rien entendu, reprend Curtis.

— Moi non plus, dis-je.

Brent reste là dans l'encadrement de la porte, l'air mal à l'aise.

— On aurait dit une porte qui se refermait. Et Heather n'est pas dans sa chambre non plus.

Curtis et moi échangeons un regard. Mon cœur se remet à me marteler les côtes. D'un drame à l'autre.

— Entre, dit Curtis.

Brent traîne les pieds ; il sent le brandy. Est-ce qu'il a bu toute la bouteille ? Mon nez me dit que oui.

Curtis ferme la porte à clé derrière lui et enfile un sweat-shirt.

— Tu t'habilles, Milla ? dit-il en m'envoyant mon haut thermique et deux de ses pulls.

— Tu veux que je sorte ? dit Brent d'un ton rigide.

— Non.

Il a déjà vu tout ce qu'il y avait à voir. Tous les deux doivent penser la même chose, mais ils ne le disent pas à voix haute, ce dont je leur suis reconnaissante.

Mon genou blessé s'est raidi. Je soulève ma jambe avec précaution pour poser le pied au sol. Brent me tourne le dos pendant que je m'habille. Les vêtements de Curtis sont beaucoup trop grands pour moi, mais au moins ils tiennent chaud.

— Ça va, tu peux regarder, dis-je.

Brent se passe une main dans les cheveux.

— Alors, qu'est-ce qu'on fait ?

— On part à la recherche de Heather, j'imagine, dit Curtis d'un air circonspect.

Brent hoche la tête, et je ne peux m'empêcher de remarquer à quel point il est prêt à lui obéir, maintenant. Il a peur.

Et sa peur me fait très peur.

— Il ne faudrait pas qu'on ait des armes, ou un truc comme ça ? lâche Brent.

Je prends une soudaine inspiration. Curtis marque une pause.

— Quel genre ? demande-t-il.

Vu la façon dont il observe Brent, il veut tester la rapidité de sa réponse. Pour savoir s'il s'est déjà armé.

— Il y a plein de bâtons et de pelles là-dehors, dit Brent.

Et de piolets.

— Et de piolets, termine-t-il en croisant mon regard de ses yeux noirs.

Je visualise une ombre aux aguets derrière l'une des nombreuses portes fermées, le piolet prêt à frapper. J'ouvre la bouche pour leur dire que celui du restaurant manque à l'appel. Mais Brent me fixe toujours. Est-ce que ce serait lui qui aurait pris le piolet ? Ou les couteaux ? Je ne sais plus quoi penser, mais si c'est lui qui s'en est emparé, il vaut mieux qu'il croie que nous ne nous en sommes pas rendu compte.

— Tu n'as rien dans ta chambre ? demande Curtis.

— Mon tournevis, répond Brent.

— Va le chercher.

Brent disparaît. Dès que la porte se referme, Curtis se penche vers moi.

— Tu lui fais confiance ?

J'hésite. Je connais chaque centimètre carré du corps de Brent, mais est-ce que je le connais vraiment, lui ? Surtout maintenant, dix ans plus tard ? Je n'arrive toujours pas à oublier son expression de la nuit dernière.

— Et toi ?

— Je ne suis pas sûr, dit Curtis en fouillant dans son sac à dos.

— Tu sais, le vieux piolet au mur, en haut ?

— Oui ?

— Il a disparu.

Curtis relève brusquement la tête.

— Depuis quand ?

— Je ne l'ai remarqué qu'au dîner.

Maintenant, je me sens coupable de ne pas l'avoir mentionné plus tôt.

Il jure et sort un gros tournevis au manche en plastique violet – celui-là même que je lui avais emprunté il y a dix ans.

— Tiens, prends ça.

— Et toi ?

— *Prends-le !*

Je le prends.

— Écoute, si c'est vraiment à ma sœur qu'on a affaire, ne t'approche pas d'elle, d'accord ? Laisse-moi m'en occuper.

J'ai l'impression de vivre un cauchemar. L'idée qu'elle revienne d'entre les morts pour concevoir ce plan élaboré afin de… de quoi, exactement ?

Curtis jette un regard inquiet vers la porte.

— Brent devrait déjà être revenu. Tu me fais confiance, Milla ?

— Je…

Je ne sais pas.

— J'ai besoin de temps pour digérer ce que tu m'as dit.

— Écoute, à partir de maintenant, je ferai de mon mieux pour être complètement honnête. Mais il faut que tu me fasses confiance. Après avoir passé cette porte…

Un cri retentit dans le couloir. Un cri perçant, une voix de femme.

J'ouvre la porte d'un coup, je me jette dehors – mon genou cède presque sous mon poids – et j'aperçois Heather, le piolet manquant à la main.

Alors c'est elle qui a tout organisé. Elle et Dale.

Brent se tient à quelques mètres d'elle dans le couloir, les mains levées, l'une d'elles refermée sur son tournevis. De quel côté est-il ?

Heather se retourne et me menace de son piolet. Il a beau être vieux, il pourrait faire du dégât. Je lève mon tournevis. Ça contre un piolet… Je ne parierais pas sur moi.

Curtis est quelque part derrière moi, et lui n'est armé que de ses mains.

Pourquoi Heather fait-elle tout ça ? Où est Dale, et qui a pris tous les couteaux ? Je voudrais regarder derrière moi, dans le couloir, mais je n'ose pas détacher les yeux de Heather. Il va falloir que je fasse confiance à Curtis pour surveiller mes arrières.

Heather louche sur la pointe de mon tournevis.

— N'approchez pas !

Elle serre si fort le manche que ses jointures blanchissent. Je sens qu'il suffirait d'un seul mouvement de ma part pour qu'elle attaque.

Les lumières s'éteignent.

# 48

*Dix ans plus tôt*

Le visage de Saskia sort par intermittence de l'obscurité, éclairé en vert et orange, tandis que nous dansons sur la scène du Glow Bar.

Encore cette chanson des Killers. Je l'ai entendue tellement de fois cet hiver. La lumière stroboscopique se reflète sur le corset argent de Saskia. Tous les hommes dans la salle la regardent, mais elle ne semble pas en avoir conscience du tout – ou alors elle s'en fiche ?

J'ai l'impression que nous jouons à qui s'arrêtera la première. Pour le moment, je tiens le coup, car je n'ai pas consommé d'alcool – cela dit, je crois bien qu'elle non plus. Je ne vais pas pouvoir la faire boire suffisamment pour affecter sa performance de demain, mais peut-être que je peux l'épuiser. Je me suis couchée tôt hier soir, et jongler entre trois jobs à la fois m'a beaucoup entraînée à rester fonctionnelle avec seulement quelques heures de sommeil. Avec un peu de chance, elle n'y arrivera pas aussi bien.

Elle me battra quand même.

Nous dansons jusqu'à ce que la musique s'arrête.

Les videurs font sortir tout le monde en troupeau. Saskia et moi échangeons un regard en nous retrouvant dans la rue.

Il y a entre nous une tension électrique. Demain, nous serons rivales, ennemies jurées. J'ai essayé de la sonder plus tôt, sans arriver à rien : elle cache bien son jeu. Mais je pense que ni elle ni moi ne pouvons emporter la première ou deuxième place. Camille va sans doute gagner, suivie par Claire Donnahue, qui était au sommet de sa forme dans le half-pipe aujourd'hui. Je ne l'ai pas vue à la soirée. Elle est sans doute restée chez elle, ce qui était la chose la plus intelligente à faire. Tout ça pour dire que, à moins que Saskia ne se plante ou que je ne sorte un crippler par miracle, c'est elle qui se placera troisième. J'ai vu d'autres filles assurer à mort tout à l'heure. Je doute même d'arriver quatrième. Mon seul espoir est de tenter un crippler. Ou, tout du moins, de le faire croire à Saskia.

Nous approchons de chez elle. Quelqu'un attend dehors, accroupi près de la boîte aux lettres. Julien. Qu'est-ce qu'il fait là ? Il se redresse en nous voyant. Il a quelque chose à la main : un marqueur. Il a écrit quelque chose en français par-dessus le nom de Saskia sur la boîte aux lettres.

— Qu'est-ce que ça veut dire ? je demande.

— *Salope frigide*, traduit Saskia.

Julien ricane. Je marche droit sur lui et lui assène un coup à l'estomac. Il s'effondre. Enfin un bon côté à avoir un frère aîné. Jake et moi, on se battait tout le temps, et j'ai appris très jeune que tant qu'à le frapper, il fallait que je fasse ça bien pour me laisser au moins le temps de courir trouver ma mère.

Saskia me regarde d'un air nouveau.

— Pourquoi tu as fait ça ? Ce n'est pas comme si tu m'aimais bien.

Moi-même, je n'en suis pas sûre.

— J'étais la seule à n'avoir frappé personne ce soir, dis-je. Je voulais participer.

Un éclat de rire lui échappe. Julien ne s'est toujours pas relevé.

Saskia sort ses clés. Merde. Je suis censée la fatiguer. Je me rappelle ce qu'a dit Dale plus tôt, au sujet de Curtis. *Jouer avec les gens*… Ça n'a jamais été mon genre, mais c'est ça ou rentrer pleurer à la maison. À quoi Saskia s'attend-elle le moins, là tout de suite ? Nous sommes tellement similaires que, logiquement, ce qui me surprendrait la surprendra sans doute aussi.

Un geste d'amitié.

— Je viens de me rendre compte que tu n'étais jamais venue chez moi, dis-je. Ça te dit ?

Elle se retourne, l'air soupçonneux.

— Il faudrait que je dorme un peu.

— Pourquoi ? Tu as peur pour demain ?

Ce qui avait déjà marché avec moi marche aujourd'hui avec elle. Elle rejette ses cheveux en arrière et me tend la main. Je lui prends le bras et nous poursuivons notre route. Je jette un coup d'œil par-dessus mon épaule pour m'assurer que Julien ne nous suit pas. Il est toujours par terre, en train d'essayer de reprendre son souffle.

Des flocons de neige virevoltent en silence autour de nous.

— Ça doit tomber plus dru en altitude, dit Saskia en regardant le ciel.

— J'espère qu'ils déblaieront la piste.

— Il faudra bien.

Nous glissons ensemble – moi dans mes baskets Nike, elle dans ses adorables bottes fourrées – sur une plaque de verglas. Secouées d'un rire, nous nous raccrochons l'une à l'autre.

— Il ne manquerait plus que ça, dit-elle. Que je me casse la cheville juste avant les Brits.

De toute évidence, nous ne pouvons penser qu'aux Brits.

— J'espère qu'il ne neigera pas demain, dis-je. Je ne me vois pas tenter un crippler dans le grand blanc.

Je suis une très mauvaise menteuse – mon frère me l'a toujours dit – mais Saskia darde un regard vers moi, et je la sens incertaine.

— On y est, dis-je en lui faisant traverser la route.

Je tourne la clé dans la porte, que j'ouvre en grand, un peu gênée.

— Oh, murmure-t-elle quand elle entre.

— C'est aussi ce que j'ai dit quand je l'ai vu pour la première fois, dis-je en riant.

Seize mètres carrés, avec un lit double qui se rabat dans le mur. La kitchenette – un frigo minuscule et une antique plaque électrique à deux emplacements – est dans le coin derrière la porte, et on ne peut accéder à la salle de bains que si la porte du frigidaire est fermée. C'est tout ce que j'ai pu trouver aussi tard dans la saison.

J'ai oublié de refermer le lit tout à l'heure, alors nous nous asseyons dessus. Une odeur de riz brûlé, reste de mon dîner de la nuit dernière, flotte encore dans l'air.

Saskia me regarde comme si elle se demandait pourquoi je l'ai amenée dans ce trou à rats.

Je cherche quelque chose à dire. Je n'ai jamais été douée pour me lier d'amitié avec des filles. Cela étant, j'imagine que Saskia non plus. Il nous est plus facile d'être en compétition que de bien nous entendre.

Mes yeux se posent sur la chaînette bleu-vert et argent qu'elle porte au poignet. Ça fait déjà quelques fois que je la remarque.

— J'adore ton bracelet.

— C'est Camille qui me l'a offert, dit-elle en lui jetant un regard de désintérêt. Je te le donne, si tu veux.

— Non, c'est bon…

— Il est à toi, dit-elle en l'enlevant. Je ne l'aime plus vraiment.

Et je sens qu'elle ne parle pas que du bracelet. Impuissante, je la regarde le déposer sur ma table de nuit.

Ses yeux s'arrêtent sur l'un des tee-shirts Burton de Brent, en tire-bouchon sur l'oreiller, et elle se tourne vers moi avec un sourire entendu.

— Vas-y, raconte. Il est comment au lit ?

— Et Camille, elle est comment ? je contre.

Hors de question que je lui dise quoi que ce soit sur Brent. Je n'aurais pas dû poser la question sur Camille non plus, et je ne l'aurais pas fait si nous n'avions pas été que toutes les deux.

Les yeux de Saskia pétillent.

— Et toi ? Tu es comment, Milla ?

La nervosité me tord l'estomac. C'est encore à qui ira le plus loin, comme sur les pentes.

Je lève un sourcil en m'efforçant d'avoir l'air nonchalant.

— À ton avis ?

Elle me touche les cheveux, en me dévisageant intensément pour voir si elle a réussi à me perturber. Ou alors elle me met au défi de continuer le jeu. Difficile à dire.

— Sérieusement, dis-moi, poursuit-elle. Parce que mon frère adorerait le savoir.

Je sens dans sa voix qu'elle m'envie, comme si elle regrettait de ne pas pouvoir entrer en compétition avec moi sur ce terrain-là, mais sa mention de Curtis me fait sursauter. Si elle continue, elle va me demander si j'ai des sentiments pour lui. Il faut que je mette fin à tout ça avant de révéler quoi que ce soit. Un dernier assaut pour la mettre hors-jeu.

— Si je suis bonne au lit ? Peut-être bien, dis-je en posant la main sur sa joue.

Je m'attendais à ce qu'elle se dérobe, mais non.

— Montre-moi, murmure-t-elle.

Bon. D'accord. Là, elle m'a perturbée.

Mais je ne peux pas le laisser paraître. Je ne vois qu'une seule chose à faire, maintenant. Je me penche vers elle et je l'embrasse. Sa surprise me parvient sous la forme d'un léger tressaillement ; puis elle me rend mon baiser.

Et je tombe dans le vide sans rien sous mes pieds. La même sensation que lorsque je suis allée trop haut dans mon saut, mon estomac qui se retourne dans ma chute. Je pensais qu'elle se dégagerait. À la place, elle a poussé le jeu encore plus loin.

C'est la première fois que j'embrasse une fille. Ses

lèvres sont bien plus douces que celles de Brent, et elle n'embrasse pas pareil, non plus. Mais elle sort avec Camille. Il va bien falloir qu'elle abandonne la première.

Cela dit, je ne l'ai jamais vue abandonner quoi que ce soit.

En entrouvrant les yeux, je croise son regard d'un bleu intense, si semblable à celui de son frère. Elle me dévisage. Je la repousse sur le lit et je l'embrasse encore, plus intensément. Elle ouvre ma veste de snowboard, j'ouvre la sienne et je lui retire son pull.

En riant, elle me déshabille jusqu'à ce que je ne sois plus qu'en soutien-gorge.

— Allez, vas-y, dit-elle en m'indiquant la fermeture Éclair de son corset.

Mes mains tremblent lorsque je l'ouvre. Ses doigts minces frôlent mon ventre nu. Elle sait exactement où me toucher et comment, et à ma grande surprise j'ai l'air de savoir comment la toucher. En tout cas, elle semble y réagir. Et Camille, alors ? Mais il faudrait plus que de la culpabilité pour m'arrêter, désormais.

Je me dis que je ne fais ça que pour gagner la compétition – celle, personnelle, qui nous oppose, et celle, publique, qui aura lieu demain. Je me dis que c'est parce que ces yeux, fixés sur moi, pourraient être ceux de Curtis.

Mais la vérité est sans doute plus simple. Elle a exercé une fascination étrange sur moi pendant tout l'hiver, et maintenant, me voilà plus proche d'elle que je n'aurais pu en rêver. Ça semble peut-être dément après tout ce qu'elle m'a fait, mais je crois qu'en cet instant, je l'aime. Au moins un peu.

# 49

*Aujourd'hui*

Le couloir glacé est maintenant totalement obscur. Tous mes sens s'éveillent au maximum pour tenter de repérer le déplacement d'air annonciateur d'une lame qui s'abat.

— Que personne ne bouge ! hurle Heather d'une voix suraiguë.

Je recule en l'entendant, les bras levés pour me protéger la tête, même si je ne suis pas sûre que cela servirait à quelque chose contre un piolet.

Quelque chose bouge derrière moi. Je sursaute si fort que j'en ai mal au genou.

— Pose le piolet.

C'est la voix de Curtis. Comment fait-il pour rester aussi calme ?

Je recule contre lui et il me tâte le long du bras pour trouver le tournevis que j'ai à la main. Je le laisse le prendre. J'imagine que ça veut dire que je lui fais bel et bien confiance.

Il me contourne et s'approche de Heather. Qu'est-ce qu'il va lui faire ?

— Pourquoi vous m'avez amenée ici ? crie Heather. Qu'est-ce que vous voulez ?

Le désespoir dans sa voix me frappe. Je tâtonne jusqu'à trouver l'épaule de Curtis. Je ne veux pas qu'il lui fasse du mal.

— Curtis, ce n'est pas elle.

— Milla, m'avertit-il.

Je m'interpose entre eux en espérant ne pas me tromper.

— Milla, non !

— Heather ? dis-je, la voix tremblante, en ignorant Curtis. Brent a entendu un bruit, et tu n'étais pas dans ta chambre.

Silence.

— Brent ? j'appelle.

— Je suis là, dit-il d'assez loin. J'ai trouvé deux interrupteurs, mais ça ne marche pas. Le courant a encore été coupé.

Deux mains m'agrippent les épaules en me faisant sursauter à nouveau.

— Où est la lampe torche que je t'avais donnée ? murmure Curtis.

— Euh… Dans ma chambre. Sur le sol, près du lit.

— Je vais la chercher. Ne bouge pas.

Il me rend le tournevis. Je sens un courant d'air derrière moi lorsqu'il s'en va.

— Heather ? dis-je. Tu nous fais peur.

Pas de réponse.

— Curtis est parti chercher sa lampe.

Pendant de longues secondes, on n'entend que le son de nos respirations.

Un autre courant d'air derrière moi, et le couloir

s'illumine. Curtis se tient dans l'encadrement de ma porte, sa lampe à la main. Heather se colle contre le mur, les doigts crispés sur le piolet. Brent est plus loin dans le couloir.

Je m'avance en tendant la main. Elle frissonne, et tout le monde peut le voir.

— Heather…

Le piolet lui glisse des mains et tombe sur le sol. Elle se recroqueville par terre, secouée par les sanglots.

Brent s'affaisse contre le mur, une main sur la poitrine.

— Tu m'as fait tellement peur, Heather.

Je voudrais bien m'asseoir près d'elle, mais je n'arrive pas à plier le genou. Tout ce que je peux lui offrir, ce sont mes mains tremblantes sur ses épaules.

— Viens là, dit Brent en l'aidant à se relever avant de la serrer fort contre lui.

Entre deux sanglots, Heather essaie de dire quelque chose.

— J'ai trouvé…

— Trouvé quoi ? dis-je.

Elle parvient tant bien que mal à reprendre sa respiration et pointe un doigt hésitant vers le bout du couloir.

— Une pièce.

— Quel genre de pièce ?

Elle pleure à nouveau trop fort pour parler. Je jette un regard impuissant à Brent.

— Tu peux nous montrer ? demande-t-il.

Elle étouffe un sanglot et hoche la tête. Brent ramasse le piolet, puis donne son propre tournevis à Heather. Curtis se raidit, mais ne dit rien. Heather nous guide le long du couloir. Curtis suit en éclairant notre chemin. Je boite à leur côté, les dents serrées de douleur. Brent ferme la marche.

Nos ombres dansent sur le mur. Quatre silhouettes, dont une armée d'un piolet.

J'espère que les piles de cette lampe sont neuves. Heather tourne à gauche, passe devant la salle de bains où je l'ai découverte plus tôt et s'arrête à la porte suivante.

J'aurais pu jurer que celle-là était verrouillée. Et quand Heather pousse le battant et que Curtis éclaire l'intérieur, je sais que je n'y suis encore jamais entrée.

— Putain, souffle Curtis.

## 50

*Dix ans plus tôt*

Je me réveille en entendant tambouriner à la porte de chez moi. Saskia, près de moi, est également tirée du sommeil. Le drap la couvre jusqu'à la taille, mais je crois bien qu'elle est tout aussi nue que je le suis.

— Milla ?

Oh, merde. C'est la voix de Brent. Je me lève précipitamment et je pars en quête de mes vêtements.

Je pensais que Saskia serait elle aussi horrifiée à l'idée de se faire surprendre comme ça, mais elle ne bouge même pas. Après avoir récupéré mon pull sur le sol, je l'enfile à la va-vite.

— Habille-toi.

— Pourquoi ? dit-elle, les yeux brillants.

— Parce que je veux que tu mettes des vêtements !

Elle reste allongée là, avec aux lèvres un sourire que j'ai déjà vu bien des fois sur son visage cet hiver.

— Milla ! appelle Brent. Active ! J'ai besoin de pisser !

Saskia étouffe un rire.

— Une seconde !

J'envoie à Saskia son soutien-gorge et sa culotte, et je me hâte de remonter mon jean.

— Allez ! me presse Brent en secouant la poignée.

Saskia n'a toujours pas bougé du lit. Vaincue, j'ouvre la porte. Brent a son snowboard à la main, équipé de pied en cap. Il laisse tout tomber sur le tapis, se rue à l'intérieur et s'arrête net lorsqu'il la voit.

Elle est au milieu du lit, ses seins nus bien visibles au-dessus de la couette. Elle lui fait un petit signe de la main.

— Salut, Brent.

Il se retourne vers moi, si stupéfait qu'il en reste sans voix. Puis, après avoir jeté un autre regard à Saskia, il s'engouffre dans la salle de bains.

— S'il te plaît, je lui dis. Habille-toi.

Elle s'étire, les bras au-dessus de la tête, et bâille.

— Encore une minute.

J'entends la chasse d'eau, puis le robinet. Saskia attend que Brent ressorte, puis s'étire à nouveau et se lève, complètement nue.

Le pauvre Brent ne sait pas où poser les yeux. Elle ramasse ses sous-vêtements en dentelle noire et les enfile comme un strip-tease inversé. Brent ne peut pas s'empêcher de regarder, et je ne lui en veux pas. Elle est vraiment éblouissante. Pas maigre comme un mannequin – plus mince que moi, sans aucun doute, mais musclée et solide. Sa peau est lisse, bronzée. Sans doute les effets de l'autobronzant, car mes propres membres n'ont pas vu le soleil depuis des mois.

Brent se force à me regarder. D'une voix tendue, il dit :

— On devait monter ensemble à la station…

Il me fixe comme s'il ne me connaissait plus.

## 51

*Aujourd'hui*

La lampe de Curtis donne à la pièce des couleurs ambrées. Un long bureau occupe le centre, avec une demi-douzaine d'écrans de chaque côté.

— La salle de contrôle, dit-il.

Revoilà cette odeur. Du parfum. En regardant Curtis, je sais qu'il l'a sentie aussi : il devient pâle et s'appuie au mur pour ne pas tomber.

Un matelas se trouve à l'autre bout de la pièce, avec un oreiller et quelques couvertures. Mon cœur s'emballe. Quelqu'un a dormi ici. Mais qui ? Je me retourne vers la porte, et Brent doit avoir la même chose en tête, car il jette un coup d'œil des deux côtés du couloir. Même après avoir bu, il tient bien le coup.

Curtis fixe le matelas d'un regard hanté.

— Comment as-tu trouvé cette pièce ? dis-je en me retournant vers Heather.

— Je vous l'ai dit, j'ai entendu un bruit, répond-elle en étouffant un autre sanglot. Je pensais que c'était peut-être Dale, alors je suis allée voir…

— Et la porte était ouverte ? Genre, grande ouverte ?

Elle hoche la tête.

— Quand est-ce que tu as pris le piolet ?

— Pendant l'après-midi, quand vous êtes tous montés au téléski. J'avais peur.

Son regard croise le mien, et je sens qu'elle veut dire : peur de Curtis.

— J'ai décidé de le cacher dans ma chambre au cas où j'en aurais besoin.

— Tu as pris les couteaux aussi ? demande Curtis.

— Quels couteaux ?

J'échange un regard avec lui. Les couteaux sont donc toujours dans la nature.

Mon genou n'aime décidément pas que je le plie. Je me baisse très lentement pour toucher le matelas.

— Il est froid, dis-je, soulagée.

— Peut-être que des membres du personnel dorment ici pendant la saison, dit Brent.

Je ne sais pas s'il essaie de nous convaincre ou de s'en persuader lui-même. C'est vrai que le personnel de la station doit parfois passer la nuit ici, comme les pisteurs-secouristes, par exemple. Ce matelas ne suffit pas à prouver que Saskia, ou quelqu'un d'autre, est avec nous dans le bâtiment.

— Mais qui a déverrouillé la porte ? je demande.

Car à l'évidence, quelqu'un l'a ouverte pour nous, et si ce n'était pas Saskia ou un inconnu, c'était l'un de nous. Peut-être même Dale.

Sous le bureau se trouve un mini-frigo. Brent l'ouvre et nous y jetons un coup d'œil. Du lait, du fromage, du jambon. Quelques repas tout prêts. Au-dessus, un micro-ondes. Un sac en plastique Carrefour contient des céréales, du pain et des fruits.

Un bol, une assiette et des couverts reposent non loin.

Un frisson me parcourt.

— La porte d'à côté, dis-je. Cette salle de bains. Vous ne pensez pas que… ?

Curtis cligne des yeux comme s'il sortait d'hypnose. Il retourne dans le couloir. Nous le suivons avec précaution. Il illumine la poignée de la porte d'à côté, sans s'en approcher, à croire qu'il a peur de la toucher. Moi aussi, j'ai peur. Est-ce qu'il y a quelqu'un, là-dedans ?

*Est-ce que Saskia se trouve de l'autre côté ?*

Brent tourne la poignée, le piolet à la main. La porte s'ouvre et Curtis balaie les murs du faisceau de lumière. La salle de bains est vide, l'odeur exotique de vanille bien moins prononcée que dans l'après-midi. Je suis sur le point d'entrer avec les autres lorsque je me souviens que la porte s'est coincée plus tôt. Il ne faudrait pas que ça recommence, alors je reste dans l'encadrement pour l'empêcher de se refermer.

Nous regagnons la salle de contrôle. Brent parcourt les écrans, bouge toutes les souris, mais aucun ne s'allume.

— Pas de courant.

Mon esprit tourne à plein régime. Est-ce que la porte a été laissée ouverte exprès, parce qu'on voulait que cette pièce soit découverte ? Ou était-ce un accident ?

— Heather a dit qu'elle avait entendu un bruit, dis-je. Peut-être que quelqu'un était là et qu'elle l'a fait fuir…

— Et qu'il ou elle a coupé le courant pour qu'on ne

puisse pas se servir des ordinateurs, renchérit Brent. Peut-être.

— Mais où est-il passé, maintenant ? Ou elle ?

— Il y a plein d'autres pièces dans lesquelles se ca…, dit Curtis avant de s'interrompre. C'est quoi, ça ?

On entend de la musique dans le lointain. D'où vient-elle ?

— Donne-moi le piolet, dit Curtis en se tournant vers Brent.

Brent hésite, puis le lui tend. Curtis se rue hors de la pièce. Abandonnés dans le noir, nous n'avons d'autre choix que de lui courir après. Après avoir tourné à l'angle, la musique devient plus forte. Oh, mon Dieu, je connais cette chanson. C'est celle que Saskia adorait : « Somebody Told Me » des Killers. Heather prend une soudaine inspiration : à l'évidence, elle aussi la reconnaît.

En arrivant aux marches qui mènent à la salle de réception, je sens à nouveau le parfum. L'angoisse se répand en moi. La musique vient de là-haut.

Curtis monte l'escalier quatre à quatre, Brent sur les talons. Je me traîne derrière Heather, la bouche sèche. Qu'allons-nous trouver ? Est-ce que c'est vraiment elle ? Et si oui, que compte lui faire Curtis ? Il traverse la porte coupe-feu, dont les battants se rabattent à sa suite, nous plongeant à nouveau dans l'obscurité, mais Brent la rouvre d'un coup de pied et la bloque le temps que Heather et moi arrivions à sa hauteur.

Dans la salle de réception, la musique est assourdissante et le parfum plus puissant que jamais. Curtis se tient devant la table basse. Là, éclairée par sa torche, se trouve une petite radio CD portable. Elle doit fonctionner sur piles, car elle n'est pas branchée.

Mon regard circule autour de la pièce en sondant les coins sombres. Il n'y a personne ici à part nous.

— Fais taire ce truc ! dit Heather en plaquant les mains sur ses oreilles.

Curtis lève son piolet.

— Non ! je crie.

Curtis tourne les yeux vers moi. Dans la lumière de la lampe torche, son visage ressemble à celui d'un démon. Je boite jusqu'à lui et j'appuie sur le bouton *Stop*. La musique s'arrête. J'ouvre le lecteur et en retire le CD, en espérant apprendre quelque chose, mais il est vierge. Je le glisse à nouveau dans l'appareil pour voir s'il y a quelque chose d'autre dessus. Rien qu'une piste.

Ça fait des années que je n'ai pas vu un lecteur CD comme celui-là. Sont-ils encore trouvables dans le commerce ? En me rappelant notre manque de batteries, j'ouvre le compartiment des piles, mais elles ne sont pas adaptées à notre lampe torche.

Curtis bouscule Heather et Brent pour ressortir de la pièce. Nous le suivons dans le couloir. Il ouvre chaque porte devant laquelle il passe – les toilettes, le placard à balais – jusqu'à en trouver une verrouillée.

— Tiens-moi ça, dit-il en me passant la lampe.

Avant même que je ne comprenne ce qu'il compte faire, il prend le piolet à deux mains et l'abat sur la porte. Il lui faut une demi-douzaine de coups pour percer un trou assez grand pour y voir. Il me reprend la torche des mains et y dirige le faisceau de lumière.

Puis il pousse un juron et me la rend. Elle éclaire de plus en plus faiblement, mais je n'ose pas le lui faire remarquer.

Il respire très fort, et de la sueur brille sur son front. Je tends la main vers lui, mais je me ravise avant de le toucher. Il bataille avec la poignée de la porte suivante, puis abat à nouveau le piolet. Nous restons là, à le regarder détruire cette porte, puis la suivante.

La lampe va bientôt s'éteindre, j'ai mal à la jambe et je dors presque debout. Et si *moi*, je suis fatiguée…

Curtis perd l'équilibre en abattant le piolet et atteint l'encadrement de la porte au lieu du battant. Avec prudence, je lui touche l'épaule.

— Ça suffit.

Il presse son front contre le bois. Toute son énergie s'est enfuie. Le piolet lui glisse des mains et tombe au sol.

— Écoute, défoncer toutes les portes nous prendrait la nuit entière. Il n'y a rien à faire pour le moment, à part nous enfermer dans nos dortoirs et dormir un peu. Demain, dès le lever du soleil, on se tire d'ici.

Sans un mot, Curtis repart dans le couloir obscur et descend l'escalier. Je voulais ramasser le piolet, mais Brent me devance, alors je boite à la suite de Curtis en éclairant nos pas.

En arrivant à la hauteur de sa chambre, Curtis ouvre grand la porte.

— Tu dors avec moi, Milla.

Ce n'est pas une question. J'entre en boitant, puis je me retourne vers Heather.

— Je ne pense pas que Heather devrait rester seule…

— Je vais rester avec elle, dit Brent.

Je glisse un regard vers Curtis. Il ne manquerait plus que Dale revienne pendant la nuit et les surprenne ensemble.

Ou alors Brent sait pertinemment que Dale ne reviendra pas. Mes yeux se posent sur le piolet dans sa main.

— On fait comme ça, dit Curtis.

Il ferme la porte à clé et reste là, adossé au battant. Dans son regard, je lis de la culpabilité, de la frustration, de la détresse. Il a tout le poids du monde sur ses épaules. Il s'en veut de nous avoir amenés ici. Il s'en veut de m'avoir amenée ici, moi. Je voudrais alléger un peu ses souffrances, tendre la main vers lui, mais la façon dont il crispe la mâchoire me retient. Mieux vaut lui laisser un moment pour se calmer.

Les minutes s'écoulent. Il finit par relever les yeux.

— Où est-ce que tu veux dormir ? Là ? demande-t-il en désignant l'autre lit. Ou avec moi ?

Et ces quelques mots suffisent pour que le monde extérieur n'existe plus. Il n'y a que lui et moi. La douleur de ses mensonges se réveille, mais je n'ai pas de mal à lui répondre.

— Avec toi.

Curtis examine les lits, puis enlève les deux étroits matelas des sommiers pour les placer au sol. Côte à côte, ils prennent toute la largeur de la pièce.

— On devrait vraiment se reposer, dit-il en me regardant.

— Tu veux dire qu'il faut que je me retienne, c'est ça ? réponds-je en m'approchant de lui.

Pour la première fois de la nuit, l'ombre d'un sourire passe sur son visage.

— Peut-être.

— Tu ne peux pas me donner des ordres. Tu devrais le savoir, depuis le temps.

Son sourire réapparaît.

— Oh, je sais.

Il me reprend la lampe et la pose par terre dans un coin, toujours allumée.

— Viens.

J'enlève ma veste de snowboard et je m'allonge avec précaution. Curtis fait de même et remonte les couvertures, puis éteint la lumière.

— On économise un peu de batterie.

Je tends la main dans le noir jusqu'à trouver son visage.

— Milla…

— Quoi ?

— Tu mérites mieux que moi.

Je tâtonne jusqu'à trouver ses poignets et je les emprisonne d'une main au-dessus de sa tête, comme il m'a plaquée au lit tout à l'heure. Pour le provoquer. C'est le seul moyen de l'atteindre, en cet instant. Curtis n'est pas le genre d'homme à se laisser faire. J'espère juste que je pourrai gérer sa réaction.

— Je te préviens, Milla…

Je l'ignore et laisse descendre ma main libre le long de sa poitrine, sans cesser de le maintenir de l'autre. Mes doigts se glissent sous ses couches de vêtements jusqu'à trouver la peau nue de son ventre.

Il respire très fort dans le noir. Pendant de longues secondes, il ne réagit pas. Puis, comme je l'espérais, il se libère d'un coup et me fait rouler sur le dos.

— Embrasse-moi, je murmure.

Un silence. Puis il dit :

— C'est le chaos dans ma tête.

— Je sais. Dans la mienne aussi, dis-je en frôlant sa bouche d'un doigt. Embrasse-moi quand même.

# 52

*Dix ans plus tôt*

Saskia dépose un léger baiser sur mes lèvres. Par-dessus son épaule, j'aperçois le visage horrifié de Brent et je me recule d'un coup.

— Super nuit, merci, dit-elle.

— Je ne comprends pas, intervient Brent. Vous êtes ensemble ?

— Non, dis-je.

— Oui, dit Saskia.

Brent ramasse son snowboard d'un geste brusque.

— On se retrouve là-haut, Milla.

— Attends ! je crie.

Mais il s'en va sans se retourner.

— Oups, fait Saskia avec un sourire narquois.

Peut-être que je l'aimais la nuit dernière, mais maintenant je la hais à nouveau. Que Brent nous ait découvertes n'était déjà pas brillant, mais elle a rendu les choses mille fois pires, et elle le sait très bien.

Il faut que j'efface son expression satisfaite.

— Je vais dire à Camille ce que tu as fait avec moi la nuit dernière.

Je guette sa réaction, mais elle semble tout simplement curieuse. Elle se demande ce que signifie la nuit dernière pour moi, ou si je suis capable d'en parler à Camille…

Non. Ce n'est pas que ça.

Elle *veut* que j'en parle à Camille.

Et de préférence juste avant les Brits, pour lui faire perdre ses moyens et donner à Saskia une chance de la battre. Un tel vertige me prend, l'espace d'un instant, que je dois m'appuyer au mur. La nuit dernière n'était rien pour elle. Elle jouait avec moi comme elle joue avec tout le monde.

— Heather et Julien avaient raison, dis-je. Tu n'es qu'une salope égoïste et superficielle.

Sans se départir de son petit sourire, Saskia enfile son jean en remuant les fesses.

Je lui tourne le dos. Heather, Dale, Curtis, Brent, Jacinta… Elle nous a tous fait du mal. Je ne peux pas la laisser s'en tirer comme ça. Et pourtant, elle s'en tirera, n'est-ce pas ? Comme toujours.

À peine consciente, je prépare du café. Derrière moi, elle s'habille toujours. Je ne devrais pas, mais tant pis…

Je lui tends le café et j'attends qu'elle le finisse.

— J'espère que tu te briseras le cou, dis-je.

Son sourire vacille. Quelque chose passe dans son regard bleu. Elle zippe sa veste de snowboard et sort.

Est-ce que j'aurais enfin réussi à l'atteindre ? Je n'en suis pas sûre. Même après la nuit dernière, je la comprends toujours aussi peu qu'avant.

Mon cœur me martèle les côtes quand j'entre dans la cabine du téléphérique. Je n'aurais pas dû faire ça. Pas avant une grande compétition comme celle-là. J'ai été trop loin.

Merde. Camille. C'est bien la dernière personne que j'espérais croiser. Je grimace intérieurement lorsqu'elle s'avance pour me faire la bise. Est-ce qu'elle peut sentir le parfum de sa copine sur ma peau ?

— Tu n'as pas vu Saskia ? demande-t-elle.

— Non, réponds-je en avalant ma salive.

— Elle était censée prendre le petit déjeuner chez moi…

Camille semble inquiète, et je me rappelle sa sortie en trombe du Glow Bar la nuit dernière. Je ne sais toujours pas quel était le sujet de leur dispute.

Par-dessus sa tête, je parcours des yeux la queue pour le téléphérique. Saskia s'y trouve-t-elle ? Quoi qu'il arrive, il faut que je lui mette la main dessus avant Camille et que je lui dise que je n'étais pas sérieuse ce matin. Camille ne doit pas entendre parler de notre nuit ensemble. Elle serait dévastée.

— Tu as l'air tellement nerveuse, dit celle-ci.

Mes joues deviennent brûlantes. Ses yeux gris semblent toujours repérer ce que personne d'autre ne voit. Elle m'emmène vers la fenêtre de la cabine.

— Ne dis plus rien. Regarde les montagnes et retrouve ton équilibre. C'est ce que je fais toujours avant une compétition.

J'avais tort, hier. Camille n'est pas comme Saskia. Je vois bien qu'elle est gênée de s'imposer dans un concours britannique. Comme elle l'a dit, elle n'est là que parce qu'elle a besoin des points.

Arrivées au plateau, nous le traversons jusqu'au half-pipe. Saskia n'est pas là, ni aucun des autres, ce qui est curieux. Nous confirmons notre présence et nous récupérons nos dossards. Des drapeaux anglais et tricolores battent au vent.

— On va s'échauffer ? propose Camille.

Je n'arrive pas à me concentrer. Où sont-ils tous ? Ils vont manquer l'échauffement. Si Brent est en retard, il aura de gros problèmes avec son sponsor. Les Smashettes sont là en force, avec leurs vestes orange vif, et distribuent des canettes à qui en veut. Camille n'arrête pas de vérifier l'heure à l'horloge de la cabine du téléski, et je vois bien qu'elle est aussi perplexe que moi.

Juste avant que le premier concurrent s'élance, Curtis apparaît au sommet du half-pipe. Il est en snowboard – il doit descendre du glacier. Camille et moi courons vers lui.

— Où sont les autres ? je demande.

Curtis regarde autour de lui.

— Brent n'est pas là ?

— Non.

— Il était sur le glacier, dit-il d'un air préoccupé. Il a dit qu'il arrivait tout de suite. Heather était avec lui.

— Heather ? dis-je.

— Est-ce que Saskia était là ?

— Il paraît, oui, répond-il en détournant le regard. Mais je ne l'ai pas vue.

La culpabilité m'étreint à nouveau. Saskia n'aurait pu monter là-haut que pour une seule raison : s'essayer au crippler dans la poudreuse. Une tentative désespérée de dernière minute à cause de mon mensonge d'hier.

Comment Brent s'est-il retrouvé à monter là-haut avec elle ? Est-ce qu'elle l'a soudoyé pour qu'il l'aide, comme elle avait soudoyé Dale ? Après ce qui s'est passé ce matin, je n'arrive pas à imaginer Brent lui donner des conseils, même contre de l'argent. À moins qu'il n'ait fait ça pour se venger de moi. Mais il n'est pas comme ça, si ?

Et que faisait Heather là-haut ? Elle ne monte jamais au glacier.

— Et Dale ? dis-je.

— À l'hôpital, répond Curtis.

— *Quoi ?*

— Il s'est cassé la main dans la bagarre hier. Une mauvaise fracture, selon Heather, alors il doit voir un spécialiste ce matin.

— C'est horrible !

Pour Dale, c'est donc la fin de la saison – et très probablement celle de tous ses contrats avec ses sponsors.

— Appel urgent pour Brent Bakshi ! dit le commentateur. Si Brent est là, qu'il se présente à l'accueil pour récupérer son dossard !

Je regarde autour de moi. Le bruit de la foule en bas du half-pipe s'éteint tandis que les spectateurs tentent aussi de le repérer. Mais où est-il passé ?

— Nous attendons aussi Curtis Sparks et Dale Hahn…

— Tu ferais mieux d'y aller, dis-je en lui touchant le bras.

Il ne semble pas m'entendre. Il fixe l'horizon. Je ne vois pas l'horloge d'ici, alors je regarde autour de moi pour demander l'heure à quelqu'un et tombe sur

Claire Donnahue, couverte d'autocollants Casio de la planche au casque.

— Tu n'aurais pas l'heure ?

Elle retrousse le rebord de son gant pour révéler une Baby-G argent.

— Neuf heures trente.

— Merci.

Dans une demi-heure, c'est à moi. Je me retourne vers Curtis.

— Tu y vas, non ?

Il descend la fermeture de sa veste et glisse la main dessous pour se tâter l'épaule. Grimaçant, il s'éloigne vers le bureau des inscriptions pour parler à l'employé.

Il revient sans son dossard.

— Tu n'y vas pas ?

— Non.

Je le fixe, choquée.

— Les videurs d'hier soir… ?

— Ils m'ont porté le coup fatal, mais ça faisait un moment que ça n'allait pas.

Une autre vague de culpabilité me submerge lorsque je me souviens de la façon dont il m'a tirée en arrière pendant la course d'hier.

— Je suis tellement désolée…

— Ce n'est pas la fin du monde.

On pourrait pourtant le croire, vu son expression.

À l'évidence, sa sœur a fait quelque chose, parce qu'il est plus agité que jamais. Il lève les yeux vers le glacier. Une ombre s'étend sur les pentes au passage d'un nuage, et la montagne devient violette, tel un hématome. Que s'est-il passé là-haut, exactement ?

# 53

*Aujourd'hui*

Je tapote le matelas près de moi. Curtis n'est pas là. Une douleur brûlante me transperce le genou quand je me relève, et j'étouffe un cri.

— Bonjour.

Et voilà Curtis, près de la fenêtre. Dieu merci. Mais il semble inquiet.

— Des nuages s'annoncent.

— De la neige ?

— Une tempête, je crois bien.

Je me lève et perds l'équilibre lorsque la douleur s'accentue. En un éclair, Curtis a traversé la pièce pour me stabiliser.

— Ça va ?

— Oui.

— N'importe où ailleurs qu'ici, je serais resté au lit avec toi, me murmure-t-il à l'oreille.

Il m'embrasse avec une douceur qui était totalement absente la nuit dernière. Tout mon corps se souvient de la pression du sien. Ses yeux sont pleins de regret lorsqu'il se recule.

— Comment va ton genou ?

Je remonte mon pantalon thermique et constate qu'il a pratiquement doublé de volume.

— La vache…

— Tu peux le plier ?

J'essaie, avec prudence. Ça me fait un mal de chien.

— Passe-moi les anti-inflammatoires, s'il te plaît. Merde, il n'en reste que deux. Tu en as d'autres ?

— Non, dit-il d'un air contrit. Désolé.

— Peut-être que Brent en a.

Curtis lève un sourcil. C'est vrai que Brent n'est pas du genre à trimballer une trousse de secours. J'avale les cachets avec un verre d'eau. Ils ne me procureront qu'un soulagement infime, qui s'étiolera au bout d'environ six heures.

Curtis porte déjà ses affaires de snowboard. Je boite vers la fenêtre. Il a raison : ces nuages ont l'air menaçants.

— Il faut que j'aille chercher des habits dans ma chambre.

— Je viens avec toi, dit Curtis.

Tournevis à la main, il ouvre la porte et nous bravons le couloir. Ma chambre est comme je l'ai laissée. J'enfile ma veste et mon pantalon de snow par-dessus mes vêtements thermiques. Et mes chaussettes, en essayant de ne pas regarder mes ampoules. Mon estomac grogne.

— Je tuerais pour un café, dis-je.

— Le courant est revenu.

— Ah bon ?

Curtis allume la lumière pour me le prouver.

— Pourquoi ?…

— Soit il le fallait, soit on joue avec nous.

Nous échangeons un regard. Sa sœur adorait jouer avec les gens.

— Alors, c'est quoi, le plan ? dis-je en ignorant ma douleur au genou, ce qui requiert toute ma concentration.

C'est ça, le bon côté, avec Curtis : je sais qu'il a un plan.

— On cherche Dale, mais pas trop longtemps. Parce que s'il a passé la nuit dehors…

— Oui.

— Puis on voit si tu peux supporter la descente. Si tu ne peux pas, on pourrait se séparer. Deux d'entre nous descendent, et les autres attendent ici que le téléphérique reparte.

Cette idée implique un problème évident : Brent et lui devront descendre ensemble, ce qui me laisserait ici avec Heather, et nous ne sommes toujours pas certains de son niveau d'implication dans tout ça, ni de celui de Dale.

— Ou alors je descends tout seul, dit Curtis.

— Non. Certainement pas.

Dans un environnement pareil, il faut toujours sortir accompagné, parce que toutes sortes de dangers s'y cachent. Une crevasse, une avalanche, une barre rocheuse… La couche de neige est inégale, avec des rocs acérés qui dépassent, et une fois la tempête sur nous, la visibilité sera nulle. Et puis, on ne sait pas qui nous guette, là-dehors. S'il arrive quelque chose à Curtis, personne ne le saura.

J'enfile l'orthèse par-dessus mon pantalon.

— Je descendrai avec vous. Je peux le faire.

— Laisse-nous au moins nous occuper des recherches, Brent et moi…

— Non. On reste ensemble.

— D'accord, dit Curtis, qui semble soulagé. Mais dépêchons, parce qu'il ne faudra pas être à mi-pente quand la tempête arrivera.

J'enfile mes boots avec précaution, en pliant mon genou blessé aussi peu que possible. Les semelles intérieures sont humides et glacées – j'aurais dû les mettre près du feu hier soir – mais au moins, le froid me fait oublier mes ampoules. J'enfile mon harnais et mon masque de ski. Ma balise est toujours dans la poche de ma veste.

Dans le couloir, Curtis frappe à la porte de Heather.

— Ouvrez, c'est nous.

Brent ouvre la porte, ses cheveux en épis, des valises sous les yeux.

— Tu as pu dormir un peu ? demande Curtis.

— Si j'avais un Smash, je le boirais cul sec, répond Brent avec une grimace.

— Mais Smash a fait faillite il y a deux ou trois ans, non ? je demande.

— Oui. Ça n'avait qu'à avoir meilleur goût.

— Comment va Heather ? demande Curtis.

Brent ouvre grand la porte. Ils ont fait comme Curtis et moi avec les matelas, côte à côte sur le sol. Heather est roulée en boule sur le plus proche, en détresse, le visage baigné de larmes, les mains crispées sur la couette. Est-ce que Brent a disposé les matelas ainsi pour pouvoir la prendre dans ses bras ? Je suis touchée – mais pas surprise. Brent est tellement gentil. Et il est bien possible qu'il ait plus d'affection pour Heather que son propre mari.

Heather ouvre les yeux, puis les referme en voyant que ce n'est que nous. Elle roule de l'autre côté pour nous tourner le dos.

Curtis fait signe à Brent de le rejoindre dans le couloir.

— Elle a dormi ?

— Non. Ça ne va pas du tout, dit Brent à voix basse avant de se frotter les yeux. Alors, c'est quoi, le plan ?

— Une tempête arrive. On cherche un peu Dale, et puis on s'en va. Si Milla pense que son genou tiendra le coup, dit Curtis en me jetant un coup d'œil.

— Il tiendra le coup.

Brent semble peu convaincu.

— C'est une longue descente. Et Heather, alors ?

Curtis et moi échangeons un regard. Merde. Retour à la case départ. Au moins, elle peut prendre le snowboard de Dale, mais ça ne sera pas facile.

Brent teste l'interrupteur.

— Le courant est revenu. Et si j'allais voir les ordinateurs ?

— Il faut sûrement un mot de passe, objecte Curtis.

— Ça vaut le coup d'essayer. Si j'y arrive, je peux envoyer un e-mail à la station pour qu'ils relancent le téléphérique.

— Tu ne peux pas y aller tout seul, c'est trop risqué, dis-je. Il faut qu'on reste ensemble. Et tu ne peux pas laisser Heather toute seule ici.

— Je vais l'emmener, dit Brent. Et je prendrai le piolet, aussi.

— D'accord, acquiesce Curtis. On viendra te retrouver, mais sois prudent.

Curtis et moi ramassons nos snowboards. Il saisit le tournevis d'une main, sa planche dans l'autre, et m'aide à remonter le couloir.

— Il faut qu'on mange quelque chose, déclare-t-il en me guidant jusqu'au restaurant. Assieds-toi là. Qu'est-ce que tu veux pour le petit déjeuner ?

J'ouvre la bouche pour protester, puis je soupire. Après seulement cinq minutes debout, mon genou semble plus enflé que jamais et je dois le préserver pour la longue descente.

— Comme tu veux, dis-je. Le plus rapide à préparer.

Le cerf scrute le restaurant d'un œil torve. Je ne peux pas le supporter. Je boite jusqu'à la cheminée en espérant qu'il ne soit pas fixé au mur. Vu de près, ses yeux ne vont même pas ensemble. L'un est marron foncé, lisse et luisant, l'autre complètement noir, comme s'il s'était cassé et qu'on l'avait maladroitement réparé. J'attrape la plaque en bois à deux mains. Super, elle bouge. Quelque chose s'en échappe à l'arrière. Un câble. À peu près à la hauteur de l'œil gauche.

Une fois de plus, le sol semble se dérober sous mes pieds. Je plonge mon regard dans l'œil noir et brillant. Est-ce que c'est ce que je crois ?

# 54

*Dix ans plus tôt*

Camille se tord les mains dans ses gants vert citron.

— Elle s'est entraînée tout l'hiver pour ce moment… Où est-ce qu'elle est passée ?

L'absence de Saskia l'angoisse tellement qu'on a peine à croire qu'elle ait remporté un 9.4 pour son dernier run. Elle me regarde comme si elle se doutait que je cache quelque chose. Il ne faut pas qu'elle apprenne ce que j'ai fait.

Je n'arrive pas à croire que Saskia ne soit pas venue. Je suis allée trop loin, ce matin. L'état dans lequel elle devait se trouver après être partie de chez moi…

Curtis est assis dans la neige, non loin de là. Camille retourne le questionner.

Brent ne s'est pas montré non plus. Pourquoi ? Pitié, faites que ce ne soit pas à cause de moi.

Je regarde la demi-finale hommes sans vraiment voir quoi que ce soit. Camille revient vers moi en secouant la tête.

— Et au départ du half-pipe, les filles se rassemblent pour la finale !

On dirait que le commentateur a bu une demi-douzaine de canettes de Smash au petit déjeuner. Ou alors il s'est formé sur les champs de courses.

— Nous avons Claire Donnahue en rouge, Camille Gaulin en vert, Milla Anderson en bleu…

Je ne sais même pas comment je suis arrivée en finale. Je suis en mode automatique.

— Tu vas faire un crippler ? demande Camille.

Les quatre autres filles se tournent vers moi.

— Probablement, dis-je.

Camille baisse les yeux vers la pente. Même maintenant, elle continue à chercher Saskia.

— Elle devrait être là. Est-ce que tu sais quelque chose, Milla ? Si oui, dis-le-moi, s'il te plaît…

Est-ce que je peux faire confiance à Brent et à Saskia pour se taire ? Brent, peut-être. Saskia, pas vraiment. Est-ce qu'il faudrait au moins que je dise à Camille que j'ai vu Saskia ce matin ? Parce que si on l'apprend plus tard, j'aurai l'air suspecte. J'ouvre la bouche.

— La nuit dernière…, je commence.

— Camille Gaulin ! crie le commentateur.

Oh, merde. Mauvais timing. Ou alors bon timing, puisque comme ça, je n'ai pas à répondre.

— Quoi ? dit Camille.

— Je te dirai plus tard.

— Tu me diras quoi ?

Elle a l'air inquiète, maintenant. J'aurais mieux fait de me taire.

— Vas-y, dis-je.

Elle se détourne à contrecœur et vérifie ses

fixations. Elle secoue la tête comme si elle essayait de s'éclaircir les idées. Puis elle se jette dans le half-pipe.

— Un énorme tail grab ! hurle le commentateur lorsqu'elle sort son premier trick. Et elle le plaque !

Camille prend de la vitesse sur le mur d'en face, se jette vers le haut et fait un flip.

Puis cogne le rebord du half-pipe. Avec sa tête.

La plupart des spectateurs, moi y compris, laissons échapper une exclamation, mais le pire reste à venir. Son corps est toujours à la verticale, tête en bas, tandis qu'il retombe.

Voir ça me donne la nausée. Je sais clairement ce qui va se produire, mais je ne peux rien faire à part rester là, les poings serrés, alors que son cou pâle se tord vers l'arrière à un angle impossible. Puis son corps fait une abominable volte-face et glisse le long du mur jusqu'au fond du half-pipe.

— Oooh ! Slam de l'horreur pour Camille Gaulin ! crie le commentateur.

# 55

*Aujourd'hui*

Curtis revient dans le restaurant avec une banane dans chaque main.

— Ça t'ira, pour le moment ?

Je pose mon doigt sur mes lèvres. Il avise le cerf empaillé et fronce les sourcils. En silence, je lui montre le mince câble qui descend le long du mur entre les lattes, passe sur le manteau de la cheminée puis descend jusqu'à une prise électrique au-dessus de la plinthe.

— C'est une caméra ? dis-je dans un murmure – ce qui est ridicule, car si quelqu'un nous espionne, il m'a vue la soulever.

— Sûrement.

— Un micro, aussi ?

— Possible.

Curtis attrape la plaque en bois. Il semble envisager de l'arracher du mur, mais il y renonce et me tire vers l'encadrement de la porte.

— Une caméra de sécurité normale ne serait pas cachée comme ça, dis-je en me penchant vers lui.

— Non.

— Tu crois qu'il y en a d'autres ?

— Il pourrait y en avoir partout, dit-il en fermant les yeux. On pourrait nous regarder depuis un ordi portable, ou un smartphone, ou n'importe quoi d'autre.

— Mais pourquoi ?

— Je n'ai pas encore de réponse à ça. Mais j'imagine que c'est pour ça que le courant est revenu. La batterie ne dure sans doute que quelques heures.

Il ramasse son snowboard.

— Viens. Plus vite on terminera les recherches, plus vite on pourra partir d'ici.

— Est-ce qu'on ne devrait pas avertir Brent ?

Curtis se mord la lèvre.

— Il faut qu'il sache, dis-je.

Même si Curtis ne fait pas confiance à Brent, moi, oui. Enfin, je crois.

Curtis me tend les bananes.

— Attends-moi là. Je reviens tout de suite.

Il s'en va en courant, son snowboard sous le bras.

Je poursuis mon chemin le long du couloir en passant devant les casiers jusqu'à atteindre l'entrée principale, tout en pelant ma banane. Je veux voir à quoi ressemble la météo de ce côté du bâtiment.

L'intérieur de la vitre est couvert de givre. Je laisse tomber ma planche et les bananes pour sortir mes gants de ma poche.

Curtis revient en courant.

— Je t'ai dit de m'attendre ! Tu ne pourrais pas m'écouter, pour une fois ?

— Je savais que tu me rattraperais, dis-je.

— J'essaie de nous faire sortir de là en un seul

morceau ! réplique-t-il, rouge de colère. J'ai besoin d'être sûr que tu feras ce que je te dis !

— Si tu me dis de sauter, je saute. C'est ça que tu veux ?

Ce n'est ni l'heure ni le lieu pour cette conversation, mais je ne peux pas m'en empêcher. Un muscle tressaute dans sa mâchoire.

— Parfois, oui.

— Et si moi, je te dis de sauter ? Tu sauteras ?

Vu son expression, il n'avait jamais imaginé que ça puisse marcher dans les deux sens. Sa voix est plus douce lorsqu'il me répond :

— D'accord.

— J'y croirai quand je le verrai, dis-je en lui tendant une banane.

Nous les mangeons sans nous quitter des yeux. Lorsque j'ai fini la mienne, je jette la peau sur le dessus des casiers, je m'essuie les mains sur mon pantalon et je l'embrasse sur la joue. Il m'attrape les mains et me donne un baiser digne de ce nom. Puis nous nous séparons, un peu embarrassés. Notre première dispute.

Nous mettons nos balises et nos gants. La balise de Dale est sur le sol, près de son masque Oakley orange. J'essaie de ne pas le regarder.

Le tournevis à la main, Curtis ouvre la porte. Un vent glacial manque de nous renverser, comme s'il essayait de nous garder à l'intérieur. Nous nous penchons en avant pour sortir.

L'immense étendue du glacier du Diable s'ouvre devant nous. Curtis et moi sommes les seules taches de couleur dans le paysage en noir et blanc. Je me sens très exposée, et vu comment il se cramponne à son tournevis, lui aussi.

Nos snowboards ne nous servent à rien sur terrain plat, alors nous les laissons contre le mur, là où nous pourrons les garder à l'œil.

— Faisons un tour rapide, dit Curtis, dont le souffle se condense dans l'air. Reste près de moi.

Je le suis dans la pente, en boitant. La neige crisse sous mes pas. L'air semble encore plus froid qu'avant. Je baisse ma capuche et remonte mon col. Ces recherches semblent futiles. Si le pauvre Dale a vraiment passé la nuit dehors, il est mort de froid depuis des heures.

— Le vent a vraiment forci, crie Curtis après qu'une autre rafale nous a déportés sur le côté.

Le soleil s'est réduit à une boule blanche qui lutte pour percer la couche de nuages. Une bataille perdue d'avance, car des nuées plus sombres arrivent de l'est. La neige est en route ; je sens déjà l'humidité sur mes joues.

Nous passons devant les garages qui abritent les dameuses et nous essayons d'ouvrir les portes, l'une après l'autre, en vain. Toutes sont verrouillées, comme celles des abris. Tous mes sens sont en alerte. Dale est-il là, dehors ? Ou quelqu'un d'autre ? Je jette un coup d'œil par-dessus mon épaule, mais il n'y a personne.

Mon genou pulse de douleur. Le vent emporte le dessus de la couche de neige dans les airs ; difficile de voir où on met les pieds.

Curtis ralentit.

— Tu es bien silencieux, dis-je.

Il s'arrête et se retourne vers moi.

— Pourquoi tu es venue me voir la nuit dernière, et pas dix ans plus tôt ?

Il ne manquait plus que ça. Mais il a bien le droit de poser la question. Je lutte pour trouver les bons mots.

— Je ressentais quelque chose pour toi à l'époque, qui…

Merde, ce n'est pas facile.

— Je sais que tu ressentais quelque chose, dit Curtis. Moi aussi.

Je prends une grande inspiration.

— Une relation avec toi, mes projets en snowboard… Je ne pouvais pas concilier les deux.

Il encaisse ma déclaration.

— Je vois ce que tu veux dire.

— Tu aurais pu, toi ?

Pendant un moment, on n'entend que le rugissement du vent.

— Je ne sais pas, répond-il. On ne le saura jamais.

Ma gorge se serre.

— Et maintenant ? reprend-il. Est-ce que tu peux me concilier avec ta vie ?

— J'espère, dis-je après avoir avalé ma salive. Et toi ?

Il soulève son masque et pose sur moi un regard qui m'atteint au cœur.

— Oui.

S'il ne faisait pas si froid, j'aurais les joues brûlantes. Je ne peux retenir un sourire, et lui non plus. Puis il remet son masque.

— On ferait mieux de s'activer.

Nous remontons la pente. Il faudrait que je lui parle

de Saskia et moi, mais qu'est-ce que je pourrais dire ? Que ce n'était au départ qu'une tentative dérangeante et dérangée de la déstabiliser ? Il me faudrait expliquer comment cela s'est transformé en quelque chose d'autre – en ce qui me concerne, au moins. J'y ai beaucoup repensé depuis, et j'essaie toujours de comprendre.

Je n'avais jamais rencontré quelqu'un comme Saskia, et je n'en rencontrerai sans doute plus jamais. Oui, beaucoup de choses n'allaient pas chez elle, mais il y avait aussi beaucoup de choses dignes d'admiration. Sa force de caractère, son audace à l'état pur. Le fait qu'elle ne ressentait pas le besoin d'être appréciée – c'est surtout pour cela que je l'appréciais, moi. Que je l'aimais. D'une certaine façon.

Est-ce que c'est pour ça que je suis allée jusqu'au bout avec elle ? Ou est-ce que c'était purement physique ? Les athlètes aiment repousser leurs limites, tenter de nouvelles choses juste pour voir ce que ça fait. Si quelque chose nous plaît, on continue. Et avec elle, ça me plaisait. Mais sérieusement, dire ça à son frère…

La voix de Curtis m'arrache à mes pensées :

— Des crevasses.

Nous nous approchons avec prudence. Les sombres façades rocheuses qui nous surplombent semblent détenir un secret que nous ignorons. Consciente de ce que je risque de découvrir, je regarde dans le premier des abîmes vitreux et… rien. Je relâche ma respiration et j'entends Curtis faire pareil.

Nous redescendons dans la pente, vers la droite, en longeant la barre rocheuse jusqu'à la piste noire qui redescend dans la vallée. Je doute que Dale soit allé jusque-là, mais Curtis pointe du doigt une autre crevasse devant nous. Le vent me ballotte jusqu'à me faire perdre l'équilibre.

Curtis ralentit en s'approchant de la crevasse. Puis il s'arrête net.

Mon estomac se retourne. *Non. Pitié, non.*

## 56

*Dix ans plus tôt*

Camille gît au fond du half-pipe, recroquevillée sur elle-même. Des gens accourent vers elle depuis le bas de la pente. Je la fixe en souhaitant de toutes mes forces la voir bouger.

— Et c'est au tour de Milla Anderson, dit le commentateur avec beaucoup plus de retenue qu'avant. Mais nous allons suspendre la compétition en attendant de savoir comment va Camille…

Je voudrais descendre pour être à ses côtés, mais ils vont appeler mon nom dès que le half-pipe sera dégagé.

Un membre du personnel allume sa radio, et peu de temps après, deux skieurs arrivent du téléphérique en traînant une civière derrière eux – l'ambulance, comme on la surnomme. Je les regarde s'occuper de Camille. Tout ça, c'est ma faute. Si j'avais pu la fermer, elle ne serait jamais tombée. Je l'ai distraite à un moment crucial.

Ils sont en train de l'attacher pour la hisser sur la civière. Je suis prise de nausées. Si je n'avais pas passé la nuit avec sa copine, elle n'en serait pas là.

Il faut que j'aille la voir. Je descends en dérapage jusqu'au fond du half-pipe.

Le sang coule à flots de son nez. Je crois qu'il est cassé. Les secouristes sont occupés, alors j'ôte mon gant, je fouille dans ma poche pour trouver un mouchoir, et je le presse contre son visage pour essayer d'arrêter l'hémorragie.

Camille cligne des yeux. Son regard gris se pose sur moi.

— Je ne peux pas bouger.

Sa voix est pleine de panique, mais aussi curieusement pâteuse.

— Tu as mal ? je demande.

— Non. Je ne sens rien. Je ne peux pas bouger les jambes.

— Ne t'en fais pas. Elles sont fixées à la civière.

Je recule d'un pas pour les laisser lui poser une minerve. Il faut que je remonte, mais elle soutient mon regard comme si c'était la seule chose qui l'empêchait de sombrer dans un puits sans fond.

Les secouristes lui parlent, mais elle n'a pas l'air de les entendre.

— Je ne peux pas bouger les bras…

— Ils sont attachés aussi, dis-je. Essaie de te détendre.

Les hommes qui l'entourent parlent dans leurs radios. Les cils de Camille battent comme les ailes d'un oiseau pris au piège.

— Mes doigts, souffle-t-elle. Ils sont attachés ?

Je baisse les yeux sur elle. Ses gants verts sont là, le long de son corps, totalement immobiles.

Ils ne sont pas attachés.

## 57

*Aujourd'hui*

Dale est là, dans les profondeurs glacées. Il est sur le dos, le visage gris, les yeux fermés, aussi immobile qu'une statue de marbre.

Curtis jure, très bas.

Dale doit être à vingt mètres de profondeur. Est-ce qu'il est mort sur le coup, ou est-ce qu'il est resté là, brisé par sa chute, criant à l'aide sans qu'on l'entende, pendant qu'il agonisait jusqu'à mourir de froid ? Il n'y a aucun moyen de le savoir.

— On aurait dû le trouver, dit Curtis, dont les épaules s'affaissent.

Je lui touche la manche. Même si Brent et lui avaient trouvé Dale la nuit dernière, et même s'il avait survécu à sa chute par miracle, je ne vois pas comment ils auraient pu le sortir de là.

— Vous avez fait tout ce que vous pouviez.

— On ne s'entendait pas toujours, mais… mon Dieu, dit-il en se prenant la tête dans les mains.

J'exhale longuement, puis je me retourne vers le Panorama.

— Il faut qu'on le dise à Heather.

Comment lui annoncer une chose pareille ? Elle va s'effondrer.

— Milla ! s'écrie soudain Curtis. Ne bouge pas.

— Quoi ? dis-je en me pétrifiant à mi-enjambée.

— Reste où tu es.

Mon cœur bat à grands coups. Je tourne lentement la tête.

Curtis est accroupi dans la neige près de la crevasse, le tournevis dans une main, un morceau de quelque chose de mince et blanc dans l'autre.

— Qu'est-ce que c'est que ça ? dis-je.

— Du polystyrène.

Il le jette de côté et fourrage dans la neige pour en extraire un autre morceau.

Je sens se hérisser les poils sur ma nuque. Je cligne des yeux en essayant de comprendre. Seule une explication me vient à l'esprit, mais je ne veux pas l'accepter. Curtis la formule pour moi :

— C'est un piège. Quelqu'un a déposé ça au-dessus de la crevasse avec un peu de neige par-dessus.

Une vague glacée m'envahit.

— Un pont de glace artificiel. Quand quelqu'un marche dessus, il tombe…

La mort de Dale n'était pas un accident.

— Pile entre le refuge et la piste qui redescend, dit Curtis d'un air sombre. Quelqu'un voulait s'assurer qu'on ne puisse pas…

Les choses se passent si vite que je n'ai pas le temps de réagir. La neige autour de Curtis s'ouvre d'un coup et il s'y enfonce jusqu'aux genoux. Il se jette sur le côté en essayant de trouver une prise.

Je m'élance vers lui, mais sa voix m'arrête :

— Non ! Ne bouge pas !

Alors je reste là où je suis, et je le regarde, impuissante, s'extraire tant bien que mal du trou.

Il se redresse avec prudence.

— Merde, j'ai lâché le tournevis…

Notre seule arme n'est désormais plus qu'un point sur une corniche à mi-chemin de la crevasse. Mais je préfère ça que d'y voir Curtis. Il revient très lentement vers moi en faisant attention à où il met les pieds.

Lorsqu'il arrive à ma hauteur, il n'a toujours pas retrouvé son souffle.

— Je vais suivre nos traces de pas pour retourner au bâtiment, dit-il. Marche derrière moi. Il pourrait y avoir d'autres pièges.

— Attends, il vaut mieux que je passe devant. Je suis plus légère.

— Fais ce que je te dis, gronde-t-il.

Je me remémore notre dispute de tout à l'heure. Très bien, je vais le suivre. Comme ça, je pourrai attraper sa veste s'il semble sur le point de tomber. Je resserre mon orthèse pour être aussi prête que possible à soutenir son poids.

Nous avançons à pas prudents. Je teste la neige à chaque enjambée, en m'attendant à tout moment à ce qu'elle cède.

— Qui ferait une chose pareille, putain ? marmonne-t-il.

— Est-ce qu'on peut au moins arrêter de suspecter Heather ?

— Je ne sais pas. Elle et Brent… ils cachent un truc.

Un souvenir m'aiguillonne.

— Dans la cuisine, la nuit dernière, dis-je sans être

sûre que ce soit une bonne idée. Heather a commencé à dire quelque chose, mais Brent l'a arrêtée, comme s'il ne voulait pas qu'on l'entende.

— Ça m'a échappé, dit Curtis en se retournant vers moi. Mais j'ai surpris des regards entre eux. Ça va sembler absurde, mais… et s'ils avaient une liaison ? Et s'ils voulaient se débarrasser de Dale ?

— Non, dis-je sans vouloir admettre que j'ai eu une pensée similaire la veille. Ce qui s'est passé entre eux il y a dix ans s'est limité à cette nuit-là.

— Mais qui dit qu'ils n'ont pas continué à se voir en secret après être rentrés en Angleterre ? Ou alors ils auraient pu se recroiser plus tard, peut-être après le mariage de Heather, et recommencer à coucher ensemble… Peut-être qu'elle avait peur de ce que ferait Dale si elle le quittait pour Brent. Dale est du genre impulsif.

*Était*, je songe sans le dire.

— Je ne dis pas que Brent et Heather sont à l'origine du Brise-Glace, reprend Curtis. Mais ils auraient pu voir toute cette situation comme l'occasion pour Dale d'avoir un petit accident.

— Pas possible. Brent ne ferait pas une chose pareille.

— Alors peut-être que c'était l'idée de Heather.

— Mais mettre en place un piège pareil… C'est de la folie.

Et c'est pratiquement de la folie de la part de Curtis d'avancer une hypothèse pareille. Il a perdu tous ses moyens la veille en sentant le parfum de sa sœur, je m'en souviens. Il lutte pour rester maître de lui, mais il subit une telle pression en ce moment…

Puis je me rappelle comment Dale m'a menacée hier matin. La vitesse avec laquelle il était prêt à en venir aux mains. Et on ne savait pas où était Brent dans l'après-midi, au moment où Dale a disparu…

— Merde, marmonne Curtis.

— Quoi ?

— C'est eux qui ont le piolet.

Nous continuons notre progression vers le bâtiment. Lorsque nous approchons, Curtis baisse la voix :

— Si j'ai raison, il faut qu'on fasse semblant de ne rien savoir de tout ça, pour ne pas nous mettre en danger. Et si j'ai tort, il faut qu'ils sachent ce qu'on vient de découvrir.

— Alors qu'est-ce que tu proposes de faire ?

— Il faut tester Brent.

— Comment ?

Curtis jette un coup d'œil au piège derrière lui.

— La seule chose qui me vient à l'idée, c'est de l'envoyer se balader par là et voir ce qu'il fait. S'il est au courant ou s'il continue d'avancer.

— C'est trop risqué.

— Il faut qu'on sache.

Je le dévisage, en plein désarroi. J'ai déjà fait tellement de mal à Brent, et toute cette histoire va lui en faire encore plus.

Curtis désigne le ciel. Il neige déjà – de fins flocons qui se distinguent à peine sur le fond blanc. Les nuages se sont encore assombris. La météo change si vite en altitude.

— Et il faut qu'on le fasse maintenant, dit Curtis. Parce que la tempête arrive.

## 58

*Dix ans plus tôt*

Tous les athlètes connaissent les risques du sport qu'ils pratiquent. On prend les précautions qu'on peut, puis on transforme le risque en arrière-pensée qu'on essaie d'oublier. Le garder à l'esprit affecterait notre performance.

Mais en voyant Camille étendue sur son étroit lit d'hôpital, entourée de machines et hérissée de tubes qui s'échappent de sous les draps pour partir dans toutes les directions, je me retrouve face à ce que le snowboard en half-pipe peut nous infliger.

En une seconde, le corps de Camille, solide et en pleine santé, a été brisé au point de ne plus pouvoir exécuter ses fonctions les plus basiques. Ses bras et ses jambes, en dépit de leurs muscles si forts, ne peuvent plus bouger.

J'ai pris le téléphérique avec elle. Ils ne m'ont pas laissée monter dans l'ambulance, alors j'ai sauté dans ma voiture pour descendre dans la vallée. Je suis contente de m'être retirée de la compétition, car, si je n'étais pas là, elle n'aurait personne. Ses frères sont en Autriche pour une course de ski et l'hôpital n'a pas encore réussi à les joindre ; ses parents arrivent en voiture de l'autre bout de la France, mais la neige drue qui s'annonce sur toutes les Alpes risque de retarder leur arrivée.

Je baisse les yeux sur son corps immobile. Son pauvre nez est terriblement enflé et ses yeux virent au beurre noir, mais ce sont ses autres blessures, celles que je ne peux pas voir, qui m'inquiètent le plus.

Les médecins pensent qu'elle s'est brisé la nuque.

Et je ne peux penser qu'à une chose : *c'est ma faute.*

Lorsque je quitte l'hôpital, il fait nuit et il neige dru. Tu parles d'un printemps. Remonter les virages en épingle jusqu'au Rocher ne se fait qu'avec lenteur. À mi-chemin, ma voiture dérape tellement qu'il faut que je m'arrête pour chaîner les pneus.

En arrivant enfin chez moi, glacée et trempée, je récupère mon téléphone sur la table et vois dix appels manqués de Curtis. Je n'ai plus de forfait, alors je remets ma veste et je ressors en hâte. Les voitures dans la rue principale forment un bouchon derrière une déneigeuse. Les moteurs grondent, les essuie-glaces s'activent.

Une silhouette solitaire s'éloigne dans le lointain. Je reconnaîtrais cette démarche entre mille.

— Brent ! j'appelle.

Il ne se retourne pas. Parce qu'il ne m'a pas entendue ? Ou parce qu'il ne veut pas me parler ? Je n'en sais rien. Je poursuis mon chemin dans l'autre sens, en espérant que Curtis ne sera pas encore couché.

Il ouvre la porte d'un coup, hors d'haleine, et

semble terriblement déçu en constatant que ce n'est que moi.

— Tu n'as pas vu ma sœur ?

— Non.

— Où est-ce que tu étais passée ?

— À l'hôpital, avec Camille.

J'ai les pieds trempés. Je tape sur le paillasson pour faire tomber la neige et je le suis à l'intérieur.

— Comment elle va ? demande-t-il.

Ma voix s'étrangle.

— Mal.

Il ferme brièvement les yeux.

— J'imagine que Saskia n'est pas venue à l'hôpital ?

— Non.

Curtis pousse un juron.

— Je crois qu'il lui est arrivé quelque chose.

— Tu as essayé de l'appeler ?

Peu de chance que ça marche, car, comme moi, Saskia n'emporte que rarement son téléphone sur les pistes.

— Elle ne répond pas, dit Curtis.

— Donc elle n'est pas venue aux Brits après mon départ ?

— Non.

La culpabilité m'envahit. Ce matin, je voulais lui faire du mal. *J'espère que tu te briseras le cou.* Et maintenant, il est bien possible que j'y sois arrivée. Je n'aurais pas dû faire ça.

Curtis me regarde curieusement.

— Quoi ? Tu sais où elle est ?

— Non.

— Quand est-ce que tu l'as vue pour la dernière fois ?

Je rougis de plus belle.

— Tôt ce matin. Elle a passé la nuit chez moi.

— Ah bon ?

Sa surprise est évidente. Je choisis mes mots avec soin pour ne pas avoir à mentir.

— On était les dernières à quitter le Glow Bar. Pour une fois, le courant passait bien, alors on a remonté la rue ensemble. Julien était devant chez elle. Il avait écrit quelque chose sur sa boîte aux lettres.

— C'était lui ? dit Curtis dont le visage s'assombrit.

— Oui. Bref, je l'ai invitée chez moi et elle a fini par rester dormir. Elle est partie vers huit heures.

Curtis jure entre ses dents et attrape sa veste.

— Si Julien lui a fait quelque chose… Je vais aller lui rendre une petite visite.

— Ce n'est pas une bonne idée, dis-je en lui attrapant le bras.

Je vois bien qu'il est furieux. Ses yeux se plissent.

— Sérieusement. Tu seras arrêté pour coups et blessures. Appelle la police.

— D'accord, c'est bon, dit-il en se dégageant.

Il sort son portable. Je patiente sur le canapé. Comme il parle français, je ne comprends pas ce qu'il dit, mais j'ai l'impression qu'il se dispute avec son interlocuteur. Il finit par raccrocher après un autre juron.

— Ils m'ont dit de patienter deux jours.

— Aucun des autres ne l'a vue ? dis-je.

— Chaque fois que j'appelle Dale ou Heather, Dale me sort un discours comme quoi Saskia a ruiné sa vie et celle de Heather, puis il me raccroche au nez. Et Brent se comporte bizarrement.

— Oui, pourquoi il n'est pas venu aux Brits ?

— Il a dit qu'il s'était tordu la cheville.

Curtis semble dubitatif, et je le comprends. Jusque-là dans la saison, Brent a eu une commotion cérébrale, une périostite tibiale et tout un tas d'autres blessures qui ne l'ont jamais empêché de remonter sur les pistes. En plus, je viens de le voir dans la rue et il ne boitait pas.

Alors qu'est-ce qui aurait pu l'empêcher de prendre part à la compétition ?

Tous ces mois d'entraînement… Jamais je n'aurais pu imaginer qu'ils se concluraient ainsi. Que parmi notre groupe, Camille serait la seule à n'accomplir qu'une partie de run en finale – et avec quel résultat…

Curtis fait les cent pas.

— Tu as alerté les secours de montagne ? dis-je.

— Oui, mais il faisait déjà quasiment nuit, répond-il. Ils ont appelé la billetterie de la station et, apparemment, quelque chose ne colle pas avec son forfait. L'ordinateur ne l'a pas enregistré.

— Mais tu l'as vue là-haut, dis-je.

— Brent et Heather l'ont vue. Je n'ai aperçu que ses affaires.

Il détourne les yeux et je sens qu'il me cache quelque chose. Puis il se remet à arpenter la pièce.

— Qu'est-ce que je fais ? Je ne veux pas envoyer des gens risquer leur vie à la chercher dans le noir alors qu'elle n'est peut-être même pas là-haut. Peut-être qu'elle est juste partie bouder quelque part, soupire-t-il en secouant la tête. On ne sait jamais, avec ma sœur.

# 59

*Aujourd'hui*

Curtis est sur le point d'ouvrir la porte du Panorama.

— Attends, dis-je. Je ne veux pas faire ça. Je fais confiance à Brent.

— Eh bien, pas moi, réplique Curtis. Ce n'est plus la même personne qu'il y a dix ans. À l'époque, on était super potes, et maintenant, il ne peut même plus me regarder dans les yeux.

Je ne veux pas admettre que moi aussi, j'ai des doutes.

— Mais il pourrait y avoir d'autres pièges. Et si tu as tort et qu'il se tue ?

— Et si j'ai raison ?

Mon regard est attiré par un mouvement de l'autre côté de la petite vitre qui perce la porte. Je gratte le givre et vois Heather dans le couloir.

Avec le piolet.

Je me baisse hors de vue en entraînant Curtis avec moi. Aïe, mon genou ! Je l'agrippe en grinçant des dents.

— Qu'est-ce qu'il y a ? dit Curtis.

— Je viens de voir Heather avec le piolet.

— Tu es sûre ? dit-il en levant un peu la tête pour regarder.

Je jette un coup d'œil prudent par la vitre. L'image est encore vive dans ma mémoire, mais le couloir est vide. Le doute m'envahit. Est-ce que je l'ai vraiment vue, ou est-ce que cet endroit me rend folle ?

— Pratiquement sûre.

— D'accord, voilà ce qu'on va faire. Je vais y aller pour voir ce qui se passe. Tu m'attends ici. Si Heather ou Brent sortent du couloir, tu te caches à l'angle, et avec un peu de chance, ils ne te verront pas.

— Non, je viens avec toi.

— Milla, bordel !

— Tu n'es pas responsable de moi. J'ai réussi à calmer Heather la nuit dernière. Avec un peu de chance, j'y arriverai encore.

Curtis, marmonnant dans sa barbe, ouvre la porte. Je commence à retirer mes gants.

— Non, garde tout, murmure-t-il.

Il a raison. J'avale ma salive en nous imaginant pourchassés dans la neige par une folle armée d'un piolet. Nos snowboards sont toujours appuyés au mur, près de la porte. Je récupérerai le mien en ressortant, si besoin. Je ne peux pas courir avec un genou dans cet état, mais en snowboard, j'aurai une chance de la distancer. À condition de réussir, je ne sais pas trop comment, à traverser le terrain plat en évitant le piège – ou les pièges – jusqu'à atteindre la pente.

Et après ça, tout dépendra du rôle de Brent dans cette histoire. Je ne pouvais pas gagner à la course contre lui dix ans plus tôt, et je n'y arriverai certainement pas aujourd'hui.

Nous remontons le couloir sur la pointe des pieds, et j'entends des voix.

— Je crois qu'ils sont dans la salle de contrôle, chuchote Curtis. Je vais faire le tour par l'autre côté. Surprends-les par-derrière, ils ne s'y attendront pas. Mais garde tes distances, d'accord ?

Je hoche la tête, même si je n'en ai aucune intention. Curtis bifurque vers la droite. Je passe silencieusement devant les casiers.

— Il faut qu'on retrouve Dale, dit Heather d'une voix suraiguë. Pourquoi tu ne vas pas le chercher ?

— Je te l'ai dit, répond Brent. Curtis et Milla y sont déjà.

— Je ne te crois pas. Tu t'en fiches de lui. Je pense que c'est toi qui lui as fait quelque chose !

— Écoute, Heather, pose ce truc, tu me fais peur.

— Je parie qu'ils sont descendus ! dit-elle de plus en plus fort. Vous comptez laisser Dale ici !

— Tu n'as pas besoin de faire ça, répond Brent en gardant un ton calme et mesuré. Curtis et Milla sont dehors, je te le jure. Je vais aller les aider à chercher Dale, moi aussi. C'est ce que tu veux ?

Quelqu'un ressort dans le couloir. Je pousse la porte la plus proche sur ma droite – elle s'ouvre, heureusement – et je plonge à l'intérieur aussi vite que me le permet mon genou. C'est le placard où sont entreposés les cordes et les harnais d'alpinisme. Je laisse la porte entrouverte pour y voir.

Brent et Heather se dirigent vers moi. Brent est devant, Heather juste derrière lui avec le piolet. J'ouvre la porte d'un centimètre de plus. Brent ouvre de grands yeux en me voyant et me fait signe de reculer, avant de jeter un coup d'œil nerveux par-dessus son épaule. Je me cache derrière la porte lorsqu'elle passe, puis je reviens à l'interstice pour les regarder continuer leur chemin.

Brent ouvre la porte principale, et le vent s'infiltre en sifflant.

— Je ne les vois pas, dit Heather.

Elle remue le piolet de façon imprévisible, à croire qu'elle-même ne sait pas ce qu'elle compte en faire.

Brent recule. Je retiens mon souffle pour lui.

— Peut-être qu'ils sont derrière les garages, dit-il.

Heather sort. Elle aura du mal à marcher dans la neige, avec ses bottes à talons.

— Il te faut ton écharpe et tes gants, dit Brent. Je rentre juste te les chercher.

Elle ne l'en empêche pas. Brent ferme la porte derrière elle et revient en petites foulées vers moi.

— Elle a perdu la tête, dit-il. Tu l'as entendue ?

Curtis s'approche en courant.

— Tout va bien ! je lui crie.

Il arrive hors d'haleine, et je lui explique la situation.

— Elle pense que j'ai fait quelque chose à Dale, dit Brent. Qu'est-ce que je peux dire ? Elle n'est pas en sécurité dehors.

Je jette un regard appuyé à Curtis. Brent est de notre côté ; il faut lui parler des pièges. Curtis hésite, puis dit :

— Dale est mort.

Brent nous fixe.

— Quoi ? Comment ?

— Il est tombé dans une crevasse.

Vu la façon dont Curtis dévisage Brent, il n'est toujours pas sûr de lui faire confiance.

— Merde, souffle Brent.

Je vérifie le couloir pour m'assurer que Heather est toujours dehors.

— Tu es arrivé à quelque chose avec les ordinateurs ?

— Non, dit Brent d'un air angoissé. Non, mais il faut que je vous montre un truc…

Il se tourne encore vers la porte d'entrée, comme s'il hésitait sur la priorité à donner aux deux problèmes, puis il nous guide vers la salle de contrôle.

Il désigne les écrans et j'inspire brusquement. Normalement, ils devraient afficher, pour la plupart, des vues de la montagne grâce aux webcams qui y sont disséminées, mais seuls quelques écrans montrent les pistes. Tous les autres dévoilent divers recoins du Panorama. La salle de réception, la cuisine. Les dortoirs.

La nausée me prend tandis que je fixe les draps fripés sur le lit de Curtis.

— C'est ta chambre.

— Je sais, gronde Curtis d'un air orageux.

Est-ce qu'on aurait pu nous voir pendant qu'on… ? Les lumières étaient éteintes, mais peut-être que les caméras sont infrarouges. J'écarte cette pensée.

— Qui est derrière tout ça ?

— Je n'en sais rien, dit Brent.

Je me rappelle, coupable, qu'il ne sait toujours pas que Curtis est celui qui nous a invités ici.

— Qui est-ce que ça pourrait être, à part ma sœur ? fait ce dernier avec fatigue.

— Moi, je pense que c'est Julien, répond Brent.

Je réfléchis un instant à l'idée. Mais la dernière fois que j'ai vu Julien avec Saskia, il était furieux qu'elle l'ait repoussé, et je ne vois pas ce qui aurait pu le faire changer d'avis à ce point. Curtis ouvre la bouche.

Du sang sur le poignet de Brent attire mon attention. Heather doit l'avoir accidentellement égratigné avec ses gestes désordonnés.

— Merde, tu saignes !

Brent baisse les yeux sur son poignet. Et s'effondre. Curtis le rattrape juste à temps.

— Il s'évanouit quand il voit du sang. Ça ne dure pas longtemps.

Il l'assied sur une chaise.

— Allez, Brent, réveille-toi…

Puis son expression change. Je suis son regard. Heather vient d'apparaître sur l'un des écrans. Elle se dirige droit vers la crevasse.

Je me rue vers la porte. La douleur explose dans mon genou.

— Attends ! crie Curtis.

Quelque chose bouge en bas à gauche de l'écran. Une autre silhouette aux vêtements pâles qui la font presque se fondre dans la neige. Je suis pétrifiée.

— C'est qui, ça ? dit Curtis.

Brent se réveille et lève la tête.

La silhouette nous tourne le dos et porte une veste à la capuche relevée. Il ou elle est de petite taille, à peine plus grand que Heather. Cette dernière est terrifiée. Le piolet lui glisse des mains. Les deux semblent avoir une conversation, apparemment très animée, parce que Heather recule, les deux mains levées.

La silhouette lève un bras comme pour lui faire signe d'avancer.

Mon Dieu. Le piège est juste là. Et Heather n'en sait clairement rien, car elle obéit et fait un pas.

*Non, Heather ! N'avance plus !*

— Il faut qu'on l'arrête, dis-je en me tournant vers Curtis.

— Trop tard, réplique-t-il sombrement.

— Stop ! je hurle.

Mais bien sûr, elle ne peut pas m'entendre. Un pas de plus – et elle traverse la couche de neige.

Disparue. D'un coup.

Je cligne des yeux, incapable de comprendre ce qui vient de se passer. Brent se redresse avec un effort, mais Curtis l'attrape.

— Non !

— Comment ça, non ? dit Brent en luttant pour atteindre la porte. Il faut aller l'aider !

— Je suis désolé, mais elle ne peut pas avoir survécu à la chute.

Brent essaie de se libérer.

— Lâche-moi, salaud ! On ne peut pas rester plantés là !

Tandis qu'ils luttent l'un contre l'autre, la chute de Heather se répète encore et encore dans ma tête comme un disque rayé. Je serre les poings. Mon souffle est haché. Mais Curtis a raison. Nous avons vu à quel point cette crevasse était profonde. Il faut laisser la pauvre Heather de côté pour le moment et nous concentrer sur notre situation, sans quoi nous finirons par la rejoindre.

— Et c'est *qui*, ça, à la fin ? dit Curtis en regardant l'écran par-dessus la tête de Brent.

— C'est ce connard de Julien, grogne Brent, la voix étouffée par l'épaule de Curtis. C'est forcément lui !

— Julien est mort, dit Curtis sans détourner ses yeux de l'écran. Dans un accident de voiture, l'an dernier. Je l'ai lu sur…

Sa voix s'étrangle, puis s'éteint. Lorsque je regarde l'écran, je comprends pourquoi. La figure encapuchonnée s'est tournée pour nous faire face.

En révélant de longs cheveux platine.

# 60

*Dix ans plus tôt*

Quatre jours se sont écoulés depuis l'accident de Camille. Même si je n'arrive pas à m'habituer à la vue de tous ces tubes qui lui sortent du corps, je suis descendue chaque jour en voiture pour lui rendre visite. C'est le moins que je puisse faire. Elle est là par ma faute. Sans moi, Saskia aurait participé à la compétition et Camille ne serait pas tombée.

Elle n'a toujours aucune sensation dans les bras ou les jambes. Elle s'est fracturé la vertèbre C2. C'est la pire blessure possible à la colonne vertébrale. Les docteurs attendent le résultat de ses scans pour voir à quel point sa moelle épinière est endommagée.

Je lui caresse le dos de la main, même si je sais qu'elle ne peut pas le sentir.

— Où est Saskia ?

C'est toujours la première chose qu'elle me demande.

— Je suis désolée, dis-je. Je ne sais pas.

Les secours en montagne ont arrêté les recherches cet après-midi, mais je n'ai pas le cœur de le lui apprendre. C'est à la police qu'il revient désormais d'enquêter sur la disparition de Saskia.

— Curtis a dit que leurs parents allaient venir en avion, déclare Camille.

— Oh, il est passé te voir ? Oui, ils sont arrivés hier pour se joindre aux recherches.

Je les ai rencontrés cet après-midi, en frappant chez Curtis pour savoir s'il y avait des nouvelles. J'aurais voulu les croiser dans d'autres circonstances.

Un docteur s'approche du lit de Camille. En voyant son air sombre et la façon dont il tient son dossier devant lui comme un bouclier, je sens qu'il est porteur de mauvaises nouvelles.

Il dit quelque chose à Camille en français. *Parents.* Il lui demande où sont ses parents. Ils sont descendus à la cafétéria manger quelque chose. Ce que Camille lui répond, sans doute, car le médecin fait demi-tour. Il attendra qu'ils reviennent.

Camille lui crie d'attendre, et il s'immobilise dans l'encadrement de la porte. Elle veut ses résultats. Je ferais pareil, si j'étais à sa place sur ce lit. Je voudrais savoir, à tout prix.

Le docteur revient à ses côtés.

— Je peux sortir, si tu veux, dis-je.

— Non, répond Camille, dont les yeux se tournent vivement vers moi. Reste là.

Le médecin baisse les yeux sur son dossier comme pour retarder l'inévitable. Enfin, à voix basse et d'un ton sérieux, il dit quelque chose.

Et l'expression de Camille s'effondre, exactement comme celle de Curtis et de ses parents dans l'après-midi. Le docteur lui tapote le bras et ajoute quelque chose.

Un mot unique s'échappe des lèvres de Camille.

Puis elle les pince et ferme les yeux. Le médecin hoche la tête et me contourne pour sortir.

La bouche de Camille tremble comme si un son terrible tentait de s'en échapper. Une larme roule sur sa joue enflée. Je reste là sans savoir quoi dire. Pas la peine de lui demander si elle va bien, car à l'évidence la réponse est non.

— Va-t'en, dit-elle entre ses dents serrées.

— D'accord. Je reviendrai demain.

— *Non.* Ne reviens jamais.

— Tu n'es pas sérieuse…

Elle referme les yeux.

Je pourchasse le docteur dans le couloir.

— Qu'est-ce que vous venez de lui dire ?

Il se retourne et hésite, clairement confus par le dilemme que je représente. Est-ce briser le secret médical que de me traduire le pronostic que je viens d'entendre ?

Un bip à sa ceinture l'alerte. Il baisse les yeux sur l'écran, puis s'éloigne hâtivement.

— Je suis désolé, crie-t-il en anglais par-dessus son épaule. Avec le temps, elle retrouvera peut-être l'usage de ses bras, mais elle ne marchera plus jamais.

# 61

*Aujourd'hui*

Curtis glisse le long du mur et termine assis sur le sol de la salle de contrôle.

— Merde, dit-il. Merde.

— Ce n'est pas ta sœur, dit Brent.

Un signal d'alarme se déclenche dans ma tête. Comment sait-il ça ?

Curtis est blanc comme un linge, les yeux fixés sur la silhouette à l'écran.

— Dix putains d'années… Pourquoi nous faire ça ? Pourquoi faire ça à ma mère ?

— Mec, écoute-moi, dit Brent d'un ton pressant. Je ne sais pas qui c'est, mais ce n'est pas Saskia !

Comment en est-il si sûr ?

— Elle n'a pas essayé de nous contacter, pas une fois…, murmure Curtis. Où était-elle pendant tout ce temps ?

— Tu ne m'écoutes pas ! crie Brent. Je te dis que ce n'est pas Saskia !

Le désespoir dans sa voix nous réduit au silence. Un terrible pressentiment me submerge, et soudain je sais ce que Brent est sur le point de dire. Ce que j'ai lu dans ses yeux, deux nuits plus tôt.

Puis il le dit :

— Parce que je l'ai tuée.

Curtis regarde Brent, puis l'écran, puis Brent.

— Quoi ? Non. C'est elle.

Je fixe l'écran. C'est vrai qu'on dirait vraiment Saskia. Et pourtant…

Brent s'agenouille près de Curtis.

— Je suis désolé, mec.

Le regard de Curtis continue à faire des allers-retours entre Brent et l'écran. Je comprends son trouble. Une part de lui tente d'absorber ce que Brent vient de lui dire. L'autre veut croire que sa sœur est là, dehors, vivante, même s'il est horrifié par ce qu'elle vient de faire.

Et par ce que sa présence voudrait dire. Pour disparaître pendant dix ans et revenir nous infliger une chose pareille, il faudrait être une vraie psychopathe.

Mais c'est bel et bien ce qu'est Saskia, non ?

Brent baisse la tête. Sa voix s'étrangle.

— Je suis vraiment, vraiment… désolé.

La silhouette sur l'écran s'avance et disparaît. Elle vient vers nous. Je veux entendre ce que Brent a à dire, mais elle – qui que ce soit – sera là d'une minute à l'autre.

— Il faut qu'on s'en aille, dis-je.

Mais pour aller où ?

Descendre en snowboard. C'est notre meilleure option. En espérant être plus rapides qu'elle. Une vague de douleur en provenance de mon genou me rappelle qu'il y a un petit problème avec ce plan. Je tire Curtis par le bras.

— Il me faut cette bande Velpeau. Maintenant.

Curtis ne bouge pas. Je ne suis pas sûre qu'il m'ait entendue.

— Continue, dit-il à Brent.

Brent le regarde d'un air désespéré. Sa voix tremble ; ses mains aussi.

— Le matin de la compétition, je suis allé chez Milla. Et je l'ai trouvée au lit avec ta sœur.

Curtis se retourne vers moi, sous le choc.

Merde, il n'y avait sans doute pas de pire façon pour lui de l'apprendre.

— J'ai descendu la rue sans savoir où j'allais, dit Brent. Et Saskia m'a rattrapé quelques rues plus loin. Elle était morte de rire. Tu sais ce qu'elle a dit ?

Il prend une inspiration frissonnante.

— « C'est la première fois de tout l'hiver que Milla est satisfaite. »

— N'importe quoi, j'interviens.

Je la vois très bien dire ça. Elle avait juré de se venger de Brent pour l'avoir humiliée dans le téléphérique, et c'était l'occasion parfaite. La détresse de Brent devait tellement l'amuser. Elle a sans doute remué le couteau dans la plaie encore et encore, pour voir jusqu'à quel point elle pouvait le blesser.

Brent continue, les poings serrés :

— Et aussi : « Qu'est-ce que ça fait, de se faire larguer pour une fille ? »

— Mais c'est complètement faux !

Mais nous n'avons pas le temps pour tout ça. Je jette un coup d'œil dans le couloir. Rien. Je ferme la porte, mais je ne peux pas la verrouiller. Merde.

— Ce n'est pas que tu m'aies quitté pour une fille, dit Brent. Mais *elle*… Après tout ce qu'elle t'a fait.

Ce qu'elle nous a fait à tous. Tu comptais tellement pour moi, et tu as choisi ta pire ennemie. Qu'est-ce que j'étais censé ressentir, après ça ? Et elle s'en vantait…

Il regarde ses mains comme si c'étaient celles d'un étranger.

— La seule chose dont je me souviens ensuite, c'est de l'avoir poussée.

Il s'interrompt et s'enfonce pratiquement une main dans la bouche.

Je comprends soudain. Le dos courbé de Brent. Ce n'est pas à cause de ses chantiers.

Pendant un moment, on n'entend que sa respiration étouffée tandis qu'il lutte pour garder le contrôle de lui-même.

— Je ne voulais pas lui faire de mal. Enfin, si. Mais pas la tuer. Le sol était gelé… Elle a glissé, elle est tombée en arrière et s'est cogné la tête sur le sol.

Il enfonce à nouveau sa main dans sa bouche et mord très fort. Il ferme les yeux.

Quelque chose se tord en moi. Mais en même temps, je comprends pourquoi il l'a poussée. Moi aussi, j'ai plusieurs fois voulu le faire. Elle avait un don pour éveiller une rage physique chez chacun de nous.

Les yeux de Brent s'ouvrent. Il fixe Curtis.

— Dis quelque chose…

Mais Curtis reste assis là comme s'il n'arrivait pas à comprendre ce qu'il vient d'entendre.

J'écoute à la porte. Est-ce qu'elle arrive ?

Brent se balance d'avant en arrière, dévisageant Curtis d'un air épouvanté. Il se force à continuer :

— Elle ne bougeait plus. J'ai paniqué. Il n'était que huit heures, le téléphérique n'ouvrait pas avant trente minutes. Il n'y avait personne dans la rue. Je n'avais pas mon téléphone sur moi, mais on était juste devant l'appartement qu'elle partageait avec Heather, alors je l'ai traînée à l'intérieur. Elle respirait encore. Je crois. J'ai dit à Heather d'appeler une ambulance…

Il s'interrompt et ses yeux font des va-et-vient entre Curtis et moi.

— Heather a dit qu'ils m'enverraient en prison.

La mâchoire de Curtis se crispe. Il fixe Brent.

— On s'est… disputés là-dessus, poursuit ce dernier avant d'avaler sa salive. Heather n'avait pas dormi depuis cette bagarre au Glow Bar, et Dale était toujours à l'hôpital. On s'est énervés. J'ai quitté la pièce pour me calmer et, quand je suis revenu, Heather était penchée sur elle…

Sa voix s'étrangle à nouveau.

— Elle lui pressait un coussin sur le visage.

Je me raccroche au mur. Alors c'étaient eux deux. Heather et Brent.

— Je lui ai pris le coussin. Je lui ai demandé ce qu'elle foutait. Elle m'a dit : « C'est un monstre ! Regarde ce qu'elle nous a fait à tous ! »

Le regard de Brent se perd dans le vide, comme s'il revoyait l'horreur dont il a été témoin. Il continue en tremblant :

— Si elle n'était pas morte avant, elle l'était après ça.

Il baisse la tête. Curtis et moi attendons la suite. Brent finit par reprendre :

— Il fallait qu'on se débarrasse d'elle. La seule chose qui m'est venue à l'esprit, c'est de l'emmener sur le glacier pour trouver une crevasse. Tu te rappelles son énorme sac de snowboard ?

J'entends Curtis prendre une soudaine inspiration.

Son sac Salomon bleu, à roulettes. Je le revois très bien. Saskia l'emportait parfois avec elle sur les pentes lorsqu'elle devait transporter plus d'un snowboard. Beaucoup de gens prenaient leurs sacs là-haut, surtout lors des compétitions. Bien pratique d'avoir un snowboard de rechange au cas où le premier était endommagé. On laissait traîner nos affaires partout, et je ne me suis jamais rien fait voler.

— On l'a mise dedans, dit Brent.

Un son étranglé échappe à Curtis.

— Il avait des roues, mais il était très lourd, poursuit Brent. Il me fallait de l'aide avec les portes, alors j'ai obligé Heather à m'accompagner. Dans les œufs, elle perdait la tête. Elle disait qu'elle voyait le sac bouger.

Une autre plainte terrible de la part de Curtis. Il se plie en deux, la tête entre les mains.

Les mots échappent à Brent comme s'il se précipitait pour raconter toute l'histoire avant de s'effondrer pour de bon.

— Il y avait un skieur dans l'œuf avec nous. J'ai dit à Heather de la fermer, qu'elle s'imaginait des choses. On est arrivés au glacier. Il n'y avait quasiment personne, ils étaient tous au half-pipe pour la compétition, alors on a traîné le sac jusqu'à un coin tranquille. Je voulais l'ouvrir pour voir si elle était vivante, mais avant que j'aie une chance de le faire, tu es arrivé en courant, Curtis. Tu la cherchais.

Curtis gémit et se reprend la tête. Ses doigts gantés agrippent ses cheveux si fort que je suis surprise qu'ils ne s'arrachent pas. Il avait mentionné avoir vu les affaires de sa sœur. Il doit se dire qu'il l'a ratée de peu.

Qu'il aurait même pu la sauver.

— On ne voulait pas que tu voies le sac, alors on a couru à ta rencontre, dit Brent avant d'hésiter. Tu étais… furieux.

Jusque-là, tout concorde avec ce que m'a dit Heather. Peut-être que c'était la vérité, après tout. *Quand je la trouve, je la tue.* Est-ce que Curtis a vraiment dit ça ?

— Heather a paniqué, reprend Brent. Elle t'a dit que Saskia venait de rentrer dans le bâtiment, alors on t'y a accompagné pour faire semblant de la chercher. On n'a laissé le sac que dix minutes, je le jure, mais quand je suis revenu le chercher, il avait disparu.

Brent s'affaisse, comme si toutes ses forces venaient de l'abandonner.

J'ai le cœur au bord des lèvres. Saskia est-elle morte ou non ? Peut-être qu'elle était encore vivante mais inconsciente lorsqu'ils l'ont emmenée dans les œufs. Puis, en arrivant au sommet, elle serait lentement revenue à elle. Je la vois ouvrir la fermeture Éclair, ramper hors du sac. Et s'éclipser… mais où ?

— C'était moi, lâche Curtis d'une voix étouffée.

— Quoi ? dis-je.

— C'est moi. Je l'ai tuée.

Je le fixe, choquée. Ça ne peut pas être vrai.

Curtis retire ses mains de son visage.

— Cette nuit-là au Glow Bar… Quel gâchis. Elle avait tout détruit. Dale et moi, on ne pouvait plus concourir. Camille était bouleversée. Et toi, Milla… Tu étais prête à te rompre le cou pour la battre. C'était trop. Je voulais lui faire du mal comme elle nous en avait fait à tous.

Je le fixe, en essayant d'associer l'idée de celui qui a partagé mon lit avec celui qui a, apparemment…

— Mais comment ? je demande, et les mots m'écorchent la gorge.

— Je suis d'abord allé au half-pipe, j'ai vu qu'elle ne s'était pas présentée, et je pensais la trouver à l'arrivée du téléphérique. Lui faire comprendre ce qu'elle avait fait. Là-bas, j'ai vu son sac dans un des œufs qui montaient, alors j'ai foncé vers le glacier et j'ai trouvé Brent et Heather. On s'est séparés pour fouiller le bâtiment, et en sortant sur la terrasse, j'ai repéré son sac dans la neige. J'y suis allé, mais je ne la trouvais toujours pas. Son sac était juste à côté d'une crevasse.

Il croise mon regard.

— Je ne pensais qu'à une chose : lui rendre la monnaie de sa pièce. Je me suis rappelé ce qu'elle avait fait à ton snowboard… et j'ai poussé le sac dans la crevasse, dit-il en fermant les yeux.

Oh. Non.

— Si j'avais su qu'elle était dedans…

Il s'interrompt et reste là, immobile et silencieux, comme paralysé par ce qu'il a fait.

— Elle était déjà morte, dis-je avec un regard vers Brent.

Brent saisit la balle au bond.

— Oui, mec, elle était morte. Complètement. Je n'ai rien vu bouger. Heather était hystérique.

Mais j'entends le doute dans nos voix. Curtis presse les poings contre ses yeux. Il ne se le pardonnera jamais.

Pourtant, si Saskia a fini au fond de cette crevasse, qui nous tourmente aujourd'hui ? Et si elle était sortie du sac, si elle s'était cachée, si elle avait vu Curtis pousser le sac vide ? Et si elle s'était éloignée en rêvant de revanche…

La porte s'ouvre dans mon dos, en me projetant sur Curtis. Mon genou s'enflamme. Je me retourne et sens tout le sang quitter mon corps.

Là, sur le seuil, se tient une fille aux cheveux platine.

## 62

*Aujourd'hui*

C'est elle. Revenue d'entre les morts pour se venger.

Je reprends ma respiration pendant que mon cerveau absorbe ce que je vois. Son visage. Ses traits.

Ce n'est pas Saskia.

C'est Camille.

Et elle a une arme – un genre de fusil – qu'elle braque droit sur nous. Je comprends soudain que c'est ça qu'elle pointait sur Heather. Pas son bras.

— Personne ne bouge.

Sa voix est glaciale ; ses yeux aussi.

Bordel, ça me rend malade de la voir avec ces cheveux-là. À l'époque, ils étaient châtains, mais maintenant elle est blonde. Pile le blond platine de Saskia, mais ça ne lui va pas du tout au teint. Le résultat est très étrange.

— Mais… tes blessures…, dis-je faiblement. Ils ont dit que tu ne pourrais plus marcher.

Je jette un regard vers Brent et Curtis pour voir s'ils sont aussi surpris que moi.

— C'est drôle à quel point les médecins peuvent se

tromper…, dit Brent. La nuque, le dos… On ne sait jamais vraiment.

Le fusil se tourne soudain vers lui et il s'interrompt.

— Un an dans un lit d'hôpital avant de retrouver l'usage de mes bras, dit Camille avec tant de haine qu'elle en postillonne. Deux ans avec des attelles aux jambes. Encore cinq ans de rééducation. Ça n'a rien de *drôle.*

Brent se tasse dans l'angle. Curtis et moi sommes toujours par terre.

Voilà que je doute à nouveau de lui.

— Je croyais que Curtis avait fait un appel vidéo avec toi récemment ? Il n'avait pas l'air de savoir que tu allais mieux…

— Pff. Il a vu quoi ? Un harnais. Un casque. Un fauteuil roulant. Facile.

Comme Brent, je tressaille lorsque le fusil se tourne vers moi, mais pas Curtis. Il est au-delà de ça, en cet instant.

Camille porte une veste camouflage blanche et le pantalon qui va avec. Est-ce qu'elle était dehors tout à l'heure, sur le glacier, à nous espionner ? Jamais on n'aurait pu la repérer.

— Mais comment as-tu fait tout ça ? je demande.

Elle agite une main.

— Mes frères travaillent au téléphérique, maintenant, alors c'était facile. Ils feraient n'importe quoi pour moi. On est les seuls à savoir que vous êtes ici.

L'homme qui nous a ouvert le téléphérique… C'est pour ça qu'il me semblait familier. Je n'ai rencontré ses frères que brièvement, à l'hôpital. L'autre devait s'occuper des œufs. Je ne l'ai même pas vu.

— Mais pourquoi ?

— Vous l'avez tuée ! J'avais deviné que c'était l'un d'entre vous. Je ne m'imaginais pas que vous vous y étiez mis à trois. Puis vous lui avez volé son argent ! dit Camille avec un signe de tête vers le glacier.

Sans détourner le fusil, elle glisse sa main dans sa poche et en sort un téléphone.

— J'ai tout entendu. Je vous ai enregistrés.

Elle appuie sur l'écran et j'entends la voix de Brent. « Je ne voulais pas lui faire de mal. Enfin, si… » Elle coupe l'enregistrement.

— Il y a des micros dans toutes les pièces. Au moindre bruit, ils se mettent en marche.

Elle porte le parfum de Saskia, et son eye-liner violet, comme si elle essayait de se métamorphoser en sa petite copine morte. Ce qui est carrément glauque. Je crois même voir quelque chose de Saskia dans son regard. À moins que ce ne soit tout simplement de la haine.

— Je m'en suis voulu pendant tout mon séjour à l'hôpital, dit-elle dans un anglais qui commence à trébucher. Pourquoi Saskia serait-elle montée au glacier avant la compétition ? Je me disais que c'était ma faute. Que ma colère au Glow Bar l'avait bouleversée et qu'elle était montée prendre un risque idiot. Elle était fragile. Peut-être que vous ne le voyiez pas, mais moi oui.

Les mouvements qu'elle fait avec son arme m'empêchent de bouger. Je me tends à chacun de ses gestes, tétanisée à l'idée qu'elle nous bondisse dessus. Mais elle n'en fait rien. Elle ne nous approche pas ; nous pourrions lui arracher le fusil, et elle ne peut pas courir ce risque.

— Finalement, j'ai quitté l'hôpital. La première chose que j'ai vue en rentrant chez moi, sur la table de nuit, c'était le forfait de Saskia. Elle devait l'avoir laissé chez moi avant qu'on parte pour le Glow Bar. Et elle n'aurait pas pu monter sans lui. Ils sont très stricts là-dessus, au Rocher. Alors, si elle n'était pas dans la montagne, comment aurait-elle pu disparaître ? Quelque chose ne collait pas. Je me suis dit que quelqu'un devait lui avoir fait du mal.

Je serre les doigts gantés de Curtis, mais il ne réagit pas. C'est comme s'il s'était changé en pierre. Sa poitrine, qui se lève et s'abaisse au rythme de sa respiration, est son seul signe de vie.

— J'ai apporté le forfait à la police, poursuit Camille, qui parle de plus en plus fort. Ils ont dit que ça ne suffisait pas à prouver quoi que ce soit. J'étais tellement en colère. Je me suis demandé : qui aurait pu vouloir lui faire du mal ? J'ai fait une liste.

Dans l'angle, Brent bouge une jambe, mais se pétrifie lorsque Camille braque le fusil vers lui.

— J'ai décidé que l'un d'entre vous était le responsable, siffle-t-elle. Mais qu'est-ce que je pouvais faire ? Je n'avais aucune preuve. Alors j'ai mis ma colère au service de ma guérison. Mes frères ont abandonné le ski pour vivre avec moi, parce qu'il me fallait beaucoup d'aide. Ce n'est pas facile d'avoir du travail dans cette vallée, et le seul qu'ils ont pu trouver était pour les téléphériques. C'est comme ça que la vie a continué…

Le fusil se tourne vers Curtis.

— Jusqu'à ce que tu me téléphones. Il n'y a pas beaucoup de personnel ici en novembre, et tu es tombé sur mon frère Romain car le directeur n'était pas là. Mon frère m'a immédiatement appelée. J'avais vu les nouvelles en ligne ce matin-là. Saskia était officiellement morte et tu voulais fêter ça !

Son regard est empli de malveillance. Curtis cligne des yeux.

— Non… je…

— Je ne pouvais pas laisser faire ça. Alors j'ai élaboré un plan.

— Le Brise-Glace ? dis-je.

Le fusil se pointe sur moi.

— Je voulais… semer la pagaille. Vous provoquer. Vous faire penser à Saskia, et seulement à Saskia, jusqu'à vous faire craquer et avouer ce que vous lui aviez fait. J'ai volé vos téléphones, j'ai mis des cheveux sous vos oreillers, j'ai diffusé son parfum. J'ai laissé des messages sur vos fenêtres et vos miroirs. Mais c'était plus difficile que ce que je croyais. J'ai dû improviser.

— Le courant, la musique…, dis-je. La porte de la salle de bains qu'on ne pouvait ouvrir que de l'extérieur…

Elle hoche la tête.

— Et tu as frappé Brent, dis-je.

— Je l'ai poussé, corrige-t-elle. J'étais derrière lui dans l'escalier et j'ai fait tomber les clés. Je pensais qu'il m'avait entendue. Il fallait que je me sauve sans qu'il me voie.

— Et ce piège dans la neige ?

Pour la première fois, elle semble un peu coupable.

— Je devais m'assurer que vous ne pourriez pas partir avant que j'apprenne la vérité.

— Mais n'importe lequel d'entre nous aurait pu tomber dedans !

— Et alors ? rétorque-t-elle en retrouvant son air de défi. Aucun de vous n'est innocent.

— Est-ce que Dale a posé le pied dessus par accident ? je demande sans être sûre de vouloir le savoir.

Camille hésite.

— Je lui ai dit de s'approcher. Il était surpris de me voir. Très surpris. Mais je lui ai dit que Heather était tombée dans la crevasse, et il est allé voir…

Ses yeux brûlent de rage.

— J'aimais Saskia, et il lui a volé son argent ! Heather aussi. Je l'ai menacée parce que je voulais qu'elle me dise en face qu'elle avait dépensé l'argent de Saskia. Mais à la place, elle m'en a dit tellement plus. Au sujet de ce matin-là. Le coussin…

La douleur lui traverse le visage, puis la colère revient.

— Je me suis promis de faire du mal à tous ceux qui lui en avaient fait. C'était le cas pour Dale et Heather.

Elle s'interrompt un moment et nous dévisage un par un pour vérifier qu'elle a notre entière attention.

— C'était le cas pour Julien.

Mon estomac se retourne.

— L'accident de voiture ? C'était toi ?

L'ombre d'un sourire apparaît sur ses lèvres et s'évanouit aussitôt. Je jette un coup d'œil à Curtis, mais on dirait qu'il arrive à peine à suivre. Le fusil revient vers moi.

— Et toi, Milla. Tu étais ma préférée. Ça me faisait de la peine de t'impliquer là-dedans. J'étais presque sûre que ce n'était pas toi qui l'avais tuée. Tu m'as manqué, ces dernières années.

Je me souviens du message sur la fenêtre de ma chambre. Maintenant, je le comprends. Les yeux de Camille s'étrécissent.

— Je me trompais sur toi. Tu ne lui as pas fait de mal, mais à moi, si.

— Je sais, dis-je. Je suis tellement désolée. Le crippler.

— Quoi ?

— Aux Brits. Celui qui t'a fait tomber. Tu l'as tenté parce que je t'avais dit que j'allais le faire.

— C'était un haakon flip, dit-elle en fronçant les sourcils. Ça faisait partie de mon run depuis le début.

— Oh. Mais je t'ai distraite juste avant…

Elle me regarde comme si elle ne comprenait pas du tout de quoi je parle.

— Je ne t'en veux pas pour les Brits. Je t'en veux pour Saskia. Elle était à moi. Tu le savais. Tu as…

Elle cherche le bon mot.

— … pollué tout ce que je partageais avec elle.

J'essaie d'absorber tout cela. Pendant toutes ces années, je pensais avoir causé son accident. Même si ce n'est pas le cas, je ne peux pas ignorer mon rôle dans le tragique enchaînement des événements. Si je n'avais pas couché avec Saskia, Brent ne l'aurait pas poussée, elle aurait été là aux Brits et Camille n'aurait peut-être pas raté son flip.

L'expression de Camille se durcit.

— Je pensais que Saskia avait couché avec Dale.

C'est ce qu'a dit Heather au Glow Bar. C'est pour ça qu'elle a couché avec Brent.

Je me souviens de l'expression de Camille lorsqu'elle a quitté le bar en courant cette nuit-là. Alors le secret du Brise-Glace faisait allusion à Dale. Mentalement, je coche les autres secrets. Elle savait que Heather et moi avions couché avec Brent. Les deux derniers – *Je sais où est Saskia* et *J'ai tué Saskia* – n'étaient sans doute qu'une tentative d'en savoir plus. Des hypothèses qu'elle avait formulées, exactement comme je l'ai fait, en partant du principe que qui que soit le coupable, il n'avait sûrement pas agi seul.

— Mais j'avais tort, dit Camille en pointant son fusil vers moi comme une baïonnette. Ce n'est pas avec Dale qu'a couché Saskia, c'est avec toi. On était amies, toi et moi. Comment as-tu pu ?

Sa colère semble récente. Merde, c'est parce qu'elle vient tout juste de l'apprendre en écoutant Brent quelques minutes plus tôt.

Et d'abord, qu'est-ce que c'est que ce fusil ? Je n'y connais rien. Une carabine à air comprimé ? Pour la chasse, peut-être ? Elle suit mon regard et explique :

— Je fais du biathlon, ces temps-ci. Tu connais ? Du ski de fond et du tir à la carabine. Il faut toucher cinq cibles de quarante-cinq millimètres de diamètre à cinquante mètres de distance.

Son sourire revient.

— Ça fait deux ans que je m'entraîne en secret avec mes frères. C'était ma motivation, ma raison d'être.

Je comprends son besoin de discrétion. Après son

horrible accident, elle a sans doute été harcelée par la presse française. Sa fierté était en jeu. Elle ne voulait pas que le monde la voie lutter. J'aurais fait pareil.

— Mon dos ne pourrait pas résister à plus d'impacts. Je suis trop vieille pour le snowboard, de toute façon. Mais en biathlon les femmes sont au meilleur d'elles-mêmes vers trente-deux ans.

Et elle a trente-deux ans, puisqu'elle a un an de moins que moi. Son sourire s'élargit.

— Je vise très bien. J'espère intégrer l'équipe olympique française.

Je la fixe. C'est un incroyable rétablissement après une blessure pareille. Mais je me souviens de sa concentration et de son investissement dans le half-pipe. Si quelqu'un pouvait le faire, c'était bien elle.

— Et maintenant ? demande Brent depuis le coin de la pièce, sans émotion.

Camille nous dévisage comme si elle se posait la même question. Elle semble finir par prendre une décision et, vu la façon dont elle plisse les lèvres, elle-même la trouve déplaisante. Elle désigne la porte.

— Sortez de là.

Nous ne bougeons pas. Elle vise mon genou. Celui que je n'ai pas tordu. Et la seule pensée de le perdre suffit à me faire bondir sur mes pieds. Je n'aurais plus aucune chance de quitter cet endroit.

Curtis est toujours assis, sans réaction, comme catatonique. Brent lui passe un bras autour des épaules et le hisse sur ses pieds. Camille sort à reculons dans le couloir, et nous la suivons. Je ne peux m'empêcher de remarquer qu'elle traîne légèrement un pied – le gauche –, seule séquelle de sa blessure, du moins de ce que j'en vois. Elle nous montre l'entrée principale.

— Allez-y.

Je regarde Curtis et Brent. Et si on essayait de la plaquer au sol ? Mais il lui suffirait d'une balle bien placée – et combien de fois pourrait-elle tirer le temps qu'on l'atteigne ? En tant que biathlète, elle est certainement entraînée à rester calme sous la pression. Le risque est trop grand.

Brent ouvre la marche.

— Où est-ce qu'elle nous emmène ? je murmure.

— On ne parle pas ! crie Camille.

De l'autre côté de la petite vitre qui perce la porte, tout est blanc. J'essaie de croiser le regard de Curtis, mais il est complètement absent. Il essaie toujours d'encaisser ce qu'il a fait à Saskia, et je ne veux pas qu'il se fasse tirer dessus à cause de moi. De toute façon, nous aurons sans doute plus de chance de lui échapper là-dehors que piégés dans le bâtiment.

— Enlevez vos vestes, ordonne Camille.

Pas bête. Plus nous aurons froid, plus nous serons obéissants. Je fais glisser mes mains gantées dans les manches de ma veste, que je laisse tomber au sol, en espérant qu'elle ne m'ordonnera pas d'enlever également mes gants et mon masque.

Brent se baisse pour ramasser ses boots de snowboard.

— Non, fait Camille. Dehors.

Je jure intérieurement – il porte ses DC pleines de trous. Il ouvre la porte en laissant entrer une bourrasque chargée de neige. J'abaisse mon masque et je sors à sa suite. La neige tombe à présent très dru ; le vent fait tourbillonner les flocons, les nuages sont très bas sur la montagne. On n'y voit que du blanc. Je n'aperçois même pas les barres rocheuses. Le cordon qui les délimite, à moitié enseveli par endroits, est la seule indication de leur présence.

Tout cela pourrait jouer en notre faveur. Si elle ne nous voit pas, elle ne pourra pas nous tirer dessus.

Une paire de longs skis étroits, avec leurs bâtons, est appuyée contre le mur. Camille les saisit sans nous quitter des yeux. Nous nous serrons les uns contre les autres tandis qu'elle chausse ses skis. Je claque déjà des dents. Je jette un regard à Curtis et à Brent. Est-ce qu'il faudrait essayer de courir ? Mais pour aller où ? Et jusqu'où me portera mon genou ?

Le regard de Curtis se perd dans le grand blanc. J'ai besoin qu'il reprenne ses esprits. Je lui attrape le coude, mais il ne réagit pas. Comme moi, il porte son masque et ses gants.

Le pauvre Brent n'a aucun des deux. Il remonte sa capuche et enfonce les mains dans les poches de son jean. Son sweat-shirt Burton, noir, se verrait à un kilomètre dans ce décor immaculé, tout comme la polaire violette de Curtis. Habillée en bleu-vert, je ne vaux pas beaucoup mieux.

— Avancez, dit Camille en nous indiquant le glacier.

Nous marchons en file indienne, Brent en tête. Il se protège le visage d'une main contre les flocons. Je le suis et Curtis est troisième. Tout en claudiquant, je tente de repérer d'autres pièges autour de moi, mais je ne pourrais pas les voir. Nous nous enfonçons jusqu'aux genoux à chaque pas et ne progressons que très lentement.

Je me retourne vers Camille. Aucun signe de sa raideur de tout à l'heure maintenant qu'elle est sur ses skis. Ses mouvements sont aussi fluides que maîtrisés, comme si les skis n'étaient qu'une extension de ses jambes.

— Où est-ce que tu nous emmènes ? je crie.

Elle se contente de rire. Si elle veut nous tuer, pourquoi ne pas simplement nous tirer dessus ?

Oh, mon Dieu, je crois que je connais la réponse. Si on nous trouve criblés de balles, on pourrait remonter jusqu'à elle, mais si nos corps sont découverts au fond d'une crevasse, ça ne sera qu'un tragique accident de plus.

Je resserre les bras sur ma poitrine. Le vent transperce mon sweat-shirt. Je jette encore un coup d'œil par-dessus mon épaule. Camille conserve une distance prudente. Nous devrions nous défendre, mais la vue de ce fusil me terrifie. Elle n'a peut-être pas envie de nous tirer dessus, mais elle le fera s'il le faut, et si elle vise aussi bien qu'elle le dit, elle n'a pas besoin de se rapprocher.

L'incrédulité monte en moi tandis que je continue à avancer. Chaque pas me rapproche de la tombe. Je devrais essayer de me défendre. Mais que puis-je faire ? Entre me faire tirer dans le dos si je me mets à courir, ou mourir de froid dans une crevasse si je reste là… Il paraît qu'au bout d'un moment, on ne sent plus le froid. On a chaud à nouveau. Et au moins, nous serions tous ensemble.

Le vent rugit sans cesse à nos oreilles. Elle ne peut

plus nous entendre, maintenant. Brent est juste devant moi. Je l'attrape par la manche.

— Elle nous emmène à la crevasse.

Brent semble pensif l'espace d'un moment, puis sourit tristement. Il crie par-dessus son épaule :

— Je pourrais te montrer où est Saskia.

À quoi il joue ? Le glacier se déplace d'environ cent mètres par an – je le sais, parce que je me suis renseignée dessus.

— Tu me prends pour une idiote ? crie Camille. C'était il y a dix ans. La crevasse ne sera plus là.

Mais j'entends un doute dans sa voix.

— Qu'est-ce que tu en sais ? hurle Brent.

— Qu'est-ce que tu fais ? je murmure.

Il m'ignore et désigne la pente.

— C'est là-haut.

— Tais-toi ! hurle-t-elle.

— Sa dernière demeure, dit Brent. Tu ne veux pas la voir ?

Camille s'arrête pour y réfléchir.

— D'accord. Montre-moi.

Nous changeons de direction. Nous nous dirigeons vers l'endroit où nous avons sauté en snow la veille. Je ne sais toujours pas ce que Brent a en tête, ce qui me rend très nerveuse.

Brent m'attrape la main et baisse la voix.

— Je vais partir en courant. L'attirer là-haut loin de vous. C'est moi qu'elle veut. C'est à cause de moi, tout ça. Vous avez vos boots, tous les deux. Courez jusqu'au Panorama et attrapez vos snowboards.

— Brent, non…

Il serre mes doigts gantés.

— Je suis rapide. Elle ne me verra pas.

Mais il sera en train de courir dans la mauvaise direction, sur un glacier plein de crevasses, en tennis. Et Camille lui barrera la route pour redescendre.

— S'il te plaît, ne fais pas ça, dis-je.

Mais il se tourne déjà vers la pente, prêt à courir. Je pourrais me lancer à sa suite, mais ça voudrait dire abandonner Curtis.

— Je fais ça pour te donner une chance, Milla. Ne la gâche pas.

Brent libère sa main de la mienne.

Et je le laisse faire.

## 63

*Aujourd'hui*

Je fais semblant de trébucher et je me jette dans la neige. Mon grognement de douleur n'est pas feint. Mon pauvre genou… Je crois que je viens de le blesser encore plus.

— Debout, dit Camille d'un ton tranchant.

Par-dessus mon épaule, je la vois pointer son fusil sur moi. Brent me donne une chance, et je lui rends la politesse en lui donnant quelques précieuses secondes d'avance.

Il en aura besoin.

— Maintenant ! hurle-t-elle.

Ça marche. Elle n'a pas remarqué que Brent était parti. Je l'imagine courir dans le blizzard avec ses longues enjambées.

— Je ne sais pas si je peux…

— Je vais te tirer dans le genou.

Je me tiens la jambe en encourageant Brent mentalement. Quelques secondes de plus, c'est tout ce que je peux lui offrir.

— Je ne peux plus marcher. Ça fait mal…

— Hé !

Elle vient de se rendre compte que Brent a disparu.

Je retiens ma respiration tandis qu'elle prend sa décision. Et si elle nous tirait dessus avant de se lancer à sa poursuite ?

— Ne bougez pas !

Elle fait glisser son fusil en bandoulière dans son dos. On dirait que Brent avait raison : c'est lui qu'elle veut le plus. Elle ne veut pas risquer de le laisser s'échapper. Ou alors les choses sont encore plus simples : elle sait que je n'irai pas loin avec mon genou, donc elle s'occupera d'abord de Brent puis reviendra nous trouver, Curtis et moi.

Elle saisit un long bâton dans chaque main et se lance vers le haut de la pente. Ses bras et jambes fonctionnent en tandem ; sa vitesse m'horrifie. Elle a déjà disparu dans les flocons. Brent n'a aucune chance.

J'appréhende le coup de fusil qui ne manquera pas de suivre. Curtis fixe le blizzard d'un œil vague.

Les derniers mots de Brent me résonnent aux oreilles. *Ne la gâche pas.*

— Curtis, cours, dis-je en lui attrapant le bras.

Pas de réponse. Je le secoue.

— Curtis, j'ai besoin de toi.

Il tourne lentement la tête vers moi et ne s'extrait de son hébétude qu'au prix d'un immense effort.

— Il nous faut nos snowboards, dis-je.

— Tu vas pouvoir descendre en snow ?

— Il le faut.

Il me prend le bras et nous redescendons la pente en courant. Je serre la mâchoire en essayant de faire abstraction de la douleur. Je m'attends à entendre le coup de feu d'une minute à l'autre. J'essaie d'aller encore plus vite.

La sombre masse du Panorama émerge du blizzard.

— Attends ici, dit Curtis. Je vais chercher nos snowboards.

Il est de retour quelques secondes plus tard, avec nos planches et nos vestes. Nous enfilons ces dernières, mais monter sur nos snows ne servirait à rien pour le moment. Il nous faut traverser le plat jusqu'à atteindre le début des pistes. Curtis passe un bras autour de ma taille pour me soutenir et nous courons le long de la barre rocheuse, en avançant de notre mieux dans la poudreuse. Mes poumons luttent pour absorber assez d'oxygène.

— La crevasse, dis-je, hors d'haleine.

— On la contournera.

En espérant qu'il n'y en ait pas d'autre.

J'attends toujours le coup de fusil.

— Je ne pense pas qu'elle veuille nous tirer dessus.

— Pourquoi pas ? demande Curtis.

Chaque fois que j'ouvre la bouche, des flocons s'y engouffrent.

— Elle préférerait… nous faire tomber dans une crevasse, dis-je en essayant de retrouver mon souffle. Pour que ça ait l'air d'un accident.

— Plus vite.

Le blizzard devient grisâtre : je suis sur le point de m'évanouir, mais Curtis me soutient à moitié et court toujours, alors je dois continuer aussi.

Je ne me rappelle pas avoir jamais fourni autant d'efforts, mais si je me souviens bien, on devrait être pratiquement à la piste…

Un coup de fusil retentit. Puis un autre. Puis un autre. J'ai le cœur au bord des lèvres ; mes jambes manquent de se dérober sous moi.

Le bras de Curtis se resserre autour de mon dos.

— Ne t'arrête pas de courir !

Les larmes coulent et se répandent dans mon masque. « Je ne peux pas arrêter de tenir à toi, Milla. »

Et il tenait vraiment à moi. Il tenait toujours à moi. Il vient de le prouver.

« Et je pensais que tu tenais à moi aussi. »

Pourquoi est-ce que je ne me rends compte que maintenant à quel point je tenais à lui ? Et il ne le saura jamais, parce que je ne l'ai jamais montré. *Je suis désolée, Brent. Tellement désolée.*

Il faut que je repousse ces pensées et que je lutte pour ma survie, mais mes sanglots m'empêchent de respirer. Je lui ai fait tant de mal, tant de fois. Je me déteste pour ça. Il ne le méritait pas. Et moi, c'est lui que je ne méritais pas. Ce qu'il a fait à Saskia, c'était à cause de moi, et il a passé les dix dernières années – ses dix dernières années – à en souffrir.

Peut-être que Camille l'a manqué. Ou juste blessé.

— Regarde ! s'écrie Curtis en pointant du doigt quelque chose de noir.

Un piquet. C'est la piste. Celle qui descend.

La réalité me rattrape. Camille pourrait arriver d'un instant à l'autre. Si elle a tué Brent, nous sommes les suivants sur la liste. Nous n'avons aucune chance. Un biathlète n'est en définitive rien d'autre qu'un tireur d'élite.

Je ralentis Curtis. Seul, il a une chance de s'en sortir.

— Va-t'en, dis-je. Prends ton snow et va-t'en.

— Je ne te laisserai pas !

— J'ai trop mal au genou. J'ai besoin que tu descendes chercher du secours.

— Non.

Nous n'avons pas le temps de nous disputer.

— Rappelle-toi ce que je disais tout à l'heure, je le supplie, au désespoir. Quand je te dis de sauter, tu sautes.

— Rappelle-toi ce que *moi*, j'ai dit tout à l'heure, quand je parlais d'être enfin prêt à te concilier avec ma vie.

Je ne peux pas me permettre de pleurer davantage.

— Curtis…

— Et toi ? Si je m'en vais, qu'est-ce que tu vas faire ?

— Je vais me cacher.

Qu'est-ce que j'entends ? Le vent ou le sifflement de skis sur la neige ? Je lui serre les doigts, pressante.

— Vas-y. Je t'en prie !

Il me regarde et exerce en retour une pression sur mes doigts.

— Je ramène de l'aide.

Tandis qu'il disparaît, je trébuche sur quelque chose dans la neige. Le piolet. Je le ramasse et cherche autour de moi un endroit où me cacher. Il n'y a qu'une option – quelque chose que je souhaitais ne plus jamais faire. Je resserre ma prise sur le piolet, je me jette dans la congère la plus proche et me couvre de neige de mon mieux.

J'ensevelis mes jambes et ma poitrine. La neige pèse sur moi. Mon torse, maintenant, ma tête. La panique m'envahit. Je ne vais pas pouvoir respirer.

*Allez. Tu peux le faire. Il le faut.*

Oh, mon Dieu, j'entends déjà ses skis. Elle est plus forte que moi, physiquement et mentalement, même après s'être brisé la nuque. Je prends une dernière inspiration puis je me recouvre le visage de neige avant d'enfoncer mes bras sous la surface. La neige se presse contre mes joues, humide et froide. Une terrible idée me traverse l'esprit : elle pourrait geler sur place.

En me coinçant là pour toujours.

Tous mes instincts me hurlent de me redresser, mais par un interstice dans la neige, je vois Camille approcher. Mon cœur s'emballe. Je n'ose pas respirer par le nez au cas où j'inhalerais de la neige qui m'étoufferait, alors j'aspire de petites goulées d'air par la bouche.

Elle regarde autour d'elle. Je n'ai pas eu le temps de m'ensevelir comme il faut. Elle est sur le point de me repérer…

Un sifflement perçant retentit dans la pente. Camille laisse échapper un cri et récupère le fusil sur son dos. Pourquoi fallait-il que Curtis fasse ça ? Horrifiée, je la regarde viser.

Puis elle abaisse son arme en marmonnant ce qui ressemble à un juron. Le blizzard. Elle ne peut pas le voir. Je l'imagine filer le long de la pente, vers le plateau. Il s'en est tiré.

Camille sort quelque chose de son sac – un objet sombre de la taille d'une brique. Qu'est-ce que c'est que ça ? Elle le tripote pendant une minute puis le jette dans la pente.

Elle se couvre les oreilles et, quelques secondes

plus tard, une explosion retentit. Silence. Puis un bruit terrible, qui devient de plus en plus fort jusqu'à donner l'impression que toute la montagne s'effondre autour de nous. En état de choc, je finis par comprendre. Elle ne le voyait pas, alors elle a provoqué une avalanche.

Et à en juger par le bruit, c'est sur toute la pente que la couche de neige a cédé.

# 64

*Aujourd'hui*

Une avalanche est comme une lente vague de béton. Sa puissance est telle que tout l'air est chassé hors de la neige, qui se solidifie dès qu'elle arrête de bouger.

Mes tripes se tordent lorsque j'imagine le corps de Curtis projeté dans la pente, encore et encore.

*Pas de panique.* Il sait quoi faire. Il essaiera de nager avec le courant s'il le peut, pour rester près de la surface. Au moment du ralentissement, il dégagera une poche d'air autour de son visage.

À supposer qu'il n'ait pas perdu connaissance.

Il sait comment rester calme et économiser son oxygène. Tout ce qu'il peut faire, maintenant, c'est attendre les secours. Il porte sa balise, et moi aussi. Les victimes d'avalanche ont quatre-vingt-dix pour cent de chances de survie si elles sont découvertes dans les quinze premières minutes.

Après une demi-heure, les chances tombent à trente-cinq pour cent.

Il faut que j'aille le chercher. Mais d'abord, il faut que j'échappe à Camille.

À l'évidence, elle pense que nous sommes tous les deux dans la pente, car elle me tourne toujours le dos, le masque relevé, le regard fixé sur le blizzard. Les doigts serrés sur le piolet, je m'extrais lentement de la neige. Chaque minute compte.

Mon masque s'est embué. Je le remonte sur mon front. Camille remet son fusil dans son dos et place son pied gauche dans sa fixation avec un *clic*. Elle va descendre à ski pour vérifier que nous n'avons pas échappé à l'avalanche. Je boite vers elle en priant pour qu'elle ne m'entende pas.

Quelle ironie. Je pensais l'avoir gravement blessée, et j'ai passé des années à m'en vouloir, alors que ce n'était pas le cas – pas exactement, du moins. Mais maintenant, il le faut. Où viser ? Elle porte plusieurs couches de vêtements au-dessus de la taille ; ses jambes sont un pari plus sûr. Tout particulièrement la droite, celle qu'elle ne traîne pas.

Je m'approche peu à peu. Ma main gantée se crispe sur le manche en bois. Je ne suis plus qu'à quelques pas. Elle ne m'a toujours pas vue. Je lève le piolet, mais mon estomac se retourne. Je ne sais pas si je peux faire ça. Elle enfile son autre ski.

Des images défilent devant mes yeux. Curtis, le corps brisé, enfoui sous la neige. Brent, quelque part là-haut, criblé de balles. Dale et Heather, ensemble sous la glace. De toutes mes forces, j'enfonce la lame dans la jambe de Camille, juste au-dessus du genou. Avec un hurlement terrible, elle s'effondre sur le côté. À présent, on est quittes.

— Curtis ! je crie.

Camille se tient la jambe et se convulse sur la neige.

Je lève à nouveau le piolet. Maintenant qu'elle est tombée, ses skis la gênent. Elle tente désespérément d'ouvrir ses fixations. J'abats le piolet sur sa cuisse. Il faut que je la mette hors d'état de nuire pour aller trouver Curtis.

Elle roule sur le côté pour esquiver ; elle a déjà réussi à enlever un ski. Je lui assène un autre coup, juste au-dessus de la hanche. Quelque chose craque, un bruit à donner la nausée, et elle hurle. J'ai dû toucher un os.

Son autre ski est lui aussi détaché, à présent. Elle tente d'attraper son sac à dos. Le fusil ! Je jette le piolet de côté et tente de le lui prendre de force.

De précieuses secondes s'envolent pendant notre lutte. Il faut que j'aille trouver Curtis. J'arrache le fusil à ses mains gantées et me relève tant bien que mal. Merde, qu'est-ce qu'il est lourd !

— *Curtis !* je hurle de toutes mes forces.

Ma voix éveille des échos dans toute la montagne. S'il était dans la pente, il l'entendrait. Je tends l'oreille dans l'espoir d'une réponse, mais rien. Il est sous la neige.

Camille se redresse comme elle peut – son pantalon camouflage blanc s'imprègne de rouge – et se jette dans la neige non loin. Le piolet !

Je n'ai pas le temps de viser, et je ne suis même pas sûre de savoir comment tirer – est-ce qu'il y a une sécurité là-dessus ? –, alors je jette le fusil et je me rue sur le piolet. La douleur me transperce le genou. Pile au moment où la main de Camille se referme sur le manche en bois, je donne un coup de pied dedans, de toutes mes forces, avec ma bonne jambe. Le piolet s'envole et disparaît dans la brume.

Nous nous pétrifions. D'un côté, le fusil, de l'autre, le piolet. Camille court vers le second. En combat rapproché, c'est une meilleure arme, mais je n'y arriverai jamais à temps, alors je boite vers le fusil, que je ramasse à la volée. Elle cherche toujours le piolet. Autour d'elle, la poudreuse vire au rose.

— Stop ! dis-je en la visant.

Elle tourne la tête. Son masque et son bonnet ont été arrachés dans la lutte, et ses cheveux sont couverts de neige. Avant que je ne puisse réagir, elle disparaît en courant dans le blizzard malgré sa blessure, les mains vides, en longeant l'à-pic qui mène au Panorama. Je ne peux pas aller chercher Curtis sans savoir où elle est. Elle doit avoir d'autres armes cachées un peu partout – les couteaux de cuisine manquants, pour commencer, et peut-être bien d'autres fusils. Je lui cours après.

Sa piste n'est pas difficile à suivre, maculée de sang. Elle en perd tellement que je m'étonne qu'elle arrive à courir, mais les candidats aux Jeux olympiques n'abandonnent pas comme ça. La douleur dans mon genou a atteint de nouveaux sommets. Mais il fut un temps où, moi aussi, j'espérais aller aux Jeux, alors je m'oblige à ne pas y penser et à boiter plus vite.

Le bâtiment sort de la brume. Camille est déjà presque à la porte. Elle va trouver des armes, puis elle se remettra immédiatement à me traquer.

— Stop, ou je tire ! je crie.

Vu que je n'ai aucune expérience, je n'ai quasiment aucune chance de la toucher à cette distance. À l'évidence, Camille partage cette opinion, car elle poursuit sa course.

Qu'est-ce que je pourrais bien lui dire pour l'arrêter ? Au désespoir, je hurle :

— Elle ne t'a jamais aimée !

Dangereuse tactique, qui pourrait la mettre encore plus en colère.

Camille s'arrête.

— Elle t'a trompée, poursuis-je.

— Je suis sûre que c'est toi qui as commencé, dit-elle froidement en se retournant pour me faire face.

— J'étais fascinée par elle. Exactement comme toi.

Camille ne répond pas, mais s'approche lentement.

— Tu sais ce qu'elle m'a dit, après notre nuit ensemble ? je continue. Que ce n'était qu'une tactique pour te perturber avant les Brits.

— Je ne te crois pas.

— C'était sa seule chance de te battre.

— Tu mens.

J'enlève mon gant.

— Elle m'a donné ça, après cette nuit-là.

Je sors la chaîne bleu et argent de ma poche. Je vois dans les yeux de Camille qu'elle la reconnaît. Elle s'approche encore.

Je recule, consciente de l'à-pic qui s'ouvre quelque part à ma gauche.

— Haut les mains !

Lentement, elle lève les mains. Je continue à pointer le fusil vers elle tandis qu'elle s'approche. À cinq mètres, elle fixe le bracelet.

— Elle n'aurait pas fait ça, dit-elle. Elle m'aimait.

Mais sa voix tremble comme si elle devinait déjà que je dis la vérité.

— Tu l'aimais et tu l'aimes toujours. Je le vois bien. Mais elle se servait de toi comme de tous les autres.

— Non, dit-elle sans conviction.

— Tu as fait tout ça pour elle, mais elle ne méritait pas ta loyauté.

— Tais-toi, réplique-t-elle en faisant un pas de plus.

Je ne lui fais pas confiance. Je recule en tentant de repérer, dans le blizzard, le cordon rouge qui délimite la barre rocheuse.

— Il est trop tard pour les autres. Mais laisse-moi au moins essayer de sauver Curtis.

Elle regarde autour d'elle comme pour considérer ses options. Mon doigt se resserre sur la gâchette. Je n'arrive pas à deviner ce qui lui traverse l'esprit. Elle ne peut fuir nulle part. Mais elle pourrait essayer de m'emporter avec elle…

Je pourrais lui tirer dans la jambe. Ça la mettrait hors course assez longtemps pour que j'aille chercher Curtis. Mais je ne me fais pas confiance pour bien viser, et je ne veux pas la tuer. Je pourrais…

Elle jette à nouveau un regard de côté. Je ne comprends que trop tard ce qu'elle compte faire. Elle fait un pas vers la barre rocheuse, puis un autre. Elle veut sauter !

— Non ! je crie.

C'est beaucoup trop haut – mais elle arrive au bord et se lance dans le vide.

Le blizzard l'avale.

Avec prudence, je m'approche du rebord pour jeter un coup d'œil en contrebas. Je ne vois pas le fond, mais elle ne peut pas avoir survécu à une chute pareille.

Engourdie par le choc, je retourne en boitant jusqu'au piquet signalant le début de la piste noire. Je suis totalement hébétée par ce qui vient de se passer. Curtis doit avoir déjà passé dix minutes sous la glace, et je n'ai même pas encore commencé les recherches. Et si j'arrivais trop tard ?

Le temps que j'atteigne le piquet, mon genou est sur le point de lâcher. Je jette le fusil et glisse dans la pente sur les fesses. La piste est un chaos d'énormes débris de glace. J'enlève mes gants et glisse une main dans le col de mon sweat-shirt. Mes mains tremblent tant que j'arrive à peine à en sortir la balise. J'espère arriver à me servir de ce truc. J'enclenche l'interrupteur sur le côté. Mode recherche.

Je tends la balise devant moi. *Allez, trouve-le.*

Rien. L'avalanche pourrait l'avoir raté. Il pourrait l'avoir battue de vitesse en snow et avoir réussi à lui échapper. Mais j'ai déjà vu des avalanches dans des documentaires. Cette puissance, cette accélération… Le plus probable, c'est que Curtis soit bel et bien enterré là, quelque part, trop profond pour que je puisse le détecter.

Je descends d'un pas mal assuré dans la pente. *Où est-il ?* Je viens de perdre Brent. Je ne peux pas perdre Curtis aussi. Les minutes s'écoulent dans ma tête. Ça doit déjà faire plus d'une demi-heure. Je l'imagine gelé, figé, et je repousse cette pensée.

Une flèche clignotante apparaît sur l'écran, avec un numéro : 45. Mon cœur fait un bond. Curtis est là, quelque part, à quarante-cinq mètres.

Le brouillard est plus épais par là. Je traverse l'étendue neigeuse en boitant et en trébuchant sur des débris dans ma hâte de l'atteindre. Le décompte se poursuit. 39. 25. Tout ça est bien trop lent. Puis, enfin, tout l'écran se met à clignoter. Je l'ai trouvé.

Je tombe à genoux pour griffer la neige à mains nues, mais elle ne cède pas. Je me hisse sur les pieds et lui donne des coups de ma jambe valide. Mais ça ne sert à rien. Elle s'est solidifiée.

Curtis est juste sous mes pieds, mais je ne peux pas l'atteindre.

## Épilogue

*Neuf mois plus tard*

Chaque année, c'est la même chose.

Le glacier rend ses cadavres.

La glace fond plus vite que d'habitude à cause de la récente vague de chaleur ; les experts prévoient plus de corps que d'ordinaire. J'en suis à rafraîchir la page plusieurs fois par jour.

Désormais, bien sûr, ce sont deux corps bien particuliers que j'attends.

Comme on dit en Angleterre, l'eau qu'on surveille ne bout jamais, et il semblerait qu'un glacier qu'on surveille ne rende jamais ses cadavres. En tout cas, pas ceux que j'attends. Pour l'instant, ce mois-ci, nous avons eu trois alpinistes encore encordés et deux personnes qui sont très certainement le couple autrichien disparu en 1999.

Je croise les doigts et fais défiler la page. Rien. Pas de nouveaux corps. Je n'en peux plus d'attendre.

— Milla !

La voix de Curtis depuis la chambre.

— Donne-moi une seconde !

Je fais disparaître mon historique de recherche.

Curtis n'a pas besoin de savoir ce que j'étais en train de regarder. Savoir que votre petite copine guette le cadavre de votre sœur n'est pas franchement romantique.

Mais j'ai besoin de m'assurer de sa mort.

Est-ce que Curtis vérifie la page de son côté ? Je n'en sais rien. J'imagine que sa famille serait vite mise au courant si Saskia réapparaissait. Je ferme l'ordinateur portable avant d'aller dans la chambre.

Curtis est couché sur le dos, les bras croisés derrière la tête. Les draps en désordre ne le couvrent que jusqu'à la taille, et le soleil qui entre par la fenêtre éclaire son torse nu. Il n'est que sept heures, mais il fait déjà chaud. Une brise m'agite les cheveux en m'apportant une odeur d'herbe coupée et le tintement lointain des cloches des vaches. J'adore la Suisse en août.

— Viens là, dit Curtis.

— C'est un ordre ? réponds-je sans bouger de l'encadrement de la porte.

Un lent sourire s'étire sur son visage.

— Oui, c'est un ordre.

— Et si je n'obéis pas ?

— Alors il faudra que je t'y oblige.

Je m'approche du lit dans l'intention de rester tout juste hors de portée, mais il attrape mon poignet d'une main, arrache les draps de l'autre et me fait tomber sur lui. Les muscles denses de son torse amortissent l'impact ; ses bras vigoureux se referment sur moi et me serrent fort. Son corps, sous le mien, est tiède et solide.

S'il n'était pas dans une telle forme physique, il ne

serait peut-être plus avec moi aujourd'hui. C'est sa force qui lui a permis de passer de longues minutes sous la neige le temps que je remonte la pente en boitant, que je trouve le piolet ensanglanté et que je creuse jusqu'à lui.

Le temps que je le sorte de son trou, il ne respirait plus. Je lui ai prodigué les premiers secours – heureusement que mon boss m'avait fait suivre toutes ces formations – et il s'est remis à respirer, mais sa température était dangereusement basse et il s'était disloqué l'épaule dans l'avalanche.

Mon genou était au bord de la défaillance totale, mais par miracle, nous avons réussi à descendre en boitant les quinze kilomètres qui nous séparaient de la station, malgré la tempête qui faisait rage. Cela nous a pris six heures. Nous avons été transportés d'urgence à l'hôpital. Après nous avoir parlé, la police a arrêté les frères de Camille, non que ça ait servi à grand-chose. Ils ont nié avoir eu connaissance de la vendetta de leur sœur et n'ont perdu que leur travail, pas leur liberté.

Le matin suivant, les docteurs m'ont autorisée à sortir, avec ma jambe dans une attelle. J'ai laissé Curtis à l'hôpital et j'ai repris le téléphérique et les œufs jusqu'au glacier, avec les pisteurs. Je les ai regardés extraire les corps de Heather et Dale de la crevasse.

Tandis que nous revenions vers le Panorama, la deuxième équipe de sauveteurs est redescendue à ski, en traînant une civière. Jusqu'à cet instant, j'espérais encore que Brent s'en soit miraculeusement sorti. Qu'il ait évité les coups de fusil, ou qu'il n'ait été que blessé. Qu'il ait pu revenir au bâtiment et s'y abriter pendant la nuit. Puis la civière est apparue, immobile et silencieuse, entièrement couverte. Et tous mes espoirs se sont enfuis.

Quant à Camille… La tempête a laissé cinquante centimètres de neige derrière elle.

Ce qui explique peut-être pourquoi son corps est resté introuvable. Ou peut-être pas.

Une heure plus tard, Curtis et moi marchons jusqu'au téléphérique, main dans la main.

Lorsqu'il m'a demandé d'emménager avec lui à Londres après avoir quitté le Rocher, pour que nous puissions nous soutenir pendant nos opérations et rééducations, j'avais des doutes. En tant qu'ex-athlète ratée, je suis déjà assez difficile à vivre ; avec une blessure en plus, je serais cent fois pire, et je sentais qu'il aurait autant de mal à s'acclimater à sa blessure que moi. Mais en définitive, je me suis dit que, si notre couple pouvait survivre à ça…

Enfin, bref. Nous y avons survécu. Puis il m'a demandé de donner des cours aux ados qui participent à ses colos de snow freestyle.

Il me passe un bras protecteur autour des épaules tandis que la cabine s'ébranle. Elle n'est qu'à moitié pleine, bien plus calme qu'elle ne le serait en hiver. Un mélange de skieurs professionnels, de snowboardeurs et de gens du coin. Je les dévisage pour voir si nos ados s'y trouvent, mais il est encore tôt et ils ont fait la fête la veille au soir. Je suis à nouveau à fond dans le snowboard ; je pourrais bien tenter un backflip.

Nous filons au-dessus d'arbres chétifs, de cabanes de téléski et de télésièges immobiles. La rivière est un torrent opaque, bleu-gris, écumant. Je songe à une autre rivière – une rivière de glace, qui coule trop lentement pour être vue à l'œil nu. Et les corps qui coulent peut-être avec elle.

*Non. Ne pense pas à ça.*

Nous ne tardons pas à laisser les arbres derrière nous. Les alpages en contrebas sont parsemés de fleurs d'un violet vif.

— J'adore cet endroit, dis-je.

— Moi aussi, répond Curtis. Je venais souvent faire du snow ici avec ma sœur.

Je me force à sourire. Il la mentionne à peine, ces jours-ci, et je ne sais pas du tout s'il pense souvent à elle.

Un second téléphérique nous emporte jusqu'aux pistes d'été sur le glacier. Au sortir de la cabine, il fait vingt degrés de moins. Je me tourne vers le poste de commande en passant, et une paire d'yeux bleus familiers à faire peur me rend mon regard. La chair de poule me hérisse les bras.

Mais ce n'est que le reflet de Curtis.

Quelle idiote je fais. Je devrais y être habituée, depuis le temps ; je vois Saskia ou Camille au moins une fois par jour, ici. C'est le prix à payer pour ma mauvaise conscience.

Curtis n'a pas raconté à sa mère tout ce que nous avions appris sur les dernières heures de Saskia. Comment aurait-il pu ? À la place, après de longs débats, il lui a donné le forfait de Saskia, trouvé (a-t-il dit) par un habitant du Rocher durant une randonnée :

la preuve qu'elle était bel et bien là-haut, à s'entraîner, le jour de sa disparition. Que son décès, quoique survenu bien trop tôt, était un accident, et qu'elle était morte en faisant ce qu'elle aimait.

Le forfait est désormais accroché au mur chez ses parents, dans un joli cadre, au milieu d'une galerie de photos d'elle. Une douzaine de paires d'yeux bleus qui nous fixent chaque fois qu'on va dîner chez eux.

Curtis me prend la main tandis que nous marchons jusqu'au snowpark. Il secoue la tête en voyant l'état de la couche de neige.

— Si ça continue comme ça, il ne restera bientôt plus rien.

Les glaciers des Alpes ont connu un recul record cette année à cause du changement climatique.

Mes cours ne commencent pas avant dix heures, mais deux des filles sont déjà au snowpark, en train de s'échauffer.

— Quel enthousiasme, dit Curtis.

— Je sais, réponds-je en souriant.

Coacher ces jeunes a donné un nouveau sens à ma vie. Peut-être que je peux en aider d'autres à accomplir ce que je n'ai pas pu accomplir moi-même. Et ces deux gamines – mes gamines – ont tout ce qu'il faut pour y arriver. Elles sont jeunes, au sommet de leur forme, et elles ont cet instinct qui fait la différence : une volonté de gagner à tout prix.

Une vague de nostalgie m'envahit tandis que je les regarde. Mes jours de compétition sont terminés, mais les leurs ne font que commencer.

Jodie crochète son pied aux cordes qui délimitent le snowpark pour s'étirer les mollets. Et Suzette…

Tiens, mais qu'est-ce qu'elle fait? Elle est accroupie au-dessus de son snowboard qu'elle enduit de quelque chose. Sa façon de faire semble furtive. Elle croise mon regard et glisse le récipient dans sa poche. Je ne sais pas ce que c'était, mais certainement pas de la cire pour snow.

Lorsqu'elle relève le snowboard pour l'appuyer à côté de l'autre et rejoindre Jodie près des cordes, je m'aperçois de quelque chose. Ce snow n'est pas le sien.

Après avoir terminé le cours, j'en parle à Curtis :

— J'imagine que c'était de la cire pour planche de surf... Heureusement, ça n'a pas eu l'air d'avoir un grand effet sur le snowboard de Jodie. Je lui en ai parlé discrètement.

— Et qu'est-ce qu'elle a dit?

— Elle est devenue toute rouge et m'a avoué qu'elle avait collé du scotch transparent sur les carres de Suzette, hier.

— Ça ne te rappelle personne? s'esclaffe-t-il.

— Je ne sais pas si j'aurais dû dire quelque chose, ou si je devrais les laisser faire...

— Ce n'est pas à moi qu'il faut le demander, dit-il en retrouvant son sérieux. Parfois, je me demande si je me suis mal comporté, avec Saskia et toi. Je t'ai empêchée de te venger à plusieurs reprises. Peut-être que j'aurais dû te laisser faire.

— Qui sait? dis-je avec légèreté. On ne peut pas changer le passé.

— Alors, laquelle des deux est Saskia et laquelle est toi?

— Je ne sais pas encore. Peut-être qu'il n'y en a pas une pour rattraper l'autre.

*Pas une pour rattraper l'autre.* Je me souviens encore du jour où il m'a dit ça. Il ne se rend pas compte à quel point c'était vrai.

J'ai gardé mon secret pendant toutes ces années. Mais lorsque la glace finira par rendre le corps de Saskia, et s'ils l'autopsiaient ? Je sais que je n'aurais pas dû, mais tout ce que je voulais, c'était la fatiguer… Entraver sa performance aux Brits, comme elle a entravé la mienne à l'Open du Rocher.

Et après tout ce temps, seront-ils encore capables de détecter les somnifères que j'avais écrasés dans son café ce matin-là ?

C'étaient des cachets qu'on ne délivrait que sur prescription. Et la prescription était à mon nom. J'essaie de me convaincre que ça n'a pas fait de différence, avec tout ce qui lui est arrivé d'autre. Mais ils étaient sacrément forts, et je lui en ai donné quatre. Si je ne l'avais pas droguée, peut-être aurait-elle pu repousser Heather. Ou reprendre connaissance plus vite. Heather a vu le sac bouger en montant au glacier. Peut-être qu'elle n'était pas encore morte, juste assommée par les cachets. Ou peut-être…

Stop. Je ne peux pas changer le passé.

Curtis a les yeux levés vers la crête. Je plisse les yeux dans le soleil et je vois deux silhouettes là-haut. Sous le choc, un hoquet m'échappe.

— Qu'est-ce qu'il y a ? demande Curtis.

Je cligne des yeux. Ce n'est pas elles. Ce n'est qu'une formation rocheuse, deux colonnes grêles qui n'ont rien d'humain. Il me prend dans ses bras et je regarde, par-dessus son épaule, les Alpes suisses en direction de la France. Je pense toujours à cette rivière de glace. Je me demande si, quelque part dans ses profondeurs vitreuses, Saskia et Camille se sont retrouvées. Je l'espère.

Puis une autre pensée survient. J'essaie de la réprimer, comme chaque fois qu'elle fait surface, mais rien à faire, elle revient toujours.

*J'ai gagné.*

# REMERCIEMENTS

À mon père. Tu ne liras jamais ce livre, mais tu l'as inspiré de tant de façons différentes. Et à ma mère, la femme la plus forte que je connaisse. Grâce à toi, mon enfance a été faite de montagnes. Merci pour tout.

À mon extraordinaire agente, Kate Burke, pour ses fantastiques conseils d'écriture et d'intrigue, et son avis d'expert en toutes choses, y compris comment gérer des enchères entre dix maisons d'édition. T'avoir comme agente est une grande chance. À Julian Friedmann, pour son enthousiasme et son expertise pour la vente des droits télévisuels. À James Pusey et Hanna Murrell aux droits étrangers, pour avoir vendu *Hors-Piste* à tant de pays différents ; et au reste de l'équipe chez Blake Friedmann.

À mes deux sensationnelles éditrices, Jennifer Doyle chez Headline UK et Margo Lipschultz chez Penguin Putnam, aux États-Unis. Pour votre passion envers ce projet, pour vos brillants conseils d'écriture et votre attention méticuleuse aux détails. Travailler avec vous a été un véritable plaisir. Je vous suis extrêmement reconnaissante d'avoir investi tant de temps et d'efforts dans ce livre. Un énorme merci également au reste des équipes chez Headline et Putnam, ainsi qu'à l'équipe de Hachette Australia.

À Sue Cunningham, première lectrice de ce livre et de tous mes autres projets, fontaine d'idées fabuleuses. Et à Gail Richards, gourou de la grammaire, reine du synopsis. Vous êtes toutes les deux de brillantes interlocutrices, un incroyable soutien moral et deux fantastiques écrivaines. Je n'aurais pas pu y arriver sans vous.

À Angela Clarke, autrice de thrillers, pour m'avoir généreusement consacré son temps et prodigué ses astucieux conseils durant mon précédent projet. Et à Ann Gosslin, autrice de thrillers également, pour ta sagesse et ton soutien si généreux. À mes autres amis auteurs : Julia Anderson, Paul Francis, Danielle Hastie, Jodie Mehrton, Linda Middleton, et à tous ceux que j'ai rencontrés pendant les cours en ligne d'écriture créative Curtis Brown – parmi eux, Shannon Cowan, Justin Podur, Stuart Blake, Adrian Higgins, Wiz Wharton, Merlin Ward et Jenny Fan Raj. Vous m'avez beaucoup appris, vous m'avez encouragée, vous m'avez inspirée. Merci à vous.

À mes fils, Lucas et Daniel : je vous aime tant.

À tous mes amis, et parmi eux : Anita Phelan, qui a été comme mon ange gardien cette dernière année ; Celine Ruettgers, ma meilleure copine de surf ; Amanda Townsend, pour m'avoir soutenue depuis Melbourne ; Steve White, qui a mené pour moi des recherches extrêmement louches sur Internet ; et Tammy Esten de la Mint Snowboarding School, qui m'a inspirée à tous les niveaux. À Oncle Fred : désolée pour toute cette vulgarité.

À la mairie de Gold Coast et au personnel de sa bibliothèque, qui mériterait d'être de renommée mondiale. À une époque où les mairies ne cessent de réduire les budgets des bibliothèques, voire les fermer, je tiens à dire qu'en tant que mère de deux enfants qui ne gagne qu'humblement sa vie, ce livre n'aurait jamais existé si je n'avais pas eu accès à une bibliothèque.

Un grand merci également au Queensland Writers' Centre, aux festivals d'écriture de Brisbane et Byron Bay, et aux écrivains et professionnels de l'édition chargés des ateliers auxquels j'ai participé.

Martin et Scott : vous étiez une grande part de mes hivers. Mika, Dave et Dave, et tous les autres snowboardeurs avec qui j'ai partagé les pentes : merci pour tous ces souvenirs.

Si certains de mes vieux amis de snowboard se souviennent de moi après tous ces hivers, contactez-moi et organisons des retrouvailles [rire diabolique]. Mais sérieusement, c'était avant Facebook, j'ai beaucoup déménagé et j'ai perdu contact avec tant de gens… J'aimerais beaucoup avoir de vos nouvelles.

À tous les snowboardeurs, passés et présents, qui ont hissé ce sport à l'incroyable niveau qu'il a atteint aujourd'hui. Votre talent, votre force mentale et physique et votre audace me laissent bouche bée. Vous êtes une inspiration. À tous les snowboardeurs de par le monde : bonne glisse et faites attention à vous. Chérissez ces souvenirs.

Et à tous mes lecteurs, où que vous soyez. Merci infiniment d'avoir donné sa chance à un premier roman, et d'avoir choisi ce livre. J'espère qu'il vous a plu.

PAPIER À BASE DE FIBRES CERTIFIÉES

Le Livre de Poche s'engage pour l'environnement en réduisant l'empreinte carbone de ses livres. Celle de cet exemplaire est de :
450 g éq. $CO_2$
Rendez-vous sur www.livredepoche-durable.fr

Composition réalisée par Soft Office

Achevé d'imprimer en décembre 2021 en Espagne par Blackprint
Dépôt légal 1re publication : janvier 2022
LIBRAIRIE GÉNÉRALE FRANÇAISE
21, rue du Montparnasse – 75298 Paris Cedex 06

55/0539/5